MARVEL LEGENDEN VON ASGARD

Die SCHLANGE und der TOD

EIN ROMAN VON

ANNA STEPHENS

INS DEUTSCHE ÜBERTRAGEN
VON STEPHANIE PANNEN

cross cult

FOR MARVEL PUBLISHING
VP Production & Special Projects: Jeff Youngquist
Associate Editor, Special Projects: Caitlin O'Connell
Manager, Licensed Publishing: Jeremy West
VP, Licensed Publishing: Sven Larsen
SVP Print, Sales & Marketing: David Gabriel
Editor in Chief: C B Cebulski

Special Thanks to Wil Moss

Die deutsche Ausgabe von DIE SCHLANGE UND DER TOD
wird herausgegeben von Cross Cult, Teinacher Straße 72, 71634 Ludwigsburg.
Herausgeber: Andreas Mergenthaler, Übersetzung: Stephanie Pannen; verantwortlicher Redakteur und Lektorat: Markus Rohde; Lektorat: Katrin Aust; Korrektorat: Peter Schild; Satz: Rowan Rüster; Layout: Cross Cult; Cover-Illustration: Massimiliano Haematinon Nigro; Printausgabe gedruckt von CPI book GmbH, Leck. Printed in the EU.

Titel der Originalausgabe:
THE SERPENT AND THE DEAD
First published by Aconyte Books in 2021
Aconyte Books is an imprint of Asmodee Entertainment Ltd

Print ISBN 978-3-96658-862-1 (August 2022)
E-Book ISBN 978-3-96658-863-8 (August 2022)

WWW.CROSS-CULT.DE

Mädchen (jeglicher Art):
Seid eure eigenen Heldinnen.

Eins

Lady Sif

Sif machte sich unter dem Schutz ihres Schilds bereit und stöhnte auf, als sie der Aufprall des Felsens einen Schritt zurückzwang. Am anderen Ende des Schlachtfelds stieß der Bergriese, der ihn geworfen hatte, ein Wutgebrüll aus und stapfte auf sie zu. Seine Magie riss einen großen Graben in den Boden und formte die lose Erde zu einer Welle, die die Schildmaid unter ihrem Gewicht begraben würde.

Sif fletschte die Zähne und stieß ihr Schwert in die Erdmauer, die sie einzuhüllen drohte. Das brach den Zauber. Die Erde fiel lose zu Boden. Sie sprang darüber und griff an. Die Ebene östlich von Asgardia wurde von fast hundert Bergriesen heimgesucht und Sif wusste – wie alle Krieger –, warum sie gerade jetzt gekommen waren: Odin hielt sich in Vanaheim auf und versuchte erneut, den Frieden mit den Vanir zu sichern, für den sie so hart gekämpft hatten. Die Abwesenheit des Allvaters hatte nicht so sehr die Frage aufgeworfen, ob es einen Angriff geben würde, sondern eher, von wem und wie vielen.

Und warum.

Sif beschäftigte sich nicht mit dem Warum, jedenfalls nicht in diesem Moment. Ihr Bruder Heimdall der Weitsehende hatte Thor vor der Ankunft der Riesen in Asgard gewarnt und hinzugefügt, dass es sich dabei nur um die Vorhut einer größeren Invasion handeln könnte. Sif hatte darum gebeten, die Verteidiger anzuführen, und Thor hatte ihr diesen Wunsch gewährt, da er so in Asgardia bleiben konnte, um einen Gegenangriff zu planen.

Sif grinste, als sie die letzten paar Meter zwischen sich und ihrer Beute zurücklegte. Felsen regneten herab und überall um sie und ihre dreihundert Krieger herum spritzte Erde auf. Was die Bergriesen auch heute hier zu erreichen hofften, sie erwartete nur ein schmachvoller Tod. Ihr Schwert fest in der einen, ihren Schild in der anderen, griff sie an. Doch der Riese sah sie kommen und obwohl er viermal größer war als Sif, war er überraschend schnell. Die Keule, die er mit tödlicher Präzision schwang, war der Stamm eines jungen Baumes, der poliert worden war, bis die helle asgardische Sonne von seiner Oberfläche reflektiert wurde. Sie zischte horizontal durch die Luft, doch Sif passte den perfekten Moment ab. Sie traf die Brust des Riesen, kurz bevor die Keule dort durch die Luft sauste, wo sie sich gerade noch befunden hatte. Sie ließ ihren Schild los, um sich an seiner Rüstung festzuhalten, und stach in seine Halsbeuge. Der Stahl ihres Schwerts war schärfer als Helas Zunge und grub sich tief in seinen Hals, der breiter war als Sifs Torso. Sie zog die Klinge heraus, während ihr Gegner ins Taumeln geriet, als er nach ihr greifen wollte.

Die Krieger von Asgardias erstem Schildwall hatten die Bergriesen im Handumdrehen in Dreiergruppen umzingelt und griffen sie stets von hinten an. Als Sif nun wieder auf dem schlammigen Boden landete, sprang ihre Freundin Gyda auf den Rücken des Riesen und stach mit langen Dolchen in jeder Hand auf seine Lederrüstung ein. Hektisch versuchte der Riese, über seine Schulter zu greifen und sie zu packen. Als es ihm nicht gelang, machte er eine ausladende Geste und überall um sie herum explodierte Erde.

»Gyda!«, rief Sif. Sie rannte bereits, als der Boden um sie herum plötzlich aufgesprengt wurde. Instinktiv schloss sie die Augen und schützte ihr Gesicht mit dem Schild, als Erde und scharfe Steine auf sie zuflogen. Die Keule des Riesen traf sie an den Rippen und schleuderte sie zwanzig Meter über das Schlachtfeld. Doch Sifs Rüstung hielt und als sie auf den Boden traf, rollte sie sich ab.

Selbst von hier und über den Schlachtenlärm hinweg konnte sie hören, wie Gyda ihren Namen rief. Sif atmete tief durch und spürte einen brennenden Schmerz in ihrer Flanke. Doch es schien nichts gebrochen zu sein und einen Herzschlag später war sie wieder auf den Beinen. Sie hob ihren Arm, um zu zeigen, dass sie in Ordnung war, und hörte ihre Freundin jubeln, während sie weiter mit ihren Dolchen auf den Riesen einstach. »Den hier haben wir, Sif! Zu deiner Rechten!«

Sif blinzelte noch Dreck aus ihren brennenden Augen, zögerte jedoch nicht, als Gyda ihre Warnung rief, und wich zur Seite aus. Sie war nicht ganz schnell genug, als ihre Gegnerin – eine etwas kleinere, aber immer noch bedrohliche Riesin – mit einem wütenden Knurren einen Felsen nach ihr warf.

Der Stein traf Sif am Unterschenkel und sie schrie vor Schmerzen auf. Der Fels rollte weiter, glücklicherweise ohne sie zu zermalmen, auch wenn sie das fast vorgezogen hätte, denn im nächsten Atemzug schloss sich die enorme Hand der Riesin um Sifs Kopf und hob sie hoch.

Es war leicht, Sif auf dem Schlachtfeld zu entdecken, und sie war zum Fokus der gegnerischen Aufmerksamkeit geworden. Inmitten eines Meers aus Gold war ihr Haar schwärzer als die Flügel eines Raben, ein Banner der Nacht, das alle Blicke, allen Zorn auf sich zog. Wenn die ersten Gegner ihrer Klinge zum Opfer fielen, wusste Sif genau, dass weitere kommen würden, um ihre toten Verwandten zu rächen. Und sie begrüßte es.

Nun raubte ihr die Hand der Riesin den Atem und verdeckte ihr die Sicht, während sie hochgezogen wurde. Glücklicherweise musste sie weder atmen noch sehen können, um anzugreifen. Sie ließ ihren Schild am Gurt von ihrem Unterarm hängen und stach auf das Handgelenk der Riesin ein. Sie spürte, wie die Waffe tief in ihrem Fleisch versank.

Der Griff ihrer Gegnerin ließ gerade genug nach, dass Sif Luft schnappen konnte, dann packte diese wieder zu. Immer wieder stach Sif auf sie ein, selbst noch als die andere Hand der Kreatur ihren Fuß zu fassen bekam und sie entzweizureißen versuchte. Sifs Hände, Arme und Rüstung waren bereits ganz klebrig vor heißem Riesenblut und ihr Rückgrat wurde schmerzhaft gedehnt, als die Riesin sie endlich vor Schmerz heulend zu Boden schleuderte.

Sif prallte heftig auf und rollte davon, während die Riesin auf die Knie sank und dann zur Seite fiel. In ihrem Hals steckten drei Speere.

»Mylady!«, rief ein Krieger, als Sif wieder auf die Beine gekommen war. »Hinter Euch!«

Sif hechtete vorwärts und sprang über den leblosen Körper der Riesin. Sie riss einen der Speere aus dem Hals der Toten und wirbelte herum. Der andere Riese, gegen den sie mit Gyda und dem dritten Krieger gekämpft hatte, war einer der letzten auf dem Schlachtfeld, der noch lebte. Sifs ursprüngliche Erleichterung – dass es fast vorbei war – verwandelte sich in Entsetzen, als der Riese einen gewaltigen gepanzerten Fuß hob und sich darauf vorbereitete, etwas oder genauer gesagt jemanden zu zerquetschen, der hilflos unter ihm lag.

Schnell schleuderte Sif den Speer. Er bohrte sich tief in den Oberschenkel des Riesen und dieser begann zu taumeln. Sie ging davon aus, es geschafft zu haben, doch dann fand er sein Gleichgewicht wieder. Er sah ihr in die Augen, sein Mund verzog sich zu einem grausamen Lächeln und er trat zu.

Sif erkannte die Schienen an den Armen der Kriegerin, als sie sich in einem letzten mitleiderregenden Verteidigungsversuch hoben: Es war Gyda. Die Schildmaid, die Sif in zahllosen Schlachten und ebenso vielen Siegesfeiern zur Seite gestanden hatte. Ihre Freundin Gyda.

»Nein!«, schrie Sif, riss einen weiteren Speer aus dem Hals der toten Riesin und schleuderte auch diesen. Sofort rannte sie ihm nach, so schnell, dass ihre Füße kaum die aufgewühlte Erde berührten. Ihr Schild fing das Sonnenlicht ein, während sie hochsprang und mit ihrem Schwert auf die Kehle ihres Gegners zielte. Sie war schnell und tödlich, und jetzt war sie vor allem wütend. Mit der ganzen Wucht ihrer Wut drang die scharfe Spitze ihres Schwerts in weiches, ungeschütztes Fleisch und trat in seinem Nacken wieder aus.

Sif stemmte ihre Füße gegen die massive Brust und riss die Klinge zur Seite, um die Hauptschlagader zu durchtrennen. Der Riese ging in die Knie und kippte dann seitlich zu Boden. Sein enormes Herz pumpte einen Schwall Blut aus seinem Hals, der sich heiß über ihre Arme und das Innere ihrer Brustplatte ergoss. Doch die Schildmaid beachtete es gar nicht. Sie riss sich los, landete geschmeidiger als eine Katze und eilte zu Gyda. Ein Schimmer erhob sich aus ihrem Körper. Mit Tränen in den Augen verlangsamte Sif ihre Schritte und wartete auf die Walküren, die Gyda nach Walhalla begleiten würden. Sie sah ein paar Seelenführerinnen der Gefallenen auf dem Schlachtfeld, die sich um Sterbende kümmerten, doch keine erschien für Gyda.

Sif ging näher heran. Wenn keine Walküre zu ihr kam, waren die Verletzungen vielleicht doch nicht so schlimm. Sie hörte den abgehackten Atem ihrer Freundin, das Schimmern wurde stärker und dann ... nichts. Das Licht erlosch und Gyda bewegte sich nicht mehr.

Erschrocken riss Sif den Mund auf. Was war gerade geschehen? Hatte Gyda das Bewusstsein verloren? War sie tot?

Sif sah sich erneut auf dem Schlachtfeld um, doch immer noch näherte sich keine Halbgöttin, also legte sie die letzten paar Schritte zurück, kniete sich an Gydas Seite und suchte mit ihren Fingern an ihrem Hals nach einem Puls. Doch da war nichts.

»Gyda? Gyda, sieh mich an. Antworte mir!«

Sie zog den leblosen Körper ihrer Freundin in ihre Arme und hielt sie fest. Die Kriegerin bewegte sich nicht. Atmete nicht. Ihre Brustplatte war eingedrückt und gab einen Hinweis auf den Zustand ihres Körpers darunter.

»Nein«, flüsterte Sif »Nein, das ist nicht richtig. Das kann nicht richtig sein. Du ... Wo bist du, Gyda? *Wohin bist du gegangen?*«

»Lady Sif? Lasst sie uns jetzt ehren.«

Erschrocken drehte sich Sif um. »Brunnhilde? Wie konntet ihr? Wieso habt ihr sie mir vor ihrer Zeit genommen? Sie war nicht tot! Sie hat noch geatmet. Ich habe sie atmen sehen und dann habt ihr sie genommen. Sie war noch nicht bereit.« Ihre Stimme brach. Sie schluchzte und ein gefährlicher Zorn erfüllte sie. »Wie konntet ihr sie vor ihrer Zeit stehlen?«

Brunnhilde, die Anführerin der Walküren und einer der wenigen Krieger, die Sif im Kampf schlagen konnten – und das auch nur knapp –, kniete sich neben sie und legte mitfühlend eine Hand auf ihre blutige, verbeulte Rüstung. »Es tut mir leid, Sif, aber ich kann nichts für sie tun. Ich weiß, dass ihr euch nahegestanden habt, aber sie ist jetzt mit einer meiner Schwestern auf dem Weg nach Walhalla. Ihr Tod war so ruhmreich wie ihr Leben – und sie wird dort auf dich warten, da bin ich mir sicher.«

Sif schlug ihre Hand weg. »Du hörst mir nicht zu«, sagte sie mit rauer Stimme. Brunnhilde kniff die Augen zusammen. Sie waren seit langer Zeit befreundet, aber hier am Ende einer Schlacht befanden sie sich in Brunnhildes Territorium. Sif schuldete ihr Respekt. Doch das war ihr in diesem Moment egal.

»Sie wurde nicht auserwählt«, beharrte sie. »Keine von euch ist gekommen, um sie zu holen, aber jetzt ist sie fort. Sie hat noch geatmet!« Sie konnte die Verzweiflung in ihrer eigenen Stimme hören, doch sie war dankbar, als die Walküre die Stirn runzelte und sich näher heranbeugte.

»Sag das noch mal. Erzähl mir genau, was du gesehen hast.«

Die Erinnerung war gleichzeitig in Sifs Gedächtnis eingebrannt und durch Trauer getrübt, doch dies war wichtig. Sie atmete tief durch, um sich zu beruhigen. »Da war ein ... ein Schimmern über ihr. Ich habe sie mühevoll atmen hören ...« Sie musste sich räuspern. »Und dann nichts mehr. Das Leuchten verschwand. Ihr habt sie vor ihrer Zeit genommen. Sie hätte ... Vielleicht hätte ich mich noch verabschieden können.« Es gelang ihr nicht, den vorwurfsvollen Ton aus ihrer Stimme zu halten.

»Leg sie hin«, befahl die Walküre barsch und Sif gehorchte ihr ohne Widerspruch. Sie rutschte ein wenig zurück, um ihr mehr Platz zu geben. Brunnhilde lehnte sich über Gyda und löste unter Schwierigkeiten die Brustplatte. Die Walküre schob eine Hand sanft unter die Rüstung und legte die andere auf Gyndas Stirn. Sie schloss ihre Augen und Sif spürte das Kribbeln von Magie auf ihrer Haut.

Brunnhilde blieb quälende, endlose Minuten lang schweigend so sitzen und Sif wartete elendig ab, bis die andere Frau endlich ihre Augen wieder öffnete und sich aufrichtete. »Bei Odins Auge«, fluchte die Walküre. »Sie ist fort.«

»Das habe ich doch gesagt«, entgegnete Sif durch zusammengebissene Zähne. Ihr Blick fiel auf ihr Schwert, das neben ihr im Schlamm lag. In einem Augenblick reinen Wahns wollte sie nichts mehr, als damit die Seelenführerin anzugreifen, ohne Rücksicht auf die Konsequenzen. Brunnhilde musste ihr diese Gedanken angesehen haben, denn sie beobachtete sie aufmerksam, bis sie schließlich seufzte und ihre Gefühle beiseiteschob. Sie nickte und die Walküre erwiderte es.

»Du verstehst nicht«, sagte sie sanft. »Das Todesleuchten hier ... Sie lag im Sterben, Sif, und nichts hätte es aufhalten können. Aber dann ist sie nicht wirklich gestorben.«

Sif starrte sie verständnislos an. »Sie ist nicht gestorben? Aber wo ist sie dann?« Die Schildmaid lehnte sich erneut vor, bis die schwarzen Strähnen über ihre Schultern fielen, und starrte in Gydas blutüberströmtes Gesicht. Ihre Haut war totenbleich, kein Atemzug regte sich in ihrer Brust und ihre Augen waren gebrochen. »Wie kann sie ...? Sie sieht ...« Sif brachte es nicht über sich, den Satz zu beenden, da sie von der plötzlichen und entsetzlichen Überzeugung ergriffen war, Gyda könnte sie hören.

»Ich weiß, meine Freundin«, versicherte Brunnhilde sanft. »Ich verstehe selbst nicht, was hier geschehen ist, aber ich verspreche dir, es herauszufinden.« Die Walküre machte eine vage Handbewegung, als könnte sie das, was sie wusste, nicht in Worte fassen. »Ihr wurde etwas in dem Moment, in dem sie sterben sollte, angetan. Die ... die Seele lässt nach dem Tod ein Echo im Körper zurück. Das in Gyda ist falsch. Die Form des Echos ihrer Seele ist verzerrt. Mehr als das: Gydas letzter Atemzug fehlt. Der Atem, mit dem die Seele entkommt, wenn jemand stirbt, hat eine besondere Aura, eine gewisse Resonanz. Sie ist für eine Walküre sehr klar zu erkennen und hilft, uns zu jenen zu führen, die wir nach Walhalla geleiten sollen. Gydas letzter Atemzug ist fort. Oder genauer, sie hat ihn niemals getan.«

Sif war von all dem, was Brunnhilde gesagt hatte, ganz schwindlig. »Sie lag also im Sterben, ist aber nicht tot. Sie hat ein- aber nicht ausgeatmet und ihre Seele konnte nicht auf diesem Atemzug entkommen, richtig?« Die Walküre nickte. »Ist sie denn dann tot? Ihr Körper ist es, aber ihr Atem nicht? Ihre Seele? Ich verstehe das nicht.«

Brunnhilde runzelte die Stirn, strich Gyda aber mit sanfter Hand eine Strähne aus dem blutigen Gesicht. Der Anblick schnürte Sif erneut die Kehle zu.

»Kannst du bei ihr warten?«, fragte Brunnhilde. »Ich muss nach Walhalla und mit den anderen Walküren reden. Vielleicht ist Gyda ja schon dort oder mit einer meiner Schwestern auf dem Weg dorthin. Vielleicht hast du im Chaos der Schlacht nicht das gesehen, was du gesehen zu haben glaubst. Bleib ... bleib einfach bei ihr. Bitte?«

Sif nickte stumm und nahm Gyda wieder in ihre Arme. Normalerweise würde es sie wütend machen, dass jemand ihre Worte anzweifelte, aber hier klammerte sie sich verzweifelt an die Hoffnung, dass sie sich tatsächlich geirrt hatte, dass sie beide sich irrten. Gyda war bereits in Walhalla und was sie gesehen hatte, war etwas völlig anderes gewesen. *Bitte, Frigga, lass mich mich getäuscht haben. Bitte.*

Ihre Verwirrung und Wut verwandelten sich immer mehr in Trauer, die sie erfüllte, bis sie ihr aus den Augen strömte. Und unter diesem Sturm baute sich eine Furcht auf, die ihr bis ins Mark ging. Brunnhilde war besorgt. Nicht einmal in den vielen Jahren, seit sie der Allvater für diese Aufgabe auserkoren hatte, war sie gescheitert. Die Seelen der Krieger, die zu Einherjar geworden waren, wurden geehrt und beschützt. Es war unmöglich, sich etwas anderes auch nur vorzustellen. Bis jetzt.

Brunnhilde hatte ihre Pflicht stets mit einer Mischung aus Trauer über den Tod der Krieger und gleichzeitiger Freude darüber erfüllt, dass sie diese nach Walhalla geleiten durfte. Jetzt zu sehen, wie sie nervös auf ihrer Lippe herumkaute und die Stirn runzelte, erfüllte Sifs Magen mit kaltem Entsetzen.

Aragorn, Brunnhildes geflügeltes Ross, bahnte sich vorsichtig seinen Weg durch die Toten des Schlachtfelds. Nachdem die Walküre Sif ein letztes Mal die Hand gedrückt hatte, stand sie auf und stieg in den Sattel. »Halte durch«, sagte sie, wartete jedoch nicht auf eine Antwort, sondern erhob sich mit dem edlen Tier in den Himmel und verschwand. Dort waren noch andere Walküren zu sehen, die die glorreichen Toten in ihr neues Zuhause in Walhalla brachten.

Die Schildmaid mit den rabenschwarzen Haaren hielt Gyda fest an sich gepresst. Die zarten Züge ihrer Freundin waren mit Schmutz und Blut befleckt und im Tod – oder Untod – völlig reglos. *Bitte, Odin und Frigga, bitte lasst sie nicht tot sein. Lasst ihre Seele zu uns und ihrem Körper zurückkehren. Oder wenn schon nicht zu ihrem Körper, dann wenigstens nach Walhalla. Lasst meine Freundin in Odins Halle ausruhen, bis die Letzte Schlacht sie ruft. Lasst sie friedvoll und fröhlich sein, nicht verloren.*

Lasst uns alle nicht verloren sein.

Sif kniete in der aufgewühlten Erde, ihre Haut verklebt vom Blut ihrer Feinde und Verbündeten, und ließ Tränen den Schmutz von ihren Wangen waschen.

ZWEI

SEELENFÜHRERIN DER GEFALLENEN

Brunnhilde trieb Aragorn auf der Reise nach Walhalla immer schneller voran. Sie eilte an ihren Schwestern und den Seelen vorbei, die diese voller Liebe und Ehrfurcht vor ihrem Mut und ihrem Opfer umsorgten. Einige bewegten sich widerstrebend voran, wie betäubt von dem Wissen, dass sie aus ihrem Körper und ihrem Leben gerissen worden waren. Andere, meistens Ältere, gingen eifrig voran und freuten sich auf die Halle und die mit ihnen gefallenen Kameraden und Freunde. Das Wiedersehen mit den ruhmreichen Toten war Balsam für viele, die ansonsten um jene getrauert hätten, die sie im Leben zurücklassen mussten. Einige wenige, und solche gab es immer, weinten offen um den Verlust ihrer Körper und ihres Lebens unter Asgards strahlender Sonne. Die Walküren hielten sie sanft im Arm und sprachen im gleichen beruhigenden Tonfall mit ihnen, wie es Eltern bei einem verunsicherten Kind taten.

Sie spendeten jedem der gefallenen Krieger den Trost, den er oder sie benötigte. Walküre zu sein war die höchste Ehre in allen Neun Welten. Es bedeutete nicht nur, den Mut und das Opfer zu würdigen, das die Seelen zu ihnen führte, sondern auch das wunderbare und zugleich schmerzliche Privileg zu haben, das Letzte zu sein, was die Sterbenden jemals sehen würden, während sie mit einem letzten Atemzug aus ihren leidenden Körpern entschwanden. Es bewegte Brunnhilde jedes Mal bis in die tiefsten Tiefen ihrer eigenen Seele. Doch heute eilte sie ohne einen zweiten Blick an den Toten vorbei.

Aragorn spürte ihre Nervosität und schlug schneller mit den Flügeln, galoppierte durch den Himmel und ins Totenreich. Seine großen Muskeln bewegten sich unter seinem seidig glänzenden Fell. Schließlich erreichten sie das Ufer des Sees und die üppige Wiese vor Odins großer Halle. Die Walküre stieg von ihrem Ross, noch bevor es richtig zum Stehen gekommen war, und marschierte ohne Rücksicht auf Etikette zum Eingang. Dies war zu wichtig für Respektsbekundungen.

Sie stieß die hohen Türen auf und hielt nicht mal inne, um deren kunstvolle Schnitzereien zu bewundern, die von gewonnenen Schlachten, getöteten Gegnern und dem Triumph Asgards erzählten. Nie zuvor hatte sie die Grüße ihrer Schwestern und der versammelten Seelen einfach ignoriert. Brunnhilde nahm sich sonst immer Zeit, mit den ruhmreichen Toten anzustoßen. Jetzt jedoch hätte es sich ebenso um die Tür eines Bauernhauses voller Fremder handeln können, so wenig wie sie auf ihre Umgebung achtete.

Ungefähr kannte Brunnhilde Form und Geschmack von Gydas Seele und konnte sich ihr Antlitz vorstellen, als es sich im Tode das letzte Mal entspannt hatte, wo gerade noch die starken Emotionen einer lebenden Frau getobt hatten. Sie blieb auf der Schwelle stehen und überflog die Gesichter am Rand der gewaltigen Halle. Die Neuankömmlinge schlossen sich nur selten sofort dem Gelage in Inneren oder den Kampfesübungen im Außenbereich an. Es gab eine Übergangszeit der Trauer und Akzeptanz, oftmals auch der Verbitterung und der Reue, bevor sich die Einherjar mit dem Wissen abfinden konnten, dass ihr sterbliches Leben ein Ende gefunden hatte, so heldenhaft es auch gewesen sein mochte.

Wohin Brunnhilde auch blickte, sah sie Walküren leise mit ihren Schützlingen sprechen oder sanft lächeln, die Hände auf ihre Arme oder Schultern gelegt, während sie sie beruhigten und ihnen Zeit gaben, sich einzugewöhnen. Andere winkten Krieger zu sich, die den Seelen während der ersten Tage ihres Lebens nach dem Tod als Führer und Mentoren dienen würden.

Die Halle war voller Leben und Farben: An den Wänden hingen bunt bemalte Schilde und neben ihnen noch viel buntere Waffen – Schwerter, Speere und Äxte. Brunnhildes Hand sank auf den Griff ihres eigenen Schwerts Drachenfang und sein Gewicht an ihrer Hüfte spendete ihr Trost. Die Waffe erinnerte sie daran, dass ihre Loyalität und Hingabe es gewesen waren, die den Allvater dazu bewegt hatten, sie zu einer der Seelenführerinnen der Gefallenen zu ernennen, dass sein Vertrauen in sie nie nachgelassen hatte. Sie wiederum hatte ihn niemals enttäuscht.

Und das werde ich auch jetzt nicht. Das schwöre ich bei meiner eigenen Seele und meiner Hoffnung, während Ragnarök an Thors Seite zu stehen.

Trotz des Schwurs, der gleichzeitig ein Gebet war, konnte sie Gyda unter den neuen Bewohnern Walhallas nicht finden. Sie befragte vier Walküren, die ihre Pflicht getan hatten und auf dem Weg hinaus waren. Sie zeigte ihnen die Gestalt von Gydas Seele, doch keine von ihnen erkannte sie wieder. Brunnhilde nickte und ließ sie gehen – es gab noch viele weitere Walküren, an die sie sich wenden konnte, bevor sie sich die Panik eingestehen würde, die in ihrer Brust lauerte.

Einherjar drehten sich besorgt und neugierig zu ihr um und runzelten die Stirn über ihre stumme, regungslose Anwesenheit. Schnell nickte ihnen Brunnhilde freundlich zu, bevor sie zum Ausgang eilte und in die süße, warme Luft des Totenreichs zurückkehrte. Sie ging um die Halle herum zu den Übungsfeldern und wiederholte ihre Inspektion, dann warf sie einen Blick auf die Insassen der wenigen Boote auf dem See, auch wenn es noch unwahrscheinlicher war, Gyda hier zu finden als bei den Kampfesübungen. Doch sie musste gründlich sein. Sie musste jede Möglichkeit hier in Walhalla ausschließen, bevor sie zu Sif zurückkehren und ihr verkünden musste, dass ihre Freundin fort war. Wahrhaft fort. Vielleicht für immer.

Schließlich ging Brunnhilde zu Aragorn zurück. Das geflügelte Ross weidete im Gras, hob jedoch den Kopf und wieherte leise, als sie näher kam. Dann drückte es seine Nüstern gegen ihre Brust und sie wurde von seinem süßen Moschusduft eingehüllt. Sie schwang sich in den Sattel und trieb ihn an, tiefer in Walhalla vorzudringen. In einem leichten, mühelosen Galopp näherten sie sich der Halle der Aufzeichnungen, in der der Name jedes toten Kriegers zu finden war. Auf dem Weg wandte sich Brunnhilde telepathisch an alle ihre Walküren, damit ihr diese jede Seele bestätigten, die sie vom Schlachtfeld dieses Tages nach Walhalla geleitet hatten.

Die Anweisung war ungewöhnlich genug, um von einigen wenigen ihrer Schwestern hinterfragt zu werden. Ihre Stimmen hallten in Brunnhildes Gedanken wider, doch sie formulierte ihre Antwort mit solchem Nachdruck, dass sie sich sofort fügten.

Doch selbst mit dieser Antwort konnte sie sich nicht sicher sein. Die Walküren konnten nur die Seelen bestätigen, die sie persönlich nach Walhalla gebracht hatten und dass keine von ihnen auf dem Weg verloren gegangen war. Wenn niemand dagewesen war, um Gyda zu geleiten, hatte auch niemand ihre Abwesenheit bemerken können. Sie brauchte die Liste in der Halle der Aufzeichnungen, in der die Details jedes Lebens zu finden waren, das auf dem Schlachtfeld vor Asgardia geendet hatte. Damit konnte sie überprüfen, was Odins Seelenführerinnen berichtet hatten.

Nicht alle, die in Asgard starben, wurden mit einem Platz in Walhalla geehrt, doch der Archivar schrieb ihre Namen dennoch auf. War es möglich, dass die Schildmaid von Hel geholt worden war? Die bloße Vorstellung, Sif eine solche Nachricht überbringen zu müssen, ließ Brunnhilde das Gesicht verziehen. Sie war mit Thor und Loki aufgewachsen und hatte Seite an Seite mit den Tapferen Drei gekämpft. In all der Zeit war Sif ebenso loyal wie stur gewesen. Die Walküre würde ihr zutrauen, nach Hel zu marschieren und Gydas Seele zurückzuverlangen, wenn sie sich tatsächlich dort aufhalten sollte. Aber es waren nicht nur die langen Jahre der Freundschaft, die Brunnhilde dazu veranlassten, herausfinden zu wollen, wo Gydas Seele verblieben war. Sie war eine Walküre und dazu auserwählt, die Toten zu beschützen.

Brunnhilde trieb Aragorn in einen Galopp.

Die Halle der Aufzeichnungen war ein riesiges Steingebäude mit hoch aufragenden Fenstern und beeindruckenden Reliefs, die Götter und Legenden darstellten. Es gab mehr Etagen, Räume und Gänge, als von außen möglich schien, und Brunnhilde wusste aus Erfahrung, dass der schnellste und sicherste Weg, um herauszufinden, was sie wissen wollte, darin bestand, den Archivar direkt zu fragen. Sonst könnte sie sich tagelang zwischen den Regalen verlieren.

Sie brachte Aragorn zum Stehen und stieg ab. Ihr Ross bewegte sich störrisch zur Seite und die Walküre tätschelte seinen Hals zärtlich, aber auch warnend. Im Vorbeigehen spürte sie sein Schnauben in den feinen goldenen Haaren, die sich aus ihrem breiten Zopf gelöst hatten. Doch sie beachtete ihn nicht weiter, sondern betrat die Halle der Aufzeichnungen.

Brunnhildes Hand legte sich erneut auf Drachenfangs Griff und sie atmete tief ein, bevor sie die große Holztür aufdrückte. Der Archivar ... irritierte sie. Er hatte die Position schon innegehabt, lange bevor Brunnhilde von Odin erwählt worden war, und es hieß, dass ihn der Allvater persönlich hier eingesperrt hatte. Damals, als dieser noch ein Junge gewesen war, der mit seinen Brüdern Vili und Ve um Ruhm und Ehre gewetteifert hatte.

Bei dem Archivar handelte es sich um einen Troll, durch Odins Stärke und Magie für alle Ewigkeit seinem Willen unterworfen. Sein Verbrechen, seine Gründe und seine Hoffnungen waren mit der Zeit in Vergessenheit geraten. Die Walküre wusste nur, dass der Archivar die Fähigkeit hatte, den Tod jedes Asen zu spüren, und durch Odins Macht über ihn gezwungen war, ihn aufzuzeichnen. Nichts davon machte sie weniger misstrauisch, während sie die Halle der Aufzeichnungen betrat. Sie hatte völliges Vertrauen in Odins Kontrolle über den Archivar, doch er war immer noch ein Troll und sie hatte im Lauf der Jahre gegen zu viele dieser Kreaturen gekämpft, um auch nur einem von ihnen zu trauen.

Ihre Schritte hallten über den Stein, während sie das Gebäude betrat, und sie versuchte nicht einmal, die Hand zu verstecken, die auf ihrem Schwertgriff ruhte. Der Archivar sah von seinem Pult und dem riesigen, in Leder gebundenen Buch, in das er schrieb, auf. Eine dunkle Kapuze verhüllte sein Gesicht, doch die unförmige Robe konnte weder seine Größe noch den missgestalteten Buckel verbergen. Die Hand, mit der er die Schreibfeder hielt, war ledrig, mit viel zu langen gelben Fingernägeln, die eher an Krallen erinnerten.

Er atmete scharf ein. »Walküre.«

Brunnhilde nickte. »Archivar. Gyda Horunsdottir.« Sie bekam den Eindruck, dass der Troll auf mehr wartete, doch sie hatte weder Zeit noch Lust, seinem Wunsch zu entsprechen. »Sofort.«

Lange, klauenartige Finger blätterten eine Seite um. »Ja. Heute, vor weniger als zwei Stunden.« In der heiseren Stimme lagen Neugier und ein Hauch Belustigung. »Warum? Hast du sie verloren, kleine Walküre? Wünschst du, etwas über ihr Leben zu erfahren oder wohin sie ihr Schicksal nun geführt hat?«

Der Troll konnte unmöglich wissen, ob Gyda nach Walhalla oder Hel geschickt worden war, denn er registrierte lediglich die Tode. Und zu behaupten, er hätte Kenntnis von etwas, das nur den Nornen zugänglich war, grenzte an Ketzerei.

Noch bevor seine Worte verhallt waren, hatte sie Drachenfang gezogen und hielt es dem Archivar an die Kehle. »Was weißt du?«, knurrte Brunnhilde. Der Troll bewegte sich nicht und trotz ihrer Nähe konnte sie sein Gesicht unter der Kapuze immer noch nicht erkennen. Doch sie spürte seinen Blick. Er schien sich zu fragen, ob sie den Mut haben würde, die Klinge in seine Kehle zu stoßen. Wie schlecht sie der Troll kannte, das infrage zu stellen. »Sprich«, blaffte sie.

Der Archivar lehnte sich sehr langsam zurück und Brunnhilde zog Drachenfang von dem dichten Stoff und der Haut darunter zurück. »Ich weiß viele Dinge, Walküre. Mehr Dinge, als du denkst. Aber das nicht. Wenn du wirklich die Seele einer Kriegerin verloren hast, gibt es nichts, was ich tun kann. Gyda Horunsdottir ist tot. Ihr Name steht im Buch und kann nicht geändert werden. Das Schicksal ihrer Seele geht mich nichts an.«

»Was hat sie gefühlt, als sie gestorben ist?«, fragte Brunnhilde.

»Angst, Schmerz, Verwirrung«, erwiderte der Troll noch amüsierter als zuvor, als sei die Antwort offensichtlich. Er hielt inne und fügte dann fast widerwillig hinzu: »Besorgnis. Ein Gefühl von Verkehrtheit. Eine fast violette Furcht.«

Brunnhilde runzelte die Stirn. »Violett?«

»Die Gefühle eines Sterbenden sind so stark, dass sie mir in Farben, Gerüchen oder sogar Geräuschen zufliegen. Gydas Furcht war violett und eine einsame Knochenflöte spielte eine Arie des Bedauerns.«

»Und was bedeutet das?«

Der Troll schwieg für einen Moment und tippte mit seinen langen Krallen auf das Pult, ein rhythmisches Klacken, das der Walküre durch Mark und Bein ging. »Es bedeutet, dass sie vor ihrem Tod die größtmögliche Angst verspürte. Es bedeutet, sie war sich darüber im Klaren, dass etwas nicht stimmte, vom Ende ihres sterblichen Lebens abgesehen. Gyda Horunsdottir starb *schreiend.*«

Die Freude in der Stimme des Trolls war so offensichtlich, dass Drachenfang in ihrem Blut sein Lied der Gewalt zu singen begann, und Brunnhilde sich körperlich davon abhalten musste, auf das Monster einzustechen, bis es nicht mehr war als ein Haufen Fleisch.

»Ich verstehe«, gelang es ihr hervorzubringen und sie staunte selbst über die Festigkeit ihrer Stimme. »Und hast du diese Falschheit, diese Farbe und diese Klänge schon einmal gehört?« In diesem Moment schwor sie sich, dass Sif diese spezielle Information niemals erfahren würde. Wichtig war nur, dass sich Gyda im Sterben bewusst gewesen war, dass etwas nicht stimmte. Vielleicht konnte Brunnhilde das irgendwie nutzen.

»Ich fühle viele, viele Dinge, wenn Asen sterben, Seelenführerin. Verkehrtheit und Beunruhigung sind nicht ungewöhnlich. Aber ja, dieses spezielle ... Aroma habe ich schon einmal verspürt.«

»Wie oft? Wann, wo? Welche Seelen waren es?« Zurückhaltende Aufregung erwachte in Brunnhildes Bauch und versuchte, die Beklemmung zu vertreiben, die sich dort scharf wie Glas eingenistet hatte.

»Es wird dauern, das herauszufinden«, sagte der Archivar. »Und die Toten werden nicht aufhören zu sterben. Die Schlacht mag vorbei sein, doch ich habe noch viele Namen zu schreiben. Komm in ein paar Tagen wieder.«

Brunnhilde biss die Zähne zusammen, doch es gab nichts, was sie tun konnte. Der Troll war der Einzige mit der Fähigkeit – und der Erlaubnis –, die Toten aufzuzeichnen, und der Einzige, der die von ihm erwähnte Verkehrtheit spüren konnte. Sie konnte die Antwort nicht früher erzwingen, doch ihre Anwesenheit konnte sie definitiv verzögern.

»In zwei Tagen kehre ich zurück – oder schicke eine meiner Schwestern.«

Der Troll winkte ab und beugte sich wieder über das Buch. Er tauchte seine Feder in die Tinte und begann erneut mit seiner aufwendigen und präzisen Niederschrift. Die Namen der Verstorbenen und die Umstände ihres Todes, ob ruhmreich oder bescheiden.

Brunnhilde würde vom Archivar nicht mehr erfahren und auch keine weiteren Antworten in Walhalla finden. Irgendwo hier gab es einen Hinweis auf etwas, ein Versprechen, dass Gydas Seele zurückgeführt werden konnte, zusammen mit weiteren, die verschwunden waren. Der Gedanke ließ sie erschauern. Wie lange schon versagten die Walküren, ohne es zu wissen? Welche böse Magie stahl eine Seele und ihren letzten Atemzug, ohne dass die Führerinnen der Toten etwas davon mitbekamen?

Und vor allem: warum?

Drei

Trauer

Sif war vor Sorge und Frustration völlig außer sich, während die Minuten so langsam verrannen wie das Harz eines Baums, ohne dass Brunnhilde zurückkehrte.

Gydas Körper war erkaltet und begann, steif zu werden. Andere Krieger waren gekommen, um ihren Leichnam für die Todesriten einzusammeln, doch sie hatte sie mit gefletschten Zähnen wie ein Tier verscheucht. Sie durfte ihnen nicht erklären, was geschehen war, das wusste sie instinktiv. Walhalla war das Versprechen, das ihnen Mut im Kampf gab. Zu wissen, dass die Möglichkeit bestand, es nach dem Tod nicht zu erreichen, könnte verheerende Auswirkungen haben. Und in Odins Abwesenheit würde sie diese Enthüllung verwundbar zurücklassen. Möglicherweise würde nicht einmal der Gott des Donners in der Lage sein, ihnen wieder Tapferkeit einzuflößen, wenn die Riesen erneut angriffen, sollte bekannt werden, dass Seelen verschwunden waren.

Sif hatte keine Ahnung, wie viel Zeit bereits vergangen war. Sie starrte ins Nichts, über blutiges Gras und aufgewühlte Erde hinweg auf zurückgelassene Waffen und tiefe Furchen. Letztere waren entstanden, als die anderen getötete Riesen fortgeschleift hatten, um sie zu verbrennen. Plötzlich war die Aussicht von einem Paar Beine in weichen Kalbslederstiefeln und einer feinen blauen Hose versperrt. Sie blickte ohne großes Interesse auf. Es war Thor, der sie mit einer Mischung aus Wut und Sorge betrachtete.

»Sif, was tust du hier?« Mjölnir lag in seiner Hand, als hätte er erwartet, sie immer noch in einen Kampf verwickelt vorzufinden. »Warum kommst du nicht mit den anderen des Schildwalls zurück? Du solltest mir doch nach der Schlacht Bericht erstatten.«

Sie sah zu ihm auf. Das Licht der Nachmittagssonne ließ sein blondes Haar erstrahlen. Trotz der Schatten konnte sie sehen, wie angespannt er sie musterte, während sie mit einem Leichnam im Schoß im Dreck saß. »Gyda«, sagte sie unnötigerweise und der Name ließ ihre Stimme brechen.

Thor seufzte und kniete sich neben sie. »Es tut mir leid, Sif. Ich weiß, dass ihr befreundet wart. Aber es ist jetzt an der Zeit, sie gehen zu lassen.« Er strich Sifs offene Haare zurück und drückte ihren Arm. »Man wird sich um sie kümmern.«

»Noch nicht«, murmelte sie und sah sich um, um sich zu vergewissern, dass sie allein waren. »Es gibt etwas, das ich dir sagen muss.« Mit leiser Stimme erzählte sie ihm alles, was sie gesehen, und alles, was Brunnhilde gesagt hatte, einschließlich der Tatsache, dass es noch niemand sonst wusste. Der Gott des Donners wurde sehr still, während sich über ihnen Wolken mit unnatürlicher Geschwindigkeit sammelten. Er roch nach Blitzen und Regen. Ihr lief ein Schauer über den Rücken.

»Verdammt«, fluchte er, als sie fertig war. Der Himmel über ihnen grollte, doch Thor gelang es, die Blitze zu unterdrücken, die aus seiner Haut schießen wollten.

»Es war gut von dir, zu schweigen. Ich werde dem Allvater eine Nachricht schicken müssen, aber erst, wenn wir ein paar Antworten haben. Der Frieden mit den Vanir ist noch nicht völlig zerbrochen, und das ist es, worauf er sich gerade konzentrieren muss. Was auch immer das für ein Angriff war – was auch immer mit Gyda geschehen sein mag –, wir dürfen nicht zulassen, dass es ihn von den Friedensverhandlungen ablenkt.« Er hielt inne. »Außer, es war von den Vanir selbst geplant.«

Sif schnaubte. »Denkst du wirklich, sie wären zu so etwas fähig? Zu einem Überraschungsangriff, während sich der Allvater in ihrem eigenen Reich befindet? Du denkst, die Vanir würden Riesen benutzen und irgendeine obszöne Magie, um Seelen asgardischer Krieger zu stehlen? Wir wissen doch beide ganz genau, nach wem das in Wirklichkeit klingt.«

Thor seufzte, widersprach ihr aber nicht, und das war zumindest ein Anfang. »Vater wird noch einige Wochen in Vanaheim sein. Wir müssen das hier in Ordnung bringen, bevor er zurückkehrt … wer auch immer dahinterstecken mag.«

Sif zog Gyda weiter in ihren Schoß. »Ich werde sie finden«, sagte sie entschlossen. »Vertrau mir. Ich werde Gyda finden, sie in Sicherheit bringen und dafür sorgen, dass der Täter seiner gerechten Strafe zugeführt wird.«

Thor tippte sich mit seinem Hammer ans Kinn. »Also gut. Ich muss in die Stadt zurück. Dein Bruder hält nach weiteren Angriffen Ausschau. Tu nichts Unbesonnenes, Sif.«

Sie lächelte. »Werde ich nicht.«

Der Gott des Donners wirkte skeptisch. »Du vergisst, wie lange ich dich schon kenne«, sagte er. »Renne nicht einfach los. Ich will einen vollständigen Bericht über das, was Brunnhilde in Erfahrung bringen konnte, und dann will ich einen ordentlichen Plan sehen. Dann werde ich mir überlegen, ob ich dich etwas unternehmen lasse.« Er hob eine Hand und stand auf, bevor sie antworten konnte. »Das ist keine Bitte. Ich kann und werde jemanden an deiner Stelle schicken, wenn es sein muss.«

Sif schluckte ihre Frustration schnell hinunter. »Ich verspreche es.«

»Es tut mir wirklich leid um deine Freundin«, fügte er leise hinzu und verneigte sich zu Ehren von Gydas Opfer, bevor er davonging und Sif in der Stille eines leeren Schlachtfelds und der vermissten Toten zurückließ.

Sie waren die Einzigen, die noch auf dem Feld waren, doch die Schildmaid musste nicht allzu lange ihre einsame Wache halten, bevor Brunnhilde schließlich zurückkehrte. Aragorns Hufe landeten auf der Erde und der Luftzug seiner großen Flügel bewegte die Strähnen ihrer schwarzen Haare.

»Was gibt es Neues?«, fragte Sif, sobald die Walküre abgestiegen war. »Thor war hier. Er hat mir die Erlaubnis gegeben, Gydas Seele zu holen, sobald wir wissen, wo Loki sie versteckt hat. Sag mir, was du weißt.«

Brunnhilde presste die Lippe zusammen. »Wir wissen nicht, ob es Loki war«, sagte sie und Sif verdrehte die Augen.

»Es ist immer Loki«, zischte sie giftig. »Wer sonst würde so etwas tun?« Sie atmete tief durch, um die Trauer zu unterdrücken, und strich erneut Gydas Haare glatt. »Ich werde dich finden und dafür sorgen, dass du Walhalla erreichst, meine Freundin«, murmelte sie, bevor sich ihr entschlossener Blick auf die Walküre richtete. »Bitte, Brunnhilde, sag mir, was du erfahren hast.«

»Gyda ist nicht in Walhalla. Der Archivar sagte, dass sie vor ihrem Tod gespürt hätte, dass etwas nicht stimmt, unabhängig von den üblichen Gefühlen, als ihr klar wurde, dass sie starb. Und er sagte, dass dies schon ein paarmal geschehen sei. In zwei Tagen erhalte ich eine Liste, wer diese Leute waren und unter welchen Umständen sie gestorben sind.«

Endlich legte Sif Gyda vorsichtig auf den Boden und erhob sich. Ihre Glieder waren steif vom Kampf und dem langen Knien. »Zwei Tage?«, wiederholte sie und konnte die Skepsis in ihrer eigenen Stimme hören. »Du erwartest, dass ich zwei Tage lang herumsitze und nichts tue, während meine Freundin wer weiß wo ist, in der Gewalt dieses … *Frostriesen*? Auf keinen Fall. Du musst mehr als das haben.«

Brunnhildes Finger legten sich um Drachenfangs Griff. Der Kontakt ließ die Klinge schimmernd an ihrer Hüfte erscheinen. »Das ist eine Aufgabe für die Walküren«, begann sie. »Ich weiß, dass Gyda deine Freundin war und du um sie trauerst, aber genau das ist auch der Grund, warum du nichts damit zu tun haben solltest. Du bist zu nah dran und in deiner Trauer und Wut gefangen. Du neigst zu unbesonnenen Taten, Sif. Es wäre nicht …«

»Spar dir das. Thor hat vor nicht einmal einer Stunde das Gleiche zu mir gesagt. Das ist ein viel größeres Problem, als dass sich nur Walküren darum kümmern sollten. Der Schildwall muss wissen, dass eine der ihren beteiligt ist. Vergib mir, Brunnhilde, aber warum sollten sie euch vertrauen, wenn es die Seelenführerinnen selbst waren, die dies überhaupt erst zuließen?«

In Brunnhildes Gesicht blitzte Wut auf, doch aus Respekt für Gyda verschwand sie ebenso schnell, wie sie gekommen war.

»Dann komme ich mit dir«, sagte die Walküre. »Du hast keine Ahnung, wo du suchen sollst oder was du finden könntest. Ob nun Loki dahintersteckt oder nicht, es muss sich um ein Wesen mit enormer Macht handeln, um den Wunsch einer Seele zu bezwingen, Walhalla zu erreichen, und sie mitsamt ihrem letzten Atemzug zu stehlen.«

Sifs Finger klammerten sich um den Griff ihres eigenen Schwerts. »Damit werde ich fertig«, knurrte sie.

»Das weiß ich«, sagte Brunnhilde und besänftigte damit den Zorn der Schildmaid. »Ich sage nur, dass du es nicht allein tun musst.«

»Du und die anderen Walküren solltet euch auf die Lebenden konzentrieren. Dafür sorgen, dass es nicht noch einmal geschieht. Es ist an der Zeit, dass Loki für seine unzähligen

Verbrechen bezahlt. Er wird mir nicht erneut entkommen. Ich werde seine Anwesenheit in den Neun Welten nicht länger hinnehmen.«

»Du bist jetzt schon unbesonnen«, erwiderte Brunnhilde scharf. »Du lässt zu, dass dein Hass auf ihn dein Urteilsvermögen trübt. Denkst du wirklich, Thor will, dass du gegen seinen Bruder in den Krieg ziehst? Du hältst dich für qualifiziert, seine Richterin und seine Henkerin zu sein? Er ist ein viel höherer Gott als du.«

»Ja«, fauchte Sif. »Ich halte mich für qualifiziert. Und fähig.« Ohne den Leichnam zwischen ihnen hätte sie der Walküre vielleicht gezeigt, wie qualifiziert sie war. In ihr tobten Trauer und Wut und jetzt, wo sie ein Ziel für beides hatte, wollte Sif sie unbedingt nutzen, bevor sie zu lähmendem Schmerz wurden. Mit Zorn konnte sie umgehen, mit Verlust nicht.

»Thor wird alles, was du tust, absegnen müssen«, sagte Brunnhilde völlig ruhig, als würde zwischen ihnen keine Gewalt in der Luft knistern. Es war Jahre her, seit sie einander in etwas anderem als einem freundlichen Kampf geprüft hatten, und Sif war bereit, die Walküre in den Dreck zu schicken. Ihr Blut lechzte danach.

Sif schnappte empört nach Luft. »Du wirst ihn gegen mich aufhetzen?«

Die Walküre stöhnte und blickte in den Himmel. »Warum denkst du, dass alle gegen dich wären, Sif? Das hier ist keine große Verschwörung. Ich sorge mich um dich! Ich befürchte, dass dich deine Wut und dein Leichtsinn zu einer Dummheit verleiten werden. Dass du, sollte wirklich Loki dahinterstecken – und bis jetzt gibt es keinerlei Beweise dafür, egal wie sehr du davon überzeugt bist –, zu sehr von deinem Rachedurst erfüllt bist, um dich richtig um Gydas Seele und die möglicher anderer Einherjar zu kümmern.«

Sie hatte recht und Sif hasste es. Statt zu antworten, steckte sie ihr Schwert wieder in seine Scheide und hob Gyda sanft in ihre Arme. Sie blickte zur fernen Stadt und ihre Rüstung schabte am Metall der zerschmetterten Brustplatte ihrer Freundin. Es war der Klang eines trauernden Herzens. »Es muss sich um sie gekümmert werden und ich muss Thor sagen, dass ich das hier unter Kontrolle habe.«

Gyda war weder die erste noch die liebste Person, die sie in ihrem Leben schon verloren hatte, es war nicht so sehr ihr Tod selbst, sondern all diese fürchterlichen Geheimnisse, die ihn umgaben, die Sif so sehr trafen. Sie war keine Närrin und der Tod war in ihrer Position kein abstraktes Konzept. Sie war ihm selbst schon unzählige Male begegnet. Jedes Mal hatte sie Angst gehabt und hatte doch gleichzeitig mit absolut unerschütterlicher Sicherheit gewusst, dass sie Walhalla erreichen und mit zahllosen anderen bei einem ewigen Bankett und Kampfesübungen die letzte Schlacht erwarten würde.

Dieser Sicherheit beraubt zu werden fühlte sich an, als ob sich plötzlich der Boden unter ihren Füßen aufgetan hätte. Es brachte alles, was sie wusste, ihr ganzes Wesen, aus dem Gleichgewicht.

Hinter ihr herrschte Schweigen und als sie sich schließlich wieder umdrehte, waren die Walküre und ihr Ross fort. Sif sah sich auf dem Schlachtfeld um, bemerkte die verstreuten zerbrochenen Waffen und Rüstungen von Asen wie Riesen, die rostroten Flecken, wo Blut in die Erde gesickert war oder das Gras dunkelrot gefärbt hatte. Die Farbe verblasste langsam, wie der Nachmittag, als würde das Leben selbst entschwinden.

»So ist es besser«, murmelte sie zu sich und Gyda, trotz der Stimme in ihrem Kopf, die etwas anderes sagte. »Ich brauche niemanden, um diesen Frostriesen zu finden und sein Leben zu beenden. Ich habe noch nie jemanden gebraucht.«

VIER

INGE

»Inge? Inge, meine Liebste, ich brauche deine Hilfe bei etwas.«

Inge saß im Schneidersitz im Gras vor ihrem Haus. Das Licht aus der offenen Tür vergoldete ihre hohen Wangenknochen und ließ ihr honigblondes Haar wie eine Krone leuchten. Sie hatte beim Polieren ihrer Beinschienen gesungen, doch nun hielt sie inne und sah mit hochgezogener Augenbraue auf. »Die große Brunnhilde, loyale Gefährtin und Freundin des Thor, vom Allvater persönlich mit den Seelen der Toten betraut, benötigt die Hilfe dieser bescheidenen Schildmaid?«, fragte sie und lächelte.

»An dir ist nur wenig bescheiden, mein Herz«, sagte Brunnhilde, nahm ihr Rüstung und Polierlappen aus den Händen und legte sie beiseite. Dann zog sie Inge in eine Umarmung und küsste sie, um ihr Lachen zu verschlucken. Inge presste sich an sie und auch wenn Brunnhilde es in ihrer Rüstung nicht spüren konnte, badete sie im Duft ihrer Geliebten – Öl, Rauch und Sonnenlicht. Sie hielt sie noch fester, spielte mit ihrer goldenen Mähne und öffnete ihren Mund unter Inges leidenschaftlichem Ansturm. Der Drang, in ihren Armen zu bleiben, war stark. Stattdessen löste sie sich mit einem tiefen Seufzer des Bedauerns aus dem Kuss und trat zurück.

Inges meergrüne Augen waren voller Erwartung, doch dann blinzelte sie und grinste. »Wen hast du diesmal beleidigt, oh weise und impulsive Göttin?«, neckte sie und hielt ihre Arme um Brunnhildes Hals geschlungen.

»Lady Sif.«

Inge riss übertrieben die Augen auf und löste sich aus den Armen der Walküre. »Und du erwartest, dass ich nun dazwischengehe und die Wogen glätte? Mir steht nicht der Sinn danach, erstochen zu werden, vielen Dank auch. Es ist unangenehm und macht eine große Schweinerei.«

»Sehr witzig. Du weißt, dass ich das niemals zulassen würde.«

»Und was, wenn du es wärst, die zusticht? Du gehst davon aus, dass du in diesem geheimnisvollen Streit Recht hast. Und wichtiger noch, warum nimmst du an, dass ich Schutz brauche?«, fügte Inge hinzu und stemmte die Hände in die Hüften.

Brunnhilde massierte ihren Nasenrücken. Der heutige Tag wurde immer schlimmer. »Inge. Meine Liebste. Mein Herz. So habe ich es nicht gemeint«, begann sie. Inge lachte über ihre Miene, über ihre Entschuldigung, und ihr Grübchen erschien. Brunnhilde verzog das Gesicht. »Das ist jetzt nicht der richtige Moment für Scherze, du Monster. Inge, ich meine es ernst. Ich habe nicht viel Zeit.«

»Erst bin ich dein Herz und dann ein Monster«, murmelte Inge und deutete auf Aragorn, der auf der Wiese graste. »Dann bring mich zu ihr und erzähle mir auf dem Weg, was du getan hast. Warte, hat es etwas mit der Schlacht heute zu tun? Ich weiß, dass der Sieg unser war, Odin sei Dank, aber ist noch etwas anderes geschehen?« Nun war sie völlig ernst.

Brunnhilde nickte. »Es hat ... einen Vorfall gegeben. Lady Sif ist aufgebracht.«

Inge starrte sie an, dann begann sie, im Gras herumzusuchen. »Lass mich schnell meine Rüstung anlegen!«

»Der Kampf ist vorbei, Liebste«, sagte Brunnhilde.

»Du sagtest, die Lady Sif wäre aufgebracht. Das ist nur eine Vorsichtsmaßnahme, um nicht erstochen zu werden.« Ihr Grinsen lockerte die aufkommende Spannung.

Die Walküre biss die Zähne zusammen und schwang sich in Aragorns Sattel. »Schildmaiden«, murmelte sie.

Als sie die Stadt erreichten, war Inge nicht mehr amüsiert. Stattdessen wirkte sie so besorgt wie Brunnhilde und ebenso entschlossen, Sif davon zu überzeugen, sich von der Walküre bei der Rettung der verlorenen Seelen helfen zu lassen. Sie fanden sie in der Halle der Toten, wo sie an der Seite der toten Gyda saß. Leise schickte Brunnhilde jemanden los, um Thor zu holen. Sie hatte das Gefühl, dass Sifs Sturheit vom Gott des Donners persönlich besänftigt werden musste.

»Lady Sif«, sagte Inge leise und verbeugte sich vor dem Leichnam und der schwarzhaarigen Kriegerin. »Dein Verlust tut mir sehr leid. Brunnhilde hat mir erzählt, was geschehen ist, und ...«

Sif hob den Kopf und starrte die Walküre zornig an. »Was? Ich habe doch gesagt, dass es keine gute Idee ist, mit jemandem darüber zu sprechen. Ich habe dir gesagt, dass Thor es nicht will.«

Brunnhilde spürte, wie sie unter dem wütenden Blick errötete. *Sie hat recht. Thor hat ihr gesagt, wir sollen es für uns behalten.*

Sie begann, sich zu entschuldigen, doch Sif sah weg. »Ich werde mich darum kümmern, Inge, das schwöre ich. Bitte mach dir keine Sorgen. Du und die anderen Krieger habt nichts zu befürchten.«

»Danke, es bedeutet mir viel, dass du diese Angelegenheit so ernst nimmst«, sagte Inge.

Brunnhilde blinzelte verwirrt und misstrauisch. Sollte Inge nicht auf ihrer Seite sein? Aber dann bemerkte sie, wie Sif ein wenig in sich zusammensank.

»Und wie, wenn ich fragen darf, wirst du die Seelen nach Walhalla bringen, wenn du sie gefunden hast?«, fuhr Inge fort.

Sif starrte sie ausdruckslos an. »Was?«

Inge ging um den Marmorblock herum, auf dem Gydas Leichnam lag, griff nach Sifs Ellbogen und zog das Gesicht der Schildmaid an ihres. »Wie wirst du die Einherjar transportieren? Wie wirst du sie einsammeln und zurückstehlen, falls nötig? Wie wirst du sie retten? *Uns* retten?«

Sif hatte keine Antwort für sie, denn natürlich war sie zu all dem nicht in der Lage. Schließlich war sie keine Walküre. Brunnhilde bemühte sich um einen neutralen Gesichtsausdruck.

»Ich weiß, dass du für Gyda und die anderen Rache willst. Und für dich selbst, sollte wirklich Loki dahinterstecken«, fuhr Inge fort und nickte, als wäre Sifs Sturheit völlig vernünftig.

»Es *ist* Loki«, beharrte die Kriegerin, errötete aber und senkte ihre Stimme, als Thor erschien. »Es sieht wie einer seiner Tricks aus. Und es ist die perfekte Gelegenheit. Es wäre nicht das erste Mal, dass er uns in der Abwesenheit des Allvaters angreift.«

Inge ließ Sif los und verbeugte sich vor dem Gott des Donners. Sie befeuchtete ihre Lippen und sah zu Brunnhilde, die ihr bedeutete, dass sie alles Weitere Thor überlassen sollte.

»Mylord«, sagte Brunnhilde.

»Walküre«, erwiderte Thor, verschränkte die muskulösen Arme vor der Brust und nickte, damit Inge weitersprach. Sein Gesichtsausdruck war nicht zu deuten.

»Danke für Euer Kommen, Mylord«, sagte Inge gefasster, als die Walküre erwartet hatte. Sie trat einen Schritt zurück, um Thor und Sif gleichzeitig im Blick zu haben. »Du hast recht, es sieht wirklich nach einem von Lokis Tricks aus«, erklärte sie beruhigend. »Und dass gerade Gyda genommen wurde, wirkt wie ein weiterer persönlicher Angriff gegen dich. Wenn ich jemals so drangsaliert worden wäre, würde es sich für mich auch so anfühlen. Ich kann sehen, wie wütend und traurig du bist, aber genau deswegen könnte dein Urteilsvermögen getrübt sein. Du kannst die Seelen nicht allein nach Asgard zurückbringen, geschweige denn nach Walhalla. Brunnhilde jedoch schon. Es wäre weise, wenn ihr beide zusammen reisen würdet, um euch dieser Aufgabe gemeinsam zu stellen. Nicht weil du Hilfe gegen Loki benötigen würdest, sondern weil jede von euch über einzigartige Talente verfügt.«

Sie schenkte Sif dieses aufrichtige und vertrauensvolle Lächeln, das Brunnhildes Herz vor langer Zeit erobert hatte. Sif konnte ihm ebenso wenig widerstehen, wie die Walküre es gekonnt hatte. Es gelang ihr sogar, ihre Mundwinkel zu einem verlegenen Lächeln zu verziehen. Brunnhilde bemerkte Thors bewundernden Blick, mit dem er die junge Kriegerin bedachte.

»Du kannst den Trickser bekämpfen, während Brunnhilde die Einherjar befreit«, fuhr Inge fort. »Eure Fähigkeiten ergänzen sich. Zusammen könnt ihr das schaffen. Allein vielleicht nicht. Und vergib mir, aber du riskierst mehr als nur dein Leben, wenn die Bedrohung größer ist als angenommen. Du riskierst Gydas Platz in Walhalla und ihre Hilfe in der letzten Schlacht. Von allem, was ich über deine Freundin gehört habe, wird sie von unschätzbarem Wert sein, wenn Ragnarök kommt.«

Wie sehr Brunnhilde Inge liebte. Nicht nur als erbitterte und hingebungsvolle Kriegerin, sondern auch als geborene Diplomatin und eifrige Verteidigerin der ungerecht Behandelten und Unschuldigen. Aber die Lady Sif bei ihrer ersten Begegnung zu zähmen war eine Ruhmestat, die noch keinem anderen gelungen war. Selbst Thor machte keinen Hehl aus seiner Bewunderung und er nickte der Schildmaid anerkennend zu, als Sif nachgab und mit leiser Stimme endlich zustimmte, Brunnhildes Hilfe anzunehmen.

»Tatsächlich«, sagte der Gott des Donners nachdenklich, »wäre es mir am liebsten, wenn ihr alle drei gehen würdet. Wie bereits erwähnt, betrifft dies alle Krieger, Sif. Es ergibt Sinn, eine dritte Kriegerin mitzunehmen, und Inge ist sowohl fähig als auch überaus geschickt.« Dann wandte er sich direkt an Brunnhildes Geliebte: »Ich bin beeindruckt.« Inge gelang es nicht länger, die Fassade aufrechtzuerhalten. Ihre Wangen erröteten und trotz der ernsten Lage tanzten ihre grünen Augen vor Freude.

»Ihr erweist mir eine große Ehre, Mylord«, stammelte sie und verbeugte sich erneut.

»Unsinn. Du bist jung, aber hervorragend ausgebildet. Während dieser Mission bist du Sif unterstellt, doch scheue dich nicht, es zu sagen, wenn du eine Idee hast. Und Sif, meine Freundin«, fügte er hinzu und wandte seinen Blick von Inges überwältigtem Gesicht zu Sifs versteinerter Miene zu. »Ich werde bis zu deiner Rückkehr eine Ehrenwache für Gyda bereitstellen. Wir werden sie nicht ohne dich verbrennen.«

Sif atmete scharf ein. »Das wäre … Danke!«

Thor nickte. Brunnhilde bemerkte Inges verzückten Blick. Ihre Mundwinkel zuckten und sie amüsierte sich über die nicht zu übersehende Ehrfurcht ihrer Geliebten. Dann konzentrierte sie sich wieder auf das Gespräch. »Wie Ihr wünscht. Packt eure Sachen, poliert eure Rüstung und macht euch bereit, in einer Stunde aufzubrechen. Ich nehme an, dass einer von euch eine Ahnung hat, wo die Suche beginnen soll?«

»Jotunheim«, sagte Sif. Inge und die Walküre nickten beide. »Wenn die Bergriesen bis jetzt unser einziger Hinweis sind – abgesehen von der Tatsache, dass Loki natürlich selbst aus diesem Reich stammt und unser Hauptverdächtiger ist –, ergibt es Sinn, dort anzufangen.«

»Es gibt ein paar Tage von hier entfernt ein Portal, von dem aus ich uns dort hinbringen kann«, erklärte Brunnhilde.

»Es wird leichter für euch beide sein, von dort aus in die andere Welt überzuwechseln.«

»Gut«, sagte Thor und die Schildmaiden verneigten sich vor ihm. »Sif, ich habe etwas für dich.« Er streckte seine Hand aus. Darin befand sich eine kleine Kugel. Sie näherte sich neugierig. Brunnhilde und Inge kamen ebenfalls näher. Sie bestand aus glattem Gold – nein, nicht glatt, sondern mit gezackten Linien auf der einen Seite versehen und auf der anderen mit fließenden. Sie ruhte in einer filigranen Silberfassung und war auf einen robusten Lederriemen gezogen, der nicht ganz zur Zartheit der restlichen Konstruktion zu passen schien.

»Ein Quellstein, eine Erfindung meiner Mutter. Sie ist noch nicht ausgereift, aber gegen eine so neue und seltsame Bedrohung will ich euch jeden möglichen Vorteil geben. Er hat Zwillingskräfte, die brechen und binden – zerstören und heilen. Sie haben noch nicht so viel Macht, wie Frigga gern hätte, also setzt sie besonnen und zurückhaltend ein. Mit jedem Einsatz werden sie schwächer und … offenbar neigen sie dazu, zu zerspringen, wenn die Macht aufgebraucht ist, also behaltet das besser im Hinterkopf.«

Sif nahm die Kugel ehrfürchtig an. »Vielen Dank«, sagte sie, band sich den Lederriemen um den Hals und steckte die Kugel unter ihr Hemd. Als sie ihre Haut berührte, blitzte sie golden auf. Sif zuckte zusammen. »Ähm. Autsch?«

Thor schmunzelte. »Sie ist nun mit deinem Körper verbunden und du kannst ihre Macht je nach Bedarf einsetzen. Das wird sie nicht wieder tun.«

Sif dankte ihm erneut, doch Thor winkte ab und wandte sich an Brunnhilde: »Bevor du gehst, sag mir, was in Walhalla geschehen ist. Du sprachst mit dem Archivar?«

Brunnhilde nickte Sif zu und brachte Inges Hand an ihre Lippen. Dann folgte die Walküre Thor aus der Halle der

Toten, um ihm den Rest ihres Berichts zu erstatten und eine weitere Walküre damit zu beauftragen, in zwei Tagen die Namensliste bei dem Troll abzuholen. Ihre Schwester würde die Informationen durch ihre telepathische Verbindung zu ihr schicken und Brunnhilde würde genau wissen, nach wie vielen Seelen sie suchen mussten. Ein Teil der Last, die sie auf ihren Schultern getragen hatte, fiel von ihr ab. Sie hatten den Anfang eines Plans.

Fünf
Die Tapferste

Sif kannte Inge nicht sehr gut. Die Schildmaid war erst vor ein paar Jahren aus einem kleinen Dorf nach Asgardia gekommen, um als Kriegerin ausgebildet zu werden. Ihre Pfade hatten sich noch nicht oft gekreuzt, da sie ihre Ausbildung inzwischen abgeschlossen und ihren Platz im Fünften Schildwall eingenommen hatte, der heute nicht zum Einsatz gekommen war. Sie hatte die Schlacht nicht gesehen und auch wenn ihre Neugier fast greifbar war, respektierte sie Sifs Trauer und schwieg.

Im Gehen musterte Sif Inge aus dem Augenwinkel. Die Schildmaid war entspannt, aber aufmerksam und obwohl sie mit der Walküre plauderte, hatte sie ihre Umgebung ständig im Blick. Vielleicht war es unbewusst, aber ihre Blicke wechselten sich mit Sifs ab, sodass immer eine von ihnen nach vorn und hinten blickte.

Sie war erfreut, dass Inges Rüstung so gut gepflegt und ihr Speer und Schwert funktional, poliert und bereit waren.

Inges Schild lag griffbereit auf ihrem Rücken und sie nutzte ihren Speer nicht als Gehstock, sondern hielt ihn parallel zum Boden. Ihre dominante Hand war bereit, damit blitzschnell zuzustechen oder zu parieren.

Besser noch, die Kriegerin ging nicht an Brunnhildes Seite, als würde ihre Beziehung Inge eine besondere Stellung geben.

Dafür war Sif doppelt dankbar. *Das hast du getan, in diesen ersten berauschenden Tagen mit Thor.* Sif spürte, wie ihre Wangen heiß wurden, und sie schob den Gedanken schnell beiseite. Das war inzwischen lange her und sie konnte die Torheit der Jugend inzwischen zugeben. Zumindest insgeheim.

Mit großen Schritten marschierten sie nach Norden und folgten dem Pfad, den die Bergriesen genommen hatten, um Asgardia zu erreichen. Während die Meilen unter ihren Stiefeln dahinschmolzen, kamen sie gelegentlich an einem Stück Rüstung oder Kleidung vorbei, das die Riesen auf ihrem Weg zur Stadt hatten fallen lassen.

Sif ignorierte das leise Gespräch zwischen Inge und Brunnhilde und verließ den Weg, als ihr im hohen Gras etwas Glänzendes ins Auge fiel. Es war die Nabe in der Mitte eines riesigen Schilds, auf den ein Auge, eine Schlange und ein Berg gemalt waren. Sie drehte ihn herum und sah, dass der Griff zerbrochen war, was den Schild unbrauchbar gemacht hatte.

»Etwas gefunden?«, fragte Inge und stieß einen anerkennenden Pfiff aus, als Sif den Schild wieder herumdrehte. »Ihre Kunstfertigkeit lässt einiges zu wünschen übrig. Und wer bringt fehlerhafte Ausrüstung zu einer Invasion mit? Normalerweise sind Riesen doch nicht so dumm, oder?«

In Sifs Erinnerung tauchte ein Bild des Schlachtfelds auf, nachdem es von Toten geräumt worden war. Ein paar der herumliegenden Waffen und Helme hatten Asen gehört, doch bei dem Rest hatte es sich um Riesenausrüstung gehandelt, und davon hatte es reichlich gegeben.

Sie klopfte gegen den Schild. »Beschädigte Ausrüstung, die den ganzen Weg nach Asgardia getragen wurde. Heimdall vermutet, dass sie vielleicht als Ablenkung durch die Welten gesprungen sind, um dann Richtung Stadt zu ziehen. Gerade einmal hundert Riesen, schlecht ausgerüstet, die gegen die größte Stadt und die größten Krieger der Neun Welten in die Schlacht ziehen?«

»Klingt nach einer Selbstmordmission«, sagte Inge und fuhr mit der Hand über den gebrochenen Ledergriff des Schilds. »Aber warum? Als Täuschung?«

»Mein Bruder beobachtet alles und Thor kann die Krieger in jedem Teil Asgards sofort zusammenrufen. Mehrere gleichzeitige Angriffe wären bei solch geringer Zahl und minderwertigen Waffen nötig, um uns auch nur annähernd aus der Reserve zu locken.«

»Und doch gab es bis zu unserer Abreise keine Neuigkeiten über einen weiteren Angriff. Dann waren sie *wirklich* auf einer Selbstmordmission«, folgerte Inge.

»Vielleicht auch nicht. Womöglich sollten sie die Aufmerksamkeit auf sich ziehen«, überlegte Brunnhilde. »Wenn es ein Riese oder Abkömmling von Jotunheim ist – jedenfalls jemand, der mit den Lebensessenzen dort vertraut ist –, der Einherjar raubt, wenn sie sterben, dann würde die konzentrierte Lebenskraft der angreifenden Riesen, die Form ihrer Energie und Auren, als Leuchtfeuer dienen, um die seelenstehlende Magie zum Schlachtfeld zu leiten. Es könnte der Art und Weise ähneln, wie wir Walküren das Todesleuchten nutzen.«

Sif starrte Brunnhilde an.

Abkömmling von Jotunheim.

Loki.

Ihr Blut geriet in Wallung. So musste es sein. Die Walküre hatte praktisch zugegeben, dass sie ebenfalls der Meinung war, der Gott des Schabernacks sei für diese schrecklichen Verbrechen verantwortlich. Endlich waren sie einer Meinung. Ein Schauer der Erleichterung durchlief Sif. Nun würde es einfacher werden.

»Es gibt nämlich keinen Grund, die besten Kämpfer mit der besten Ausrüstung zu schicken, wenn man eigentlich nur

Kriegerseelen ernten will«, sagte Inge und trat gegen den Schild. »Was das hier erklärt. Ich frage mich, ob die Riesen wussten, dass sie nichts als Köder waren und für einen unbekannten Zweck geopfert wurden. Du hast Hunderte von ihnen getötet und sie haben nur eine einzige Seele ergattern können. Das ist eine ziemlich schlechte Ausbeute.«

Sif starrte noch einen Moment auf den Schild, dann kehrte sie auf den Weg zurück und ging schneller als zuvor weiter. Die anderen schlossen sich ihr an. »Aber«, begann sie zögernd, denn so ungern sie die Theorie verderben wollte, verpflichtete sie die Wahrheit zum Sprechen. Lady Sif, Gefährtin des Thor und der Tapferen Drei, gab sich nicht mit Halbwahrheiten ab. Dennoch war es auf dem Weg mit der Aussicht auf einen Kampf am Ende leichter auszusprechen. »Aber dies ist der erste Riesenangriff und du hast gesagt, der Archivar hätte erwähnt, dass es schon ein paarmal zuvor geschehen wäre. Es gab in den letzten Monaten keine Berichte über weitere Riesenangriffe. Also hat es vielleicht doch nichts mit Jotunheim zu tun.«

Brunnhilde zog eine Augenbraue hoch und nickte zustimmend. »Du hast recht. Aber bis wir die Liste der geraubten Seelen haben, können wir keine weiteren Schlüsse ziehen. Die Art ihres Todes könnte immer noch in Bezug zu Jotunheim stehen. In dieser verfluchten Eiswelt hausen noch andere Kreaturen als Riesen.« Sie hob eine Hand. »Oder vielleicht auch nicht. So oder so kann es uns nur zum Vorteil gereichen, nach Norden zu ziehen. Dort gibt es einen Ort, von dem aus ich uns in die meisten Welten bringen kann. Du willst doch wohl nicht wieder ohne Portal irgendwo hinspringen, oder?«, fügte sie mit einem Lächeln hinzu.

Sif schnaubte. »Nur wenn es keine andere Möglichkeit gibt«, sagte sie und musste ein Schaudern unterdrücken. »Nach all den Jahren kann ich mich noch daran erinnern, wie schrecklich es war.«

Inge starrte zwischen den beiden hin und her und seufzte schließlich. »Ihr wollt es dabei belassen? Ihr könnt doch nicht nur Andeutungen machen, ohne mir den Rest der Geschichte zu erzählen«, flehte sie und riss die Augen auf. »Hat sich die Lady Sif etwa einmal in Schwierigkeiten gebracht?«

Brunnhilde lachte und Sif errötete. »Einmal?«, neckte die Walküre. »Es war sehr viel öfter.«

Die Kriegerin starrte sie unbeeindruckt an, dann seufzte sie selbst. »Heimdall und ich haben auf einer wichtigen Mission einst zwei der geflügelten Rösser der Walküren gestohlen«, gab sie zu. »Wie denkst du, ist mein Bruder an Goldmähne gekommen?«

Inge staunte. »Wirklich?«

Sif lächelte reumütig. »Es ist lange her. Mein eigenes Pferd Blutvergießer wollte zu den Walküren zurückkehren. Aber darum geht es nicht. Der Punkt ist, dass man nicht zwischen den Welten reisen sollte, ohne ein Portal zu haben oder jemanden, der weiß, wie man im Zwischenreich navigiert«, sagte sie. »Die Portale sind feststehende Tore, aber selbst sie sind für jemanden ohne die besondere Magie der Walküren schwierig zu benutzen. Oder die eines höheren Gottes natürlich.«

Brunnhilde lachte. »Sie waren sehr jung und diesen Ort zu durchqueren hat sie fürchterlich krank gemacht. Aber diese Krankheit ist einer der Gründe, warum ich uns nicht direkt zum Portal und dann nach Jotunheim bringe. Der Übergang ins Reich der Riesen wird für euch beide so schon schwer genug werden. Kein Grund, es schlimmer zu machen.«

Ein paar Minuten gingen sie schweigend weiter und Sif war leicht überrascht, dass ihr Inge nicht ein Dutzend weiterer Fragen stellte, doch die junge Frau war still und wirkte abgelenkt.

»Dann gehen wir also nach Wiesenfall?«, fragte sie schließlich, als das Schweigen unangenehm wurde. Ihre Stimme klang angespannt.

»Ja. Wenn die Riesen das Portal von Wiesenfall benutzt haben, sind sie bestimmt nah genug an der Stadt vorbeigekommen, um bemerkt zu werden. Und du kannst nach deiner Familie sehen. Wie ich vorhin sagte, habe ich kein Todesleuchten bemerkt.«

»Ich wurde in Wiesenfall geboren und bin dort aufgewachsen«, antwortete Inge auf Sifs unausgesprochene Frage. »Es ist eine große, wehrhafte Stadt mit einem eigenen Schildwall. Sie bewacht ein Portal für diejenigen, die es benutzen können, und wurde als Folge oft von herauskommenden Feinden angegriffen. Die Chancen, dass die Bergriesen – oder wer auch immer sie kontrolliert – von der Nähe zur Stadt nichts wissen, ist gleich null. Und selbst wenn es irgendwie doch so sein sollte, handelt es sich um eine große Stadt umgeben von einer hohen Mauer und gepflegten Feldern. Rauch im Wind, regelmäßige berittene Patrouillen und Tausende Asen. Die Riesen haben die Stadt auf jeden Fall bemerkt.«

»Du sorgst dich seit unserem Aufbruch um dein Zuhause und deine Familie und hast kein Wort gesagt?«, fragte Sif schockiert.

Inge zwang sich zu einem schwachen Lächeln. »Du trauerst und eine Seele fehlt. Das ist es, worüber wir uns Gedanken machen müssen.«

Brunnhilde zog Inge an ihre Seite und legte einen Arm um sie. »Deine Familie besteht aus starken Kriegern, Liebste«, sagte sie leise. »Wir sollten uns vorläufig noch keine Sorgen machen.«

»Ja«, erwiderte die andere Frau erschöpft und gedankenverloren. »Weil es kein Todesleuchten gab.«

Sonst gab es nichts zu sagen und sie marschierten den Rest des Tages über üppige Felder und sanfte Hügel voller Schafe und stämmiger Ponys. Der Himmel war strahlend blau und die Sonne schien gerade warm genug, um die kühle

Frühlingsbrise auszugleichen. In der Nacht kampierten sie unter den Sternen, aßen ihre Wegrationen um ein kleines Feuer und wechselten sich mit der Wache ab.

Sif streckte ihre Beine aus und drehte sich mit dem Rücken zum Feuer, um ihre Nachtsicht nicht zu verderben. Dann verlor sie sich in ihren Gedanken. Was mochte ihnen als Nächstes bevorstehen, während Odin fort war, um den bröckelnden Frieden mit Vanaheim zu kitten? Würde es Loki selbst sein, der erneut versuchte, den Thron zu erobern? Oder zog er lieber aus dem Verborgenen die Fäden, um Unzufriedenheit und Ambition in anderen zu wecken? Vielleicht würden ja weitere Bergriesen über Asgards heilige Erde marschieren und die Seelen der tapfersten Krieger rauben.

Abrupt setzte sich Sif auf und drehte sich zu den anderen um. »Die Tapfersten«, sagte sie. »Inge, du hast es vorhin als schlechte Ausbeute bezeichnet, wenn hundert Riesen für eine Seele sterben. Aber hängt das nicht von der Seele ab? Gyda war tapfer und talentiert, leidenschaftlich und ehrlich, und das sage ich nicht nur, weil wir befreundet waren. Ich habe in Dutzenden Schlachten an ihrer Seite gekämpft. Sie hat – hatte – ein tiefes und angeborenes Verständnis für Taktik, Logistik und die beste Art, um Bogenschützen, Speerwerfer und die Landschaft selbst zu nutzen. Eine geborene Kriegerin. Eine geborene Anführerin. Wenn du eine solche Person rauben und manipulieren könntest, wäre das nicht viele deiner schwächsten Krieger wert? Überleg doch nur mal, wozu ein Dutzend oder sogar Hunderte wie Gyda in der Lage wären, wenn du, keine Ahnung, ihre Erinnerungen oder Fähigkeiten ernten könntest oder was immer Loki sonst mit dem Seelenraub bezweckt.«

»Es wäre, als müssten wir gegen die Besten von uns kämpfen«, sagte Inge langsam und erhob sich. »So wie bei den Übungen, nur in echt. Wenn wir unsere Besten verlören und uns ihnen dann stellen müssten, verändert und zurückgekehrt von den Toten ...« Sie erschauerte. »Das gefällt mir nicht.«

»Mir auch nicht«, stimmte ihr Sif zu. »Mir auch nicht.«

»Sie können aber nicht die Schwächsten geschickt haben«, wandte Brunnhilde ein, nachdem das Schweigen das Knacken des Lagerfeuers mit düsteren Vorahnungen erfüllt hatte. »Die Riesen, meine ich. Wenn es wirklich die Schwächsten ihrer Rasse gewesen wären, hätten sie nicht so entschlossen gekämpft. Sie hätten nicht genug unserer besten Krieger mit den speziellen Talenten getötet, nach denen gesucht wurde.«

Es war der Walküre anzusehen, wie unwohl sie sich bei dem Gedanken fühlte, und Sif konnte es ihr nicht verübeln. Es war, als würden sie jene, deren Seele nicht geraubt worden waren, herabwerten, als wären sie unwürdig gewesen. Es musste für die Anführerin von Odins Seelenführerinnen doppelt so schwer sein, solche Dinge auszusprechen – schließlich widmete sie ihr ganzes Leben der Ehrung der tapferen Toten. Inge drückte tröstend Brunnhildes Bein und ließ ihren Daumen über ihren Oberschenkel streichen.

»Also warum sollten unsere Feinde bereit sein, sich auf eine solche Weise zu opfern? Mit fehlerhafter Ausrüstung hergeschickt zu werden, den ganzen Weg nach Asgardia zu marschieren, um sich uns in einem Kampf zu stellen, den sie nicht nur nicht gewinnen können, sondern von dem sie wissen, dass sie ihn nicht gewinnen dürfen?«

»Vielleicht sind es Fanatiker«, sagte Inge langsam, als sie sich an Brunnhildes Seite schmiegte, den Arm um die Taille der Walküre gelegt. »Vielleicht ist ihnen der Grund, wie auch immer er lauten mag, wichtig genug, um dafür zu sterben?«

Sif schüttelte den Kopf. Sie war ruhelos, die Muskeln in ihren Beinen zuckten und ihr Herz schlug ein bisschen zu schnell. Sie wollte sich bewegen, wollte kämpfen. Es verstehen. »Riesen sind loyal und sie beschützen ihr Zuhause und ihre Anführer entschlossen, wenn es um Jotunheim selbst geht, aber bei einem Angriff werden sie normalerweise durch die Aussicht auf eine Belohnung angetrieben. Auf was für eine Belohnung können sie hoffen, wenn sie hier getötet werden?«

»Vielleicht hält derjenige, der das alles geplant hat, ihre Familien als Geiseln?«, mutmaßte Brunnhilde. »Das könnte ausreichen, damit sie ihr Leben geben.«

»Und Loki ist auf jeden Fall skrupellos genug, um das zu tun«, knurrte Sif. »Er würde alles stehlen, alles tun, um zu bekommen, was er will.« Inge sah sie kurz an und dann schnell wieder weg. Da wurde ihr klar, dass sie eine ihrer langen schwarzen Haarsträhnen um ihre Faust gewickelt hatte und daran zog. Schnell ließ die Kriegerin sie los und zwang sich, die Hände in den Schoß zu legen. Es gab nicht eine Person in Asgard, ob Krieger oder nicht, die nie von der Geschichte gehört hatte, wie Loki ihr in einem Anflug von Eifersucht die Haare abgeschnitten hatte, als sie noch jung gewesen waren. Als Thor ihn gezwungen hatte, es durch magisches Haar aus purem Gold zu ersetzen, das von den Zwergen angefertigt worden war, hatte der Gott des Schabernacks es gestohlen, bevor es verzaubert werden konnte, und als er es ihr auf den Kopf gesetzt hatte, war es schwarz geworden. Seitdem hatten Sifs Haare, die einst das Sonnenlicht selbst gewesen waren, die Farbe von Ruß und Asche, von Tod.

Sif wusste, dass es keine Rolle spielen sollte. Sie wusste, dass es von allen Verbrechen Lokis eines der geringsten war. Und doch war es so persönlich, ein Angriff auf ihr Wesen. Es war, als hätte er seinen Namen in ihr Fleisch geritzt, sodass es jeder sehen konnte. Sie war durch seine Berührung für immer befleckt worden. Für immer von seinen Launen gezeichnet, wie ein Pferd, das die Narben eines grausamen Reiters in seiner Flanke und seinen großen Augen trug.

Im nachfolgenden Schweigen presste sie ihre Hände fest zusammen und atmete tief durch. Bald. Schon bald würde er bezahlen. Für alles.

»Könnte sich die seelenraubende Magie auf die Riesen erstrecken?«, fragte Inge in die Stille hinein. Ihre Stimme holte Sif aus ihrer Grübelei zurück zum vorliegenden Problem. »Brunnhilde, du hast gesagt, dass die konzentrierte Lebenskraft der Riesen als eine Art Anziehungspunkt für die Magie fungieren könnte, um asgardische Seelen zu stehlen. Könnte sie vielleicht auch die toten Riesen selbst wieder heraufbeschwören? Ihre Seelen? Vielleicht wurde den Jotunn eine Art Wiederauferstehung versprochen, sollten sie im Kampf sterben. Gibt es eine solche Magie?«

»Ich kenne da einen gewissen Gott des Schabernacks, der die Toten wieder lebendig machen kann«, sagte Sif, bevor Brunnhilde antworten konnte. »Das ist eine einleuchtende Theorie, die wir im Hinterkopf behalten sollten.«

»Die Magie müsste der Weise ähneln, wie wir das Todesleuchten spüren, doch ebenso in der Lage sein, die Seele über große Entfernungen zu rufen – sogar weltenübergreifend«, wandte Brunnhilde ein. »Dazu sind nicht einmal die Walküren in der Lage. Darum besuchen wir die Schlachtfelder und eskortieren die Toten persönlich. Es wäre immense Macht nötig, um eine so starke und komplexe Magie zu beschwören.«

»Wie gesagt, ich kenne da einen gewissen Gott, der dazu in der Lage wäre und arrogant genug ist, um es zu wagen«, murmelte Sif, diesmal aber so leise, dass es die anderen nicht hören konnten.

Sie seufzte und rieb sich das Gesicht. Plötzlich war sie sehr erschöpft von ihrer eigenen ewig währenden Feindseligkeit, so gerechtfertigt sie auch sein mochte. Sie war es leid, an Loki zu denken. War es leid, immer anzunehmen, dass er hinter jeder Verschwörung steckte, jeder Tragödie, jedem

Fehler. Sie war es leid, dass er immer noch solche Macht über sie hatte.

Schließlich wurde Sif klar, dass sie einfach nur müde war. Auch wenn ihre Stärke die von Inge und jedem anderen normalen Asen weit überstieg, hatte sie den Tag erst auf dem Schlachtfeld und dann in Trauer verbracht. Sie blickte über das Feuer hinweg zu Brunnhilde.

»Schlaf«, sagte die Walküre sanft. »Ich übernehme die erste Wache.«

Sif nickte dankbar. Sie legte sich hin, wickelte sich in ihre Decke ein und genoss ihre Wärme, nachdem die Dunkelheit hereingebrochen war und die letzten Sonnenstrahlen gestohlen hatte. Das Feuer brannte angenehm in ihrem Rücken und in einiger Entfernung konnte sie das Flimmern von Fackeln in einer Ansammlung von Bauernhöfen sehen. Zu beiden Seiten erstreckten sich Felder mit ersten Getreidesprösslingen.

Es war friedlich. Sif sehnte sich nach Frieden und misstraute ihm gleichzeitig. Jeder Schatten, jeder Baum und einsam in der Gegend stehende Fels konnte einen Feind verbergen. Konnte Loki verstecken. Sie zog ihre Decke noch höher und zwang sich, den Gott des Schabernacks aus ihren Gedanken zu verbannen.

Sie blickte in die Nacht hinaus und versuchte, das Durcheinander in ihrem Kopf zu ordnen. Sie wussten noch so wenig – nicht einmal, in was für eine Falle sie liefen. Entschlossen machte sie die Augen zu und verlangsamte ihre Atmung. Das ließ sie endlich entspannen und schließlich schlief sie ein.

Sechs

Gifte und Tarnzauber

Als jüngste und unerfahrenste von ihnen hatte Inge die Hundewache zugeteilt bekommen und als Brunnhilde beim ersten Anbruch des Tages erwachte, befürchtete ein kleiner Teil von ihr, dass ihre Geliebte der Versuchung des Schlafes vielleicht nicht hatte widerstehen können. Doch da war sie, aufrecht sitzend und wachsam, wenngleich auch sichtlich erschöpft um Augen und Mund.

»Hallo«, flüsterte sie stolz und ein bisschen beschämt über ihr mangelndes Vertrauen. Doch Inges Gesicht wurde sanft, als sie zu ihr sah.

»Hallo«, flüsterte sie zurück und stieß ein lautes Gähnen aus. »Bedeutet das ...?«

Brunnhilde streckte sich grinsend. »Komm, leg dich eine Stunde hin, wenn du kannst. Wir wecken dich fürs Frühstück.« Sie zog Inge in ihr Nest aus Decken und küsste sie. »Wie geht es dir?«

Inges tapfere Fassade bekam ein paar Risse und in ihren Augen erschien Nervosität. »Ich werde mich besser fühlen, sobald wir dort sind.«

Brunnhilde verzog das Gesicht und sandte ungeachtet der frühen Stunde eine Nachricht an Eira, eine ihrer Schwestern. Die Seelenführerin versprach, nach Wiesenfall zu springen und sich zu vergewissern, dass die Stadt in Sicherheit war. Die Walküre genoss für ein paar Minuten Inges Wärme und ihren Duft, bevor sie widerwillig aufstand. Die Kriegerin protestierte murmelnd und zog sich die Decke über den Kopf, bis nichts mehr von ihr zu sehen war als ihre Haarspitzen.

Brunnhilde streckte sich noch ein bisschen, legte Feuerholz nach und füllte eine Pfanne mit Wasser und getrockneten Vorräten. Sie war äußerst angespannt und bekam die Worte des Archivars und alles andere, worüber sie am Tag zuvor gesprochen hatten, einfach nicht aus dem Kopf. Sie konnte nicht stillsitzen, also zog sie Drachenfang und ging dreißig Schritte auf die Wiese hinaus, um Schwertübungen zu machen, ohne die anderen zu wecken.

Sie fühlte sich ohne ihre Rüstung leichter als sonst, fast leicht genug, um zu fliegen, während sie sprang und herumwirbelte, parierte und angriff – hoch, tief, dann wieder hoch –, sich duckte und zustach, während ihre Füße sie fast tänzerisch über das Gras trugen.

Wieder wirbelte sie herum und führte ihre Klinge in einem diagonalen Schnitt von Gesicht zu Hüfte, als sie plötzlich auf ein anderes Schwert stieß. Das Klirren von Stahl hallte durch die Dämmerung und ließ Vögel aus den Bäumen aufschrecken. Brunnhilde grinste und parierte Sifs Folgestoß, dann ging sie wieder in den Angriff und zwang die schwarzhaarige Schildmaid vier, dann fünf Schritte zurück, bevor diese geschmeidig wie Wasser an ihr vorbeiglitt, einen weiten Bogen beschrieb und die Walküre aus deren totem Winkel angriff.

Brunnhilde lachte, als sie Sifs Schwert mit der flachen Hand herunterdrückte. Jeder andere hätte riskiert, dabei einen Finger zu verlieren, doch sie vertraute auf ihre Fähigkeiten und die ihrer Gegnerin. Wie erwartet erholte sich die

Schildmaid blitzschnell und preschte auf sie zu. Keiner von ihnen trug eine Rüstung und ihre beiden Schwerter waren rasiermesserscharf, dennoch kämpften sie mit einer Intensität, die den Frieden des Morgens zerstörte. Sie lachten und pfiffen anerkennend, wenn eine von ihnen eine besonders effektive Technik angewendet hatte.

Brunnhilde atmete schwer und ihr schweißnasses Hemd klebte ihr am Rücken. Langsam verstummte ihr Lachen, als sie sich darauf konzentrierten, ihren Atem zu sparen und sich auf ihre Beinarbeit zu konzentrieren. Wenn sie wollten, könnte es zu etwas sehr viel Ernsterem werden, und die Walküre verspürte das schwache Aufflackern ihrer alten Rivalität. In ihrer Jugend waren sie Freundinnen gewesen, dann Konkurrentinnen und schließlich wieder Freundinnen. Selbst heute noch waren beide sehr kampflustig und auch wenn Brunnhilde eine tiefe Zuneigung für Sif verspürte, war der Drang zu siegen stark. Sie schob ihn beiseite und versuchte, einen Weg zu finden, den Kampf zu beenden, ohne den Eindruck zu erwecken, die Runde würde an die Kriegerin gehen, oder schlimmer noch, die andere Frau denken zu lassen, sie würde sie bewusst gewinnen lassen.

Da sprang Inge auf – ihre schöne, schlaue, geliebte Inge – und rief: »Frühstück! Kommt und holt es euch, bevor ich alles aufesse.«

Brunnhilde sah Sif an. Beide waren völlig verausgabt. Sie blinzelte, brach den Augenkontakt und die andere Frau schnaubte. Gleichzeitig senkten sie ihre Schwerter. Die Walküre grinste. »Danke für die Übungsrunde. So wurde ich schon lange nicht mehr gefordert.«

Sif erwiderte das Lächeln. »Ich auch nicht.« Sie steckten ihre Waffen weg und kehrten zum Lager zurück. »Das ist eine gute Möglichkeit, die Steifheit vom Schlafen auf dem Boden aus den Gliedern zu vertreiben.«

Einen Moment später berichtete Eira, dass in Wiesenfall alles ruhig war. Endlich eine gute Neuigkeit. Brunnhilde setzte sich etwas vom Feuer entfernt, da ihr vom Übungskampf schon warm genug war, als sie die Nachricht weitergab. Entspannt verteilte Inge die Teller, doch Brunnhilde spürte, dass sie die Sorge um ihre Familie nur dorthin verschoben hatte, wo diese sie nicht ablenken würde. Inge küsste Brunnhilde und leckte sich die Lippen, um den Schweiß der Walküre zu schmecken.

»Sif, es ist eine Weile her, seit ich das Privileg hatte, dir beim Training zusehen zu dürfen. Falls du Zeit hast, nachdem wir uns um diese unschöne Angelegenheit gekümmert haben, gibt es da ein bestimmtes Manöver, das du vorhin angewendet hast, das ich gern lernen würde.« Inge beschrieb die Technik und Brunnhilde nickte. Sie war innovativ und hatte sie fast übertölpelt.

Das Kompliment und Inges Begeisterung freuten Sif. Während sie aß, beschrieb sie die nötige Beinarbeit und Körperhaltung. Inge hörte genau zu, schaffte es aber gleichzeitig, mehr Essen auf ihren Tellern zu verteilten, ohne hinzusehen und ohne dass Sif es überhaupt bemerkte.

Nach dem Frühstück ging Brunnhilde mit den Tellern und der Pfanne zum Fluss, um zu spülen. Sif sah sie überrascht an und ließ ihren Blick kurz zu Inge wandern. Die Walküre zog eine Augenbraue hoch. »Du kennst meine Freundin doch jetzt, oder?« Sie lachte und deutete mit ihrem Kinn auf Inge. »Ich würde gern noch ein bisschen länger leben. Sie hat gekocht, ich spüle.«

Inge breitete sich derweil auf Brunnhildes Decke aus und streckte sich. »Kompromisse sind das Geheimnis einer glücklichen Partnerschaft«, stimmte sie grinsend zu. »Aber jetzt will ich von deinem Duell mit Hakurei dem Drachen hören, als du damals mit dem Gott des Donners und Lord Balder gereist bist. Stimmt es, was man sagt?«

Sif lachte. »Das hängt wohl davon ab, wem man zuhört. Thor und Balder erinnern sich ein bisschen anders daran, wie es scheint.«

»Wirklich?«, fragte Inge, als Brunnhilde langsam genug davonging, um Sifs Antwort zu hören.

»Mehr Heldentum, weniger Geschrei«, bestätigte die Schildmaid und Brunnhilde musste ebenfalls lachen. Sie erinnerte sich daran, diese Geschichten gehört zu haben, als sie von der Mission, auf die der Allvater sie geschickt hatte, zurückgekehrt waren. Sie erinnerte sich daran, wie sich die Details je nach Erzähler unterschieden, und war damals schon der Meinung gewesen, dass Sifs Version der Wahrheit wahrscheinlich am nächsten kam. Natürlich hatte Sif ihren Stolz und hatte zweifellos eigene Ausschmückungen hinzugefügt. Dennoch war sie ehrlich und auch wenn sie es hasste, sich zu irren, stand sie wenigstens zu ihren Fehlern.

Thors Version bewies natürlich seine mühelose Führung und Zurückhaltung und selbst jetzt beim Geschirrspülen brachte Brunnhilde die Erinnerung an Sifs hochgezogene Braue während er gesprochen hatte zum Lachen.

Sifs Erzählung war jedoch nicht respektlos. Ihre Ergebenheit gegenüber dem Gott des Donners war wohlbekannt, auch wenn sie inzwischen nur noch gute Freunde waren. Brunnhilde schüttelte Wasser von den Tellern und ihren Händen, dann zog sie ihr Hemd aus, um sich den Schweiß vom Leib zu waschen.

Sie rubbelte sich gerade trocken, als die Walküre Eira sie erneut kontaktierte. »Brunnhilde? Du hast meine Schwestern und mich gebeten, zu überprüfen, ob all jene, die außerhalb Asgardias gestorben sind, sicher nach Hel oder Walhalla eskortiert wurden.«

Brunnhilde spürte, wie sich ihr der Magen umdrehte. Selbst durch ihre telepathische Verbindung war Eiras Zögern klar zu erkennen. »Ja. Berichte.«

»Es werden … drei vermisst. Ich … Wir wissen nicht, wo … Ich verstehe nicht, wie das passiert sein kann. Wie können drei Einherjar verschwunden sein? Wie haben wir versagt?«

»Gib mir ihre Namen und ihren Rang innerhalb des Schildwalls«, sagte Brunnhilde, statt ihre Fragen zu beantworten.

Sie brachte Teller und Pfanne wieder zurück zu den anderen, während Eira Gyda und zwei weitere nannte. Es handelte sich um die drei erfahrensten Krieger, die auf dem Schlachtfeld gestorben waren. Sie beendete die Verbindung mit einem barschen Befehl, die Informationen für sich zu behalten, zog ein sauberes Hemd aus ihrem Bündel und zog es über, während sie Sif und Inge erklärte, was sie erfahren hatte.

»Dieser verdammte Archivar«, fügte sie hinzu. »Er hat nur genau das gesagt, wonach ich gefragt habe, und nichts mehr. Er hat nicht erwähnt, dass Gydas Tod nicht der einzige gewesen ist, der sich falsch angefühlt hat. Ja, er hat gesagt, dass es andere gegeben hat, aber nicht, dass es allein in der gestrigen Schlacht drei waren.«

»Also drei plus wer auch immer auf der Liste dieses Trolls steht, wenn wir sie bekommen«, sagte Sif. »Was bedeutet, dass Loki in der Abwesenheit des Allvaters seinen Trumpf noch nicht ausgespielt hat. Seit Monaten stiehlt er heimlich Seelen. Vielleicht auch schon länger.«

»Aber es gab seit Jahren keinen Krieg mehr in Asgard, ob gegen die Riesen oder sonst wen«, überlegte Inge, während sie die Decken zusammenrollte und an ihr Reisegepäck schnallte. »In den letzten sechs Monaten nicht einmal eine kleine Auseinandersetzung. Also wer könnten diese Toten sein?«

Brunnhilde stampfte das Feuer aus, zog ihr Reisebündel über die Schultern und die drei Frauen brachen eilig auf. Das war etwas, das ihr selbst auch keine Ruhe ließ, seit der Archivar es erwähnt hatte. »Meine Schwestern und ich wurden im letzten Jahr nur zu vereinzelten Vorfällen gerufen«, bestätigte sie widerwillig und sandte den anderen Walküren eine kurze Frage. Ihre Antwort kam schnell und war voller Sorge. Inzwischen wussten alle, dass etwas nicht stimmte.

»Hauptsächlich Tierangriffe. Riesenadler oder Wolfsrudel, die einzelne Krieger angegriffen haben. Etwas Unbekanntes in einem See. Streitigkeiten, die zu Duellen und dann zum Tode führten.« Sie schüttelte den Kopf. »Jetzt, wo ich darüber nachdenke, ergibt das keinen Sinn. Krieger aus Asgards Schildwall würden niemals auf Leben und Tod gegeneinander kämpfen.«

»Und das sind nur die Toten, von denen ihr wisst, dass ihre Seelen erfolgreich abgeholt wurden«, wandte Sif ein, bevor ihr bewusst wurde, wie vorwurfsvoll das klang. Entschuldigend berührte sie Brunnhildes Handrücken. »Also müssen noch andere gestorben und ihre Seelen gestohlen worden sein, ohne dass die Walküren es mitbekommen haben. Wenn es nur ein einziges Todesleuchten war, das schnell wieder erloschen ist, kann man es vielleicht nicht so einfach erspüren?«

Brunnhilde starrte in die Ferne. Die strahlende Morgensonne war hinter einer dichten Wolkendecke verschwunden, sodass das leuchtende Grün der Landschaft den gedämpften Ton von polierter Jade angenommen hatte. In den Wäldern im Westen wechselten sich dunkle Schatten und bunte Blüten ab. Hoch über ihren Köpfen sangen Feldlerchen ein niemals endendes Lied, dem sie kaum folgen konnte. Seine Noten kamen so schnell, dass sie ihrer erst im Nachhinein gewahr wurde. Es war zu schön und zu perfekt, um über solche Schrecken nachzudenken. Und doch musste sie es.

»So funktioniert das Todesleuchten nicht. Ob eine Seele oder tausend, sie leuchten gleich hell. Es ist unmöglich zu übersehen. Unmöglich, nicht darauf zu reagieren. Es ist tief in uns verwurzelt. Eher gelingt es einer Walküre, Mjölnir zu heben, bevor sie ein Todesleuchten verpasst.«

»Dann ist vielleicht ...«, begann Inge und ihr Tonfall war so angsterfüllt, dass Brunnhilde stehen blieb und sie ansah. Die Lerchen trällerten weiter und ahnten nichts von der plötzlichen Anspannung. »Vielleicht ist etwas mit den Walküren nicht in Ordnung. Vielleicht hält euch etwas davon ab, das Todesleuchten zu sehen. Ein Gift oder Magie?«

Die bloße Vorstellung und die Sorge im Gesicht ihrer Geliebten ließen Brunnhilde das Herz in die Stiefel rutschen. »Mir geht es gut, mein Herz«, versicherte sie automatisch, dann hielt sie inne. Dachte darüber nach. Zwei Paar Augen fixierten sie nervös, während die Walküre die Magie in sich nach irgendeiner Falschheit absuchte. Sie konnte immer noch die Verbindung mit ihren Schwestern und zu Odin selbst spüren. Körperlich war sie stark und entspannt, schmerzfrei und hellwach. Sie konnte Aragorn zu Hause grasen spüren sowie die schmalen Bande der Magie, die sie mit Drachenfang und ihrem Speer Geirr verbanden.

»Alles in Ordnung«, bestätigte sie und Inge ließ die angespannten Schultern ein wenig sinken. Sie zog sie kurz an sich und küsste ihr Haar. »Aber das bedeutet nicht, dass die anderen Walküren unbeeinflusst sind.« Sie ging erneut ihre Nachricht durch und verzog das Gesicht.

»Keine Seelen, die nach dem Tod eingesammelt wurden, sind aus Walhalla verschwunden, doch Gydas Seele wurde gar nicht erst erspürt. Welche Magie also auch immer verwendet wird, scheint also unsere Wahrnehmung zu beeinträchtigen und uns gegenüber den Sterbenden zu blenden. Bis jetzt sieht das Muster so aus: Wenn wir sie spüren, gelingt ihnen die Reise und sie bleiben dort. Also geht es um unsere Wahrnehmung. Aber das Problem liegt nicht in uns«, fügte sie hinzu, bevor sich Inge wieder Sorgen machen konnte.

»Und der Allvater ist nicht hier, um die Magie zu untersuchen, die euch eure Fähigkeiten verleiht«, sagte Sif und trat gegen einen getrockneten Erdbrocken auf dem Weg. »Das wird ja immer besser. Oder immer schlimmer und schlimmer, je nachdem, ob man es von unserer Seite betrachtet oder von der dieses verdammten Tricksers.« Wut lag in ihrer Stimme, doch auch ein Hauch von widerwilliger Anerkennung. Brunnhilde verstand den Grund dafür: Es war schwer, einen so komplexen Plan nicht zu bewundern, selbst wenn sie bis jetzt nur einen Teil davon erkennen konnten. Es war keine Schande, einen würdigen Gegner zu respektieren.

»Würde Thor etwas spüren können?«, riss Inge Brunnhilde aus ihren Gedanken. »Er könnte die Seelenführerinnen prüfen, um festzustellen, ob ihre Fähigkeiten blockiert sind.«

Die Walküre schüttelte den Kopf. »Walküren zu beeinflussen ist gefährlich und schwer.«

»Könnten es die Krieger selbst sein?«, versuchte es Sif erneut, als sie schließlich weitergingen. Der Morgen hatte seinen Charme verloren und Unbehagen herrschte zwischen den dreien. Mit jeder Theorie wurden sie angespannter, bis die Nervosität in ihnen zuckte wie Thors Blitze. »Könnte Loki einen Tarnzauber über sie gelegt haben, der ihre Seelen vor den Walküren verbirgt? Die Lebensessenz der Riesen nutzen, um das Todesleuchten irgendwie zu überdecken oder um den Tarnzauber auf bestimmte Personen zu legen.«

Sie schnipste mit den Fingern. »Kurz vor ihrem Tod hat Gyda die Stadt verlassen. Vielleicht wurde sie auf ihrer Reise vergiftet oder ihr wurde sonst etwas angetan, um nicht nur ihr Todesleuchten zu überdecken, sondern sie auch schwächer zu machen. Um es wahrscheinlicher zu machen, dass die Magie – und das Leben der Riesen – nicht verschwendet sein würde, als es zum Kampf kam.«

»Ich werde Thor fragen, ob er ein paar meiner Schwestern und mit deiner Erlaubnis auch Gyda untersucht, um zu sehen, ob er etwas fühlt. Es könnte auch etwas nützen, Heimdall zu fragen. Seine Allsicht könnte einen möglichen Tarnzauber erkennen.« Trotz ihrer Worte ging Brunnhilde nicht davon aus, dass es so einfach werden würde oder dass sie so viel Glück haben würden. Normalerweise neigte sie nicht zur Mutlosigkeit, aber sie hielt es für nahezu ausgeschlossen, dass so die Antworten zu finden waren, die sie suchten.

»Absolut«, sagte Sif, ohne sich des inneren Aufruhrs der Walküre bewusst zu sein. »Wir sollten herausfinden, ob sonst noch irgendwelche Krieger verloren gegangen sind. Die Seelen werden nicht direkt aus Walhalla gestohlen, also müssen die vom Archivar erwähnten Vermissten von irgendwo anders kommen. Einsame Krieger, die auf dem Weg zwischen zwei Städten getötet wurden, oder vielleicht kleine Gruppen, die Handelsgüter bewachen. Ihre Abwesenheit würde monatelang nicht bemerkt werden.«

Die Walküre seufzte. »Diese Seelen wären vielleicht ohnehin nicht in Walhalla gelandet«, erklärte sie zögerlich. »Wenn wir mit der Theorie richtigliegen, dass nur die Tapfersten gestohlen werden, würde das nicht passen. Andererseits würde es erklären, warum wir es nicht früher bemerkt haben.«

»Wie es scheint, haben wir mit jeder Stunde mehr Fragen und weniger Antworten«, sagte Inge, während sie durch das hohe Gras am Wegesrand schlurfte. »Es könnten die Walküren sein, es könnten die Krieger sein, es könnte keines von beiden sein, es könnte beides sein. Es könnte Loki sein oder jemand anders.« Als Sif wütend schnaubte, hob sie beschwichtigend die Hände. »Es tut mir leid, Sif, aber es stimmt. Alle Zeichen deuten zwar auf ihn, aber es wäre nachlässig von uns, solche Vermutungen ohne Beweise zu anzustellen. Aber wenn der Archivar sein Wort hält, werden wir morgen die Liste haben. Hoffentlich hilft uns das dabei, das Wesen zu identifizieren, das hinter diesen feigen Angriffen steckt.«

»Fürs Erste«, fügte Brunnhilde zur Unterstützung ihrer Partnerin leise hinzu, »sollten wir es als Einfall eines unbekannten Angreifers behandeln. Wenn wir Vermutungen anstellen, geraten wir vielleicht auf den Holzweg.«

Sif sah zwischen den beiden hin und her und schmunzelte. »Wie ich sehe, habt ihr euch gegen mich verschworen. Es ist einfach schwer für mich, nach allem, was geschehen ist, jemand anders zu verdächtigen.«

»Ich weiß«, erwiderte die Walküre. »Und ich bewundere deine Bereitschaft, dir alternative Theorien anzuhören. Besonders nach allem, was war.«

Inge war ein paar Schritte lang ruhig, dann deutete sie auf einen eine Meile entfernten Baum. »Wer zuerst da ist«, rief sie und begann zu rennen. Die anderen zwei blieben einen Moment überrascht stehen, grinsten einander dann an und rannten ihr nach.

Eine geborene Diplomatin. Bei den Göttern, ich liebe sie.

Sieben

Fürchterliche Enthüllungen

Abgesehen von der Bestätigung, dass Wiesenfall sicher war, erhielten sie keine weiteren Informationen mehr über Brunnhildes telepathische Verbindung mit ihren Schwestern, weder an diesem Tag noch am nächsten. Als sich der nächste Abend näherte, spürte Sif, wie sie immer frustrierter wurde.

Der Archivar hatte gesagt, dass er mehr Zeit brauchte, um die Liste zu erstellen, und der Walküre, die Brunnhilde geschickt hatte, befohlen, später wiederzukommen. Brunnhilde selbst hätte sie am liebsten alle drei in die Halle der Aufzeichnungen transportiert, ob ihnen davon übel wurde oder nicht, um die abscheuliche Kreatur zu bedrohen, bis sie gehorchte, doch Inge hatte ihr das ausgeredet. Sobald sie sich beruhigt hatte, wurde Sif klar, wie klug es von Thor gewesen war, Inge mit ihnen loszuschicken. Die Schildmaid war klug und hatte keine übertriebene Ehrfurcht vor der schwarzhaarigen Kriegerin, wofür Sif sehr dankbar war. Außerdem war sie sorgfältig und ihre Unerfahrenheit machte sie vorsichtig, was Sifs Hastigkeit und Brunnhildes wachsende Sorge um die vermissten Seelen ausglich.

Aber auch Inge hatte ihre eigenen Sorgen. Trotz Brunnhildes wiederholten Beteuerungen, dass Wiesenfall in Sicherheit war, wurde sie immer stiller und verschlossener, während die Stunden vergingen.

Sie kampierten in einem alten, vor Jahrzehnten verlassenen Bauernhof. Der Weizen und der Hafer wuchsen wild und wurden allmählich von Unkraut, Büschen und kleinen Bäumen durchsetzt. Der Hof befand sich in einer kleinen Senke mit sanften Hügeln auf allen Seiten, sodass es sich anfühlte, als wären sie in einem großen Kessel. Der Himmel über ihnen leuchtete rosa, pfirsichfarben und golden.

Sif hatte sich ein bisschen vom Lager entfernt auf den Rücken gelegt, um den anderen ein wenig Privatsphäre zu geben. Das Gras war lang, dicht und etwas feucht vom Abendtau, doch das störte sie nicht. Sie kaute auf einem Grashalm herum und ließ den Himmel über ihre Seele streichen. Seine Pracht und Erhabenheit erinnerten sie daran, dass sie nur einen kleinen Platz in den Neun Welten einnahm, ungeachtet ihrer Geschichte oder ihres Rufs. Das reinigte sie von ihrer Wut und ihrem Leid, bis sie nur noch leer, ein bisschen traurig und ihr Kopf wieder klar war.

Kurz nach Sonnenuntergang rief Inge, dass das Abendessen fertig sei, und Sif kehrte zum fröhlichen Kreis des Feuerscheins und ihrer Gefährten zurück. »Wie viel weiter noch zum Portal?«, fragte sie, nachdem sie gegessen und gespült hatten und es sich auf ihren Decken bequem gemacht hatten.

»Noch drei Tage. Wir können morgen einen kurzen Umweg nach Grünseit machen, um Neuigkeiten in Erfahrung zu bringen und unsere Vorräte aufzufüllen«, sagte Brunnhilde.

»Macht es dir nichts aus, dass wir so langsam reisen?«, fragte Sif neugierig.

Die Walküre schwieg einen Moment. »Manchmal«, antwortete sie schließlich und schenkte Inge ein Lächeln. »Aber diese Reise hat mich gelehrt, es zu genießen, in einem langsameren Tempo voranzukommen. Es geht nicht nur darum, dass euch durch das Springen schlecht werden könnte. So haben wir die Gelegenheit, alles zu durchdenken und in den Städten, durch die wir kommen, vielleicht weitere Informationen zu sammeln.«

Sif legte den Kopf schief und deutete mit ihrem Daumen auf ihre eigene Brust. »Und eine langsamere Reise hält mich auch davon ab, überstürzt zu handeln, nicht wahr?«

Brunnhilde lachte und hob beschwichtigend die Hände. »Das stimmt«, gab sie zu. »Thor war es, der meinte, je mehr Zeit deine Wut hat, um sich abzukühlen, umso besser für uns.«

»Selbst nach all diesen Jahren«, sagte sie ruhig, »hat er so wenig Vertrauen.«

»Seine genauen Worte waren: ›Sie ist am tödlichsten, wenn sie besonnen ist, und das braucht ihr, um denjenigen zu besiegen, der dahintersteckt‹«, erinnerte sich die Walküre.

Sif errötete, räusperte sich und stand eilig auf. »Schlaft etwas«, sagte sie mit rauer Stimme. »Ich übernehme die erste Wache.« Sie marschierte ins Dunkel und tat so, als würde sie das sanfte Lachen hinter sich nicht hören.

Wie immer spürte Brunnhilde eine gewisse Anspannung, wenn sie eine Stadt oder ein Dorf betrat. Auch wenn Drachenfang in seiner Scheide unsichtbar war, identifizierte sie ihre Rüstung doch eindeutig als eine der Seelenführerinnen der Gefallenen. Eine Walküre, die eine Stadt betrat, hatte eine gewisse Wirkung auf die Bewohner, besonders auf die Krieger, die meistens sofort nach ihren Waffen griffen, um einen ehrenhaften Tod zu gewährleisten, sollte sie für sie gekommen sein. Es machte die Dinge immer recht angespannt und nach allem, womit sie sich bereits beschäftigen mussten, wollte Brunnhilde das vermeiden. Dennoch legte sie keinen Tarnzauber über sich, als sie Grünseit betrat. Sie brauchten Informationen und wenn die hier stationierten Krieger wussten, dass es eine Walküre war, die fragte, würden sie wahrscheinlicher antworten.

Die Kombination aus Brunnhildes Rüstung und Sifs unverwechselbarem schwarzem Haar zog alle Blicke auf sich und löste einen Sturm von Geflüster aus, der ihnen auf dem Weg zum geschäftigen, farbenfrohen Marktplatz im Herzen der Stadt folgte. Die schmächtigere und kleinere Inge ging zwischen ihnen. Sie wirkte jedoch eher erstaunt über die Aufmerksamkeit, die ihre Begleiterinnen erregten, als gekränkt über die eigene Nichtbeachtung.

Sifs Gesicht war völlig ausdruckslos, während sich die Menge vor ihnen teilte. Marktbesucher drückten sich zwischen die Stände und selbst die Kinder wurden protestlos aus ihrem Weg gezogen. Ein Kommandant des Schildwalls bahnte sich winkend seinen Weg zu ihnen. Er war groß, mit einem langen, geflochtenen Schnurrbart, während der Rest seines Gesichts glatt rasiert war. Das Haar an seinen Schläfen war ebenfalls geflochten und rot, wenngleich mit Silber durchzogen, obwohl er sich mit der Anmut eines jungen Mannes bewegte.

Als er Brunnhilde sah, erbleichte er und stolperte fast über seine eigenen Füße, bevor er sich wieder im Griff hatte. Er setzte ein breites Lächeln auf und salutierte. »Lady Sif, verehrte Walküre und schöne Schildmaid, ich gebe zu, dass ich eine so erlesene Gruppe von Kriegerinnen nicht erwartet habe, doch ich danke Frigga dennoch, dass Ihr gekommen seid, und das auch noch so schnell. Ich bin Kommandant Olafson des Großen Nördlichen Walls.«

Die drei Kriegerinnen tauschten einen Blick aus und Brunnhilde bedeutete Sif, die Gesprächsführung zu übernehmen.

»Was bringt Euch nach Grünseit, Kommandant?«, fragte Sif, während er sie in ein Gebäude führte. Dort landeten sie in einem großen Raum voller Tische und mit einem kunstvollen Wandgemälde. An einigen Tischen saßen Schriftgelehrte, die

die Legenden von Asgard auf wunderschöne Schriftrollen übertrugen, doch als Olafson mit den Fingern schnipste, sammelten sie ihre Papiere zusammen und flohen.

»Was mich nach Grünseit bringt?«, wiederholte er, als sie alle Platz genommen hatten. »Natürlich die Todlosen. Seid …« Er unterbrach sich und sein Lächeln erstarb. »Seid Ihr nicht deshalb hier? Wir haben vor zwei Tagen Boten losgeschickt. Ich dachte …«

Plötzlich hatte Brunnhilde einen Kloß im Hals. »Sprecht«, blaffte sie. Olafson sah sie zögernd an. Seine Verwirrung wurde zu Misstrauen.

»Dies sind die Anführerin von Odins Walküren und Inge vom fünften Schildwall Asgardias. Mich kennt Ihr, nehme ich an. Bitte sagt uns, was am Großen Nördlichen Wall vor sich geht.« Sifs Stimme war ruhig und höflich, aber dennoch voller Autorität. Die Bestätigung ihres Standes vertrieb Olafsons Zweifel.

»Vergebt mir«, sagte er zu Brunnhilde. Seine Finger berührten den gravierten Hammer, den er um den Hals trug. Die Walküre ignorierte die Geste. Sie war schon seit Langem daran gewöhnt, dass die Leute so den bevorstehenden Tod abzuwenden versuchten, wenn sie sie erkannten. Stattdessen nickte sie in Sifs Richtung, um ihn an ihre Frage zu erinnern.

»Was sind die Todlosen, Kommandant?«, fuhr Sif fort.

Der Mann riss den Blick von Brunnhilde los und richtete seine Aufmerksamkeit wieder auf sie. »Wenn wir das nur wüssten«, erwiderte Olafson niedergeschlagen. »In den letzten Wochen gab es überall entlang des Großen Nördlichen Walls vereinzelte Angriffe. Getötete Krieger oder kleine Spähtrupps, die abgeschlachtet wurden.« Er deutete auf Brunnhilde. »Das wisst Ihr natürlich alles«, sagte er und die Walküre musste die Zähne zusammenbeißen, um sich ihr Entsetzen nicht anmerken zu lassen. *Ich weiß nichts darüber.*

»Könnt Ihr es denn für mich noch einmal zusammenfassen?«, fragte Inge ruhig und Brunnhilde dankte ihr stumm für die Einmischung. Sie hatte nicht lügen wollen oder, schlimmer noch, zugeben, dass sie keine Ahnung hatte, wovon der Kommandant sprach. »Ich bin nur eine einfache Frau in der Gesellschaft dieser edlen Kriegerinnen. Wie viele Verluste hattet Ihr bis jetzt zu verzeichnen? Und seit wann geht das schon so? Was wurde bisher von Asgardia unternommen?«

»Bis jetzt ein paar Dutzend, doch die wenigen, die überlebt haben, erzählen alle die gleiche Geschichte ...«

Das Rauschen in Brunnhildes Ohren übertönte Olafsons Stimme. *Ein paar Dutzend. Bis jetzt. Ein paar Dutzend bis jetzt.* Sie sandte einen verzweifelten Ruf an ihre Schwestern und fragte, wie viele Seelen sie in letzter Zeit aus der Region um die Große Nördliche Mauer nach Walhalla eskortiert hatten. Die Antwort kam schnell, war jedoch unbegreiflich. Keine. Nicht eine war im letzten halben Jahr von einem Todesleuchten so weit nach Norden gelockt worden.

Unmöglich. Nein, nein, nein. Unmöglich!

Der Walküre kam die Galle hoch. Nicht eine einzige Seele war erspürt worden, nicht eine einzige Walküre hatte die ruhmreichen Toten abgeholt. Jede einzelne von ihnen war geraubt worden.

Brunnhilde musste schlucken. Ihre Hände hatten sich in ihrem Schoß zu Fäusten geballt und nichts konnte sie wieder lockern.

»Was genau meint Ihr damit?«, fragte Sif.

Olafson wirkte elendig und rang verzweifelt mit den Händen. Es war eine seltene Demonstration von Hilflosigkeit bei einem Krieger seines Standes. »Genau das, Mylady. Sie sind ohne Tod. Sie sterben nicht. Oder vielleicht sind sie auch bereits gestorben, das wissen wir nicht. Es ist allerdings auch eine relativ neue Entwicklung. Zuvor waren es noch recht gewöhnliche Vorkommnisse, wenngleich in ungewöhnlicher Dichte – eine Bande wilder Zwerge, ein herumwandernder Riese. Doch seit einer Woche werden wir von den Todlosen heimgesucht. Es handelt sich um entsetzliche Wesen, die uns als halb Elf, halb Troll oder manchmal auch halb Wolf erscheinen. Die andere Hälfte ist immer ein Riese. Und ihre Augen sind auch immer gleich.« Bei den letzten Worten senkte sich seine Stimme zu einem Flüstern.

»Was ist mit ihren Augen?«, hakte Sif nach. Selbst Brunnhilde in ihrem inneren Aufruhr war beeindruckt, dass die schwarzhaarige Kriegerin noch nicht Loki beschuldigt hatte, Strippenzieher dieser Vorkommnisse zu sein. Vielleicht war sie ja ebenso erschüttert wie die anderen.

Ein paar Dutzend bis jetzt.

Sie sandte einen Befehl an eine ihrer Walküren, erneut zum Archivar zu gehen und erst wieder zu gehen, wenn sie die Liste der Seelen hatte, deren Tod sich »falsch angefühlt« hatte, wie der Troll es ausgedrückt hatte. Wenn ihre Schwester ihm dafür drohen musste, war das ganz in ihrem Sinne. Wenn sie die Autorität Thors mitsamt seines Hammers hinter sich brauchte, konnte sie das ebenfalls möglich machen. *Sage ihm, ich habe dich geschickt, aber verschaffe mir diese Liste.*

Sie richtete ihre Aufmerksamkeit wieder auf den Raum, als sich Olafson die Lippen befeuchtete und noch mehr mit den Händen rang. »Vertraut«, flüsterte er. »Ihre Augen sind vertraut. Wir kennen sie. Torvald, einer meiner besten Krieger, schwört, dass der Todlose, gegen den er letzte Woche gekämpft hat, sein vor einem Monat getöteter Bruder war.« Sein Blick ging zu Brunnhilde und es gelang ihr, ganz leicht den Kopf zu schütteln. Und selbst das war eine Lüge, eine schreckliche Lüge. Sie hatte keine Ahnung, wer Torvalds toter Bruder war. »Aber das kann nicht sein, oder?«

»Das ergibt überhaupt keinen Sinn«, sagte Sif und lenkte Olafsons Aufmerksamkeit von der Walküre ab. »So wie es klingt, handelt es sich um einen neuen und erschreckenden Gegner und diese seltsamen Gedanken sind wahrscheinlich nur den Belastungen des Kampfes geschuldet, besonders wenn diese Kreaturen unsterblich sind. Und das ist es auch, worauf wir uns konzentrieren sollten. Wie ist es überhaupt einigen Eurer Krieger gelungen, zu überleben, wenn ihre Gegner nicht sterben? Welche Strategien habt Ihr angewendet, um sie zu bekämpfen? Wir müssen diese Vorfälle bekannt machen, falls sie sich weiter ausbreiten und die Große Nördliche Mauer weiter geprüft wird. In der Abwesenheit des Allvaters müssen wir unser aller Wissen vereinen.«

Es war eine gute Ablenkung und Olafson schien sie zu akzeptieren, denn er begann, von Strategien zu reden und wie das Zerstückeln dieser Kreaturen der einzige Weg zu sein schien, um ihre Bedrohung zu beenden. Es sah so aus, als würde es sie zerstören, wenn Gliedmaße und Kopf abgetrennt wurden. Bei weniger schweren Wunden machten sie dagegen einfach weiter.

»Ich kann mir vorstellen, dass das für Eure Krieger nicht nur äußerst gefährlich sein muss, sondern auch außerordentlich belastend, besonders wenn sie gerade ihre ruhmreichen Toten betrauern, wie Torvald es tut«, sagte Sif so diplomatisch, wie Brunnhilde sie schon lange nicht mehr erlebt hatte.

Die Walküre sandte einen telepathischen Befehl an zwanzig ihrer Schwestern, sofort zum Großen Nördlichen Wall zu kommen. Es war ein permanenter Schildwall, genau wie die in Asgardia, Wiesenfall und den anderen größeren Städten stationierten Krieger. Er war eingerichtet worden, weil die nördlichen Regionen so wild und spärlich besiedelt waren, dass ihre Feinde entdeckt hatten, wie leicht es war, sie unbemerkt und in großer Zahl zu infiltrieren. Nun waren die Krieger, die die Hügel und Wälder patrouillierten, immer in Bewegung und nahmen unvorhersehbare Routen. Sie waren effektiv und zählten zu den zähsten Krieger Asgards. Das mussten sie auch, da sie wochenlang und ohne Aussicht auf Verstärkung in der Wildnis blieben.

Und sie haben Angst.

Die Antwort kam und die Walküre schob ihre wilden Spekulationen beiseite, um sie aufzunehmen. Sie befahl ihren Walküren, ihre wahre Natur nicht zu offenbaren, außer sie fühlten ein Todesleuchten, und sollten stattdessen, wann immer möglich, mit den größeren Spähtrupps reisen oder sie unauffällig beobachten. Und sie sollten sich jederzeit bereithalten, um ihre Pflicht zu erfüllen, und Brunnhilde Bericht erstatten, sollten diese todlosen Krieger auftauchen.

»Vielleicht sollten wir mit diesem Torvald sprechen«, flüsterte Inge Brunnhilde zu. »Ich kann ihn nach dem Namen seines Bruders fragen und du deine Schwestern, ob sie ihn eskortiert haben.«

Die Schultern der Walküre verspannten sich. »Das habe ich bereits«, flüsterte sie zurück. »Keine von ihnen wurde in letzter Zeit nach Norden gerufen.«

Inges Finger gruben sich mit überraschender Stärke in Brunnhildes Handgelenk. »Keine einzige?«, zischte sie. »Aber er hat gesagt …«

»Es reicht«, warnte sie und ihre Geliebte verkniff sich den Rest. Inge war kreidebleich und ihr Puls hämmerte sichtbar in ihrer Kehle. Welche Zahl der Archivar ihnen auch gab, sie würde viel höher als erwartet ausfallen. Wenn Sif nicht gesehen hätte, was mit Gyda geschehen war, wer weiß, wie lange dieser Frevel noch weitergegangen wäre. Wie viele Seelen sie verloren hätten. Der Troll hätte diese Information auch niemals freiwillig geliefert. Diese Kreatur war zwar Odins Willen unterworfen, doch sie war verschlagen genug, nur ihre Pflicht zu tun, jedoch nichts, was darüber hinausging.

Brunnhilde starrte das Wandgemälde der Nornen an, die über das Schicksal jedes lebenden Asen entschieden. Sie fragte sich, wie viele Lebensfäden sie bereits durchschnitten hatten und wie viele mehr zwischen den Klingen ihrer Scheren ruhten. Ein eiskalter Schauer überlief sie vom Kopf bis zu den Sohlen ihrer Füße.

Es mochte kein Zufall sein, dass diese todlosen Kreaturen kurz vor dem Einmarsch der Bergriesen in Asgardia erschienen waren. Mit Sicherheit wurden sie alle von der gleichen Person befehligt. Brunnhilde fiel es mit jeder neuen Enthüllung schwerer, jemand anders als Loki selbst hinter diesen Vorkommnissen zu vermuten.

Plötzlich verstand sie, warum Sifs Zorn gegenüber dem Gott des Schabernacks niemals schwächer zu werden schien. Wer auch immer für den Seelenraub verantwortlich war – *Loki, Loki, Loki* –, hatte sich gerade ebenfalls die ewige, unsterbliche Feindschaft der Walküre eingehandelt. Er hatte ihrem Lebenszweck die Ehre genommen und sie an dieser Abscheulichkeit mitverantwortlich gemacht. Es spielte keine Rolle, dass sie es nicht gewusst hatte. Sie hätte es wissen *müssen.* Sie hatte die Toten im Stich gelassen und mit jedem Tag, der verging, ohne dass sie diesem Grauen ein Ende setzte, ließ Brunnhilde sie weiter im Stich. Sie sehnte sich danach, Drachenfang zu ziehen, direkt dorthin zu springen, wo sich Loki versteckte, und ihn der Gerechtigkeit zuzuführen – oder dem Tod. Stattdessen atmete sie tief durch und konzentrierte sich wieder auf das Gespräch.

»Wir müssen die Kadaver dieser todlosen Kreaturen sehen«, sagte Sif. »Außer ihr habt sie bereits verbrannt.«

Olafson kaute nachdenklich auf einem seiner Schnurrbartzöpfe herum und die hineingeflochtenen Perlen klackten gegen seine Zähne. »Wir müssen sie verbrennen, so schnell wir können, denn sonst ... setzen sich ihre Körper einfach wieder zusammen«, sagte er.

Brunnhilde blinzelte und war davon überzeugt, sich verhört zu haben. Ein Blick in Inges und Sifs Gesichter überzeugte sie jedoch vom Gegenteil.

»Aber wenn Ihr mit mir mitkommt, kann ich Euch mit einer Patrouille hinausschicken und Ihr werden ihnen früher oder später begegnen. Das kann ich garantieren.« Olafson klang verbittert.

»Das könnte Tage dauern«, wandte Sif ein. »Es tut mir leid, aber ich glaube nicht, dass wir dafür Zeit haben. Wir haben eine dringende Aufgabe für den Gott des Donners zu erledigen.«

Der Kommandant spuckte seinen Schnurrbart aus. »Dringender als das?«, fragte er ungläubig. Sif verschränkte ihre Arme vor der Brust, lehnte sich zurück und starrte ihn an. »Aber natürlich, Mylady«, murmelte er und ließ die Schultern hängen. »Hoffentlich kommt bald jemand aus Asgardia. Jemand, der uns sagen kann, was das für Wesen sind und wie man sie am besten zerstört. Meine Krieger gehören zu den Besten, aber so langsam ... wird ihnen mulmig.«

Inge sah zu Sif und die Frage in ihren Augen war klar: Sollten sie zum Großen Nördlichen Wall gehen?

Die Walküre selbst war hin- und hergerissen, doch der Seelenraub hatte Priorität. »Es wird bald Hilfe kommen«, versicherte sie. »Wie viele dieser todlosen Kreaturen habt Ihr bis jetzt zerstört?«

Olafson sackte noch ein bisschen mehr in sich zusammen. »Neun. Sie tauchen auf, löschen einen Spähtrupp oder eine Patrouille aus und verschwinden wieder. Sie stehlen nichts, sie stellen keine Forderungen. Ihr einziger Wunsch scheint darin zu bestehen, uns zu ermorden. Eine der Überlebenden sagte, dass ihre Gruppe zwanzig Mann stark war und von nur drei dieser Kreaturen bis auf sie ausgelöscht wurde. Pfeile prallen an ihnen ab und Schnittwunden verheilen sofort wieder. Wie ich schon sagte, ist die einzige Methode, die wir bis jetzt gefunden haben, um sie zu verlangsamen, Gliedmaße mit einem einzigen Hieb abzutrennen. Daher das Feuer.«

Sie alle schwiegen für eine Weile. »Kein Wunder, dass Eure Krieger Angst haben«, sagte Inge. »Und doch sind sie so tapfer, immer wieder auf Patrouille zu gehen. Ihr müsst sehr stolz sein. Mit Eurer Erlaubnis würden wir gern für die Gefallenen beten. Und für die Lebenden, damit ihre Herzen und Arme stark und aufrichtig bleiben.«

»Selbst die Walküre?«, fragte Olafson skeptisch.

Brunnhilde spürte Empörung in sich aufsteigen, bis ihr klar wurde, dass seine Worte Angst und Erschöpfung entsprangen. »Besonders die Walküre«, sagte sie leise. »Wenn Ihr es gestattet.«

Der Kommandant schien zu begreifen, wie seine Worte geklungen haben mussten. »Verzeiht mir, Mylady«, sagte er schnell und sie bemerkte, dass er erneut das Amulett um seinen Hals berührte. »Ich habe keinen Zweifel daran, dass die ruhmreichen Toten diese Ehre zu schätzen wissen würden. Ebenso wie die Lebenden.«

Wieder regten sich Schuldgefühle in ihr, doch sie schob sie beiseite und konnte sich sogar zu einem Lächeln zwingen. Innerlich betete sie um Vergebung und dafür, dass sich ihr die Seelen offenbaren würden, damit sie diese finden und nach Walhalla bringen konnte, wie sie es verdienten.

Danach blieb nicht mehr viel zu sagen. Sie verließen Olafson, der einen weiteren Brief an den Palast in Asgardia schrieb, in dem er um Hilfe flehte, während ein Kurier geduldig an seiner Seite wartete.

»Du könntest mit uns einfach zum Großen Nördlichen Wall springen«, sagte Inge, sobald sie draußen waren. »Wir könnten uns einen Tag für die Suche nehmen. Ich lasse mich nicht von der Sprungkrankheit beeinflussen.«

»Ein weiteres Dutzend Krieger könnten ihrer Seele beraubt werden, während wir hier sind«, zischte Brunnhilde. »Ein weiteres Dutzend, das ich im Stich gelassen habe.«

Inge wollte ihr eine tröstende Hand auf die Schulter legen, doch die Walküre bog in eine Marktgasse ein.

»Das ist typisch für Loki«, hörte sie Sif zu Inge sagen, während beide sie einzuholen versuchten. »Seinen Gegnern scheinbar zufällige und unzusammenhängende Herausforderungen in den Weg legen, um sie davon abzuhalten, gemeinsam einen Plan zu schmieden. Unsere Aufgabe besteht darin ...« Sie unterbrach sich, während sie durch die dichte Menge der Marktbesucher gingen. Brunnhilde ging ein wenig langsamer und streckte eine Hand hinter sich aus. Eine Sekunde später spürte sie, wie sich Inges Finger mit ihren verschränkten. »Tut mir leid«, murmelte die Walküre.

»Nein, nein«, sagte Inge schnell. »Ich habe nicht nachgedacht. Die Lady Sif hat recht. Wir haben unsere Mission und dürfen uns nicht ablenken lassen. Wie der Kommandant gesagt hat, es könnte Tage dauern, um diese Kreaturen zu finden, und diese Zeit haben wir einfach nicht.«

»Wohingegen wir sie mit Sicherheit dort antreffen, wo Loki ist«, bemerkte Sif hinter ihnen. »Brunnhilde, von den Toten, die Olafson erwähnt hat, wie viele ...?«

»Alle.«

Sif fluchte leise und Inge drückte Brunnhildes Hand. Schweigend gingen sie über den Markt und kauften zusätzliche Vorräte und zwei Pferde. Brunnhilde rief Aragorn herbei und das geflügelte Ross landete gleich an der Stadtgrenze. Sie stiegen auf und ritten Richtung Norden weiter, durch Felder, die grün und golden und friedlich in der Brise wogten. Das Reich war zu friedlich für die Abscheulichkeiten, die sich unter seiner Oberfläche zutrugen.

Brunnhilde trieb Aragorn in einen Trab an. Dann in einen Galopp.

ACHT
WIESENFALL

Sie ritten bis zur Dämmerung und bis sie den Weg unter den Hufen ihrer Pferde nicht mehr erkennen konnten. Dann schlugen sie ein Lager auf und Sif bestand darauf, die volle Nachtwache zu übernehmen. Sie war ruhelos und alles, was sie erfahren hatten oder vermuteten, spukte ihr im Kopf herum. Sie konnte nicht aufhören, über das Geheimnis der Todlosen nachzudenken und sich um die Zahl der bis jetzt getöteten Krieger zu sorgen. Eine ganze Nacht allein ermöglichte es ihr, all das zu analysieren. Gleichzeitig verschaffte sie Brunnhilde ein paar Stunden mit Inge. Sie alle hatten ihre Bürde zu tragen. Das Letzte, was die anderen brauchten, war, vier Stunden allein Wache zu halten und sich Vorwürfe zu machen. Wenn die Schildmaid und die Walküre etwas Frieden in den Armen der anderen finden konnten, würde das allen dreien nützen.

Leise umkreiste Sif das kleine Lager, während die Sterne sichtbar wurden und die Nacht merklich kälter wurde. Eine Eule heulte und Sif sah auf, doch der Vogel war in der Dunkelheit unsichtbar. Ein Fiepsen ertönte, als das Leben einer Fledermaus in ihren scharfen Krallen ein Ende fand.

Hat sich Gyda auch so gefühlt?, fragte sie sich und schob den Gedanken schnell beiseite, wie einen aufdringlichen Betrunkenen auf der Straße.

Es war eine lange, stille Nacht und als endlich der Morgen dämmerte, war die Schildmaid trotz der wachen Stunden kein Stück weiter darin, die vielen verwirrenden Dinge zu verstehen, die sie erfahren hatten. Allerdings wusste sie nun, was an ihr genagt hatte – und fast wünschte sich Sif, sie hätte es nicht herausgefunden.

Sie teilte Rationen aus und sie aßen auf ihren Pferden. Ein schweres und nachdenkliches Schweigen lag über ihnen, bis die schwarzhaarige Kriegerin es abrupt beendete. »Kommandant Olafson sagte, die Todlosen würden seine Leute schon seit einer Woche angreifen. Heimdall sah die Bergriesen kommen, doch diese Monster hat er nicht erwähnt, zumindest nicht mir gegenüber. Ich denke, wenn mein Bruder sie gesehen hätte, hätte Thor uns das gesagt, bevor er uns auf diese Mission geschickt hat.«

Einen langen Moment war nichts zu hören außer dem Klappern von Hufen. »Wie ist das möglich?«, fragte Inge traurig.

»Mein Bruder sieht alle lebenden Kreaturen innerhalb des Reiches.« Sif zuckte erschöpft mit den Schultern. »Und doch hat er diese Feinde nicht gesehen. Was auch immer sie sind und wer auch immer sie geschickt hat, sie müssen einen Tarnzauber tragen, der sie vor Heimdalls Blick schützt.«

Die anderen hatten keine Theorien oder Vorschläge, die erklären könnten, warum der Weitsehende die Kreaturen am Großen Nördlichen Wall nicht entdeckt hatte, und die Stimmung verdüsterte sich weiter.

»Erzähl mir von Wiesenfall«, sagte Sif plötzlich. Brunnhilde warf ihr einen warnenden Blick zu. »Wie viele Krieger, wie hoch ist die Mauer, wie sieht eure Verteidigung aus?«, beharrte die Schildmaid.

Inge schwieg einen Moment, dann begann sie, mit monotoner Stimme zu sprechen. Doch schon bald erwärmte sie sich für das Thema, beschrieb die Waffenverstecke und Bogenschützenplattformen innerhalb der Stadt und die Wachtürme an der Straße zwischen Wiesenfall und dem Portal. Sie sprach vom geräumten Umfeld der Stadt, das es Angreifern unmöglich machte, sich im Schutz der Bäume heranzuschleichen, und wie die Mauern fast zwanzig Meter tief in die Erde reichten, um Sappeure abzuhalten.

Sif hörte, wie Inges Stimme immer begeisterter wurde, und merkte sich die Details ihrer Beschreibungen, während sie gleichzeitig ihre Umgebung nach Gefahren absuchte. Sie nickte anerkennend und selbst Brunnhilde lauschte genau. Die Walküre war besser im individuellen Kampf, ob nun gegen einen oder mehrere Gegner, statt Teil eines Schildwalls zu sein. Weder Belagerungen noch Schlachten waren ihr Fachgebiet, dennoch saugte sie jedes von Inges Worten gierig auf.

»Es klingt ausgezeichnet geschützt«, sagte Sif, als Inge schließlich fertig war. Sie waren abgestiegen, um die Pferde ausruhen zu lassen, und nun gingen die drei nebeneinander, während ihre Rösser ihnen folgten. »Mir fällt nichts ein, um die Aufstellung eurer Krieger, der Vorräte oder Waffen zu verbessern. Die Todeszonen klingen perfekt vorbereitet und jede Bogenschützenstation hat überlappende Schussfelder. Es ist klar, dass Wiesenfall selbst einem entschlossenen und anhaltenden Angriff standhalten kann. Es überrascht mich nicht, dass du deine Ausbildung in Asgardia mit solcher Leichtigkeit absolviert hast, wenn du aus einer solchen Gemeinschaft stammst.«

Inge errötete ein wenig und zog verlegen den Kopf ein, doch ihr gelang ein Lächeln. »Die Lady Sif ehrt mich.«

Sif schnaubte verächtlich. »Du brauchst mich wirklich nicht mit Titel anzusprechen. Sif reicht völlig.«

Brunnhilde grinste. »Siehst du? Ich habe doch gesagt, sie mag dich«, scherzte sie und Inges Wangen wurden noch roter.

»Tue ich nicht«, beharrte Sif und tat so, als würde sie finster dreinschauen. »In einem Kampf ist es nur einfacher, ›Sif‹ zu rufen, also sollte sie vielleicht besser damit anfangen.«

Inge wirkte entsetzt und Sif wartete eine Sekunde. Dann begann sie zu lachen und stieß die Schildmaid mit ihrer Schulter an. Inge wurde noch röter, doch es gelang ihr, schwach mitzulachen.

Brunnhilde kniff die Augen zusammen und zog Inge an sich. »Du Monster«, sagte sie zu Sif. »Es ist einfach unmöglich, dass jemand meine perfekte kleine Kirschblüte nicht mag, meine süße kleine …«

»Bei Odins Auge, lass mich los.« Sie wand sich in ihrem Griff. »Du bist so peinlich. Lady Sif, ich meine Sif, hör nicht auf sie, bitte.« Sie befreite sich aus Brunnhildes Umarmung und marschierte ein paar Schritte voraus. »Ihr seid beide schrecklich, wisst ihr das?«, sagte sie über ihre Schulter, doch ihre Mundwinkel verzogen sich zu einem Lächeln. Sie schüttelte theatralisch den Kopf. »Ich schäme mich für euch. Gilt so was in der Göttinnenschule als Humor?«

Sif zog eine schwarze Augenbraue hoch. »Und du nennst mich unbesonnen«, sagte sie gespielt beleidigt. »Ich sollte ihr eine Lektion erteilen, die sie nicht so schnell vergessen wird. Was für eine Respektlosigkeit.«

Die Walküre schnaubte. »Die ist ein richtiger Berserker«, erwiderte sie liebevoll. »Aber ich muss dich bitten, nicht die Klinge mit meiner Freundin zu kreuzen. Das sorgt nur für schlechte Stimmung, wenn wir zusammenarbeiten sollen.«

»Und ich dachte, du würdest meine Ehre aus purer Liebe verteidigen«, schmollte Inge theatralisch, doch sie wurde langsam genug, damit die anderen sie einholen konnten.

»Liebe oder Selbsterhaltungstrieb, das lässt sich manchmal nicht so genau sagen.« Brunnhilde zuckte mit den Schultern. Inge schnappte empört nach Luft und die Walküre klopfte ihr so fest auf den Rücken, dass sie einen Schritt vorwärtstorkelte.

»Bei Hela, Liebste«, beschwerte sich Inge. »Wir sind nicht alle so stark wie du.«

»Das stimmt«, erwiderte Brunnhilde fröhlich und Sif schnaubte.

»Es reicht, da rede ich doch lieber mit meinem Pferd. Ihr seid beide, und das kann ich nicht genug betonen, fürchterliche Vorbilder und sogar noch schlimmere Beispiele asgardischer Führerschaft.« Inge blieb kurz stehen, bis ihr Pferd sie eingeholt hatte, dann legte sie ihren Arm um seinen Hals und murmelte ihm etwas ins zuckende Ohr.

»Was?« Sif befürchtete, dass ihre Verärgerung echt war, bis sie sah, wie Brunnhilde ihr zuzwinkerte.

»Ich habe dich gewarnt, dass sie anstrengend sein kann, oder?«, flüsterte sie. »Aber danke. Du hast ihr geholfen, sich daran zu erinnern, wie gut beschützt ihr Zuhause ist, und das Geplänkel hat sie noch ein bisschen aufgeheitert. Sie ist viel besorgter, als sie zugeben will, selbst mir gegenüber.«

Sif nickte der Walküre nur zu. Sie wollte nicht erklären, dass sie es nicht nur getan hatte, um Inge aufzuheitern. Es kam nur selten vor, dass Sifs Motive gänzlich uneigennützig waren, wo sie in einer Welt lebten, die solche Übel wie Loki enthielt. Wenn es zu einer Belagerung der Stadt oder einer Konfrontation davor kommen sollte, musste sie den Lageplan so gut wie möglich kennen, noch bevor sie dort ankamen. Sie wollte auf keinen Fall mitten in einem Kampf in einer Sackgasse landen oder in eine der versteckten Fallgruben vor der Mauer fallen, um diesen geheimnisvollen Kreaturen ausgeliefert zu sein.

Die Kriegerin war sich bewusst, dass sie kalt und distanziert wirken konnte, dass ihre Hingabe und ihr Pflichtbewusstsein manchmal als unüberwindliche Hindernisse zwischen ihr und dem Reich gesehen werden konnten, doch sie hatte mit diesem Aspekt von sich schon vor langer Zeit Frieden geschlossen. Sie hatte diese Barrieren aus einem Grund errichtet. Sie beschützten Sif und andere, so wie ihr neu erworbenes Wissen über Wiesenfall sie und seine Bewohner beschützen würden, falls sie in Aktion treten musste.

Doch es hatte sich gut angefühlt, zu necken und geneckt zu werden. Vielleicht war Inges nicht das einzige Herz, das beruhigt werden musste.

Kurz nach Mittag änderte sich alles, als Brunnhilde mit großen Augen stehen blieb. Sie schwang sich in Aragorns Sattel und das geflügelte Ross tänzelte seitwärts, um genug Platz zum Ausstrecken seiner Flügel zu haben. Dann erhoben sie sich in den Himmel.

»Todesleuchten«, sagte sie zu Inge, als ein goldener Nebel von ihrer Haut, ihren Haaren und der Rüstung aufstieg. Die Frau verschwand und die Göttin nahm ihren Platz ein, die gleichzeitig Kriegerin und Trösterin der Krieger war. »Los«, befahl sie und sprang von einem Moment auf den anderen zum fünf Meilen entfernten Wiesenfall.

»Nein, nein, nein«, flüsterte Inge kreidebleich. »Bitte nicht.«

Sif packte ihren Oberarm fest genug, um einen blauen Fleck zu hinterlassen. »Los«, wiederholte sie Brunnhildes Befehl. »Sie brauchen uns.«

Eilig stiegen sie auf und trieben ihre Pferde in einen Galopp. Sie würden dieses Tempo nie die ganze Strecke lang durchhalten können, doch ein Blick in Inges angespanntes Gesicht sagte Sif, dass sie nicht mehr rational denken konnte.

Nach zwei Meilen begannen die Pferde nachzulassen, und Sif rief Inge zu, dass sie es langsamer angehen lassen mussten.

»Wenn dein Pferd vor Erschöpfung stirbt, wirst du den Rest des Weges zu Fuß zurücklegen müssen«, fügte sie hinzu, als die Kriegerin den Kopf schüttelte.

Einen brutalen Moment lang dachte sie, dass Inge ihr Pferd tatsächlich zu Tode reiten wollte, doch stattdessen stieß sie einen frustrierten Schrei aus und wurde langsamer. Selbst dieses Tempo würde bald zu viel sein, doch darum würde sich die schwarzhaarige Kriegerin kümmern, wenn es so weit war.

Jetzt ging sie erst noch einmal in Gedanken den Grundriss der Stadt und ihrer Verteidigungsanlagen durch und mutmaßte, was sie vorfinden würden, wenn sie dort eintrafen. Wenn es wieder Riesen waren, würden sie keine Schwierigkeiten haben, die Mauern zu erklimmen, auch wenn auf ihnen Krieger standen, die sie mit Schwertern und Speeren drangsalierten. Sobald sie in der Stadt waren, würden panische Bürger jede Art von Verteidigung zunichtemachen, die der Schildwall aufstellen konnte. Wahrscheinlich würde sie lückenhaft sein, zu viele Krieger pro Riese, während sie versuchten, ihn von schreienden Kindern und dergleichen zurückzuhalten. Außerdem durchdachte sie die logistischen Probleme, die Krieger durch die Straßen zu bewegen, wenn diese mit viermal so großen Wesen verstopft waren.

Vielleicht sind es aber auch diese todlosen Monster, von denen Olafson gesprochen hat.

Sif biss die Zähne zusammen. Inges Hände umklammerten Speer und Zügel so fest, dass die Knöchel weiß hervortraten. »Ganz ruhig«, rief Sif in ihrer Kommandostimme. »Ich brauche dich mit klarem Kopf. Wenn du das nicht kannst, musst du hier warten.«

Inges Gesicht war wütend, als sie zu ihr sah.

»Du bist eine Kriegerin von Asgardias Schildwall. Wage es ja nicht, deine Ausbilder oder deine Familie zu enttäuschen, indem du einfach drauflosstürmst. *Hast du mich verstanden?*«, fügte sie hinzu, als die andere Frau nicht auf Sifs Worte zu reagieren schien.

Inges Mund bewegte sich, dann nickte sie. Ihre Nasenflügel bebten, während sie erst ihre Atmung und dann glücklicherweise auch ihr Pferd verlangsamte.

»Gut«, sagte Sif und sah, wie sie durch das Lob einen Teil ihrer Beherrschung wiederfand. Aber: »Wir müssen dorthin gehen, wo wir gebraucht werden, nicht dorthin, wohin wir gehen wollen. Hast du das verstanden?«

Ein Muskel spannte sich in Inges Wange an, doch sie nickte erneut.

»Ich weiß«, sagte Sif, vielleicht zu leise, als dass es die andere Frau über dem rauschenden Wind und den stampfenden Hufen hören konnte. »Aber so ist es nun mal. Wenn der Krieg kommt, sind wir in erster Linie Krieger.«

Die Pferde bewegten sich mit kaum mehr als Trottgeschwindigkeit, als die Stadt in Sicht kam. Zuerst war nur eine sich windende schwarze Rauchsäule zu erkennen, die die Erde mit dem Himmel verknüpfte. Als Nächstes die Mauer, stark und widerstandsfähig und ... an mindestens zwei Stellen durchbrochen. Es wanderten tatsächlich Riesen umher, einige außerhalb, andere bereits in der Stadt, einige wenige tot auf dem Boden. Um sie herum waren kämpfende oder rennende Gestalten zu sehen. Die Luft über Wiesenfall war voller geflügelter Pferde, während ein Dutzend Walküren auf die Stadt heruntergingen.

Der Anblick jagte Sif einen eiskalten Schauer über den Rücken, bevor ihr klar wurde, was Brunnhilde da tat. So viele Walküren auf dem Schlachtfeld und in der Stadt würden – hoffentlich – die Anzahl der Seelen verringern, die geraubt wurden. Erleichterung stieg in ihr auf: Wenn sie hier heute fiel, hatte sie zumindest die Chance, Walhalla zu erreichen.

Brunnhilde erschien in der Luft über ihnen. Der Wind von Aragorns Flügelschlag peitschte auf Sif und Inge ein. »Die Verteidiger am westlichen Loch in der Mauer beginnen nachzulassen. Helft ihnen!«

Sif nickte und die Walküre verschwand mitsamt ihrem Ross. Inge führte ihr Pferd von der Straße herunter über ein Feld auf den Steinhaufen zu, der einmal ein Stück Mauer gewesen war. Sif folgte ihr und ihr Geist begab sich an diesen kaltblütigen, präzisen Ort, von dem aus sie analysieren, ausweichen und töten konnte, ohne nachzudenken. Dort war sie nicht mehr als ein Wesen purer Reaktion und Konzentration.

Sie spürte Angst im Bauch, doch statt sie beiseitezuschieben, nahm sie sie an und nutzte sie als Wetzstein für die Klinge ihres gerechten Zorns.

Alles, was Olafson ihnen über das Töten der Todlosen erzählt hatte – wenn sie es denn wirklich waren –, fiel ihr wieder ein und sie starrte die Kreaturen an, die die Stadt angriffen, und beruhigte dabei ihr erschöpftes Pferd, während sie Inge über die Wiese folgte.

Andere Kreaturen kämpften Seite an Seite mit den Riesen, eine zusammengewürfelte Mischung aus Dunkelelfen aus Svartalfheim, Trollen und Zwergen, riesigen Wölfen und sogar ... Sif stockte der Atem. Sie zog fest an den Zügeln, um ihr Pferd zum Stehen zu bringen, bevor sie sich erholte und es wieder antrieb. Und selbst etwas, das wie ein Dämon aus Muspelheim aussah. Kein Wunder, dass die Verteidigung einem solchen Ansturm nicht mehr lange standhalten konnte.

»Folge mir«, rief sie Inge zu, sprang vom Pferd und zog ihr Schwert. »Für Asgard!« rief sie, rannte über die Wiese und sprang den Rücken des Dämons an. Er war kleiner als die ihn umgebenden Riesen, aber nicht viel, und sein Rücken war voller Muskeln, die die ledrigen schwarzen Flügel kontrollierten, die zu beiden Seiten halb entfaltet waren. Es handelte sich wahrscheinlich um einen Kommandanten und um den bei Weitem gefährlichsten Gegner auf dem Schlachtfeld.

Sif landete auf seinen Schultern und verankerte sich, indem sie mit ihrer freien Hand in seine schütteren Haare griff. Sie lehnte sich seitwärts zurück und ihr Schwert schnitt in einen Flügel.

Der Dämon begann zu brüllen und Feuer und Rauch auszuspucken. Dabei verrenkte er sich und versuchte, zwischen seine Flügel zu greifen, um sie zu schnappen. Sif duckte sich. Die Haut seines Rückens war so heiß, dass sie sich bereits durch den Stoff ihrer Kleidung zu brennen begann. Doch sie hielt sich weiter fest und stach erneut zu, diesmal tief in Fleisch und Knochen. Wenn sie den Dämon zu Boden bringen könnte, wäre er viel leichter zu töten. Und später würde sie darüber nachdenken, wie es Loki bloß geschafft hatte, einen Dämon zu überreden, sich seiner Sache anzuschließen. Wenn es ein Später gab.

Sif gelang ein dritter Treffer und sie spürte einen Knochen im Flügel brechen. Der Dämon heulte erneut auf und wollte sich in die Lüfte schwingen. Doch der verletzte Flügel hing nutzlos herab und er fiel zurück auf die Erde. Dabei drehte er sich mit dem Bauch nach oben. Sif versuchte, seitlich wegzuspringen, doch der Boden raste so schnell heran, dass sie erst halb unter dem Dämon hervorgekommen war, als sie aufschlugen. Die kochend heiße Haut und das immense Gewicht des Dämons rammten sie in die Erde.

Ihr Schwert fiel ihr aus der Hand, während sich der Dämon über ihr krümmte. Er versuchte, sich umzudrehen und sie in die Finger zu kriegen, ohne sie entkommen zu lassen. Sif lag mit dem Gesicht nach unten. Sie spuckte Gras und Dreck aus, spannte jeden Muskel ihres Körpers an und stemmte sich und den sich windenden Dämonen nach oben, bis sie ein Knie unter sich bekam und sich vorwärtsstürzen konnte. Wie ein Aal glitt sie unter ihm hervor.

Die Kriegerin rollte sich herum, sprang auf und suchte den Boden nach ihrem Schwert ab.

»Hier!«, rief jemand und als sie aufsah, warf ihr Inge im Rennen das Schwert zu und rammte die Spitze ihres Speers in den Flügel des Dämons, um ihn zu fixieren.

»Nicht«, begann Sif, doch der Dämon riss sich los und schleuderte Inge gegen sie. Zusammen fielen sie zu Boden. Als sie wieder auf den Beinen waren, stand der Dämon ebenfalls – und er war wütend.

Nur ein konzentrierter Feuerstrahl aus der Kehle des Dämons konnte Sif schaden, doch Inge hatte nicht den gleichen angeborenen Schutz. Sif hob ihren Schild und zerrte Inge dahinter, gerade rechtzeitig, bevor ein Strahl aus weißen Flammen sie zurücktrieb und den Schild in Sekunden erhitzte, bis er rot glühte.

Sie zog Inge noch näher und brachte sich zwischen die andere Kriegerin und den Feuerstrahl. Ihr Schwertarm presste Inges Kopf an ihre Seite, dennoch lösten sich einige ihrer blonden Haarsträhnen in der Hitze auf. Der Schildgriff wurde allmählich unerträglich heiß und die Art, wie Inge sich in den Stoff von Sifs Ärmel krallte, zeugte von ihrer wachsenden Panik. Doch endlich ging dem Dämon das Feuer aus.

Sobald die Flammen erloschen waren, schleuderte Sif den Schild direkt in das Gesicht des Dämons, sowohl um ihn abzulenken als auch um das glühende Teil loszuwerden. Es riss verbrannte Haut mit ab und sie schrie vor Schmerzen. »Alles in Ordnung?«, rief sie Inge zu und bekam ein zitterndes Nicken als Antwort. Das Gesicht der Kriegerin war durch die Hitze feuerrot und Schweiß strömte ihr übers Gesicht, doch sie zögerte nicht, Sif zu folgen, als sich diese wieder in die Schlacht warf.

An diesem Abschnitt der Stadtmauer veränderte sich der Kampf. Da der Dämon abgelenkt war, arbeitete Wiesenfalls Schildwall daran, das Loch im Mauerwerk mit drei Reihen von Kriegern zu verschließen. Leider bedeutete das auch, dass Sif und Inge auf der Außenseite abgeschnitten waren. Ohne Rückzugsmöglichkeit und umringt von einigen sehr großen, sehr wütenden Gegnern.

»Gib mir Rückendeckung«, sagte Sif zu Inge im Laufen. »Halte Ausschau.« Sie deutete mit ihrem Schwert und Inge nickte erneut, diesmal entschlossener. »Wenn ich ›Feuer‹ rufe, dann rennst du los«, beendete sie ihre Instruktionen und wartete nicht auf eine Antwort.

Der Dämon schlug mit den Fäusten auf den Boden und spreizte seine klauenbewehrten Hände, von denen jede mit Leichtigkeit ihre Taille umfassen könnte. Es war eine lockende und gleichzeitig verhöhnende Geste. Die Kriegerin verzog ihre Lippen zu einem grimmigen Lächeln und duckte sich vor dem ersten Hieb. Eine der Krallen trennte das untere Ende eines ihrer Zöpfe ab. Er löste sich, als sie sich mit dem Schwert in einer Hand und einem Dolch in der anderen wieder aufrichtete, nur um mit gezückten Waffen zwischen den Beinen des Dämons hinwegzutauchen.

Das Schwert erwischte die Hinterseite des linken Beins, während der Dolch sein rechtes Knie aufschlitzte. Dann war sie wieder auf den Beinen, duckte sich vor seinem spitzen Schwanz und stach zu, um ihn unschädlich zu machen. Sif sprang zurück, als Blut heiß wie Lava herausströmte und bei der Berührung mit dem Boden zischte und rauchte. Das Gras verbrannte zu Asche und kleine Feuer entstanden.

Der Dämon sackte brüllend auf die Knie. Einer seiner Flügel, am Ende mit einer schwarzen Klaue versehen, die so lang wie ihr Arm war, raste auf sie zu. Sif sah ihn kommen, trat beiseite, schnappte sich den Rand des Flügels mit ihrer

Dolchhand und kletterte hinauf. Sie erreichte seinen Hals und schlang ihre Beine um seine Kehle. Dann drückte sie mit aller Kraft zu und brachte gleichzeitig ihr Schwert nach vorn. Sie sicherte die Klinge mit ihrem Dolch und zog.

Die Schneide, scharf genug, um Licht zu spalten, grub sich in die Haut unter seinem Kinn. Heißes Dämonenblut ergoss sich über ihre Beine und Sif brüllte in sein Ohr, als es zu brennen begann. Der Dämon hob eine Hand und zog seine Krallen über ihre Beinschiene, dann war Inge da und sprang mit ihrem Speer in der Hand auf den Bauch der Kreatur zu.

Das Schwert in Sifs Hand wurde heißer, das brennende Blut auf ihren Beinen schmerzte immer mehr und sie wusste nicht, wie lange sie das noch aushalten konnte. Doch da endlich durchtrennte die Klinge seine Luftröhre und weiteres Blut und Flammen schossen aus der Wunde.

»Feuer!«, rief sie Inge zu. Die Schildmaid zögerte nicht, sondern sprang vom Dämon ab. Sif löste ihre Beine, zog ihr Schwert ein letztes Mal über seine Kehle und machte dann einen Salto rückwärts, während er in sein eigenes brennendes Blut sackte. Seine Flügel zuckten ein letztes Mal, dann bewegte er sich nicht mehr.

Sif drehte sich blitzschnell um und überprüfte ihre Umgebung nach weiteren Gefahren, dann ließ sie sich ins hohe, üppige Gras fallen, um das Blut von ihren Beinen zu entfernen. Die ganze Zeit über hatte sie ihr Reisebündel auf dem Rücken gehabt, da keine Zeit geblieben war, es abzulegen, doch nun nahm sie ihre Wasserflasche heraus und schüttete die Hälfte ihres Inhalts auf ihre Beine, um den letzten Rest des Blutes abzuspülen. Ihre Hose hatte an mehreren Stellen Brandlöcher und die Haut darunter war rot und brannte.

Den Rest des Wassers trank sie und nachdem sie ihre Umgebung erneut nach unmittelbaren Gefahren abgesucht hatte, zog sie den Quellstein unter ihrem Hemd hervor und untersuchte ihn. Nur ein bisschen Heilungsmagie, um die schlimmsten Verbrennungen zu mildern?

Nein. Der Energievorrat der Kugel war begrenzt. Sie würde in ein paar Stunden von allein heilen und bis dahin war der Schmerz zu ertragen. Entschlossen stand Sif auf und zwang sich dazu, sich auf etwas anderes als ihre Verletzungen zu konzentrieren. Sie bemerkte eine Reflexion von Sonnenlicht auf Stahl, plötzlich verdeckt von einem auftauchenden Schatten weiter hinten auf der Wiese, und begann erneut zu laufen, diesmal weg von der Mauer.

Inge.

Die Schildmaid duckte sich vor dem langsamen, doch unaufhaltsamen Erdrutsch, heraufbeschworen von dem Bergriesen, gegen den sie kämpfte.

Sif rief der blonden Kriegerin eine Warnung zu – ein Elf aus Svartalfheim näherte sich ihr mit erhobenem Schwert von hinten. Kurzerhand schleuderte Sif ihr eigenes. Es traf den Dunkelelf zwischen den Schultern, doch nicht mit der Klinge, sondern mit dem Griff. Dennoch reichte es, um ihn schreiend nach vorn torkeln zu lassen. Das verschaffte Inge die Gelegenheit, herumzuwirbeln und dem Elf ihren Speer in die Seite zu rammen. Selbst von hier konnte Sif ihn schreien hören – nicht nur wegen der Wunde, sondern auch weil die Speerspitze aus Eisen bestand, das für Elfen unerträglich war.

Sif wurde langsamer und gestikulierte. Inge hob das Schwert auf, das sie geworfen hatte, und lief zu ihr zurück. Der Riese hatte sie entweder von der Mauer weggelockt oder sie zurückgedrängt, doch hier draußen war sie viel zu ungeschützt. Sie waren fast außerhalb der Reichweite der Bogenschützen, falls jemand auf der Stadtmauer von Wiesenfall noch genug Pfeile übrig hatte.

»Bist du verletzt?«, fragte Sif.

Inge war dreckverkrustet und schweißüberströmt, aber dennoch ruhig. Sifs Respekt für sie wuchs. »Ich bin in Ordnung. Wir sollten reingehen.«

»Du hast dich vom Riesen ablenken lassen«, sagte Sif, während sie zur Stadt zurückkehrten und ihre Umgebung dabei nach Gefahren absuchten.

»Kam mir wie die größere Bedrohung vor«, erwiderte Inge.

»Die größte Bedrohung ist die, die dich umbringt, egal wie groß sie ist. Du musst auf alles um dich herum achten, nicht nur auf das, was direkt vor dir liegt.«

Inge nickte nur, doch Sif wusste, dass sie ihre Lektion gelernt hatte.

Der brennende Dämon hatte die Angreifer von diesem Bereich der Mauer vertrieben. »Folge mir«, sagte Sif und begann, darauf zuzulaufen. Hinter dem Kadaver lag das Loch in der Mauer. Krieger der Stadt nutzten den Rauch und die Flammen als Deckung, um darin hastig Steine zu stapeln.

»Zwei aus Asgard«, rief Sif, als die Bogenschützen von oben ihre Waffen auf sie richteten. Sie senkten sie nicht, sondern verfolgten die beiden Frauen weiter, bis jemand Inges Namen rief. Plötzlich wurden sie herbeigewunken und man sagte ihnen, sie sollten sich beeilen. Sif wagte einen Blick nach hinten und erkannte den Grund dafür: Sechs, nein, acht Elfen folgten ihnen. »Tut mir leid«, murmelte sie zu Inge, packte die andere Frau an Schulter und Oberschenkel und schleuderte sie mit aller Kraft vorwärts. Die Schildmaid schrie überrascht auf, dann landete sie auch schon auf der anderen Seite der zerbrochenen Mauer.

Sif sprang ihr nach, landete jedoch auf einem wackligen Mauerstein. Doch bevor sie umknicken konnte, sprang sie weiter und landete diesmal in der Stadt.

Sie waren in Wiesenfall. Und Wiesenfall war im Chaos versunken.

Neun
Todlos

Rauch und Flammen und einstürzende Gebäude. Überall beißender Rauch und ohrenbetäubende Schreie. Wohin Brunnhilde auch sah, starben Leute, selbst Zivilisten, die nicht für Walhalla bestimmt waren. Sie ging an ihren aufsteigenden Seelen vorbei, ohne sie anzusehen.

Es kam selten vor, dass ein Schlachtfeld so voller Nichtkämpfer war, und der Walküre wurde wieder bewusst, wie wenig ihr das gefiel. Schuldgefühle stiegen in ihr auf, doch sie war entschlossen, ihre Pflicht zu erfüllen. Vor ihr stand ein junges Mädchen in der Tür seines Zuhauses und schwang verzweifelt ein Küchenmesser, um einen hochgewachsenen, schlanken Elf zurückzuhalten, der grinste und eine gekrümmte Klinge in Händen hielt. Hinter dem Mädchen waren zwei noch viel kleinere Kinder, die einander in der Dunkelheit des Hauses im Arm hielten.

Im Nu überwand der Elf die langsame und laienhafte Verteidigung des Mädchens. Sie schrie vor Schmerz auf, doch noch während sie zu Boden sank, gelang es ihr, dem Unterarm des Elfs einen tiefen Schnitt beizubringen. Die Kreatur sprang verdutzt zurück. Das Mädchen sah nicht, wie Brunnhilde dem Elf Drachenfang in den Rücken bohrte, denn sie war zusammengebrochen und ihre Finger lösten sich vom Griff des

Messers. Die Walküre kniete sich neben sie und legte es wieder in ihre Hand. Dann drapierte sie sie auf ihrer Brust und wartete, bis ihre Seele und ihr letzter Atemzug sie verlassen hatten. Dieses Mädchen war eine Kriegerin und Brunnhilde nahm ihre Seele in die Arme und presste ihr Gesicht gegen ihre Schulter, damit sie weder ihren toten Körper, den Elf noch die anderen kreischenden Mädchen im Haus sah.

Schneller als ein Gedanke brachte sie die Seele nach Walhalla und übergab sie mit einem Kuss auf die Stirn und einem stolzen Lächeln in die Obhut einer ihrer Schwestern. Mehr konnte sie nicht tun. Sie blinzelte sich zurück nach Wiesenfall. Der Leichnam des Mädchens und der tote Elf waren noch da, die Kinder aber nicht mehr.

Andere Walküren bewegten sich durch Flammen und Rauch, unsichtbar für alle außer Brunnhilde und die Sterbenden. Auch sie sammelten Seelen im Augenblick des Todes und brachten sie nach Walhalla, bevor einige von ihnen auch nur bemerkt hatten, dass sie tot waren. Brunnhilde hatte eine Anzahl ihrer Schwestern in Odins Halle stationiert, um die Seelen zu übernehmen, zu beruhigen und ihnen zu erklären, was geschehen war. Mehr konnte sie für die ruhmreichen Toten nicht tun, denn sie brauchte so viele Seelenführerinnen auf diesem Schlachtfeld, wie sie auftreiben konnte.

Sie würde heute *keine* weiteren Seelen verlieren. Der Drang, Drachenfang zu ziehen und an der Seite der Bewohner von Wiesenfall zu kämpfen, war fast überwältigend, doch sie hatte bereits mehr getan, als sie sollte. Danebenzustehen und diejenigen sterben zu lassen, die dazu bestimmt waren, war der schwerste Teil ihrer Pflicht, besonders da sie wusste, dass die Walküren in der Lage wären, diese Ansammlung seltsamer Krieger zurückzuschlagen. Sie zögerte, sie eine Armee zu nennen, denn darunter waren Wesen, die sich normalerweise als Feinde gegenüberstanden. Elfen mit blauer Haut und spitzen

Ohren kämpften Seite an Seite mit zotteligen Riesen und Trollen in schwerer Rüstung.

Doch zu kämpfen war nicht die Aufgabe, die sie vom Allvater höchstpersönlich bekommen hatte. Dennoch wollte sie es.

Inges Seele war ein heller Funke in einer Ecke ihres Herzens und Brunnhilde wusste, wo sie war und dass sie lebte. Wenn sie nicht vorsichtig war, würde sie die Konzentration verlieren und ohne bewusstes Zutun durch das Chaos von ihrer Geliebten angezogen werden, um über sie zu wachen und sie zu beschützen. Das Wissen, dass sie eine Pflicht hatte, die wichtiger war, fühlte sich wie Verrat an.

Sif ist bei ihr. Und auch wenn sie mein Herz ist, ist sie nur eine einzige Kriegerin. Ich kann und darf keine anderen verlieren, weil ich nicht aufgepasst habe. Und Sif ist bei ihr. Sie ist eine hervorragende Schildmaid, schnell und stark und tödlich. Sie hat mit Thor persönlich trainiert.

Eine Kriegerin zu lieben bedeutete, die Sterblichkeit auf eine Weise zu verstehen, die Brunnhilde sonst fremd geblieben wäre. Es wäre ein Leichtes – wenngleich auch völlig unangebracht –, Inge einfach zu retten, sollte die Walküre es für nötig halten. Aber das würde die Schildmaid nur davon überzeugen, dass sie ihr nicht zutraute, sich selbst zu retten. Dass sie ihre Fähigkeiten anzweifelte, ihre Leidenschaft und Hingabe. Dass sie keine wahre Kriegerin war. Und wenn das geschah, könnte Inge anfangen, sich auch selbst zu misstrauen. Und Selbstzweifel waren auf einem Schlachtfeld ebenso tödlich wie ein Schwert zwischen die Rippen.

Nur dass sich die Vorstellung an die kämpfende Inge wie ein Schwert zwischen Brunnhildes Rippen anfühlte. Und zwar jedes Mal. Sie erinnerte sich, wie aufmerksam ihre Geliebte Sif gelauscht hatte, als diese vom Kampf gegen den Drachen Harukei erzählt hatte. Balder hatte darauf bestanden, ihr zu Hilfe zu eilen, als wäre sie nicht in der Lage, sich selbst zu verteidigen. Brunnhilde versetzte sich an Balders Stelle und Inge an Sifs und verzog ihr Gesicht. Das war keine Option.

Doch die Erkenntnis hielt sie nicht davon ab, sich Sorgen zu machen.

Brunnhilde blieb stehen, um eine Gruppe Krieger vorbeizulassen, die zu einem tobenden Bergriesen rannte, aus dessen durchlöcherter Lederrüstung mindestens ein Dutzend Speere ragten. Wieder musste sie dem Drang widerstehen, ihr Schwert zu ziehen. Walküren mischten sich nicht in einen Kampf ein, außer es wurde ihnen vom Allvater oder dem Gott des Donners befohlen. Sie durfte sich nicht erneut einmischen.

Außer ich bitte Thor um Erlaubnis.

Eine ihrer Schwestern erschien auf der anderen Straßenseite, jedoch nicht, um eine Seele einzusammeln. »Brunnhilde«, sagte sie. »Die Seelenführerinnen in Walhalla berichten von einem Todesleuchten im Süden. Grünseit und seine Umgebung.«

Brunnhilde blieb stehen und starrte sie mit klopfendem Herzen an. Kommandant Olafsons Gesicht schwebte vor ihr und erzählte von den Todlosen, von den verlorenen Leben entlang des Großen Nördlichen Walls. Sie streckte ihre eigenen Sinne aus und ja, da war es, jetzt, wo ihre Konzentration nicht nur auf die Stadt um sie herum gerichtet war. Unverkennbar.

»Zwanzig Walküren sind bereits am Wall stationiert«, blaffte sie. »Unterwegs mit den Patrouillen. Antworten sie?«

»Natürlich. Aber mindestens eine Seele wurde bereits … geraubt.«

Brunnhilde fluchte. »Woher weißt du das?«

»Eira sah, wie es geschah.«

Erneut fluchte sie und schloss die Augen, um eine Botschaft an all ihre Schwestern zu schicken und ein Dutzend von ihnen von Wiesenfall nach Grünseit und zum Großen Nördlichen Wall zu schicken. Der Rest sollte seine Anstrengungen verdoppeln. Sobald sie die Befehle bestätigt hatten, kontaktierte sie Eira und verlangte, gezeigt zu bekommen, was geschehen war. Brunnhildes Sinne wurden von einer weiteren Vision überschwemmt. Einem anderen Ort, den Emotionen einer anderen. Ihrer Panik.

Eira beobachtete aus einiger Distanz eine Patrouille. Sie selbst war durch einen Tarnzauber unsichtbar, während sie den Kriegern über sanfte Hügel und üppig bewachsene Waldwiesen folgte. Bis sie in einen Hinterhalt gerieten, den nicht einmal sie bemerkt hatte. Elfen mit blauer Haut und blauen Augen sprangen aus ihren Verstecken zu beiden Seiten des Weges und schossen mit Pfeilen auf Pferde und Reiter, um sich anschließend mit gekrümmten Dolchen in das Chaos zu stürzen.

Die Krieger bemerken zu ihrem Schrecken, dass die Elfen nicht nur viel größer und stämmiger sind als sonst, sondern todlos. Dass Wunden und gebrochene Knochen fast unmittelbar heilen und nur das Abtrennen von Körperteilen sie aufhalten kann. Ihnen wird klar, dass diese Taktik zu lange dauern wird, dass zu viele Krieger damit beschäftigt wären, einen einzigen Todlosen zu zerstören, dass sie es nicht schaffen werden, obwohl sie in der Überzahl sind.

Eira steigt gerade rechtzeitig von ihrem geflügelten Ross, um eine Seele in ihre Arme zu nehmen, die in diesem Moment ihren Körper verlassen hat. Sie hebt sie auf ihr Pferd, doch ein weiteres Todesleuchten lässt sie zurückblicken. Dieser Krieger reißt im Sterben verzweifelt die Augen auf.

Eira geht instinktiv auf ihn zu, da erscheint eine Art Leuchten um seine Gestalt. Es erinnert sie an die Reflexion eines Regenbogens auf dunklem Wasser. Sie sieht, wie sich seine Brust unter seinem letzten Atemzug hebt – doch es folgt nichts. Das Leuchten verschwindet. Der Krieger ist nicht mehr am Leben, aber auch nicht tot. Seine Seele und sein letzter Atemzug sind fort.

Eira, zwischen der Pflicht gegenüber der von ihr erwählten Seele und dem gefallenen Krieger vor ihr hin- und hergerissen, springt voller Panik und Angst auf ihr Pferd und eilt verwirrt nach Walhalla.

Brunnhilde blinzelte und war wieder zurück in Wiesenfall. Sie musste sich mit einer Hand gegen die Mauer stützen und atmete schwer. *Danke, Eira. Setze deine Pflicht fort.*

Es war nicht genug, doch mehr konnte sie nicht aufbringen. Sif hatte ebenfalls von einem Leuchten gesprochen, das von Gydas Körper aufgestiegen war, und einem fehlenden Ausatmen. Durch Eiras Erfahrung hatte sie es nun praktisch mit eigenen Augen gesehen. Nur dass es ihr nichts Neues erzählt hatte.

Sie blinzelte erneut. *Was hast du gefühlt?*, fragte sie die andere Walküre. *Etwas Seltsames?*

Sie erinnerte sich an die Pause in der Antwort des Archivars, als sie ihn danach gefragt hatte, ob an Gydas Tod etwas Seltsames gewesen sei. Ein Geruch, der auch eine Farbe und ein Klang war, hatte der Troll gesagt. Und Brunnhildes eigene Beobachtung, dass die Form des Echos von Gydas Seele irgendwie falsch gewesen war. Das war es, wonach sie in Wiesenfall suchten. Wenn Eira das Gleiche gespürt hatte, wäre das der Beweis, dass die Ereignisse im Norden mit dem zu tun hatten, was vor Asgardia geschah. Wenn sie es hier auch spürte, wenn sie die Macht entdecken konnte, die den Seelenraub ermöglichte, wäre sie vielleicht in der Lage, sie zu ihrer Quelle zurückzuverfolgen – zu Loki. Sie rief sich ins Gedächtnis, dass sie nicht mit Sicherheit sagen konnten, ob er es war, und dass die Identität der Täter ohnehin keine Rolle spielte. Sie würden ihre gerechte Strafe bekommen.

Eira zögerte so lange, dass Brunnhilde schon dachte, die Verbindung wäre unterbrochen worden. Dann: *Eine Art …*

Zerren. Als ob die Seele aus dem Körper gezogen würde, doch die Macht, die das tat, nicht präzise genug wäre, um nur sie zu treffen, also erreichte sie auch mich.

Eine weitere Pause, dann Traurigkeit.

Es tat weh.

Brunnhilde schwankte und musste sich noch stärker an der Mauer festhalten. *Sobald du dort fertig bist, gehe direkt nach Asgardia und finde den Gott des Donners. Frigga und Heimdall auch, wenn du kannst. Berichte ihnen alles, lass kein Detail aus.*

Sie spürte Eiras Zustimmung, dann richtete sie ihre Aufmerksamkeit wieder auf Wiesenfall. Sie streckte ihre Fähigkeit, das Todesleuchten zu sehen, in alle Richtungen aus und folgte ihm mitten durchs Schlachtgetümmel. Niemand bemerkte sie, weil sie immer noch unter dem Tarnzauber stand. Bei jedem Kampf, an dem sie vorbeikam, fiel ihr schwer, nicht darauf zu warten, dass einer der Krieger tödlich verletzt würde, doch sie musste dem Todesleuchten folgen, das sie spüren konnte. Sie musste dafür sorgen, dass wenigstens diese Seelen direkt eingesammelt wurden, anstatt neben ihrer eigenen Leiche warten zu müssen, bis eine Walküre – oder etwas viel Niederträchtigeres – sie mitnahm.

Sie erwählte sieben weitere Seelen, bevor sie wieder von Eira hörte. Thor war auf dem Weg zum Großen Nördlichen Wall, um die Krieger dort zu unterstützen. Kurz darauf verband er sich selbst mit Brunnhilde und als die Walküre darum bat, in den Kampf eingreifen zu dürfen, willigte er ein. Doch die anderen Seelenführerinnen in Wiesenfall sollten weiter ihre Pflicht ausüben.

Danke, Mylord. Das verstehe ich, sagte sie.

Lasst die Stadt nicht fallen.

Das werden wir nicht.

Brunnhilde rief Aragorn zu sich und zog Drachenfang, als das geflügelte Ross auf dem Marktplatz landete. Sie sprang in den Sattel, ließ den Tarnzauber von ihnen beiden abfallen und galoppierte dann mitten auf eine Gruppe Dunkelelfen zu. Sie trieb das Tier weiter an und erst in letzter Sekunde erhob es sich in die Luft, gerade als sich ihre Gegner erschrocken umdrehten. Aragorn tötete zwei von ihnen durch einen Huftritt. Brunnhilde schwang ihr Schwert nach einem dritten und traf ihn in der Halsbeuge. Eine Blutfontäne sprudelte hervor.

Ihr Pferd landete sicher auf der anderen Seite. Die Flügel hatte es weit ausgebreitet, dann trat es nach hinten aus und erwischte einen vierten Elf an der Seite. Er wurde mit gebrochenen Knochen gegen die Mauer geschleudert.

Brunnhilde ließ ihn im Kreis reiten. Ihr Mund war zu einem wilden Grinsen verzogen. Ein Grinsen, das erstarb, als sich alle vier wieder erhoben, als wäre nichts gewesen. Sie bemerkte die Ähnlichkeiten zu den Elfen, die sie in Eiras Vision gesehen hatte: zu groß, zu breit und ihre für gewöhnlich zarten Züge waren auf zu schweren Schädeln verzerrt.

Aragorns Hufe und ihr Schwert waren blutverschmiert, doch es gab keine sichtbaren Wunden an den Elfen, die sich gerade aufteilten, um sie von beiden Seiten anzugreifen.

Sie waren todlos. Und Brunnhilde zahlenmäßig überlegen.

Zehn

Blutige Nacht

Nachdem die Anführer des Schildwalls begriffen hatten, wer Sif war, hatten sie sich ihrer Erfahrung gebeugt und zusammen hatten sie den Tag damit verbracht, die Verteidigung zu organisieren. Sie kannten die Stadt und basierend auf Kommandant Olafsons Aussage wusste sie, wie man die verstreuten Krieger am besten gegen die Todlosen einsetzte.

Doch nicht alle ihre Gegner waren todlos. Der Dämon aus Muspelheim war es mit Sicherheit nicht gewesen. Dafür hatte Sif ein inbrünstiges Gebet an Frigga gesandt, als der Kampf vorüber war und sie etwas anderes hatte denken können als *Stirb, Höllenbiest, stirb!* und *Bitte, bitte lass mich das überleben.*

Doch die Kombination aus Gegnern machte es nicht einfacher, sondern komplizierter – Sif und die anderen Krieger mussten bei jeder neuen Bedrohung entscheiden, mit wem oder was sie es zu tun hatten. Davon auszugehen, dass es sich um einen Todlosen handelte, weil er überdurchschnittlich groß war – der einzige Faktor, den die Kreaturen bis jetzt gemein gehabt hatten –, bedeutete eine Strategie langer Hiebe, um ihm Körperteile abzutrennen, was ihm wiederum raffiniertere Gegenangriffe ermöglichte. Doch einfach nur eine Klinge in die Brust eines Todlosen zu stechen, brachte dem Gegner nur die Gelegenheit, den Krieger zu töten. Und meistens wurden die Todlosen von jeweils drei sterblichen Kämpfern begleitet. Jedes Quartett bildete eine effektive und tödliche Kampfeinheit und selbst nach Stunden hatten weder Sif noch die Schildwallkommandanten eine praktikable Gegenstrategie gefunden.

Schließlich mussten sich die Verteidiger in die Stadt zurückziehen und bemühten sich, nicht weiter zurückgedrängt zu werden, um den Kampf nicht zu den Zivilisten zu tragen, die sich im Zentrum versteckten. Die Schlacht wurde zu einer langwierigen und verzweifelten Belagerung. In der Nacht war unmöglich zu sagen, wie groß das gegnerische Heer war. Ihre eigenen Verluste waren ebenso unbekannt, jedoch mit Sicherheit zu hoch. Um das zu wissen, musste Sif die Zahlen nicht kennen.

Überall waren stinkende Feuer entzündet worden, um die Todlosen zu verbrennen, bevor sie sich wieder zusammensetzen konnten. Brunnhilde hatte drei der von ihr getöteten Elfen verbrannt, doch den vierten brachte sie zu Sif und Inge, um ihn während einer kleinen Verschnaufpause im Kampf zu untersuchen. Es war grauenerregend, wie die einzelnen Körperteile zueinanderstrebten, sobald sie sich näher kamen.

In einem abscheulichen Experiment holte Brunnhilde den Kopf eines anderen besiegten Todlosen und legte ihn neben die Überreste des zerstückelten Elfs. Nichts geschah und sie atmeten erleichtert auf. Denn wenn sich die Todlosen auch aus fremden Körperteilen wieder hätten zusammensetzen können, hätte für das Überleben der Stadt nur wenig Hoffnung bestanden. Sif hatte keine Spuren von Technik oder Magie entdecken können, nichts, was hätte erklären können, warum sie so waren, und die Walküre bestätigte, dass sich kein Todesleuchten von ihnen erhob, wenn sie starben.

Da sie von der Kreatur nichts mehr erfahren konnten, ohne zu riskieren, dass er mitten in ihrer Verteidigungsposition wieder zum Leben erwachte, verbrannte Sif ihn und kehrte in den Kampf zurück. Brunnhilde kreiste auf Aragorn über ihnen und stieß gelegentlich herab, um einem der Gegner den Kopf abzuschlagen. Dabei versuchte sie, so viel Fläche wie möglich abzudecken.

Die Nacht war mit beeindruckender Schnelligkeit hereingebrochen. Im einen Moment hatten sie sich noch an dem brennenden Kadaver eines besiegten Dämons vorbei in die Stadt gekämpft und im nächsten blinzelten sie schon durch eine von Fackeln erhellte Dunkelheit, die mehr verbarg, als sie enthüllte. Und es kamen immer weitere Angreifer aus dieser Dunkelheit. Aus dem Nichts.

Inge war dorthin gegangen, wo Sif und die Schildwallkommandanten sie brauchten, auch wenn sie in jeder Kampfpause nach Neuigkeiten über ihre Familie fragte. Doch seit weit vor Sonnenuntergang hatte sie niemand mehr gesehen, was Inge immer nervöser machte. Als Brunnhilde und Aragorn erschöpft landeten, warf Inge einen Blick auf die Walküre und fiel ihr um den Hals.

»Ich muss meine Familie finden«, sagte sie mit leiser, entschuldigender Stimme. »Es tut mir leid, es tut mir wirklich leid, aber ich muss ...«

»Geh«, erwiderte Sif mit einem müden Nicken. »Ich bete dafür, dass sie in Sicherheit ist. Du hast eine Stunde.«

Die Walküre legte einen blutigen gepanzerten Arm um Inges Taille und führte sie davon. Sif sah ihnen mit einer Mischung aus Erschöpfung und Neid nach. Dann wandte sie sich wieder zur Stadtmauer um.

Die Verteidigung war erschöpft, stand jedoch immer noch. An diesem Teil der Mauer hatte sie vielleicht ein Drittel ihrer Krieger verloren und niemand wusste, wie viele Zivilisten bis jetzt auf der Flucht vor den Angreifern in den Straßen gestorben waren. Und so genau wollte es auch niemand gerade wissen. Denn die Wahrheit hätte ihnen den Mut rauben können, und dieser war das Einzige, was zwischen der Stadt und ihrer Auslöschung stand.

Das war es, was die Gegner, ob todlos oder sterblich, scheinbar wollten, wie Berichten zufolge überall entlang des Großen Nördlichen Walls: Seelen und Auslöschung. Sie stellten keine Forderungen, sich einem neuen Gott oder Herrscher zu unterwerfen. Sie kamen, um zu zerstören und um Seelen zu rauben, sonst nichts.

Inge war nicht die Einzige, die sich während der unregelmäßigen Kampfpausen davonstahl, um nach Familie und Freunden zu sehen. Sif kannte das Gefühl gut – mehr als einmal hatte sie an der Seite von Angehörigen gekämpft und war mit der zermürbenden, stets präsenten Angst vertraut, die ihr jedes Mal wie ein Wolf an den Eingeweiden nagte, sobald sie sie auf dem Schlachtfeld aus den Augen verlor.

Und nun ist Gyda tot.

Sie unterdrückte diese Stimme sowie die Schuldgefühle, die ihr die Kehle zuschnürten. Tausend richtige Entscheidungen in einem Kampf konnten nie die eine falsche aufwiegen, wenn diese zu einem Tod führte. Doch Gydas Tod war nicht die Folge von etwas gewesen, das Sif getan oder nicht getan hatte. Es war nicht ihre Schuld und der rationale Teil von ihr wusste das auch. Es war nur eine Schande, dass ihr rationaler Teil gegenwärtig damit beschäftigt war, die Dunkelheit jenseits der Stadtmauer abzusuchen, immer wieder kurz von blasssilbernem Mondschein erhellt, und auf den Feind zu warten, der sie in Stücke reißen wollte. Das ließ ihrem irrationalen Teil viel zu viel Zeit, um sie in ein Netz aus Lügen und negativen Gefühlen einzuwickeln. Fast meinte sie, Gydas geraubte Seele zu spüren, wie sie mit kalten Fingern ihren Nacken berührte und sie verdammte.

Sif hatte seit dreißig Stunden nicht mehr geschlafen und seit fast zwölf davon kämpfte sie. Selbstzweifel breiteten sich wie ein langsam wirkendes, aber tödliches Gift in ihrem Körper aus. Mit entschlossener Konzentration suchte sie die geisterhafte Umgebung ab, die sie erkennen konnte, und zwang sich, über die Verteidigung und die Schwachstellen der Stadtmauer nachzudenken sowie darüber, wie man die Gegner bis zum Morgengrauen und darüber hinaus abhalten konnte.

Sif wusste, dass sich in Wiesenfall Walküren versteckten und darauf warteten, die Toten nach Walhalla zu geleiten, bevor Lokis unbekannte Magie sie stehlen konnte. Sie wusste, dass es das Richtige war, dennoch wünschte sie sich, dass die Halbgöttinnen den Tarnzauber fallen lassen könnten, um sich dem Kampf anzuschließen und die immer weniger werdenden Kämpfer des Schildwalls mit Schwert, Speer und Bogen zu unterstützen. Oder wenn schon nicht das, dann wenigstens einen unüberwindbaren Ring um die verängstigten Zivilisten zu bilden, die im Stadtzentrum ihr Schicksal erwarteten.

»Da kommen sie!«, rief jemand und Sif eilte vor. Die Aussicht auf Gewalt verdrängte jeden Zweifel aus ihrem Kopf. Ihre Fähigkeiten übertrafen die eines gewöhnlichen Asen fast so sehr wie die der Walküren, doch inzwischen spürte Sif, wie sie langsamer wurde und ihre Kräfte allmählich nachließen. Noch nicht, aber allzu viele Stunden blieben ihr nicht mehr.

Während einer Kampfpause hatten Zivilisten Mauertrümmer in der Lücke aufgestapelt und mit Mörtel befestigt. Nun flohen sie in Sicherheit. Der Mörtel hatte noch nicht einmal zu trocknen begonnen, doch der Schutthaufen war ein bisschen höher als zuvor, was bedeutete, dass auch die Stadt dieses kleine bisschen sicherer war. Sif nahm, was sie kriegen konnte.

»Mehr Fackeln«, rief sie. »Schießt Pfeile auf die zweite Markierung.«

Unzählige brennende Pfeile erhoben sich in die Nacht wie wütende Glühwürmchen und landeten etwa hundert Meter entfernt auf dem Boden. Die winzigen Lichter flackerten, während der Feind an ihnen vorbeimarschierte. Zwei, drei Kreaturen wurden von Pfeilen getroffen, doch keine von ihnen ging zu Boden, stattdessen rissen sie sich den brennenden Schaft heraus und gingen weiter. Todlose? Oder Berserker?

»Erste Markierung«, befahl Sif und ein weiterer Feuerregen schoss gelb, orange und rot durch den Nachthimmel. »Zwanzig Sekunden«, rief sie und die Krieger eilten durch das Loch in der Mauer auf das Feld. Die erste Reihe war mit Schilden und Speeren bewaffnet, die zweite hob ihre Schilde über sich. Eine dritte und vierte Reihe warteten dahinter, bereit für jeden Angriff, der sie zurückzudrängen drohte.

Sif selbst bezog rechts Stellung – der gefährlichste Platz im Schildwall, da sie niemanden mehr neben sich hatte, von dessen Schild sie beschützt werden konnte. Die Kommandanten waren in der Mitte, um in beide Richtungen Befehle rufen zu können, und der Anker links bestand aus einem Haufen Mauerresten.

Sie hatte eine Reihe von Kriegern einschließlich Inge zu ihrer Linken gehabt, während der Nachmittag in den Abend übergegangen war, und immer wieder hatten sie eine Linie gebildet. Doch diesmal stand ein Fremder neben ihr. Ein junger und sichtlich verängstigter Fremder. Sif stieß ihren Schild gegen seinen. »Sif«, sagte sie grinsend. »Wir passen aufeinander auf, ja?«

»T… Trig«, stotterte er und sein eigenes Lächeln wirkte aufgesetzt und freudlos. »Ich hoffe, ich bin würdig genug, um an Eurer Seite zu kämpfen.«

»Das hoffe ich auch«, sagte Sif fröhlich, auch wenn ihr alles an ihm das Herz in die Stiefel sinken ließ. »Vielleicht hebst du jetzt besser diesen Schild, denn sie sind nur noch ein paar Sekunden entfernt, ja? So ist es gut, Krieger. Speer bereit, Füße fest verankert, kraftvolle Haltung. Hinter uns sind noch mehr Leute, vergiss das nicht. Wir sind nicht allein.«

Für mehr hatte sie keine Zeit mehr. Das Fackellicht beleuchtete die Gesichter und Zähne und Rüstungen der Angreifer. Sie warf einen letzten Blick auf die Reihen ihrer Gegner und schnaubte. Wie es aussah, würden die Riesen zu ihrer Linken Ärger machen – eine nette Abwechslung. Sif verschränkte ihren Schild mit Trigs, stemmte ihre Schulter dagegen und ihre Stiefel in den Boden. *Vier, drei, zwei, eins …*

Die Wucht des Aufpralls drängte sie zurück. Sie sank ein wenig tiefer, um zu kontern und stach mit ihrem Speer zu. Sie erwischte das Gesicht einer Kreatur, deren Spezies sie im schwachen Licht nicht erkennen konnte. Nicht einmal, als die Krieger hinter ihr sie gegen sie schoben. Es war so etwas wie ein Troll, aber zu groß.

Oh, bei Thors haarigem Hintern, dachte sie, als sie die hellblau leuchtenden Augen sah.

Während des Tages hatten sie entdeckt, dass die Todlosen alle den gleichen intensiv blauen Blick besaßen. So wie dieser hier.

»Schilde verschränken«, rief Sif, als Trig zur Seite stolperte und eine Lücke zwischen ihnen entstand. Keuchend brachte der Junge seinen Schild wieder in Position und konnte so gerade noch einem Speer ausweichen, der sie beide trotz Rüstung hätte töten können.

Der Vielleicht-Troll stieß ein hohes Lachen aus und griff erneut an. Sif rammte ihm ihren Speer in die Kehle und versuchte, die Waffe zur Seite zu ziehen, um ihn zu enthaupten und so aufzuhalten. Doch er schnappte sich mit seinen langen Klauen den Schaft und riss ihn an sich. Sif musste den Speer loslassen, denn sonst wäre sie in die Dunkelheit gezogen worden. Sie fluchte und zog ihr Schwert. Da es kürzer als ein Speer war, brachte es sie hier draußen am ungeschützten Ende der Reihe ins Hintertreffen.

»Speer?«, rief sie den Kriegern hinter sich zu, doch es wurde keine Waffe nach vorn gereicht.

Wieder ließ der Druck von Trigs Schild nach und sie machte einen Schritt nach links, um den Kontakt wieder herzustellen. Bewegte sich die gesamte Reihe oder zog sie sich nur zusammen, während einzelne Krieger fielen? Warum wurden diese Lücken nicht von der zweiten Reihe geschlossen? Oder der dritten oder vierten? Warum rutschten sie seitwärts auf?

Was auch immer der Grund war, je weiter nach links sie sich bewegten, desto angreifbarer wurde das Loch in der Stadtmauer. Nicht mehr lange und die Angreifer würden um Sif herum in die Stadt eindringen können. Wenn sie den Kontakt zu Trig und den Kriegern hinter sich verlor, allein unter Feinden ... Sif drängte den Gedanken beiseite, denn sie wusste, dass diese beharrliche leise Stimme sie so sicher umbringen würde wie eine Klinge durchs Herz.

Das Troll-Ding drängte wieder vor. Der Speer war aus seiner Kehle verschwunden und bis auf einen dunklen Fleck war kein Hinweis mehr darauf zu erkennen, dass Sif ihm jemals eine Wunde zugefügt hatte. Die Kreatur war selbst mit einem Schwert bewaffnet. Die Klinge war gezackt, um Gegner entwaffnen zu können. Bei einem anderen Krieger hätte das vielleicht funktioniert. Während sie weiter darauf achtete, den Kontakt zu Trig zu halten, der wieder einen Schritt nach links gegangen war, verteilte sie einige Hiebe, hauptsächlich zur Verteidigung. Sif blieb weder Zeit noch Atem, um ihrer Reihe zuzurufen, sie solle stehen bleiben, da der todlose Troll sie erneut angriff. Diesmal kam er fast an ihr vorbei, während sie sich von der Bewegung des Schildwalls ablenken ließ.

Sif schwang ihren Schild seitwärts, wehrte damit die gezackte Klinge ab und parierte sie dann mit ihrem Schwert, während sie den Schild schnell wieder gegen Trigs schlug, bevor jemand die Lücke ausnutzen konnte.

Jedenfalls dachte sie das. Der Junge hustete und stolperte.

»Trig! Bleib bei mir, Krieger! Bleib bei mir«, beschwor sie ihn, doch da griff der Troll wieder an und sie konnte es sich nicht leisten, auch nur einen kurzen Blick in Trigs Richtung zu werfen. Ein leises Wimmern drang aus seiner Kehle und sein Schild rutschte weiter ab. Sif presste sich fest gegen ihn, womit sie zwar seinen Speerarm blockierte, doch er tat ohnehin nichts, als die Spitze auf den Boden zu richten, also spielte es keine Rolle. Ein Aufblitzen von Befiederung im Augenwinkel verriet ihr, wie sein bevorstehender Tod aussah: Er hatte einen Pfeil in die rechte Seite seiner Brust bekommen. Die Seite, die ihr Schild hätte schützen sollen.

»*Zweite Reihe!*«, rief Sif, während sie erneut parierte, dann duckte sie sich unter einem diagonalen Hieb, der ihr ansonsten den Schädel gespalten hätte.

Nichts. Nicht einer. Trig geriet ins Torkeln, als sie sich von ihm wegbewegte. Sein Gesicht war grau, die Augen starrten bereits ins Nichts.

»Walküre! Wir brauchen eine Walküre!«, rief sie, schlug mit ihrem Schwert nach dem Todlosen, steckte es weg und stahl dem Jungen den Speer. Dabei bat sie ihn stumm um Vergebung.

Trig stolperte erneut und diesmal fiel er zu Boden, ohne auch nur zu versuchen, sich zu retten. *Bitte, Allvater, schick eine Walküre zu ihm. Bitte.*

Sif sprang über ihn hinweg und rammte ihren Schild in den des nächsten Kriegers, was die Reihe erneut verkürzte, aber entweder das oder abgeschnitten sein, umzingelt und dann getötet werden. Dieser Krieger war selbstsicher und schnell, was sie ebenfalls sicherer machte. Gemeinsam konnten sie dem Troll beide Arme abhacken und den Hals halb durchtrennen. Eine große Blutfontäne sprudelte in die Nacht und fiel als heißer, klebriger Regen wieder herunter, doch der Todlose gab nicht auf, sondern torkelte weiter. Aus dem Augenwinkel sah sie, wie sich seine Arme auf dem Boden bewegten und zu ihrem Besitzer zurückzukehren versuchten. Sie stampfte auf einen und trat ihn dann weg. Der Krieger neben ihr stieß seinen Speer durch die Brust des Trolls, spießte ihn auf und zwang ihn dann auf die Knie. Sif durchtrennte den restlichen Hals, fing seinen Kopf an seinen strähnigen Haaren auf und schleuderte ihn auf einen angreifenden Elf zu. Dieser stolperte und fiel. Die Kriegerin vor ihm spießte ihn mit ihrem Speer auf, nagelte ihn am Boden fest und köpfte ihn mit ihrer Axt. Arme und Beine folgten.

Vor Sif war niemand. Sie atmete dreimal tief ein, trat dann einen Schritt vor und verdrehte sich. »Reihe fünf Schritte nach rechts. Noch mal, Reihe fünf Schritte nach rechts!«, rief sie mit den Händen um den Mund. In der Ferne hörte sie, wie ihre Worte wiederholt wurden. »Auf drei. Eins! Zwei! Drei! *Nach rechts!*«

Zu Sifs großer Erleichterung folgte ihr die Reihe und sie bewegten sich während des Kampfes nach rechts. Drei Schritte, vier … fünf. Sie atmete erleichtert auf, doch da traf etwas unvermittelt auf ihren Schild und stieß sie rückwärts. Sie musste ihren linken Fuß zurücksetzen, um nicht umzufallen, und konnte nicht sehen, was sie getroffen hatte. Wieder schlug es zu, diesmal seitlich und so stark, dass ihr Schild verrutschte, ihren linken Arm entblößte und den Speer in ihrer rechten Hand wanken ließ. Sif wollte sich drehen, um wieder hinter ihren Schild zu kommen, als sie ein Schwert am linken Arm traf, direkt über dem Ellbogen. Blut strömte ihren Arm hinunter, während die zackige Klinge eine tiefe Wunde ins Fleisch riss. Es war kein sauberer Schnitt, sondern einer, der so viel Schaden wie möglich anrichten sollte.

Obwohl sich Sif größte Mühe gab, konnten die durchtrennten Muskeln ihre Aufgabe nicht mehr erfüllen. Als ihr Schild sank, starrte sie auf etwas, das halb Wolf zu sein schien. Dichtes Fell drang unter seiner Kleidung und Rüstung hervor und es hatte eine lange Schnauze mit gelben, scharfen Zähnen und einer roten, geifernden Zunge. Von seinem Schädel standen große dreieckige Ohren ab und in den Händen hielt das Wesen zwei gezackte Klingen.

»Was bist du?«, rief Sif schockiert und angewidert aus. Sie schlug ihren Schild gegen seine sensible Schnauze und attackierte sein Bein mit ihrem Speer. Doch er stand zu nah für die Langwaffe. Sein dunkles Fell und die Lederrüstung hatten sein Vorrücken getarnt. Erneut stieß sie ihren Schild gegen ihn und bereitete sich darauf vor, den Speer fallen zu lassen und sich ihr Schwert zu schnappen. Entsetzliche Schmerzen pulsierten durch ihren linken Arm und strahlten bis in ihre Brust, ihren Hals und den Kopf aus. Von ihrem Ellbogen tropfte Blut.

Stöhnend zwang sie den Arm nach oben, ließ ihren Speer fallen, trat dem Halbwolf in den Bauch, als er sich wieder mit den zwei Dolchen näherte, und riss ihr Schwert frei. Zuerst parierte sie die linke Klinge und wehrte die rechte mit dem Schild ab. Der Aufprall ließ sie vor Schmerz aufschreien. Dann stieß sie mit ihrer eigenen Waffe zu und brachte der Kreatur eine tiefe Wunde im Oberschenkel bei.

Sie stolperte zurück und stieß ein halbmenschliches Heulen aus. Sif rückte nach und verdrehte den Schwertgriff, um die Wunde zu vergrößern. Dann wartete sie auf den nächsten Angriff des vermeintlich Todlosen. Doch zu ihrer Überraschung – und nicht geringen Erleichterung – brach ihr Gegner zusammen, wimmerte und starb.

Es war der letzte Tod an Sifs Ende der Reihe. Im flackernden Licht der Fackeln sah die Schildmaid, wie sich der Gegner zurückzog. Wie vielen weiteren Angriffen konnten sie widerstehen, bevor der Schildwall fiel? Was geschah in und um den Rest von Wiesenfall?

Sif wollte es gerade herausfinden, als sie plötzlich auf ein Knie sank. Sie grub ihr Schwert in den Boden, um nicht zu fallen, und ihr Schild rutschte ihr aus der anderen Hand. Ihr wurde schwindlig und sie atmete tief ein und schloss die Augen, dann zwang sie sich, wieder aufzustehen. Nachdem sie ihr Schwert weggesteckt hatte, packte sie Trigs Leiche am Kragen seines Kettenhemds. Mit zusammengebissenen Zähnen stolperte sie mit ihm durch das Loch in der Mauer in die – zumindest vorläufige – Sicherheit der Stadt.

ELF

UM DAS PORTAL ZU HALTEN

»Da ist sie ja.«

Sie eilten zu der schwarzhaarigen Kriegerin, die auf einem Trümmerhaufen saß und blind in das sie umgebende Chaos starrte. »Sif? Wir sind es, Brunnhilde und Inge. Bist du in Ordnung?«

Langsam sah Sif auf. Ihr Blick war trüb und leer. Nach einem langen Moment, in dem sie die Kriegerin nicht zu erkennen schien, sagte sie schließlich: »Brunnhilde? Hast du ihn übernommen? Den jungen Trig aus der vordersten Front, es ist nicht lange her. Da draußen, er war direkt neben mir, hat einen Pfeil in die Brust bekommen.« Sif stand auf und hob vorsichtig ihren blutenden Arm. »Ich habe meinen Schild bewegt. Das hätte ich nicht tun sollen, denn sonst hätte ihn der Pfeil nicht erwischt. Ich habe seinen Leichnam hergebracht, aber ... hast du ihn? Ist er sicher?«

»Sif, du blutest«, sagte Brunnhilde, befreite sich vom blutigen Griff auf ihren Ellbogen und lehnte sich näher heran. »Jemand sollte sich das ansehen. Es muss genäht werden.«

Die Kriegerin warf einen gleichgültigen Blick auf ihren Arm. »Es wird heilen. Sag mir, dass du Trig hast. Sag mir, dass seine Seele nicht geraubt wurde.«

Ein paar andere Krieger in der Nähe blickten stirnrunzelnd auf und Brunnhilde spürte, wie sich ihr Magen verkrampfte. »Sei still«, zischte sie. »Darüber reden wir hier nicht.«

»Dann antworte mir«, flüsterte Sif zurück und legte die Hand wieder auf ihren verletzten Arm, während Inge die Wunde zu reinigen versuchte.

»Ich habe ihn nicht. Lass mich die anderen befragen«, sagte die Walküre nach einer langen Pause. Sie durfte nicht vergessen, dass Sif verletzt war und sich wegen des toten Jungen schuldig fühlte, also war ihr Gemüt noch hitziger als sonst. Sie waren alle erschöpft. Dennoch schloss sie ihre Augen und schickte eine Anfrage an die Walküren in Wiesenfall. Während sie auf die Antwort wartete, überlegte sie, was sie der Kriegerin sagen sollte, wenn seine Seele tatsächlich geraubt worden war.

»Eine halbe Meile entfernt gibt es eine medizinische Station«, sagte Inge. »Dort kann man das ordentlich behandeln. Kannst du gehen?«

Sif zog irritiert eine Augenbraue hoch. »Ja, aber ich gehe nirgendwohin. Es könnte jederzeit einen weiteren Angriff geben. Ich werde hier gebraucht.«

»Lady Sif … ich meine Sif«, begann Inge, doch die Schildmaid winkte ab. »Dann werde ich es selbst tun, wenn du fünf Minuten für mich stillhalten könntest?«, bat Inge.

Sif stieß einen tiefen Seufzer aus, setzte sich dann aber so hin, dass das schwache Licht der Fackeln auf ihren linken Arm fiel. »Habt ihr deine Familie gefunden?«, fragte sie verspätet und ließ die Wunde los, um ihre Hand zaghaft auf Inges Armschiene zu legen.

»Danke, ja, haben wir. Sie sind in Sicherheit. Na ja, meine Eltern kämpfen und mein Bruder auch, aber die anderen sind in Sicherheit.«

»Das freut mich«, sagte Sif und schien es aufrichtig zu meinen. Inge riss den Ärmel der Kriegerin auf und goss

Wasser über die Wunde. Dann wischte sie vorsichtig darüber, obwohl es fast sofort wieder nachblutete. Es war ein tiefer Schnitt und auch wenn Sif schneller heilte als gewöhnliche Asen, würde er ihre Bewegungsfreiheit ein paar Tage lang einschränken. Brunnhilde tippte gegen Drachenfangs Griff, während sie zusah und auf eine Antwort ihrer Schwestern wartete. Inge reichte Sif die Wasserflasche und zwang sie sanft dazu, ihren restlichen Inhalt zu trinken. Dann kniete sie sich vor die Kriegerin, zog aus ihrer Gürteltasche Nadel und Katgut heraus und bemühte sich, den Faden durchs Öhr zu bekommen.

»Es tut mir leid, aber das wird jetzt wehtun«, murmelte Inge, drückte dann die Ränder der Wunde zusammen und stach die Nadel hindurch. Sif verzog zwar das Gesicht, hielt ansonsten aber still und schon bald war ihr Blick wieder abwesend, während sie sich ihrer Erschöpfung ergab.

Die Seelenführerinnen in Wiesenfall meldeten sich und Brunnhilde atmete erleichtert auf. Der junge Trig war eingesammelt und in Odins Halle geführt worden. Seine Seele und letzter Atem waren in Sicherheit. Sie wollte es Sif erzählen, doch Inge stand auf und schüttelte den Kopf. Sifs Kinn war auf ihre Brust gesunken. Sie war im Sitzen eingeschlafen. Die Wunde an ihrem Arm war bandagiert.

»Gut gemacht. Hast du ihr etwas ins Wasser getan?«, flüsterte Brunnhilde in Inges Ohr, bevor sie es küsste.

Inge schlug ihr spielerisch gegen die Schulter. »Natürlich nicht. Sie ist einfach nur erschöpft. Allerdings muss ich sagen, dass ich noch nie gesehen habe, wie jemand einschläft, während er genäht wird. Ziemlich beeindruckend.«

»Die da macht keine halben Sachen«, pflichtete ihr die Walküre bei. »Und Trigs Seele ist in Sicherheit«, fügte sie hinzu. »Also zumindest in dieser Hinsicht können wir sie beruhigen, wenn sie wieder aufwacht.«

»Oh, was für eine Erleichterung. Ich habe schon einmal neben ihr am Ende einer Reihe gekämpft und weiß nicht, was angsteinflößender war, sie oder der Feind. Sie ist wie einer von Thors Blitzen. Aber eiskalt.«

Brunnhilde führte sie ein paar Schritte von der schlafenden Kriegerin fort. »Lass sie das bloß nicht hören, sie ist so schon arrogant genug«, brummte sie, meinte es aber nicht ernst. Inge zwang sich zu einem müden Lächeln. Es war leichter, zu scherzen, als sich ihre Geliebte am Ende eines Schildwalls und damit in größter Gefahr vorzustellen. »Wie fühlst du dich jetzt?«

Inge lächelte erneut und strich sich eine Strähne hinters Ohr. »Besser, jetzt, wo ich meine Familie gesehen habe und weiß, dass sie in Sicherheit ist. Aber auch erschöpft.«

»Du solltest dich ebenfalls ausruhen, Liebste«, sagte Brunnhilde.

Inge schnaubte. »Das sollten wir alle. Das schließt dich mit ein. Wie geht es Aragorn?«

»Ich habe ihn nach Hause geschickt, damit er sich in Sicherheit ausruhen kann. Er kommt morgen früh wieder her, wenn ich ihn brauche. Setz dich jetzt zu Sif. Ich werde nachsehen, wie sich die Krieger am anderen Ende der Stadt schlagen.«

»Aber du musst dich auch erholen«, protestierte Inge.

Brunnhilde manövrierte Inge zurück zu Sif und drückte ihre Schultern herunter, bis sie saß. »Ich habe den ganzen Tag auf Aragorn gesessen und noch viel mehr Energie als du. Schlaf jetzt. Schlaf, solange du kannst.« Sie gab ihr einen Kuss auf die Stirn. »Und wenn der Feind erneut angreift, halte dich an Sif. Beschützt euch gegenseitig.«

Inge wollte erneut widersprechen, gähnte stattdessen jedoch. Brunnhilde nutzte die Gelegenheit, um zwischen den Kriegern und Zivilisten – Baumeistern, Ärzten und Köchen – zu verschwinden, die immer wieder ängstliche Blicke auf die zerbrochene Stadtmauer und in die Nacht hinaus warfen.

In Wahrheit war Brunnhilde dank des ständigen Springens mit Aragorn fast am Ende ihrer Kräfte. Sie sandte eine Verbindung zu ihrem Ross und begegnete nur der ruhigen Wärme seines vollen Bauchs und schlafenden Verstands. Zu wissen, dass es ihm gut ging, beruhigte sie und heiterte sie ein wenig auf. Zumindest einer von ihnen war in Sicherheit.

Ein Großteil von Wiesenfall war still und dunkel. Die Bewohner hatten sich in ihren Häusern eingeschlossen und auf Kaminfeuer und Laternen verzichtet, um nicht auf sich aufmerksam zu machen. Andere waren aus ihren Heimen nahe der Mauer geflohen und hatten sich tiefer in die Stadt zurückgezogen, fort von den feindlichen Einfällen, die sich auf drei Seiten der Stadt ausgebreitet hatten. Doch selbst hier, in der Nähe der Parks und Märkte des Zentrums war alles still, dunkel und unheimlich. Um sich herum konnte Brunnhilde Leben spüren – nicht das Todesleuchten, nur die Präsenz lebender Menschen –, sah jedoch niemanden. Noch stärker spürte sie die Furcht, die über der Stadt hing, die sich wie der Rauch aus unzähligen Kaminen als erstickende Wolke über die Stadt gelegt hatte.

Brunnhilde ging an Gruppen von Kriegern vorbei, die sich an Mauern und einander abstützten, zu erschöpft, um sich eine sichere Zuflucht oder auch nur eine Decke zu suchen. Die meisten schliefen, doch ein paar hielten mit ausdruckslosen Augen Wache. Es war seltsam, für die Lebenden auf einem Schlachtfeld sichtbar zu sein, und noch seltsamer, trotz ihrer unverwechselbaren Rüstung keine nervösen Blicke auf sich zu ziehen. Sie ging mit so viel Selbstbewusstsein an ihnen vorbei, wie sie aufbringen konnte, den Kopf stolz erhoben, als wären die Monster, die die Stadt belagerten, kaum ihrer Aufmerksamkeit wert.

Sie lächelte und nickte jedem Krieger zu, der Blickkontakt herstellte, und blieb kurz an einem kleinen Feuer stehen, das vier von ihnen in einem Innenhof entzündet hatten, um sich leise mit ihnen zu unterhalten und den Männern auf die Schulter zu klopfen. Es stand ihr eigentlich nicht zu, doch ihrer Erfahrung nach reagierten alle Krieger auf Zuspruch aus den eigenen Reihen gleich. Zumindest konnte es nicht schaden.

Die Krieger um das Feuer teilten ihr auch die neuesten Informationen von dieser Seite Wiesenfalls mit. Ihre Kommandantin war tot, doch ihr Stellvertreter hatte übernommen und machte seine Sache gut. Es hatte keine weiteren Riesensichtungen gegeben und trotz der ausgezeichneten Kletterfähigkeiten der Elfen hatte es kein weiteres Eindringen mehr gegeben.

Todlose und Sterbliche, Trolle, Riesen und – vielleicht am besorgniserregendsten – Lichtelfen, die Seite an Seite mit Dunkelelfen kämpften. *Lichtelfen, die überhaupt kämpfen*, dachte Brunnhilde. Während die Bewohner von Svartalfheim von Natur aus kriegerisch waren und mehr als einmal versucht hatten, die anderen Welten zu erobern, waren jene, die in Alfheim lebten, eher verschlossen. Das Wenige, was über sie bekannt war, deutete darauf hin, dass es sich bei ihnen um verspielte und friedliche Kreaturen handelte und sich ihr Waffengebrauch in Grenzen hielt.

Dass es gelungen war, Lichtelfen in diese Armee zu locken – ob als Todlose oder Sterbliche –, war noch schwerer zu glauben als der Auftritt des Feuerdämons, der Inge und Sif fast bei lebendigem Leib verbrannt hatte. Ein Dämon unter Hybridmonstern und todlosen Kriegern war nachvollziehbar – doch Lichtelfen hatten normalerweise mit Kampf und Gemetzel nichts zu tun.

Wie waren sie dazu gebracht worden, sich dieser Sache anzuschließen? Durch Bestechung oder Drohungen? Wurden ihre Familien als Geiseln gehalten, wie Inge es bei den

Bergriesen in Asgardia vermutet hatte? War Alfheim selbst in Gefahr? Das Wenige, was Brunnhilde über Lichtelfen wusste, verriet ihr, dass sie nicht für etwas so Schnödes wie Reichtum in den Krieg ziehen würden. Also waren sie doch bestimmt gegen ihren Willen hier.

Die Walküre hörte das Klirren von Waffen und Schmerzensschreie aus einer Seitengasse. Sie zog Drachenfang und rannte los. Sie mochte keine Antworten auf all diese Fragen haben, aber sie hatte eine Klinge und war bereit, sie einzusetzen.

In der Gasse standen ein Dutzend Krieger in einer Reihe und stemmten sich verzweifelt gegen mindestens acht Elfen. Hinter ihnen lagen vier weitere tot in ihrem eigenen Blut. Als die Walküre näher kam, spürte sie, wie das Todesleuchten aufstieg. Plötzlich erschien an der am weitesten entfernten Leiche ein Schimmer. Sie fluchte. *Ein Seelenraub.*

Brunnhilde sprang mit ihren Kräften direkt zu dem Toten. Sie streckte die Hände aus und griff nach der Seele. Sie hatte Augen und Mund weit aufgerissen, als wolle sie der Walküre eine Frage stellen – dann war sie verschwunden.

Brunnhilde spürte etwas – ein unangenehmes Zerren, genau wie Eira es beschrieben hatte. Ein Schmerz flammte in ihrer Brust auf und strahlte in Arme und Beine aus. Es war, als hätte sich in ihrem Inneren plötzlich eine Art Strudel aufgetan, der sie wegreißen wollte. Einen verrückten Moment lang dachte sie daran, es zuzulassen – zumindest würde es sie zu den vermissten Einherjar bringen –, aber sie vermutete, dass wohl nur ihre Seele gehen und sie somit dort, wo sie landen würde, keine körperliche Form haben würde. Sie würde hilflos sein.

Also kämpfte sie dagegen an, setzte ihre einzelnen Bestandteile wieder zusammen und verankerte ihren Verstand, ihren Atem und ihre Seele wieder fest in ihrem Körper.

Dadurch gewann sie die Kontrolle über ihn zurück und warf sich rückwärts fort von dem Leichnam.

Brunnhilde prallte mit Schulter, Hüfte und schließlich Schläfe ungebremst auf harten Stein. Drachenfang wurde ihr aus der Hand geschlagen. Sie fühlte sich schwach, abgeschnitten von allem, als würde sie ein paar Zentimeter über ihrem Körper schweben. Instinktiv verbarg sie sich vor den immer noch kämpfenden Asen. Wenn sie eine Walküre sehen würden, die bewusstlos zwischen Leichen lag, würden sie in Panik verfallen.

Das Todesleuchten der anderen drei Sterbenden war noch da, doch keine andere Walküre kam zu ihnen. Ihre Schwestern spürten Brunnhildes Anwesenheit und nahmen an, die Seelen wären in Sicherheit. Sie drehte sich um und stemmte sich wieder auf die Beine. Mit Mühe wurde sie wieder zu der barmherzigen, mitfühlenden Walküre und nahm die Seelen der drei Krieger auf, nachdem diese ihren letzten Atemzug getan hatten. Sie lobte und tröstete sie und versicherte ihnen, dass sie nach Walhalla gehen würden, dass sie ruhmreich gekämpft hatten und dass sie und ihre Namen für immer weiterleben würden.

Brunnhilde brachte die Seelen in Odins Halle und übergab jede von ihnen an eine ihrer Schwestern. Sie verbeugte sich und hoffte inständig, dass ihr die Eile nicht anzumerken war. Dann sammelte sie sich und transportierte sich zum Kampf zurück. Glühende Wut stieg in ihr auf. Man hatte ihr die Seele vor der Nase weggeschnappt!

Brunnhilde holte sich Drachenfang zurück und ließ inmitten ihrer Gegner den Tarnzauber fallen. Die Kreaturen beherrschten inzwischen die gesamte Gasse, doch das plötzliche Auftauchen der Walküre ließ sie staunend innehalten. Und genau diesen Moment nutzten die Verteidiger, um sich neu zu gruppieren und anzugreifen. Die Elfen – ausnahmslos aus

Alfheim – heulten auf und stürzten sich auf Brunnhilde. Mit der eiskalten Kontrolle, für die eigentlich Sif bekannt war, begab sich die Walküre in einen tödlichen Tanz aus wirbelnder Klinge, vernichtenden Sprüngen und betäubenden Schlägen.

Innerhalb von Sekunden hatten die Verteidiger die Elfen umzingelt, die sich um Brunnhilde drängten, und nun wurden sie von beiden Seiten abgeschlachtet. Es waren keine Todlosen, also starben sie leicht, sobald Drachenfang sowie Speere und Schwerter der Asen ihr Ziel gefunden hatten. Nicht ganz so leicht, wie man von friedlichen Bewohnern Alfheims hätte erwarten können – diese Elfen waren ausgebildet worden und ihre wutverzerrten Gesichter waren beunruhigend. Brunnhilde war sich inzwischen sicher, dass sie von irgendjemandem fremdgesteuert wurden.

Einen Augenblick lang bereute sie es, die Elfen alle getötet zu haben. Vielleicht hätten sie einen von ihnen am Leben lassen sollen, um ihn zu befragen. Sie nahm sich vor, nachzufragen, ob jemand anders einen der Gegner lebend gefangen hatte oder etwas von ihnen hatte erfahren können.

Sie sah nach den Kriegern, die an ihrer Seite gekämpft hatten, dann machte sie sich zur Ostmauer der Stadt auf, um den Kommandanten dort zu bestätigen, dass die Westmauer trotz mehrerer Durchbrüche hielt. Hier war es ihnen auch nicht besser ergangen und einige der Gegner hatten Häuser in Brand stecken können. Ein Dutzend Zivilisten war an Rauchvergiftung in einem großen Versammlungshaus gestorben, weitere waren vom Feuer oder einstürzenden Dächern verletzt worden.

Auslöschung, rief sie sich ins Gedächtnis. Dieser Feind wollte nichts außer Zerstörung – und wo immer möglich Seelen rauben. Brunnhilde war nicht sicher, wie lange sie noch durchhalten konnten.

Heimdall, wenn du das siehst, sag Thor Bescheid. Wir brauchen ihn.

Es war eine vergebliche Bitte. Natürlich sah Heimdall zu, doch Thor war schon vor Stunden zum Großen Nördlichen Wall gerufen worden. Er kam nicht und sie waren auf sich allein gestellt.

Brunnhilde umrundete die ganze Stadt und half, wo immer Gefechte ausgebrochen waren oder Krieger zurückgedrängt wurden. Wohin sie auch ging, waren die Verteidiger zwar entschlossen, doch die aufsteigende Furcht war auch ihnen anzumerken. Die Angriffe erfolgten zufällig aus der Dunkelheit und die Zahl der Gegner schien niemals weniger zu werden, egal wie viele sie töteten. Als würden immer noch mehr darauf warten, in den Kampf eingreifen zu dürfen.

Überall hörte sie die gleiche Geschichte. Die Anzahl der Feinde war überwältigend, doch wer auch immer sie anführte, schickte sie nur nach und nach los, um den Kampf zu einer langwierigen Belagerung zu machen, einer langsamen Zermürbung, die den Verteidigern der Stadt ihre Energie und ihren Kampfeswillen raubte. Eine lauernde Angst, die immer weiter anschwoll. Was würde passieren, wenn sie zu erschöpft zum Kämpfen waren? Was würde dann aus ihnen werden?

Die Besten und Mutigsten werden sich dieser Angst nicht ergeben. Die Anführer – diejenigen, die Loki will – werden immer weiterkämpfen. Dadurch werden sie immer mehr als Ziele für den Seelenraub sichtbar werden, je länger die Belagerung andauert.

Die kühle Berechnung dahinter verursachte Brunnhilde Übelkeit, doch sie drängte sie beiseite. Wenn Loki einen konstanten Strom von Gegnern schickte, um sie zu zermürben, wusste sie, woher diese kommen mussten.

Die Walküre bog in eine dunkle, verlassene Gasse ein und legte einen Tarnzauber über sich. Dann nahm sie sich ein paar Sekunden Zeit, um ihr Gesicht sauber zu rubbeln und ihr Haar zu ordnen. Schließlich zog sie Drachenfang und transportierte sich zu dem Ort, an dem das Springen von Welt zu Welt möglich war. Sie erschien ein paar Schritte von den hohen Steinblöcken entfernt, die die Stelle markierten. Ein halbes Dutzend dunkler Schemen stand zusammen auf der Straße vom Portal zur Stadt. Die Säulen selbst leuchteten, denn ihre Magie war für die Augen der Göttin sichtbar. Bereit, weitere Feinde nach Asgard zu bringen. Zwanzig, hundert, tausend, sie wusste es nicht.

Sie musste das Portal schließen. Sofort.

Die Walküre lief zwischen die mit kunstvollen Schnitzereien versehenen Steine und streckte ihre Sinne aus. Die Portale waren durch das Zwischenreich mit Orten in allen Neun Welten verbunden und wenn sie auch nicht sagen konnte, wohin sich dieses öffnete, spürte sie das vertraute Kribbeln von Magie, während es sich darauf vorbereitete, weitere Feinde auszuspucken. Brunnhilde selbst brauchte keine Portale, um von einer Welt in die andere zu springen. Sie waren für jene ohne die Fähigkeiten der Walküren gedacht. So wie die Elfen, die sich über ihr plötzliches Erscheinen wunderten und sie nun misstrauisch beäugten. Vielleicht erwarteten sie, dass sie das Portal nutzen wollte, um sich in Sicherheit zu bringen.

Das tat sie nicht. Stattdessen streckte sie ihre Arme aus, legte die Handflächen gegen die Säulen und begann, ihre Kraft in sich selbst zu absorbieren, um das Tor zwischen Asgard und den anderen Reichen zu schließen. Es gelang ihr in letzter Sekunde – auf der anderen Seite spürte sie bereits Leben und Magie. Sie zwang sie zurück und verbannte damit jene, die gerade hatten herauskommen wollen, zurück in das Zwischenreich.

Es begann als schwaches Summen in ihren Handflächen und Fingerspitzen. Dann wurde es zu einem angenehmen Kribbeln, das langsam ihre Handgelenke und Unterarme hinaufkroch, weiter in die Schultern, ihren Hals und Kopf, in jede einzelne Rippe, durch ihre Lunge und ihr Herz, tiefer in ihre Taille, Hüften, Beine und Füße.

Brunnhilde biss die Zähne zusammen, damit sie nicht vibrierten und vielleicht noch zerbrachen. Ihre Sicht verschwamm, bis sie die Augen schließen musste. Die Energie des Portals floss weiter durch ihre Hände in jede Faser ihres Wesens, bis sie glaubte, zerspringen zu müssen.

Ein langes, stotterndes Ausatmen, vermischt mit dem schwächsten Hauch eines Protests, entrang sich ihrem verkrampften Kiefer. Durch das Rauschen in ihren Ohren hörte sie die Elfen alarmiert rufen. Unter Mühen öffnete sie die Augen und versuchte, sich zu konzentrieren. Sie rannten aus mehreren Richtungen auf sie zu und ihre Schwerter funkelten im schwachen Sternenlicht.

Allvater, sieht aus, als würde die Rüstung, die du mir geschenkt hast, nun einem Test unterzogen werden.

Brunnhilde ließ ihr Kinn sinken, damit man ihr nicht zu leicht die Kehle durchschneiden konnte, und spannte jeden Muskel ihres Körpers an. Dann sandte sie eine Warnung an ihre Walkürenschwestern, zeigte ihnen, was sie tat, und drängte sie, ihre Pflichten weiter zu erfüllen, sollte sie scheitern. Vor ihrem inneren Auge erschien Inges Gesicht und trotz der Anspannung in ihrem Kiefer musste sie lächeln. Dann brüllte sie die näher kommenden Elfen an und forderte sie heraus, es mit ihr aufzunehmen.

Ein Elf rannte vor, die Mundwinkel zu einem triumphierenden Grinsen verzogen. Er sprang in die Luft und hob seinen gebogenen Dolch über den Kopf. Mit diesem Schlag hätte er ihr den Schädel spalten können.

Doch die Walküre sah ihn kommen. Als er in der Luft war, trat sie gegen eine der Säulen, ließ mit der rechten Hand los und fing die Klinge auf dem Weg zu ihrem Gesicht ab. Greller, unerträglicher Schmerz schoss durch ihre Hand und ihren

Arm bis zu ihrer Schulter hinauf. Ein Schrei entrang sich ihrer Kehle, doch der Dolch steckte über ihr und dem Elf fest. Einen überraschten Augenblick lang hing die Kreatur verwirrt in der Luft. Dann ließ sie ihre Waffe los und landete wie eine Katze auf den Füßen.

Brunnhildes Arm bewegte sich bereits und als er sich in einer flüssigen Bewegung aus seiner Hocke erhob, zog sie ihm seine eigene Klinge durchs Gesicht. Der Elf schrie auf und torkelte zurück. Brunnhilde warf die Waffe in die Luft, fing sie mit dem Griff zuerst wieder auf und schnitt dem Elf mit einem einzigen, unbeholfenen Hieb den Kopf ab. Es war mehr Glück als Absicht, denn die Muskeln in ihrer Hand waren durchtrennt worden und ihre Finger lagen nur lose um den Griff. Einer erledigt, blieben noch fünf weitere.

In den Sekunden bevor die anderen sie erreichten, schleuderte die Walküre die Elfenklinge dem nächsten Elf in die Brust. Dann wechselte sie die Seiten, presste ihre blutende Hand gegen die rechte Säule und ihren linken Fuß gegen die andere, um weiter die Energie des Portals abzuleiten. Mit ihrer linken Hand zog sie Drachenfang.

Die Magie des Portals wurde immer stärker in Brunnhilde. Sie konnte nicht mehr richtig sehen oder hören, doch sie zögerte nicht. Vier Elfen. Ein Schwert. Eine Walküre.

Brunnhilde grinste. Die anderen waren beim Anblick ihrer getöteten Kameraden langsamer geworden und schwärmten nun aus, um sie von zwei Seiten angreifen zu können. Von hinten.

Die beiden Elfen vor ihr blieben gerade außerhalb der Reichweite ihres Schwerts stehen, als eine Klinge von hinten die Achillessehne ihres Standbeins durchtrennte. Brunnhilde machte einen Überschlag, nur unterstützt von ihrer rechten Hand und ihrem linken Fuß an den Säulen. Der Elf, der auf sie eingestochen hatte, glotzte sie an, und genau dieses Zögern verschaffte der Walküre die Gelegenheit, ihm die Kehle zu durchtrennen und den Arm abzuhacken, der sich instinktiv schützend hob.

Der zweite Elf stürzte auf Brunnhilde zu. Sie drängte ihn zurück, doch da kamen die auf der anderen Seite näher und stachen nach ihr. Einer versuchte, ihr den Arm abzutrennen, doch ihre Armschiene bestand aus einer asgardischen Legierung und die Dunkelelfen konnten die Nähe zu Eisen nicht ertragen. Ihre Waffen bestanden aus hartem Eichenholz und Glas. Das hatte zwar entsetzlich scharfe Kanten, war aber brüchig. Brunnhilde spannte ihren Unterarm unter der Rüstung an und die Klinge zersprang. Ihre Hand rutschte durch ihr eigenes Blut von den Runen auf der Säule und sie musste ihre Position korrigieren.

Ein Schlag in den Rücken ließ sie vorwärtsstolpern. Unter Aufbietung all ihrer Kraft konnte sie den Kontakt zu den Steinen aufrechterhalten. Diesmal machte sie keinen Überschlag, sondern trat einfach nach hinten. Sie verfehlte den Elf, hörte ihn aber fauchen und zurückweichen. Die Energie des Portals hatte sich zu einem nahezu unerträglichen Maß gesteigert, was Brunnhilde fast taub und blind machte, doch sie vertraute auf ihren Instinkt und ihre Kriegersinne, die über die normalen fünf hinausgingen und sie noch ein paar Sekunden länger am Leben halten würden.

Am Leben, aber nicht siegreich. Ein weiterer Schnitt an der Rückseite ihres Oberarms direkt unter dem Schulterschutz und weiteres Walkürenblut floss. Sie versuchte, mit ihrem Schwert nach hinten zu schlagen, zielte aber erneut daneben. Als Nächstes folgten Schnitte an den Rückseiten ihrer Beine, was sie so weit schwächte, dass ihr keine andere Wahl blieb, als ihr Schwert fallen zu lassen und ihre Hand gegen die Säule zu pressen, um sich abzustützen.

Inge, vergib mir. Ich liebe dich.

Langsam sank sie auf die Knie. Die Energie des Portals drohte, sie zu überwältigen. Jeder Muskel zitterte, jeder Knochen vibrierte in einer anderen Frequenz. Brunnhildes Kinn sank auf ihre Brust. Jede Sekunde, die sie diese Energie ableitete, war eine Sekunde, die Wiesenfall länger lebte. Eine weitere Sekunde, in der auch Inge lebte. Sie würde ihnen so viele dieser Sekunden geben, wie sie konnte.

Die Elfen vor ihr gingen höhnisch grinsend in die Hocke. Brunnhilde fletschte in einer schauderhaften Parodie eines Lächelns die Zähne. Dann atmete sie tief ein und begann, sie wie von einer fremden Macht getrieben aus Leibeskräften anzubrüllen.

Ihre Gegner wurden von mehr als Atem und Stimme getroffen. Grünlich leuchtende Energie aus dem Portal schoss aus ihr heraus. Sie traf einen Elf mitten in die Brust und den nächsten an der Seite. Der erste verschwand einfach. In einem Moment war er noch da, im nächsten fort. Der andere ... nun, der Teil von ihm, der von der Energie getroffen wurde, verschwand so wie beim ersten. Der Rest von ihm ... nicht. Ein Arm, ein Großteil eines Beins an einem zerfetzten Stück Becken und Hüfte und ein Ohr zitterten noch einen Augenblick in der Luft und fielen schließlich zu Boden.

Brunnhilde starrte darauf. Durch die Energie des Portals hatten die Schmerzen in ihren Knochen und Muskeln teilweise nachgelassen. Plötzlich begann sie zu lachen und stand kurz vor der Hysterie.

Der überlebende Elf hinter ihr zog seine Klinge über ihren Nacken. Die Walküre zuckte zusammen und spürte, wie heißes Blut in ihren Rückenpanzer sickerte und dabei Haare und Hemd durchnässte. Sie machte ein Geräusch und ihr wurde kurz schwarz vor Augen. Ein weiterer Angriff, dann der Klang eines Bogens und noch ein Treffer, der sie in die Knie zwang.

Brunnhildes Hände glitten von den Säulen ab. Die Energie des Portals hörte auf, sie zu durchströmen. Ihre plötzliche Abwesenheit war fast schmerzhaft, eine schreckliche Leere, die sie jedoch nicht von den tiefen Wunden ablenken konnte, die die Elfen ihrem geschundenen Körper zugefügt hatten. Das Portal war wieder offen. Ungeschützt. Unbewacht.

Die Walküre versuchte es ein letztes Mal. Eine zitternde Hand hob sich zu der Säule, die immer wieder aus ihrer verschwommenen Sicht verschwand, doch dann verließ sie auch der letzte Rest ihrer Energie – und die des Portals. Das Letzte, was sie spürte, war kühles, blutiges Gras, das gegen ihre Wange schlug.

Zwölf

Das Versprechen

Die Sonne stand hoch am Himmel, als Brunnhilde erwachte. Je mehr sie zu Bewusstsein kam, desto mehr Schmerzen und Verwirrung verspürte sie. Tobte der Kampf noch oder hatten sie gewonnen? Könnten sie verloren haben?

Wo war Inge?

Es war dieser letzte Gedanke, der sie wieder vollständig zu sich kommen ließ. Sie stöhnte. Sofort bewegte sich etwas in der Nähe. Brunnhilde spannte sich an. Es tat weh und sie stöhnte auf. Ihre Augenlider waren immer noch schwer, doch Adrenalin raste durch ihre Adern.

»Brunnhilde? Liebste? Kannst du mich hören? Wie fühlst du dich?«

Die Walküre hob unter Mühen ein Augenlid. Inges Gesicht schwebte so nah über ihr, dass sie seine Wärme und an ihrer Schläfe das Kitzeln einer losen Strähne honigblonden Haars spüren konnte. »Mmpf«, gelang es Brunnhilde herauszubringen.

Die Überschwänglichkeit von Inges Kuss stieß sie fast über den Rand des Todes hinaus, doch es gelang ihr, sich daran festzuhalten und sogar zu lächeln, als die Kriegerin mit einem erleichterten Lächeln von ihr abließ. Das Lächeln brachte ihr ein Dutzend weiterer federleichter Küsse auf Stirn, Wangen und Nasenspitze ein. Schließlich zog Brunnhilde unter Mühen eine Hand unter der Decke hervor, um sie wegzuschieben. Die Geste weckte in jedem einzelnen Muskel entsetzliche Schmerzen, jeder in seiner eigenen einzigartigen Tonlage, bis in ihr eine Symphonie der Qualen ertönte. Doch sie befand sich irgendwo drinnen in einem Bett und durch große Fenster strahlte die Sonne herein. Niemand versuchte, sie umzubringen. Das war angenehm.

»Also am Leben«, krächzte sie und selbst das Sprechen tat weh. Einen beschämenden Moment lang fragte sie sich, ob sie während des Verschließens des Portals geschrien hatte.

»Erschrick mich noch mal so und du wirst dir wünschen, du wärst es nicht«, neckte Inge sie, doch in ihren Augen schimmerten Tränen. »Idiot.«

»Frechheit«, keuchte Brunnhilde, strich der Kriegerin aber mit ihren Fingerknöcheln über die Wange. »Ich liebe dich.«

»Ich liebe dich auch«, flüsterte Inge und setzte sich schließlich auf. Dabei versuchte sie, ein Zischen zu unterdrücken. Brunnhilde durchschaute es sofort, doch Sif war auf der anderen Seite des Betts und schob die Walküre sanft zurück, als sie aufzustehen versuchte und entsetzt auf den verbundenen Arm in der Schlinge starrte.

»Es ist nur ein gebrochenes Handgelenk. Keine Sorge, es ist bereits gerichtet. Der Arzt hat mir gesagt, dass es ohne Komplikationen verheilen wird. Außerdem«, fügte Inge warnend hinzu, »darfst gerade du nichts sagen. Nicht nach all dem hier.« Mit ihrem guten Arm machte sie eine ausladende Geste in Brunnhildes Richtung.

»Ruh dich noch ein bisschen länger aus«, fügte Sif hinzu. »Wir brauchen dich.«

Das ließ die Walküre aufhorchen. »Wie ist der Stand der Dinge?«

Sif lehnte sich mit verschränkten Armen an die Wand. Sie trug immer noch ihre Rüstung, die mit Dreck, Ruß und

Blut verschiedenster Spezies überzogen war. »Sie haben sich zurückgezogen. In der Morgendämmerung konnten wir sie aus der Stadt vertreiben, zurück zum Portal. Es sieht aus, als hätten sie während des ganzen Kampfes Verstärkung bekommen. Als du das Portal blockiert hast und ihre Anzahl weniger wurde, verfielen sie in Panik.«

Brunnhilde nickte. Es freute sie, dass ihre Theorie gestimmt hatte.

»Du warst inzwischen ... bewusstlos, aber es kam nichts mehr nach Asgard durch – oder wenn doch, hast du all die Energie freigesetzt, die in dich geflossen ist. Um das Portal ist ein fünfzig Schritt breiter Kreis aus verbrannter Erde. Jeder, der sich in diesem Moment im Zwischenreich aufgehalten hat, muss vom Kurs abgebracht oder getötet worden sein. Wer weiß, wo sie landen, wenn sie überhaupt jemals einen Weg hinaus finden?«

»Habe ich auch ... Asen getötet?«, keuchte Brunnhilde mühevoll und versuchte erneut, sich aufzusetzen. Sif schob ihren Rücken gegen die Kissen, doch diesmal wehrte sich die Walküre ungeachtet ihrer Schmerzen. »Sif?«

Die Schildmaid schüttelte den Kopf. »Ein paar der ersten Leute, die von den Walküren informiert worden waren, wurden verletzt, doch niemand getötet. Jeder überlebende Feind um dich hat die volle Wucht der Explosion zu spüren bekommen.«

Brunnhilde brummte. »Ich erinnere mich«, sagte sie mürrisch. »Sie kämpften ohne Ehre.«

Sif grinste breit. »Das tun die Feinde Asgards immer. Die Angreifer haben sich zurückgezogen, gewartet, bis wir dich herbrachten, und sind durchs Portal geflohen. Durch die Gnade des Allvaters haben sie genug Prügel eingesteckt, um es kein zweites Mal zu versuchen.«

»Ein paar Walküren haben angeboten, ihnen zu folgen, um vielleicht Spuren im Zwischenreich zu entdecken, doch der

Gott des Donners hat es ihnen untersagt«, berichtete Inge. »Sif wäre mit ihnen gegangen.«

Brunnhilde nickte. »Natürlich wärst du das, doch Thor hat recht. Meine Schwestern und du wärt direkt in ein Schlachtfeld gesprungen. Ich kann uns ein wenig abseits davon bringen, wo uns niemand bemerken wird.« Ungeachtet Inges Proteste setzte sie sich auf, unterdrückte ein Stöhnen und zwang sich stattdessen zu einem Lächeln. Dem unbeeindruckten Blick ihrer Freundin nach machte sie damit niemandem etwas vor. »Wie lange war ich bewusstlos?«

Sif blinzelte in das Licht, das von draußen hereindrang. »Etwa zwölf Stunden.«

»Dann sollte ich eigentlich wieder geheilt sein, von ein bisschen Steifheit und ein paar neuen Narben abgesehen«, sagte die Walküre. Sie hielt den Atem an, um den Schmerz zu unterdrücken, und schob die Bettdecke zurück. Sie trug nur ihre Unterwäsche und viele, viele Schichten Verbände, doch sie verdrehte ihren Arm, bis sie die Rückseite sehen konnte, und zog vorsichtig an einer Stelle den Stoff beiseite. Ein grell roter Striemen war zu sehen, aber mehr auch nicht. Das war gut genug. Ihre rechte Hand, mit der sie die Glasklinge des Elfs abgewehrt hatte, machte ihr am meisten Sorgen. Sie spannte die Finger an und sie reagierten. Nerven und Muskeln protestierten zwar, waren aber intakt. Sie machte eine Faust und die Hand schloss sich vollständig. Sie war in der Lage, ein Schwert zu halten und zu führen, mehr musste sie nicht wissen.

Sif nickte und zeigte ihr eine ganz ähnliche, frisch verheilte Narbe. »Bereit, wenn du es bist.«

»Das ist sie verdammt noch mal nicht«, protestierte Inge. »Nimm dir noch ein bisschen mehr Zeit, ja? Iss etwas. Bade zumindest. Am besten ihr beide.« Sie rümpfte die Nase und Brunnhilde stellte fest, dass sie recht hatte.

»Es ist zwei Stunden vor Mittag«, räumte Sif ein. »Wir können ein paar weitere Stunden entbehren, aber nicht viel länger.«

»Ich habe letzte Nacht einen Seelenraub beobachtet«, sagte Brunnhilde leise. Die Spannung im Raum war greifbar. Sifs Finger gruben sich so fest in ihren Oberarm, dass die Knöchel weiß wurden. »Gefühlt habe ich es auch. Also ja, Sif, ein paar Stunden, um zu essen, uns zu waschen und unsere Rüstung zu säubern, aber nicht mehr, denn wir müssen das beenden. Wir müssen! Ich weiß nicht, wie viele andere während der Schlacht geraubt wurden, aber ... Thor hat am Großen Nördlichen Wall gekämpft und nicht einmal er wird in der Lage gewesen sein, alle zu retten.«

Brunnhilde machte eine Pause, dann sprach sie weiter. »Ich glaube, wir sollten besser davon ausgehen, dass bereits eine große Anzahl Einherjar geraubt wurde. Während eine Walküre nicht mehr als eine Seele gleichzeitig eskortieren sollte, um der Ehre des Kriegers willen, können wir es, wenn wir müssen. Aber jede wird mich weiter belasten, also wird es nach und nach seinen Tribut fordern. Und je länger wir warten, desto mehr könnte es zu befreien geben.«

Inge setzte sich neben sie aufs Bett und legte ihr den Arm um die Schultern. »Es ist nicht deine Schuld«, sagte sie leise. »Wir alle haben getan, was wir konnten. Wir werden sie finden. Aber bist du sicher, dass du dich um so viele kümmern kannst?«

»Absolut«, erwiderte die Walküre. »Aber du ...«

Sif stellte sich vors Bett. Ihre Lippen waren fest zusammengepresst, doch ihr Gesichtsausdruck war sanft und wehmütig. »Nicht mit diesem gebrochenen Handgelenk, Kriegerin«, sagte sie ruhig. »Bleib hier bei deiner Familie und hilf dem Schildwall und den Zivilisten, die Stadt zu sichern.«

Inge ließ die Schultern sinken. »Ich wusste, dass du das sagen würdest«, murmelte sie, auch wenn sie Brunnhilde mit ihren großen, seelenvollen Augen diesen flehenden Blick zuwarf, bei dem es der Walküre immer schwerfiel, Nein zu sagen. Und genau das war der Punkt. Sie ballte die rechte Hand zur Faust und konzentrierte sich auf den Schmerz.

»Nein«, sagte die Walküre ruhig und gab ihrer Geliebten einen Kuss auf die Schläfe. »Du kannst so keinen Schild halten, und das weißt du genau. Sif hat recht: Wiesenfall braucht dich. Deine Familie ebenfalls. Beschütze sie, ja?«

»Aber ich wollte mit euch kommen«, protestierte sie. »Um für dich und Asgard zu kämpfen.« Ihr Blick fiel auf den Lederriemen um Sifs Hals.

»Ich weiß, Liebste. Aber nein. Es geht nicht.« Sie verzog das Gesicht. »Wir dürfen die Macht des Quellsteins nicht verschwenden und du heilst nicht so schnell wie wir. Es tut mir leid.«

»Immer dieser Göttinnenkram«, brummte Inge. »Ich könnte trotzdem helfen.«

Sif klopfte ihr auf die Schulter. »Du passt auf die Stadt auf. Ich auf die Walküre.«

Inge lächelte schwach. »Das hoffe ich für dich.«

Sif nickte, als würde sie die Warnung der Kriegerin ernst nehmen. »Du hast gut und tapfer gekämpft. Wenn wir die genaue Energiemenge im Quellstein kennen würden, würde ich dich auf jeden Fall heilen, damit du uns begleiten kannst.« Bevor Inge etwas erwidern konnte, wandte sie sich zum Gehen. »Vier Stunden, Brunnhilde. Nicht länger. Ich werde Waffen, etwas zu essen und ein Bad suchen, in dieser Reihenfolge. Wir treffen uns dann am Westtor.«

Sie öffnete die Tür und das Ächzen und Klagen der Verwundeten drang in den kleinen Raum, als sie sich wie ein Geist davonstahl. Brunnhilde machte Anstalten, aufzustehen. »Hier sind Verwundete, die dieses Bett und die Aufmerksamkeit eines Heilers nötiger haben«, sagte sie. »Wenn du darauf bestehst, dass ich mich noch länger ausruhe, dann bring mich zu deiner Familie«, fuhr sie fort und kam dem unausweichlichen Protest zuvor. »Ich werde all ihr Essen vertilgen, ihr ganzes Wasser für mein Bad verbrauchen und mindestens zwei Stunden stillsitzen, während ich mich säubere und meine Rüstung repariere. Um mehr kannst du mich nicht bitten.«

Inge murmelte etwas, das wie »Kann ich wohl« klang. Brunnhilde unterdrückte ein Schmunzeln über die Gereiztheit ihrer Geliebten. Vorsichtig zog sie ihre Kleidung über die Verbände. Es hatte keinen Zweck, sie abzuwickeln, denn sie schränkten ihre Bewegungsfreiheit nicht ein und es war durchaus möglich, dass sie sie in Jotunheim brauchen würde. Zusammen verließen sie langsam das Zimmer.

Die Walküre testete die Stärke und Beweglichkeit ihrer Beine aus. Die Verletzungen an ihren Oberschenkeln waren geheilt, doch die Muskeln erinnerten sich an den Schmerz, als sie durchtrennt worden waren, und protestierten selbst bei dieser geringen Geschwindigkeit. Sie war sicher, dass es bald nachlassen würde, und selbst wenn nicht, konnte sie es ignorieren.

Inge beharrte darauf, Brunnhildes Rüstung zu tragen. Das kleine Loch am oberen hinteren Rand erinnerte sie daran, dass sie in den Rücken getroffen worden war. Selbst während sie blutend auf den Knien gelegen hatte, hatte sich der letzte Elf nicht getraut, näher heranzukommen. Sie grinste triumphierend.

Sie fragte sich, was Sif und sie in Jotunheim erwarten würde, einem windgepeitschten, eisigen und verlassenen Gebiet, in dem sie sich vielleicht schon am Abend wiederfinden würden. Dorthin mussten sie gehen, wenn sie Loki finden wollten.

Doch hier in Wiesenfall, mit Inge an ihrer Seite, sangen die Vögel in den Bäumen. Kinderlachen erklang, ein unerwartetes Geräusch, als wären sie sich der Zerstörung um sie herum nicht bewusst. Leben und Licht und Leute, die Steine von zerstörten oder verbrannten Gebäuden zur Mauer trugen. Widerstandsfähigkeit. Wiederaufbau. Entschlossenheit. Wohin sie auch gingen, nickte man ihr und Inge zu, als hätten sie etwas Größeres oder Beeindruckenderes getan als die Schildwallkrieger der Stadt. Am liebsten hätte sie einen Tarnzauber über sich gelegt, denn sie befürchtete, dass sie so angeschlagen aussah, wie sie sich fühlte. Doch sie widerstand der Versuchung.

Auf dem Weg zum Heim ihrer Familie wurde Inge mehrere Male erkannt und mit einem erleichterten Lächeln und aufmunternden Worten begrüßt. Brunnhildes Herz quoll über vor Stolz und als Inge gerade abgelenkt war, stahl sie ihr den Beutel mit ihrer Rüstung vom Rücken, sodass ihre Freundin die Gesten mit ihrer guten Hand erwidern konnte. Die andere hing in einer weißen Schlaufe, an der der Blick der Walküre bei jedem dritten Schritt hängen blieb.

Sie ist eine Kriegerin. Geübt und tödlich. Es geht ihr gut. Sie schafft das.

Es war lange her, seit Brunnhilde so intensiv geliebt hatte, und die Sorge um ihre Geliebte lastete schwer auf ihrem Herzen. Sie bemühte sich um Sifs kühle Gelassenheit. Wie leicht die Schildmaid ihre Pflicht vor alles andere stellen konnte. Insgeheim vermutete sie, dass Sif ebenso tief fühlte, fürchtete und liebte wie sie selbst, diese Emotionen jedoch fest hinter dem Schild von Pflicht und Hingabe an Asgard und seine Herrscher weggesperrt hatte.

Als Walküre waren tiefe Gefühle wichtig – die ruhmreichen Toten angemessen zu ehren erforderte ein völliges Eintauchen in Triumph und Verzweiflung ihres Todes, die Fähigkeit, diese Gefühle ebenso intensiv zu erfahren wie die zu eskortierende Seele –, doch manchmal wünschte sie sich die Fähigkeit ihrer Freundin, ihre Emotionen beiseitezuschieben, bis sie sie sich gestatten konnte.

Stattdessen starrte sie die zerstörte Stadt an, die sie durchquerten. Die verbrannten, zerschmetterten und blutverschmierten Bereiche, die nur wenige Schritte von denen entfernt waren, die nicht einmal einen Kratzer erlitten hatten. Sie wusste, dass in einigen dieser Gebäude Leichen waren. Sie konnte sie spüren und riechen. Doch überall waren auch bereits Leute zu sehen, die mit bleichen, ausdruckslosen Gesichtern die Trümmer wegräumten. Sie gestattete sich, den Sieg wie auch seinen Preis zu fühlen.

Brunnhilde war froh, als sie das Zuhause von Inges Familie erreichten, nicht nur weil es noch intakt war und sich die meisten Mitglieder dort versammelt hatten, sondern auch, weil sie genug Zerstörung gesehen hatte. Es war selbstsüchtig, doch sie war erschöpft und in ihrer Zukunft lag nichts außer weiterem Tod, weiterem Schrecken, weiteren Kämpfen. Sie wusste es so genau, wie sie die Bewegung des Atems in ihrer Lunge kannte oder das leise Wispern des Blutes in ihren Adern.

Der Tod war ihr auf den Fersen, genau wie die Todlosen. Und zum ersten Mal in ihrem langen, interessanten Leben war sie sich nicht sicher, ob sie ihm unbeschädigt entkommen würde.

Sif legte den letzten Rest ihrer Verbände ab, dehnte Arme, Rücken und Schultern und zog sich um. Dann legte sie ihre Rüstung an und ging in die Hocke, bevor sie auf und ab sprang. Nichts schürfte, blieb hängen oder fiel ab. Es war ihr inzwischen zur zweiten Natur geworden, dennoch konzentrierte sie sich auf das, was sie tat. Sie hatte mehr als einen Krieger sterben sehen, weil seine Rüstung mitten in einer Schlacht versagt hatte.

Alles war gesichert und das Bündel auf ihrem Rücken war leicht und flach. Es enthielt Proviant und Wasser, eine Fackel, Feuerstahl und ein Seil. Auch wenn ihr Ziel die gefrorene

Ödnis Jotunheims war, hatte sie nicht mehr als einen mit Fell gefütterten Umhang dabei, der zusammengefaltet unter ihrem Marschgepäck festgeschnürt war. Mit ein wenig Glück und dem Segen der Götter würden sie nicht lange genug dort sein, um zu erfrieren.

Wahrscheinlich deshalb, weil wir vorher von Riesen getötet werden.

Sif schob den Gedanken mit einem schiefen Lächeln beiseite, während sie sich zum Westtor aufmachte. Der Gedanke klang so sehr nach ihrem Bruder Heimdall, dass sie meinte, seine Stimme hören zu können. Plötzlich überkam sie der Wunsch, ihn noch einmal zu sehen, bevor sie in das Reich der Riesen sprangen.

Lächerlich. Wahrscheinlich beobachtet er mich in genau diesem Moment.

Lächelnd brachte Sif die Spitzen von Daumen und Zeigefinger zusammen. Es war das geheime Zeichen, dass sie in ihrer Kindheit vereinbart hatten: *Ich sehe dich.* Das konnte sie natürlich nicht, doch sie vertraute darauf, dass er sie sehen konnte und reagieren würde.

Die Schildmaid wurde von Brunnhildes und Inges Ankunft aus ihren Gedanken gerissen. Begleitet wurden sie von mindestens hundert Kriegern aus Wiesenfalls Schildwall.

»Sie werden das Portal bewachen, während wir weg sind«, erklärte Brunnhilde und überging damit jegliche Begrüßung. »Es würde jetzt zu viel meiner Energie verbrauchen, es zu verschließen. Also wird außer uns jeder, der hindurchkommt, getötet. Fragen werden erst hinterher gestellt.«

Sif nickte. »Klingt gut. Sind wir bereit?«

Inge seufzte tief, trat vor und legte Sif ihre unverletzte Hand auf die Schulter. »Pass auf dich auf«, sagte sie und schluckte sichtbar weitere Worte hinunter. Sif konnte es ihr nicht verübeln.

»Du auch. Beschütze diese Stadt gut. Meine Freundin.«

Inge tat so, als hätte sie die kleine Pause nicht gehört, und zog Sif in eine Umarmung, die diese weder erwartet hatte noch sicher war, sie zu verdienen.

Sif schnaubte in honigblonde Locken und erwiderte gerührt die Umarmung. »Mach dir keine unnötigen Sorgen. Ich sorge dafür, dass sie das Gleiche tut. Versprochen.«

»Danke, Lady Sif«, sagte Inge und verneigte sich. Als Sif protestieren wollte, schüttelte sie den Kopf. »Nein. In dieser Sache verdienst du deinen Titel und alles, was damit einhergeht. Ich weiß, dass du heil zurückkehren wirst. Ich weiß, dass du für ihre Sicherheit sorgen und ...« Sie sah sich unter den Kriegern um und senkte ihre Stimme. »Und dass du die Aufgabe erledigen wirst, die dir der Gott des Donners übertragen hat. Komm zu uns zurück.«

Sif räusperte sich. »Das werde ich. Das werden *wir.*« Sie drehte sich zu den wartenden Kriegern um, die das Portal bewachen würden, um Brunnhilde und Inge zumindest den Anschein von Privatsphäre zu geben. »Wenn es so aussieht, als würdet ihr die Kontrolle über das Portal verlieren, evakuiert die Stadt«, sagte sie ihnen. »Haltet hier so lange wie möglich die Stellung.« Die Krieger verstummten und hörten aufmerksam zu.

»Macht euch um uns keine Sorgen – falls nötig, kann uns Brunnhilde auch an einer anderen Stelle zurückspringen lassen. Aber haltet dieses Portal, so lange ihr könnt«, wiederholte sie und die Gruppe nickte im Einklang. Sif nickte ebenfalls, richtete sich stolz auf, um Zuversicht auszustrahlen, und sah, wie sie darauf reagierten. »Wir werden tun, was wir können, um zu verhindern, dass etwas durch das Portal kommt, aber wir wissen nicht, wo genau wir landen werden.«

»Ihr gebt uns Rückendeckung, Lady Sif«, sagte ein wettergegerbter Krieger mit mehr Grau als Blond in seinem Bart. »Und wir euch, das schwöre ich.«

»Ich danke euch«, entgegnete Sif, dann ging Inge an ihr vorbei, fort von Brunnhilde.

Sie stand aufrecht und in ihren Augen schimmerten keine Tränen, als sie sich zu ihnen umdrehte. Dann salutierte sie, eine Geste, die schnell von allen anderen Kriegern aufgenommen wurde. »Frigga möge eure Schritte führen und der Allvater euren Armen Stärke verleihen«, sagte sie.

Sif war überrascht, erwiderte den Salut jedoch, genau wie Brunnhilde. Ihre Blicke trafen sich und zusammen drehten sie sich zum Weltensprung um. Ihr Mundwinkel zuckte vor stummen Fragen, doch Brunnhilde blinzelte bereit. Gleichzeitig traten sie durch die Säulen. Die Walküre ergriff ihre Hand und Asgard verschwand.

Dreizehn

Jotunheim

Das Zwischenreich war bunt und gleichzeitig farblos, richtungslos, Leere und Materie und Chaos, eine Ewigkeit und doch nur ein Moment. Plötzlich hatten sie es hinter sich gelassen, auch wenn Sif es aufgrund des Strudels aus Weiß, Grau und Schwarz zuerst nicht wahrnahm. Doch anders als im stillen Zwischenreich heulte hier der Wind und die bittere Kälte war heftig genug, um ungeschützte Haut schmerzen zu lassen.

Sie atmete tief ein und unwillkürlich hielt sie Brunnhildes Hand fester, während sich die Welt um sie herum drehte. Übelkeit überkam sie, während sich ihr Körper an die Reise zwischen den Welten anpasste. So nah Brunnhilde auch war, konnte sie sie doch kaum sehen.

»Das Seil!«, rief Sif und drängte sich gegen die Walküre, bis sie sich an Schulter und Hüfte berührten. »Wir müssen uns zusammenbinden, sonst verlieren wir uns. In meinem Bündel.«

Brunnhilde musste sich anstrengen, um zu sehen, wie sich ihre Lippen bewegten, und nickte. Sif drehte sich um, damit die Walküre an das Marschgepäck auf ihrem Rücken kam. Wieder taumelte die Welt und sie musste gegen die Übelkeit ankämpfen, doch sie dankte den Göttern für ihre Weitsicht.

Sie hatte erwartet, es für das Fesseln von Gefangenen oder das Abseilen von Felswänden zu brauchen, doch das hier war sogar noch wichtiger. Sie durften nicht riskieren, getrennt zu werden. Schnell zog Brunnhilde das Seil aus ihrer Tasche, wickelte ein Ende um ihre Taille und das andere um Sif. Dabei achtete sie darauf, dass es sich nicht um die Waffen wickelte. Sie überprüfte die Festigkeit der Knoten, dann zog Sif noch schnell ihren Umhang über. Brunnhilde tat es ihr nach.

»In welche Richtung?«, rief Sif über das Heulen des Windes hinweg. Die Walküre hob eine Hand und schloss ihre Augen. Sif spürte das Kribbeln der Magie, die sich ausbreitete, und blieb ganz ruhig stehen. Über dem Sturm war es immer noch Tag, wofür sie dankbar war, und im durch den Schneefall getrübten Licht sah sie, wie sich Reif auf dem Metall ihrer Rüstung bildete.

Brunnhilde berührte ihren Arm und streckte dann die Hand aus. Die Schildmaid hatte keine Ahnung, welche Richtung es war, doch sie nickte. Wenn der Sturm vorbei war, würden sie sich besser orientieren können, doch jetzt vertraute sie der Fähigkeit der Walküre, asgardische Seelen aufzuspüren. Sie ließ die größere Frau vorgehen und folgte ihren Fußstapfen im Schnee. Der Wind kam von links und Eis und Schnee schnitten schärfer als eine Klinge in ihre Wangen. Trotz der warmen Tuniken, die sie unter ihrer Rüstung trugen, zitterten beide nach nur einer Stunde vor Kälte.

Sif war schon ein paarmal in Jotunheim gewesen, im kalten Sommer und eisigen Winter, aber das hier kam ihr extrem vor. Angst stieg in ihr auf, dass sie erfrieren könnten, bevor sie auch nur in die Nähe ihres Ziels kamen. Doch das war natürlich lächerlich. Sie hatten während ihres langen Lebens viel Schlimmeres überstanden, doch die Sorge wollte einfach nicht verschwinden. Sif konzentrierte sich auf Brunnhildes Rücken und das Stück Seil, das sie beide miteinander verband.

Sie musste es immer wieder schütteln, um die Eisschicht zu brechen, die sich darauf bildete.

Nach einer weiteren Stunde bestand Sif darauf, die Führung zu übernehmen. Eine Schneise in den Schnee zu schlagen war harte Arbeit, also war es am besten, sie wechselten sich ab, damit keine von ihnen zu erschöpft war, sollte es zu einem Kampf kommen. »Du weißt nicht, in welche Richtung wir müssen«, rief die Walküre.

Sif lehnte sich näher heran. »Dann lenke mich, wenn ich vom Kurs abkomme. Wir wollten doch zusammenarbeiten, weißt du noch?« Sie blinzelte Schneeflocken aus ihren Wimpern. »Wir müssen das vernünftig angehen.«

Brunnhilde deutete in den Schneesturm. »Nichts hiervon kommt mir vernünftig vor!«

Die Schildmaid lachte auf. Der Klang wurde ihr vom Sturm von den Lippen gerissen. »Lokis Versteck muss warm und windgeschützt sein«, rief sie so fröhlich zurück, wie sie konnte. »Also sollten wir es so schnell wie möglich finden, wenn auch nur, um wieder aufzutauen.«

Brunnhilde grinste, dann spuckte sie einen Mundvoll Haare aus, als der launenhafte Wind die Richtung änderte. Sie bedeutete Sif, vorauszugehen. »Ich werde deine Oberarme berühren, um dich zu leiten«, rief sie und die Frauen gingen weiter.

Ihre Lederstiefel reichten bis zur Mitte der Oberschenkel. Der Schnee ging ihr bis zu den Knien, dennoch drang Feuchtigkeit bis zu ihren dicken Socken. Es dauerte nicht lange, bis ihre Zehen taub wurden, doch sie ignorierte es genau wie die allmählich nachlassenden Schmerzen, die von der Schlacht um Wiesenfall noch zurückgeblieben waren. Die Verbrennungen, die sie beim Kampf mit dem Feuerdämon erlitten hatte, waren kaum noch zu spüren, und auf masochistische Weise sehnte sie sich ein bisschen nach der Wärme seines brennenden Blutes.

Die Anstrengung half dabei, ihren Torso warm zu halten, doch ihre Extremitäten begannen langsam zu erfrieren. Ihre Körpertemperatur zu regulieren gehörte nicht zu den Fähigkeiten asgardischer Götter. Den Elementen zu trotzen glücklicherweise schon und trotz des Sturms und des immer höher werdenden Schnees beschwerte sich keine der Frauen, während sie sich vorankämpften.

Es dämmerte früh und der Wind war, wenn überhaupt, noch stärker geworden, als wieder Brunnhilde die Führung übernahm. Der Boden wurde immer steiler. Trotz ihrer hervorragenden Nachtsicht war der Sturm so heftig, dass sie ihre Reise fast blind fortsetzten. Das Heulen des Windes war ohrenbetäubend. Es fühlte sich an, als hätte sich alles verschworen, um sie aufzuhalten und ihnen jede Chance zu nehmen, sich auf die vor ihnen liegenden Gefahren vorzubereiten.

Sif überließ es Brunnhilde, sich auf die Richtung und mögliche Bedrohungen zu konzentrieren. Sie hingegen sah unentwegt von rechts nach links, überprüfte ihre Flanken und spähte in den Sturm und die Dunkelheit nach einem verräterischen Funkeln von Augen oder Fackellichtern, lauschte nach dem Flüstern einer Stimme im Wind oder dem Knirschen von Schritten auf Schnee.

»Das Todesleuchten wird stärker«, rief Brunnhilde und deutete in eine Richtung. Sif nickte und spürte ihr Herz ein klein wenig schneller schlagen. Sie folgte den Fußstapfen der Walküre, sah nach rechts und links ... und hielt inne. Eine Bewegung. Die Kälte hatte ihr Schwert in seiner Scheide festgefroren und sie verlor eine kostbare Sekunde, es zu befreien. Dann wirbelte sie herum und starrte in der Richtung, aus der sie gekommen waren, in den Sturm.

Nichts.

Die Kriegerin schloss die Augen und streckte ihre Sinne aus, suchte nach einer Spur Körperwärme, dem leisesten

Geräusch. Da. Das Heulen von Stahl, der durch die Luft schnitt, das kaum hörbare Klirren von Eiskristallen, die von Metall abprallten. Ihre Klinge schoss hoch, um zu parieren, bevor sie auch nur wieder die Augen geöffnet hatte. Ihre Hände, Arme und Schultern registrierten die Wucht des Aufpralls und eine Sekunde später das Reißen des Seils, weil sich Brunnhilde weiter von ihr entfernte. Der plötzliche Zug ließ sie wegrutschen und ihr Gegner – ein Riese – schlug erneut zu, während Sif noch dabei war, im tiefen Schnee wieder Halt zu finden.

Es gelang ihr, die Klinge wegzuschlagen, doch nicht weit genug, dann spannte sich das Seil um ihre Taille und riss sie von den Füßen. Sif flog rückwärts und das Schwert ihres Gegners sank tief in den Schnee an der Stelle, wo sie gerade noch gestanden hatte. Sie landete auf dem Rücken und sank sofort ein, doch sie strampelte sich wieder frei und stellte fest, dass Brunnhilde an ihrer Seite war. Drachenfang blitzte auf.

Die Dunkelheit war lebendig und wütend. Riesige Gestalten mit langen Schwertern ragten in die Nacht und den Sturm auf. Brunnhilde und sie stellten sich Rücken an Rücken. Wenn einer der Riesen das Seil, das sie miteinander verband, durchtrennen sollte, würden sie sich im Schneesturm verlieren. Und wenn das geschah, würde auf sie nur noch ein einsames Grab unter einer dicken Schneeschicht warten.

Sif duckte sich unter einer Klinge, kam ins Rutschen und nutzte diesen Gleichgewichtsverlust zu ihrem Vorteil. Sie stemmte ihre linke Hand in den Schnee und trat dem Riesen, der es auf sie abgesehen hatte, so fest gegen sein Knie, dass er stürzte. Sie sprang wieder auf und brachte ihr Schwert mit beiden Händen nach unten, um ihm den Schädel zu spalten. Er stand nicht wieder auf. Also keine Todlosen. Oder zumindest dieser hier nicht. Sie konnte nicht einfach davon ausgehen, dass sie alle gleich waren.

Wahrscheinlicher war, dass es sich bei allen anderen um Todlose handelte und sie beim ersten nur Glück gehabt hatte. Das Herz schlug ihr bis in den Hals, während Adrenalin und Angst kristallklar durch ihre Adern strömten. Sie atmete tief ein, doch die Luft war so kalt, dass sie ihr wie ein Messer an der Kehle vorkam, dann blinzelte sie verzweifelt.

Loki hat seine Todlosen auf mich gehetzt.

Diese Gewissheit sickerte in ihre Knochen, das Wissen, dass es ihr Ende sein würde, wenn sie diese Gegner nicht besiegte. Hier würde sie sterben, im Schnee und der Kälte Jotunheims, an eine tobende Walküre gebunden, die das Seil durchtrennen würde, sobald Sif zu totem Gewicht geworden war. Panik stieg in Sif auf und sie bekam einen Tunnelblick. Ihr Atem ging pfeifend und ihre behandschuhten Finger versteiften sich um ihren Schwertgriff.

Nein.

Nein, so werde ich nicht sterben. Ich weigere mich.

Ich bin Lady Sif, Freundin und Vertraute von Thor und den Tapferen Drei. Loki wird niemals die Art und Weise meines Todes bestimmen. Loki wird nicht gewinnen. Nicht heute. Niemals.

Sif parierte instinktiv und schnell, als wäre sie auf dem Übungsplatz mit einer Gruppe neuer Rekruten. In ihrem Innersten befand sich ein strahlender, scharfkantiger Diamant des Schreckens, der zu zerbrechen und sie zu überfluten drohte. Die Kriegerin ignorierte ihn, parierte, wirbelte herum und duckte sich, trat gegen Schnee, der vom Wind fortgepeitscht und durch weiteren ersetzt wurde. Schließlich konnte sie erkennen, dass die Haut des Riesen hellblau war und seine Rüstung aus Eis bestand. Seine Waffe war ein Speer aus Eis. Als ihre Klinge sie zerbrach, beschwor er einfach eine neue herauf. Dies war sein Land und seine Magie.

Sif brauchte mehr Platz zum Manövrieren und an Brunnhilde gebunden würde sie den nicht bekommen. Doch wenn sie die Walküre im Sturm verlor ...

Der Riese warf seinen Speer. Sif wich aus, doch das Seil behinderte sie und sie spürte den Kuss von Eis, so kalt und scharf, dass nur die Wärme des Blutes, das in der nächsten Sekunde floss, sie davon überzeugte, dass er sie direkt über dem Ohr verletzt hatte.

Der Diamant ihrer Angst bekam Risse, doch sie ignorierte ihn und schwang ihr Schwert hinter sich. Es durchtrennte das Seil, denn nun musste jede für sich um ihr Leben kämpfen. Sif rannte auf den Riesen zu. Der Schwung des abschüssigen Bodens verlieh ihr Geschwindigkeit, dann sprang sie durch den Sturm und landete mit dem Schwert voran an der Brust des Riesen. Die Klinge durchbohrte seine Eisrüstung und das darunterliegende Fleisch, das kälter war als das eines Leichnams. Sie baumelte vom Griff, während um sie herum Eis zu Boden fiel. Sie hatte die komplette Länge der Waffe in ihm versenkt. Schließlich stemmte sie sich mit den Füßen gegen seinen Bauch und zog sie heraus.

Der Riese brüllte auf und schnappte nach ihr. Sie rettete sich durch einen Rückwärtssalto. Als sie im Schnee landete, versuchte sie, sein Bein zu treffen. Der Riese stolperte zurück und sie verfehlte ihn. Dann brachte er seine Hände zusammen und zwischen ihren Füßen schoss ein Eiszapfen aus dem Boden. Sie sprang weg, doch der Eiszapfen erwischte den Absatz ihres Stiefels und sie geriet ins Taumeln. Sif konnte sich gerade noch abfangen, bevor sie in einen weiteren Eiszapfen stürzte. Der Riese zog sich immer weiter zurück und Sif bekam ein halbes Dutzend Schritte mehr Bewegungsfreiheit, bevor ihr klar wurde, dass er sie weiter von Brunnhilde fortlockte, hinein in die einsame, tödliche Dunkelheit.

Sie nutzte den nächsten Eiszapfen als Startrampe, drehte sich im Sprung und landete mit dem Blick in die Richtung, aus der sie gekommen war. Wieder sprintete sie auf die kaum noch zu erkennende Gestalt der Walküre zu und duckte sich vor zwei weiteren angreifenden Frostriesen. Panik stieg in ihr auf, als Brunnhilde auf ein Knie ging, sich dann flach hinlegte und wegrollte, gerade bevor der Boden unter ihr in hundert fliegende Eiszapfen explodierte.

Sif rannte schneller und stieß einen wortlosen Schrei aus, als die Walküre hinter einem Käfig aus Eis verschwand. Nur wenige Augenblicke später konnte sich Brunnhilde wieder befreien, wurde aber sofort in eine verzweifelte Defensive gezwungen, als ihr zwei andere Riesen den Weg abschnitten und sie noch weiter von Sif wegdrängten.

Sif würde in dieser Kälte und Dunkelheit allein zurückbleiben, ohne Möglichkeit, die geraubten Einherjar zu retten oder wieder nach Hause zu kommen. Brunnhilde rutschte aus und fiel, dann verschwand sie, kurz bevor ein Sturm aus Eisgeschossen die Stelle durchlöcherte, an der sie gerade noch gelegen hatte.

Sif schrie schockiert auf – *sie ist gesprungen und hat mich zurückgelassen* – und die Angst, die sich seit ihrer Ankunft langsam aufgebaut hatte, ergriff von ihr Besitz. Plötzlich erinnerte sie sich an den Quellstein um ihren Hals. Sie konzentrierte sich auf seine Magie und leitete sie über ihren Arm in ihr Schwert. Dann stach sie dem nächstbesten Riesen durch den Rücken ins Herz. Wenn sie alle Feinde besiegte, würde Brunnhilde zurückkommen, um sie zu holen. *Bitte, Brunnhilde, komm zurück.*

Die Eisrüstung zerplatzte unter ihrem Schwert und der Quellstein leuchtete golden auf. Die Magie strömte durch die Klinge in den Riesen und füllte seine Venen mit Lava.

Ihr Gegner erstarrte und Licht schimmerte an manchen Stellen aus ihm hervor. Er versuchte sich zu bewegen, versuchte zu schreien, doch stattdessen explodierte er in Dampf, Knochen und Blut, die mit einem feuchten Knall auseinanderflogen. Sif wurde weggeschleudert und landete hart auf einer Stelle des gefrorenen Bodens, der durch den Kampf vom Neuschnee befreit worden war. Der Aufprall raubte ihr den Atem, doch sie konnte sich abrollen, um einen Teil der Wucht abzumildern. Als sie schließlich wieder auf die Beine kam, verzog sie nur leicht das Gesicht.

Der zweite Riese drehte sich unter Wutgeheul zu Sif um. Brunnhilde erschien wieder, als Sif rückwärtsstolperte, erstaunt darüber, wie die Macht des Quellsteins sie durchströmt hatte. Und sie starrte ihrem unmittelbar bevorstehenden Tod entgegen, der sich ihr mit großen Schritten näherte.

Die Walküre erschien neben dem Riesen und rammte ihr Schwert tief in seinen Oberschenkel, bevor er sie auch nur bemerkte. Mit einem weiteren Brüllen stürzte er zu Boden. Sif konnte nicht viel mehr tun, als der Walküre dabei zuzusehen, wie sie immer wieder auf ihn einstach. Sie verschwand, als er nach ihr griff, nur um auf seiner anderen Seite wieder aufzutauchen, wo sie ihn erneut traf, diesmal tief zwischen die Rippen. Jedes Mal, wenn der Riese sie zu packen versuchte, sprang Brunnhilde aus dieser Welt in eine andere, bis er schließlich ein letztes, erbärmliches Stöhnen ausstieß und in sich zusammensackte.

Sif, der vor Erschöpfung schon ganz schwindlig war, drehte sich zu der Dunkelheit um, in die der dritte Riese sie gelockt hatte. Ganz am Rand ihrer Sicht konnte sie ihn sehen. Sie hob ihr Schwert und richtete es auf ihn. Es zitterte zwar, dennoch floh er.

Und dann waren sie allein.

Brunnhilde hatte einige blaue Flecken abbekommen, doch es war nichts gebrochen. Sie stand neben Sif inmitten der toten

Riesen. Beide lehnten sich auf ihre Schwerter und ihr Atem stieg in großen Dampfwolken auf.

»Wir müssen nah dran sein«, keuchte sie, als der Wind kurz ein wenig nachließ. »Sonst hätten sie uns nicht so erbittert angegriffen.«

»Ihre Todlosen haben sie aber nicht geschickt«, erwiderte Sif. »Was, wenn wir am falschen Ort sind?«

»Sind wir nicht. Ich kann das ... nun, nicht das Todesleuchten selbst, aber sein Echo spüren. Ich kann die Seelen fühlen.« Sie biss sich auf die Zunge, um nicht weiterzusprechen. Sif musste nicht wissen, dass sich die Seelen auf entsetzliche Weise bewusst waren, wo sie sich befanden. Dass sie Qualen litten, verzweifelt und verängstigt waren. Dass ihnen etwas Entsetzliches angetan worden war. Und schlimmer noch, dass in den Stunden, die Sif und Brunnhilde inzwischen in Jotunheim waren, eine von ihnen ... verstummt war. Sie war nicht verschwunden oder hatte aufgehört zu existieren, sondern war einfach teilnahmslos geworden. Gefühllos. Die Walküre wusste nicht, ob es sich um einen Schutzmechanismus handelte oder um etwas Schlimmeres. Auf jeden Fall übte jemand Macht über die Seelen aus und veränderte sie.

Die Vorstellung erfüllte sie mit einem Grauen, das so viel größer war als das, was sie empfunden hatte, als die Riesen aus der Dunkelheit aufgetaucht waren, um sie anzugreifen. Scham und Wut wetteiferten mit Sorge, mit einer langsam aufkeimenden Angst, dass sie zu spät waren, zu schwach, zu unfähig. Sie schluckte alles hinunter.

»Wir sollten uns besser beeilen«, sagte sie mit rauer Stimme, statt ihren Ängsten Ausdruck zu verleihen. Sif nickte und knotete sie wieder zusammen. »Wie fühlst du dich, nachdem du den Quellstein benutzt hast?«, fragte sie über ihre Schulter, während sie erneut den Hang hinaufkletterten.

»Völlig erledigt«, antwortete Sif, während der Wind wieder Fahrt aufnahm. »Ich kann ihn noch benutzen, würde mich vorher aber gern ein paar Stunden erholen. Und je mehr ich ihn benutze, desto weniger kann er heilen, wenn wir ihn brauchen.«

»Ich hätte nicht gedacht, dass du ihn im Kampf benutzen würdest, und schon gar nicht ... zu so einem frühen Zeitpunkt.«

Sif sagte etwas, das klang wie »Ich dachte, du hättest mich zurückgelassen«, bevor sie sich räusperte. »Du hast mit zwei Riesen gleichzeitig gekämpft und wurdest langsamer. Mir blieb keine andere Wahl.«

Brunnhilde widerstand dem Drang, ihre Lippen zu befeuchten. In diesem Klima würde sich dadurch nur Eis bilden und sie aufreißen. »Sollen wir uns ein Versteck suchen, wo du wieder zu Kräften kommen kannst? Ist vielleicht sicherer.«

Sif schwieg ein paar Schritte, dann brachte sie Brunnhilde mit einer Hand auf dem Arm zum Stehen und deutete voraus. »Da vorn ist ein Felsüberhang. Da kommen wir aus diesem Wind. Wir müssen reden.«

Brunnhilde runzelte die Stirn, ließ sich jedoch von der Schildmaid in den Unterschlupf ziehen. Der Wind ließ nach, als sie sich auf den Boden hockten, und allein das sorgte schon dafür, dass ihr wärmer wurde.

Sif zog ihren Umhang fest um sich und starrte dann ein paar Sekunden auf ihre Hände. »Besser«, sagte sie schließlich und blickte zu der Walküre auf. Sie atmete tief ein und nickte entschlossen. »Ich glaube, wir werden irgendwie manipuliert. Frag nicht, wie, denn ich kann nichts Genaueres spüren, doch seit unserer Ankunft hier fühle ich mich beklommen. Und diese Beklommenheit hat mit jeder Minute zugenommen. Ich war gerade davon überzeugt, sterben zu müssen, dass ich niemals gegen sie gewinnen könnte. Völlig überzeugt, Loki wüsste, dass ich hier bin, und hätte seine Leute ausdrücklich losgeschickt, um mich zu töten. Dann sah ich, wie du verschwandest, und geriet erneut in Panik. Ich dachte, du hättest mich verlassen, und deshalb griff ich nach dem Quellstein. Du hast recht, ich habe ihn sehr früh benutzt und wir wissen nicht, wie viele Ladungen er enthält. Durch mich sind wir jetzt im Nachteil, dabei sind wir doch gerade erst hier angekommen.« Sie schnaubte verärgert und zwang sich dann zu einem selbstironischen Lächeln.

»Das sind keine normalen Gefühle für mich und es war eine schlechte taktische Entscheidung. Ich kann ohne Arroganz sagen, dass ich eine außergewöhnliche Kriegerin bin, doch ich gebe auch zu, dass du besser bist als ich. Und doch, diese Entscheidungen, diese Sorgen …« Sif breitete die Hände aus und unterbrach sich.

Brunnhilde dachte kurz nach. »Ja«, sagte sie schließlich. »Meine Sorge um die geraubten Seelen von Asgard, war – wie soll ich das ausdrücken? – normal. Eine Mischung aus Besorgnis und Wut auf mich und die anderen Seelenführerinnen. Natürlich auch Schuldgefühle, doch alles in einem vernünftigen Rahmen. Doch sobald wir hier ankamen, wurde diese Schuld allesverzehrend. Ich habe mir eingeredet, dass ich das Vertrauen des Allvaters nicht verdiene und dass ich die letzte Person sei, die hätte herkommen sollen. Dass ich nicht stark genug sei, um es zu schaffen. Ich habe Angst, es zu tun. Und diese Angst …«

»Wird immer stärker?«, unterbrach Sif.

Die Walküre nickte.

»Bei mir auch. Ich habe Angst, Brunnhilde. Und das passiert mir nur selten. Niemals auf diese Weise. Nichts hier in Jotunheim war unerwartet oder etwas, mit dem ich es noch nicht zu tun gehabt hätte. Nichts davon sollte die Art von Angst in mir auslösen, die ich gerade empfinde, doch ich kann nicht anders. Ich bin völlig verängstigt.«

Brunnhilde atmete tief aus und ließ sich gegen den Felsen sinken, der sie vor dem Wind schützte. »Ich glaube, du hast recht. Etwas oder jemand manipuliert unsere Gefühle. Ich dachte, es würde nur mir so gehen, bis du etwas gesagt hast«, fügte sie hinzu und entschied, dass hier Aufrichtigkeit die beste Strategie war. »Ich dachte, ich würde fühlen, was die Seelen fühlen. Sie haben Angst, Sif. Fürchterliche Angst. Ich dachte, meine Verbindung mit ihnen würde meine eigene Furcht verstärken, aber du kannst sie nicht spüren. Und doch fühlst du dich wie ich.«

Bestürzung und Traurigkeit blitzten in Sifs Gesicht auf, doch Brunnhilde sah, wie die Schildmaid diese Emotionen sofort wieder beiseiteschob. »Also gut«, sagte Sif voller Entschlossenheit. »Also, wie gehen wir damit um? Stehen wir es einfach durch oder wie?«

Das könnten sie wohl, wenngleich die Vorstellung Brunnhilde missfiel. Zudem wusste sie nicht, ob diese Sorge wirklich von ihr ausging oder etwas anderes war. »Nein«, sagte sie und Sif nickte sofort. »Wir müssen weiterreden. Jedes plötzliche Anschwellen von Gefühlen könnte ein Zeichen für diese Manipulation sein, was auch immer sie sein mag. Ich habe meine Sinne ausgestreckt, seit wir hergesprungen sind, damit wir auch in die richtige Richtung gehen. Und ich kann keine besondere Energie spüren, die auf uns gerichtet wäre. Es gibt nichts Ungewöhnliches.«

Sie hielt inne. »Was, wenn ... was, wenn etwas nicht stimmt mit meinen ...?«, begann sie.

Sif stieß ihr gegen das Knie und unterbrach sie. »Genau darum müssen wir weiter miteinander reden«, sagte sie grimmig. »Mit deinen Sinnen ist alles in Ordnung, Brunnhilde. Ich kann auch nichts spüren, was auch immer hier vor sich geht, liegt außerhalb unserer Erfahrung und unserer Fähigkeiten. Auch wenn wir es nicht fühlen können, ist es trotzdem da. Richtig?«

Die Walküre rieb sich mit ihren Handschuhen über das Gesicht und versuchte, ihre gefrorenen Wangen aufzutauen. »Ja«, sagte sie schließlich entschlossen. »Danke.«

Sif grinste und stand auf. Sofort traf der Wind ihr Gesicht und sie blinzelte. Ihr zuvor so akkurat geflochtener Zopf wurde auseinandergerissen und die Haare wehten ihr frei ums Gesicht. Eine Wunde über ihrem Ohr war blutverkrustet, schien jedoch zu heilen.

Brunnhilde stand ebenfalls auf. Der Sturm fühlte sich wie eine Hand in ihrem Rücken an. »Es ist nicht mehr weit«, rief sie. »Höchstens noch eine Stunde bei unserer bisherigen Geschwindigkeit. Und ... auch wenn ich diese goldene Energie zu schätzen weiß, die du für mich auf diese Frostriesen gehetzt hast, weiß ich doch, dass wir keinen unendlichen Vorrat davon haben. Ich werde dich hier nicht zurücklassen, in Ordnung? Geh verantwortungsvoll mit dem Quellstein um.«

Sif erschauerte, auch wenn sie nicht hätte sagen können, ob durch ihre Worte oder die Kälte, dann legte sie ihr eine Hand auf den Arm. »Ich werde vorangehen«, sagte sie und deutete in die Nacht. Sanft drehte Brunnhilde sie an den Schultern, sodass sie in die richtige Richtung blickte. Sif lächelte verlegen und ging los.

Je höher sie stiegen, desto flacher wurden die Schneewehen, bis klar wurde, dass sie sich in den Bergen befanden. Tundra wurde zu Felsen, während sie sich nach oben kämpften, und das Seil war nun nicht mehr dazu da, einander im nachlassenden Sturm nicht zu verlieren, sondern sie davon abzuhalten, den Hang hinunterzustürzen. Die Nacht wurde klar und die Temperatur fiel noch weiter. Eine Million unbekannte Sterne funkelten auf sie herab. Die beiden Frauen waren nicht mehr als dunkle Gestalten auf der dünnen Schneedecke. Es war so kalt, dass es wehtat, die Luft schnitt wie Messer in ihre Lungen und ungeschützte Haut, als seien es diese weit entfernten, scharfkantigen Sterne, die auf sie einstachen.

Vierzehn

Die Höhle

Das Todesleuchten war für Brunnhildes Sinne wie eine Signalfackel, die sie immer weiter vorantrieb, wie eine Mutter ein störrisches Kind. Sie konnte nicht stehen bleiben, selbst wenn sie es wollte. Wie viele Seelen waren dort? Was würde sie dort finden? Reihe um Reihe der ruhmreichen Toten, irgendwie eingesperrt, verletzt und verängstigt? Würden sie Brunnhilde um ihre Freiheit anflehen, die sie ihnen nicht geben konnte? Würde sie zu schwach sein, sie ihnen zu geben? *Nein.*

Sie nahm die Wut an, die kälter war als die bittere Luft, und kletterte schneller, bis sie zu Sif aufgeschlossen hatte. Dann überholte sie sie und ihre Finger gingen an den Knoten im Seil, als sich dieses zwischen ihnen spannte. Schneller. Sie mussten schneller werden. Sif zog am Seil, ein plötzlicher scharfer Zug, den Brunnhilde durch ihre Brustplatte nicht spüren konnte, der sie aber dennoch zum Stehen brachte. Stolpernd kam sie zum Stehen.

»Was?« Ihre Stimme klang schärfer als beabsichtigt. »Wir haben keine Zeit für dein Zögern. Die Einherjar weinen.«

Sif zuckte zusammen, doch dann hockte sie sich hin und bedeutete Brunnhilde, das Gleiche zu tun. Als sich die Walküre weigerte, zog Sif am Seil zwischen ihnen und zwang sie in eine widerwillige Hocke. »Also gut, rede mit mir. Was fühlst du?«

»Wir haben keine Zeit für so etwas«, knurrte die Walküre. »Wir müssen ... oder sie werden ... Es sind so viele ... Komm schon!«

»Wovor hast du Angst?«, fragte die Kriegerin, anstatt aufzustehen. Brunnhilde wollte sie schütteln, sie zurücklassen. Sie musste die geraubten Seelen erreichen, bevor ihnen noch etwas anderes zustieß. Ihre Hand legte sich auf Drachenfangs Griff. Sif erhob sich und breitete die leeren Hände vor sich aus. »Sag mir, wovor du Angst hast«, wiederholte sie diesmal sanfter.

»Ich habe keine Angst«, knurrte Brunnhilde, dann hielt sie inne. Ihr Blick senkte sich auf ihre Hand, die nun fest um den Schwertgriff gelegt war. »Oh.«

Sif lächelte verständnisvoll.

Brunnhilde schüttelte den Kopf. »Aber ich habe nicht einmal irgendetwas gespürt. Ich musste nur plötzlich ...« Sie verzog das Gesicht. »Ich musste nur plötzlich ohne Rücksicht auf Verluste zu ihnen rennen, um sie zu retten, denn sonst würden wir sie alle verlieren. *Ich* würde sie alle verlieren. Keine Zeit für einen Plan, einfach nur Rennen.«

»Und du hast immer noch nicht wieder deine Waffe losgelassen, meine Freundin. Was denkst du, dass ich tun werde?«

Entsetzt ließ die Walküre den Schwertgriff los und spürte trotz der Kälte, wie ihre Wangen erröteten.

»Wer auch immer das hier macht, stellt es geschickt an«, sagte ihre Begleiterin leise. Als sich Brunnhilde stotternd zu entschuldigen begann, winkte sie ab. »Diesmal haben sie es auf dich abgesehen, weil du eine Walküre bist. Sie können die Einherjar nicht vor dir verbergen, also nutzen sie die Seelen als Köder, um dich dazu zu bringen, dich um sie zu sorgen, anstatt um dich selbst. Oder mich.« Sie schüttelte nur den Kopf, als Brunnhilde voller Scham erneut den Mund öffnete, um sich zu entschuldigen.

»Keine Sorge, ich mache dir keine Vorwürfe. Diese Manipulation ist subtiler, als ich dachte, und verdreht sowohl unsere Gedanken als auch unsere Ängste. Wir müssen dieses Seil so lange wie möglich anbehalten. Es verbindet uns und das bedeutet, dass wir weiter miteinander kommunizieren können. Das sollte uns davon abhalten, etwas Voreiliges zu tun.«

»Ja«, sagte Brunnhilde erleichterter, als sie zugeben wollte. »Ja, lass uns das tun. Und … noch etwas anderes. Diese Frostriesen vorhin.«

Sif nickte und sah sie stirnrunzelnd an.

»Weder bei der Schlacht vor Asgardia oder in Wiesenfall, Grünseit oder am Großen Nördlichen Wall waren Frostriesen dabei. Und diese hier waren auch nicht todlos.«

»Du denkst, wir sind durch reines Pech auf eine Gruppe unabhängiger Frostriesen gestoßen?«, fragte die Kriegerin.

»Vielleicht. Vielleicht auch nicht. Demjenigen, der hinter all dem steckt – Loki –, ist es gelungen, Licht- und Dunkelelfen, Trolle und Dämonen zu vereinen. Vielleicht ist es nicht zu weit hergeholt, dass er auch für ein Bündnis zwischen Frost- und Bergriesen gesorgt hat. Aber so hat es sich nicht angefühlt?« Sie formulierte den letzten Satz als Frage.

Sif nickte. »Du hast recht. Das hat es nicht. Es war nicht so, als ob sie uns davon abhalten wollten, diesem Pfad weiter zu folgen. Sie standen nicht zwischen uns und unserem Ziel. Sie haben uns gesehen und angegriffen. Der letzte ist mir entwischt, also sollten wir auf weitere Hinterhalte achten.« Nun war sie es, die sich entschuldigen wollte, doch Brunnhilde nickte, bevor sie etwas sagen konnte.

»Ich habe bereits angenommen, dass alle, die uns hier begegnen, Feinde sein würden. Doch ich kann nicht behaupten, dass mir die Vorstellung besonders gefällt, zwischen zwei konkurrierende Stämme zu geraten. Die Eisriesen mögen nichts mit den Todlosen zu tun haben, doch ich habe keinen Zweifel daran, wessen Seite sie wählen würden, wenn es zu einem weiteren Kampf gegen die Asen käme.«

Sifs Gesicht wirkte grimmig im Sternenlicht. Sie deutete voraus. »Wie stehen die Chancen, dass wir ihr Territorium verlassen, sobald wir die Schneegrenze erreicht haben? Und ich will gar nicht darüber nachdenken, warum der Schnee weniger wird, je höher wir steigen. Nicht mal Jotunheims Klima ist normalerweise so seltsam.«

»Das würde Sinn ergeben«, sagte Brunnhilde langsam und starrte voraus. »Obwohl das das Einzige an dieser ganzen Sache ist, das Sinn ergibt. Und es könnte eine potenzielle Gefahr aus dem Weg räumen.« Sie hielt einen Moment inne, als ihr ein bizarrer Gedanke in den Sinn kam: dass die Macht, die ihre Emotionen manipulierte, auch mit ihrer Wahrnehmung spielte. Wie konnte man einen Berg erklimmen und dennoch die Schneegrenze erreichen? Was, wenn die Richtung, in die sie gingen, gar nicht die war, für die sie sie hielten? Bevor sie sich weiter hinterfragen konnte, hob die Walküre eine Hand, um weiteren Fragen zuvorzukommen. Dann schloss sie die Augen und streckte ihre Sinne aus. Das Todesleuchten war über ihnen und sie bewegten sich definitiv darauf zu – ob sich »über ihnen« nun als richtig herausstellen würde oder nicht. Was auch immer ihre Augen und Ohren ihnen sagten, daran musste Brunnhilde glauben. Ohne diese Führung würden sie versagen und sterben.

Mit neuer Entschlossenheit machte sie die Augen wieder auf. »Lass uns weitergehen.«

Sie bekamen die Antwort auf dieses Rätsel ein paar Stunden später. Die Luft wurde immer wärmer, je höher sie stiegen, bis sich der Schnee unter ihren Füßen in rutschigen Matsch verwandelte. Sie tauschten besorgte Blicke aus, ein paar wilde Spekulationen, doch wenig mehr. Brunnhildes Sinne waren auf das Todesleuchten gerichtet und es blieb wenig Raum für anderes, auch wenn Sif sie regelmäßig aus ihrer Besessenheit riss, indem sie sie ansprach und an ihre Mission erinnerte. Die Walküre war ihr für ihre Sorge dankbar.

Ein paar Meilen höher zog Sif ihren Umhang aus, rollte ihn zusammen und verstaute ihn wieder sicher unter ihrem Reisebündel. »Mir gefällt das nicht«, murmelte sie während einer kleinen Pause. Sie befanden sich auf einem schmalen, mäandernden Pfad, der sie immer höher führte und steiler wurde. Sie waren die ganze Nacht gegangen und die Morgendämmerung war nicht mehr weit entfernt.

»Mir auch nicht«, pflichtete ihr Brunnhilde bei, »aber es ist nicht mehr weit. Bei dieser Geschwindigkeit werden wir vor Sonnenaufgang dort sein.« Sie starrte in den Himmel, auf den Pfad vor ihnen, hinter sich und dann wieder zu der Schildmaid.

»Ja«, sagte Sif sofort. »Wir können jetzt einen Sprung riskieren. Wir sind nah genug und während uns die Nacht auf den kahlen Felsen Tarnung bietet, sind wir bei Tageslicht viel zu sichtbar. Kannst du uns zum Todesleuchten transportieren?«

Brunnhilde schloss die Augen und erfühlte die Umgebung der Seelen. Da war eine … Verschwommenheit, eine Barriere. Etwas im Weg.

»Sie befinden sich unter der Erde«, sagte sie schließlich. »Im Inneren des Berges. Es ist nicht unmöglich, direkt dort hinzuspringen, aber wir würden in einer geschlossenen Umgebung landen, ohne zu wissen, wer oder was uns dort erwartet oder wie viele es sind. Es besteht das geringe Risiko, dass ich uns in festem Felsen materialisiere. Wenn das passiert, sterben wir sofort. Wenn wir gehen, können wir uns umsehen und einem möglichen Hinterhalt oder einer Falle ausweichen, besonders wenn es sich um eine Art Sprungdämpfer handelt. So etwas habe ich schon einmal gesehen und es war nicht besonders angenehm.«

Sie runzelte die Stirn. »Außerdem könnte dir durch den Sprung wieder übel werden, was Einfluss auf deinen Einsatz des Quellsteins haben könnte. Und den hätte ich lieber als Reserveplan für das, was uns da drin erwartet. Ich will nicht, dass du dich übergibst und bewusstlos wirst, wenn du mir den Rücken decken solltest.«

Sif lockerte ihre Schultern und dehnte ihre Hände. »Gutes Argument. Also gut, es gehen zu viele Risiken damit einher. Aber wenn wir nicht springen, sollten wir laufen. Ein bisschen schneller dort sein, für den Fall, dass sie uns erwarten. Wenn sie davon ausgehen, dass wir noch drei Stunden brauchen, wäre ich lieber in zweieinhalb dort und überrasche sie.«

»Das können wir tun«, stimmte Brunnhilde zu. Die Dringlichkeit, die Seelen zu erreichen, kribbelte unter ihrer Haut. Es war ein unerträgliches Jucken, das sie nicht stillen konnte. Und doch ... »Behalte mich im Auge«, sagte sie, während Sif ihr Marschgepäck auf den Rücken nahm. »Nein, vielleicht solltest du vorangehen. Nur für den Fall.«

Die Kriegerin klopfte der Walküre beruhigend auf die Schulter. »Kein Problem. Falls du dir wieder Sorgen machst, zähle deine Schritte oder deinen Atem. Rede mit mir, wenn du dich seltsam fühlst. Ich mache es genauso. Wir wissen nicht, was hier vorgeht, nicht nur mit dem Seelenraub, sondern auch mit unseren eigenen Gefühlen. Wir müssen aufmerksam bleiben.«

Brunnhilde nickte. Die Scham, die sie nach dem Angriff der Frostriesen wegen ihrer anschwellenden Furcht empfunden hatte, war verschwunden. Sie waren mit etwas konfrontiert, das ihre Emotionen manipulieren konnte, um sie etwas empfinden zu lassen, was sie normalerweise nicht empfinden würden. Es war keine Schande, Angst zu empfinden, ob sie nun echt oder künstlich war. Wichtig war nur, wie sie mit diesen Ängsten umgingen. Wichtig war, dass sie weiterhin funktionierten. Wenn sie ihr Ziel oder ihre Vorsicht vergaßen, würde es keine von ihnen lebend herausschaffen.

Dieser Gedanke vertrieb den letzten Nebel aus Brunnhildes Gedanken.

Sie begannen zu laufen. Das Terrain war so felsig, dass sie mit ihren Schritten Steinchen lösten, die den steilen Abhang hinunterrollten. Die Meilen glitten unter ihnen hinweg, bis es ihnen so vorkam, als würden sie die Nacht selbst erklimmen.

Dann verschwand eine weitere Seele aus Brunnhildes Bewusstsein, aus dem gemeinsamen Todesleuchten und dem verzweifelten Flehen der entführten Einherjar nach Hilfe, nach Antworten, nach Rettung, all das ein konstanter Schmerz in den Gedanken der Walküre. Brunnhilde stolperte, als die plötzliche Abwesenheit wie ein Messer auf sie einstach. Keuchend ging sie auf ein Knie und zwang Sif dazu, im Geröll stehen zu bleiben.

»Brunnhilde? Brunnhilde, alles in Ordnung? Was ist los?«

Die Walküre spürte das Entsetzen der anderen Seelen, das sich mit ihrem vermischte. Auch sie wussten, dass eine der ihren verschwunden war, und zwar nicht in die Halle der Toten. Schwach war sie sich Sifs Stimme bewusst, ihrer tröstenden Hand auf ihrem Rücken. Sie war sich des Brennens ihres aufgeschlagenen Knies bewusst, der seltsamen Wärme des Felsens unter ihren Händen und der fürchterlichen Leere einer verlorenen Seele – schon der zweiten.

Wärme? Brunnhilde versuchte, sich stattdessen darauf zu konzentrieren, auf die äußere Welt, die sie angreifen und töten konnte. Schweiß lief ihr über den Rücken, doch nicht, wie ihr mit einem Mal klar wurde, von ihrem langen Lauf.

»Brunnhilde? Was ist?« Diesmal klang Sifs Stimme klarer. Sie bemühte sich um Ruhe, doch die Anspannung war nicht zu überhören. »Rede mit mir.«

Die Walküre verspürte einen irrationalen Drang, die Wahrheit vor ihrer Freundin zu verbergen, ein fast überwältigendes Verlangen nach Schweigen. Sie kämpfte dagegen an und konnte sich daran vorbeidrängen. Sie glaubte nicht daran, dass dieses Verlangen von ihr selbst ausging, und verbrachte zu viel Zeit damit, darüber nachzudenken. Eine weitere Ablenkung, wie ihr klar wurde, als Sif sie fest schüttelte. »Walküre!«

»Fort«, keuchte sie. »Eine weitere Seele ist fort. Ich weiß nicht, wohin. Ich weiß nicht, wer. Im einen Moment sind sie noch da, voller Angst, und dann ... nichts.«

Sif kniete sich vor Brunnhilde und legte die Hände auf ihre Schultern. Sie konnte sie durch die Rüstung nicht spüren, doch die Daumen der Kriegerin pressten sanft und beruhigend gegen ihren Hals. »Tief durchatmen und dann erzähl es mir ausführlich.«

»Der Stein ist warm«, sagte Brunnhilde stattdessen. »Das erklärt auf jeden Fall den fehlenden Schnee. Aber das kann doch kein Vulkan sein, oder?«

Sif starrte sie an, als würde sie völligen Unsinn daherreden. Erst als sie selbst ihre Hand auf den Boden legte, runzelte sie die Stirn. »Bei Hels Zähnen«, fluchte sie. »Wie?« Sie verdrehte den Hals, um zu dem Berg über ihnen zu blicken. »Kein Rauch. Kein Vulkan. Etwas im Inneren muss den Stein erwärmen.« Sie schüttelte den Kopf. »Ist jetzt nicht so wichtig. Sag mir, was passiert ist.«

Stockend erzählte die Walküre, was sie gespürt hatte und immer noch spüren konnte, während sie beide aufstanden und weiter den Hang hinaufgingen. Sie mussten in Bewegung bleiben.

Als die Walküre fertig war, ballte Sif die Hände zu Fäusten und presste die Lippen fest zusammen.

»Ich weiß nicht, wer es war, Sif. Das schwöre ich. Wenn ja, und es wäre Gyda gewesen, hätte ich es dir gesagt. Das würde ich dir niemals vorenthalten.«

Die andere Frau nickte so ruckartig wie eine Marionette. »Ich liebe meine Freundin«, sagte sie leise. »Aber es geht nicht nur um sie. Es würde keinen Unterschied machen, selbst wenn es Gyda wäre. Oder zumindest sollte es keinen Unterschied machen«, gab sie auf Brunnhildes skeptischen Blick hin zu. Sie seufzte. »Ehrlichkeit, natürlich. Danke. Ich gebe mein Bestes. Die Wahrheit ist, dass viel zu viele geraubt wurden. Es wäre selbstsüchtig und grausam von mir, Gyda all den anderen vorzuziehen. Wir sind hier, um alle zu retten. Ich hoffe nur, dass wir trotz dieses Gefühls von Leere, das du empfindest, immer noch Erfolg haben können.«

Angst und Widerwille breiteten sich in Brunnhilde aus. »Das ist auch mein Ziel, meine Freundin«, sagte sie leise. »Und dafür würde ich auch gern mein Leben geben. Aber wir müssen realistisch sein in dem, was wir erreichen können.«

Sif sah sie mit scharfem Blick an. »Nein«, entgegnete sie. »Das sind nicht deine Worte. Das sind sie nicht. Wir werden jeden einzelnen Einherjar retten. Wir werden sie nach Walhalla und uns selbst zurück nach Asgard bringen. Das ist es, was wir tun werden. Wem auch immer diese Stimme in deinem Kopf gehört«, fügte sie hinzu und ihre Finger gruben sich in Brunnhildes Bizeps, »es ist nicht deine. Sie gehört demjenigen, der uns zu manipulieren versucht. Du musst entscheiden, ob du lieber auf mich hören willst oder auf diesen Fremden, der dir Lügen zuflüstert. Also?«

Das Feuer in Sifs Stimme zauberte ein widerwilliges Lächeln in das Gesicht der Walküre. »Da ich einen frühen Tod durch die Hand einer Verbündeten vermeiden will, entscheide ich mich für dich.« Der Scherz erdete sie beide und verlieh ihnen ein wenig Klarheit. »Danke, Sif«, fügte sie hinzu. »Deine Direktheit war noch nie so nötig. Keine Walküre würde jemals eine Seele aufgeben. Meine Worte beschämen mich.«

»Nein«, sagte Sif erneut. »Es sind nicht deine Worte, also können sie dich auch nicht beschämen. Außerdem haben wir keine Zeit. Wenn du dich unter Schuldgefühlen begraben willst, warte damit, bis wir unsere Mission erfüllt haben. Ich bringe sogar eine Schaufel mit und helfe dir buddeln. Bis dahin achten wir gegenseitig auf unsere Worte und halten einander den Rücken frei.«

Brunnhilde nickte und biss sich auf die Zunge. Ein Teil von ihr schrie, dass sie diese Dinge eigentlich sagen sollte, dass sie Sif nicht die Führung überlassen sollte. Der Rest von ihr trat diesen Gedanken in den Staub. Es spielte keine Rolle, ob es stimmte – die Worte waren eine Klinge, die sie ausschließlich gegen sich selbst richtete, und sie konnte es sich nicht leisten, zu bluten.

Sif warf ihr einen amüsierten Blick zu und grinste. »Kannst du dir vorstellen, das hier mit jemand anders durchzustehen?«, fragte sie. »Mit Balder, Heimdall oder sogar Thor? ›Erzählt mir von euren Ängsten, oh Gott des Donners, dass ich sie besänftigen möge.‹«

Brunnhilde versuchte erfolglos, ihr Lachen zu unterdrücken. »Das würde niemals funktionieren.« Sie klopfte Sif auf den Rücken. »Ich bin froh, dass du es bist, Schildmaid.«

Die andere Frau zwinkerte ihr zu. »Gleichfalls, Walküre. Mein Bruder wäre inzwischen schon an seinem peinlich berührten Stoizismus gestorben.«

»Und Thor würde sich eher selbst mit Mjölnir ins Gesicht schlagen, als etwas zuzugeben, das als Schwäche ausgelegt werden könnte.«

Sif grinste erneut. »Ich würde bares Geld zahlen, um das zu sehen.«

Brunnhilde lachte, doch als Sif in den Himmel blickte, weil sie Donner befürchtete, zuckte die Walküre zusammen und tat es auch. Doch es blieb ruhig.

»Du bist darauf reingefallen«, neckte Sif und Brunnhilde stieß sie mit dem Ellbogen an. »Laufen wir weiter?«

»Ich glaube, das müssen wir gar nicht«, erwiderte sie und streckte die Hand aus. Vor ihnen wurde das Grau des Berges und das Schwarz der Schatten von einer großen tiefschwarzen Fläche unterbrochen. Sie war viel größer als sie beide, größer noch als ein Riese, und sah rund aus. »Ich glaube, das ist ein Höhleneingang«, sagte sie leise.

Er war immer noch eine Dreiviertelmeile entfernt und wurde vom eisigen Licht der Sterne beschienen. Sie blieben stehen, hockten sich hin und untersuchten die Umgebung des Eingangs. Sif tippte sie an und presste ihre flache Hand auf den Felsen. Brunnhilde tat es ihr gleich und nickte. Er war hier sogar noch wärmer als weiter unten.

Die Walküre musterte die Landschaft unter ihnen. Sie konnte sehen, wo die Schneegrenze lag, wie das Todesleuchten sie durch das Vorgebirge und dann die Flanke dieses monströsen Berges hinaufgeführt hatte, dessen Gipfel sich selbst ihrem scharfen Blick entzog. Auf dem Pfad unter ihnen war nichts zu entdecken, also drehte sie sich um und untersuchte den Weg vor ihnen. »Sieht aus, als wäre die Luft rein«, flüsterte sie.

»Ich werde mich umsehen«, erwiderte Sif und löste nach kurzem Zögern das Seil von ihrer Taille. »Du bleibst hier. Ich bin in spätestens einer halben Stunde zurück.« Sie musste die Skepsis im Gesicht der Walküre bemerkt haben. »Und wenn nicht, kommst du mich retten, ja?«

»Wenn ich das tun muss, wirst du das für immer zu hören bekommen«, drohte Brunnhilde.

Die Kriegerin verdrehte die Augen und zuckte mit den Schultern. Dann sah die Walküre zu, wie ihre schlanke Gestalt in den Schatten verschwand.

Fünfzehn

Das Geheimnis des Berges

Sif glitt durch die Dunkelheit wie eine Klinge. Sie achtete auf jede Bewegung, jedes Geräusch, selbst auf Körperwärme von jemand anders als ihr selbst. Sie streckte ihre Sinne in die Dunkelheit kurz vor der Morgendämmerung aus. Statt den direkten Weg zu nehmen, verließ sie den Pfad, sobald sie Brunnhilde zurückgelassen hatte. Hier lag mehr Geröll, was sie noch langsamer werden ließ, doch sie war lieber unauffällig als schnell. Weder auf dem Pfad noch am Höhleneingang war irgendetwas Ungewöhnliches zu bemerken. Sif traute dem Braten jedoch nicht. Die geraubten Seelen waren da drin, was bedeutete, dass dort auch der Strippenzieher sein musste. Und Loki achtete stets auf seine Sicherheit. Selbst seine übermäßige Arroganz brachte ihn nicht dazu, unachtsam zu werden, während er im Besitz geraubter Einherjar war und er wusste, dass Asgard nach ihnen suchen würde. Er würde alle notwendigen Vorsichtsmaßnahmen treffen. Und doch schien der Eingang der Höhle unbewacht zu sein.

Es musste eine Falle sein. Sif ging stets davon aus, dass irgendwo eine Falle lauerte, deshalb war sie auch noch am Leben. Aus der Nähe war der Höhleneingang sogar noch größer als ursprünglich gedacht. Etwas mehr als doppelt so hoch wie der größte Riese. Sif ging fünfzig Meter östlich davon in Deckung und beobachtete den Pfad und den Eingang für lange, langsame Minuten. Keine Bewegung. Kein Geräusch. Nicht der kleinste Hinweis auf Licht in diesem klaffenden Maul. Wer auch immer die Einherjar in seiner Gewalt hatte, befand sich tief im Berg selbst.

Der östliche Himmel färbte sich bereits bläulich und die Sterne verloren ihre Schärfe, als Sif zu der Walküre in ihrem Versteck zurückkehrte.

Als Brunnhilde sie sah, fiel ein Teil der Anspannung von ihr ab und ihr Griff auf Drachenfang lockerte sich. »Wie geht es dir? Was fühlst du?«, flüsterte sie, sobald sich Sif neben sie gehockt hatte.

Die Kriegerin blinzelte. »Was? Alles in Ordnung. Ehrlich, ich fühle mich gut. Es ist unmöglich, da drin etwas zu sehen – kein Licht, keine Bewegung von Riesen, Kriegern oder sonst jemandem. Alles still. Ohne das Todesleuchten würde ich sagen, die Höhle ist verlassen.«

»Also gehen wir einfach rein?«, fragte Brunnhilde skeptisch.

»Na ja, ich dachte mehr an Anschleichen, aber im Grunde genommen ja. Der Morgen bricht an und auch wenn wir dadurch den Höhleneingang besser sehen können, wird er uns für alle darin umso sichtbarer machen. Wenn dieser Berg ein riesiges Nest ist, werden sie jeden Zentimeter davon kennen, egal wie dunkel es dort drin ist. Wir sind so oder so im Nachteil, also können wir auch einfach reingehen.«

Die Walküre starrte an Sif vorbei zur Höhle. »Ich weiß nicht, ob es völlig wahnsinnig ist, es zu tun, aber uns bleibt wohl keine andere Wahl. Wenn ich drin bin, sollte ich zumindest in der Lage sein, Sprungdämpfer zu entdecken. Wenn dort keine sind, spielt es keine Rolle, sollte uns jemand entdecken – dann transportiere ich uns einfach woandershin.«

»Und wenn du das nicht kannst?«, fragte Sif. Ungeduldig ballte und streckte sie die Hände.

Brunnhilde klopfte gegen ihren Schwertgriff. »Dann machen wir es auf die laute und blutige Art«, sagte sie.

»Gefällt mir«, erwiderte Sif vergnügt. »Dann los. Je länger wir warten, desto wahrscheinlich ist es, dass weitere Seelen verschwinden. Also, lass uns da reingehen. Lass uns kämpfen.«

Sie stand auf, doch zu ihrer Überraschung zog Brunnhilde sie wieder zurück in die Hocke. Sie schüttelte sie ab und versuchte erneut, sich zu erheben. Diesmal packte die Walküre Sifs Brustplatte und riss sie wieder zu Boden.

»Finger weg! Lass uns da reingehen und sie bezahlen lassen, Gyda und die anderen retten und sie dann alle töten ... Oh.« Die Erkenntnis schlug über ihr zusammen wie eine Welle. »Oh«, wiederholte sie diesmal flüsternd. »Das bin nicht ich, die da redet, oder?«

»Selbst du bist nicht so waghalsig, Sif«, bemerkte Brunnhilde. »Und auch nicht so blutrünstig.«

Sie saßen ein paar Atemzüge lang schweigend da, während Sif die Dringlichkeit untersuchte, die sie empfand, und sie wie ein unbekanntes Objekt von allen Seiten betrachtete. »Ich habe es nicht gemerkt«, murmelte sie schließlich. »Es ... Meine Gedanken und Gefühle kommen mir immer noch so vor wie meine. Es gibt keine ... keine *Signatur*, keinen Hinweis darauf, dass sie nicht von mir stammen. Ich hatte keine Ahnung.«

»Genau wie ich zuvor. Darum müssen wir zusammenbleiben und aufeinander hören. Wir brauchen ein Wort, das wir beide kennen, das aber für niemanden, dem wir da drin begegnen, einen Sinn ergibt. Wenn eine von uns das Wort sagt, muss die andere mit dem, was sie tut, sofort aufhören ... natürlich nur, solange das sicher ist. Es wäre eine Art Schwur, den wir einander leisten, der nicht gebrochen werden kann. Ich sage das Wort und du hörst auf. Du sagst es und ich höre auf. Ganz egal was sonst gerade passiert.«

Sif starrte sie an und bemerkte plötzlich, dass die Gesichtszüge der Walküre inzwischen viel klarer zu erkennen waren. Der Morgen dämmerte. »Meinetwegen«, sagte sie langsam. »Klingt gut. Ein nicht zu brechender Schwur. Ein Eid, geleistet unter den Augen des Allvaters. Aber welches Wort nehmen wir?«

»Wir brauchen etwas, das keine von uns in einer Kampfsituation rufen würde«, überlegte Brunnhilde.

»›Ich liebe Loki‹?«, schlug Sif vor und die Walküre lachte auf. »Aber nein, ich leiste keinen Schwur, der dieses Wort beinhaltet. Was ist mit ›Aragorn‹? Er ist nicht hier und das ist nichts, was wir vergessen könnten. Wenn eine von uns das Wort ruft, muss die andere innehalten und nachdenken.«

Brunnhilde nickte. »›Aragorn‹. Perfekt. Und das Seil können wir jetzt auch nicht benutzen. Schließlich wollen wir nicht noch einmal in eine Situation geraten, wo wir zusammengebunden kämpfen müssen. Also wird dies die Möglichkeit sein, in Kontakt zu bleiben, und uns eventuell davon abhalten, vorzupreschen. Hoffe ich zumindest.« Sie streckte ihre Hand aus und Sif packte ihr Handgelenk auf Kriegerart. »Bereit?«

»Mehr als bereit«, sagte Sif. »Lass uns loslegen. Folge mir und bleib in Deckung.«

Sie führte die Walküre über die gleiche Route, die sie zuvor genommen hatte, östlich des Pfades und in einem Bogen, der sie von der Seite zum Höhleneingang brachte. Der Himmel wurde jetzt schnell heller, doch sie fanden zwischen ein paar Felsen Schatten. Von dort aus beobachteten sie den Eingang ein letztes Mal. Brunnhilde tippte sich zweimal an den Arm, um zu signalisieren, dass die Luft rein war. Auch vor ihnen war alles leer und da es keinen Grund zum Zögern gab, schlüpfte die Schildmaid zwischen den Felsen hervor und verschwand in den Schatten der Höhle.

Warme Luft. Das war das Erste, was sie bemerkte. Ein winziger Lufthauch an ihrer Wange, den sie nur aufgrund des Temperaturunterschieds zu draußen bemerkte. Ihre Zehen und Finger begannen in der plötzlichen Wärme zu kribbeln. Sie zog die Handschuhe aus und steckte sie sich im Rücken in den Gürtel. Wer sich hier auch aufhalten mochte, hatte es gern gemütlich. Sif unterdrückte ein abfälliges Schnauben. Loki war maßlos und selbstgefällig geworden. Sie freute sich schon auf die bevorstehende Konfrontation.

Unbewusst beschleunigten sich ihre Schritte, doch schon kurz darauf zog Brunnhilde sie am Ärmel. Sie drehte sich um und sah das Stirnrunzeln der anderen Frau. Sifs Mund verzog sich irritiert – nicht über die Walküre, sondern über sich selbst – und sie wurde wieder langsamer, um entlang der Höhlenwand zu schleichen, die Fingerspitzen auf dem Felsen, während es vor ihnen immer dunkler wurde.

Sie waren fünfzig Schritte tief im Berg, als das Licht fast völlig verschwunden war. Sif schloss die Augen und streckte ihre anderen Sinne aus. Wenn sie gleich blind sein würden, war es besser, sich jetzt schon daran zu gewöhnen. Sie wurde noch langsamer und erfühlte den besten Weg mit ihren Stiefeln, den Händen und ihrem Gehör. Und dank des sanften Atems, der ihr um den Nacken strich, war sie sich stets bewusst, dass Brunnhilde nur einen Schritt hinter ihr war.

Klang und Raum vor ihr änderten sich abrupt und Sif machte die Augen wieder auf. Der Tunnel vor ihnen teilte sich nach rechts und links. Beide Abzweigungen wirkten völlig rund und alles andere als natürlich. Links war ein schwacher Lichtschimmer zu erkennen, rechts das leiseste Echo eines Klangs, das verstummte, sobald sich Sif darauf konzentrierte.

Links dem Licht nach? Oder rechts dem Geräusch nach?

Sif drehte sich um und presste ihre Lippen an Brunnhildes Ohr. »Können wir hier springen?«, flüsterte sie. Der Kopf der Walküre zuckte. Ein Nicken. Die Schildmaid schloss die Augen und bedankte sich stumm. »Welche Richtung?«

»Wir sollten uns wahrscheinlich besser aufteilen«, flüsterte Brunnhilde gegen ihre Wange. »Nur um sicherzugehen.«

Sif schüttelte so fest den Kopf, dass ihre Schläfen zusammenstießen. »Das ist das Gegenteil von sicher, Walküre. Das tun wir auf keinen Fall und ich werde den Namen deines verdammten Gauls beschwören, wenn es sein muss.«

Brunnhilde versteifte sich, dann atmete sie aus. »Also gut, ehrlich gesagt ist das Todesleuchten ziemlich überwältigend und pulsiert von allen Seiten auf mich ein, doch ein bisschen stärker von rechts, denke ich. Aber da ... da ist etwas im linken Tunnel. Ich weiß nicht genau, was, aber es kommt mir ... vertraut vor.« Sie sah in diese Richtung. »Was ist das?« Diese Worte waren noch leiser und nicht für Sif gedacht. Die Walküre machte Anstalten, an Sif vorbeizugehen, doch die Schildmaid hielt sie am Arm fest.

»Wir gehen nach rechts. Und wir werden uns auch nicht trennen. Auf keinen Fall«, fügte sie hinzu, als die Walküre erneut nach links blickte. »Zuerst die Seelen, dann die Gerechtigkeit. Es spielt keine Rolle, wem oder was wir dort unten begegnen, selbst wenn es Loki ist. Die Seelen kommen zuerst. Dann die Gerechtigkeit. Und das sage ich, Lady Sif die Waghalsige, mit ihrem unstillbaren Rachedurst gegenüber diesem verdammten Jotunn. Denk darüber nach, was das bedeutet, bevor du widersprichst.«

Sie spürte, wie Brunnhilde ihr Gewicht verlagerte und schließlich nickte. »Die Seelen zuerst. Du hast recht. Danke.« Sie ballte eine Hand zur Faust und ließ die Knöchel knacken. »Ich hasse das«, flüsterte sie grimmig. »Wie machen die das? Wie können sie mich so leicht dazu bekommen, meine Pflicht zu vergessen, dass ich auf die Hilfe einer anderen vertrauen muss, die nicht einmal eine Walküre ist? Wie beschämend.«

Wut stieg in Sif auf. Es dauerte einen Moment, bis sie durch ruhiges Atmen den Drang besiegt hatte, Brunnhilde zu sagen, dann solle sie doch nach links gehen, wenn sie unbedingt wollte. *Nicht meine Gedanken. Auch nicht ihre. Sie meinte das nicht. Es liegt nicht an dir, dass sie sich schämt, denk daran.*

Dennoch schlug ihr Herz wie wild. *Ruhig, Sif. Ganz ruhig. Das hier ist ein Schlachtfeld. Denk strategisch.*

»So darfst du das nicht sehen. Konzentriere dich auf die Mission und die Seelen. Wütend werden kannst du immer noch, wenn wir alle sicher in Walhalla abgeliefert haben und ich dich ohne einen Kratzer bei Inge abgeliefert habe. Ich habe nämlich keine Lust auf ihren Zorn, wenn ich ohne dich zurückkomme.«

Brunnhildes Lachen war eher ein Atmen als ein tatsächlicher Laut, doch die unnatürliche Spannung in ihren Schultern ließ nach und Sif war froh, einen Weg gefunden zu haben, um die selbstzerstörerischen Gedanken der Walküre zu durchdringen. »Inges Zorn kann wirklich fürchterlich sein«, stimmte sie ihr zu. »Also gut. Wir gehen in den rechten Tunnel und kehren um, falls wir müssen. Zuerst die Seelen, dann die Gerechtigkeit. Das ist der Plan.«

»Das ist der Plan«, wiederholte Sif und führte sie auf die Quelle des seltsamen Geräuschs zu. Ihre Handflächen waren feucht. Der Grund war eine unangenehme Mischung aus Adrenalin wegen dem, was bevorstand, und Nervosität, dass Brunnhilde verschwinden würde, sobald sie ihr den Rücken zudrehte. Sie musste darauf vertrauen, dass die Walküre das nicht tun würde. Hier im Dunkeln, im Nest ihrer Feinde, war Vertrauen alles, was sie hatten.

Sie schlichen um die Kurve in den rechten Tunnel und das schwache Licht der Morgendämmerung verschwand. Die Dunkelheit vor ihnen war absolut, doch die Geräusche wurden eine Spur klarer. Sie konnte immer noch nicht genau sagen, worum es sich handelte, noch nicht, denn sie hallten zu sehr, um Sinn zu ergeben, doch sie hatte den Eindruck, dass sie unglücklich waren.

Sif strich mit den Fingerspitzen ihrer rechten Hand über den Schwertgriff, dann wanderten sie zu dem langen, gebogenen Dolch, den sie am Rücken trug. Die Bewegungen waren eher tröstend als sonst etwas und ihre rechte Hand blieb in Kontakt mit dem Tunnel, damit sie in der Finsternis nicht völlig ohne Bezugspunkt war. Brunnhilde berührte ihren Rücken, um sich zu vergewissern, dass sie noch da war. Ihr Fingernagel machte ein Geräusch an ihrer Rüstung. Es war so leise, dass kaum zu glauben war, wie viel Gewicht und Bedeutung darin lag, dennoch verlieh es Sif die Kraft weiterzugehen.

Rechts dem Geräusch nach oder links dem Licht nach – die Entscheidung war allein aufgrund des Eindrucks der Walküre getroffen worden, dass das Todesleuchten in dieser Richtung stärker war. Sie hatten keine bessere Idee, dennoch konnte die Kriegerin die Befürchtung nicht abschütteln, dass sie ihre Freundin in einen Hinterhalt führte.

Bei allen Göttern und Dämonen, Sif hasste es, recht zu behalten. Und gleichzeitig auf schockierende, entsetzliche Weise falschzuliegen.

Die gedämpften Klänge waren schließlich zu einer Stimme geworden, die immer wieder innehielt, als würde sie auf Fragen reagieren, die sie nicht hören konnten, und sie klang in der Tat unglücklich. Und vertraut. Sif verspürte einen Moment verwunderten Unverständnisses, ein Gefühl von Unstimmigkeit, das so stark war, dass sie wie angewurzelt stehen blieb.

Da stieß Brunnhilde ein ersticktes Geräusch aus, bevor sie an ihr vorbei auf das neue Licht zurannte, das aus einer Tür ein paar hundert Meter vor ihnen drang. Dort lag die Quelle der Stimme. Sie rannte, ohne zu zögern, ohne Deckung, ohne Plan.

Sif eilte ihr nach, denn wenn sie schon blind hineingingen, mussten sie sich von Anfang an den Rücken decken. Bis ins Mark wusste sie, dass Brunnhilde sie brauchen würde, wenn sie mit dem, was dort geschah, konfrontiert wurde.

Das Licht wurde stärker, während sie mit gezogenen Schwertern darauf zuliefen. Sif gelang es selbst mit größter Anstrengung nicht, die Walküre einzuholen. Brunnhildes Angst war so greifbar, dass sie praktisch zu schmecken war.

Die Stimme erklang erneut, trotzig, jedoch unnatürlich hoch und verzweifelt jung. Das Versprechen auf Schmerz schwang darin mit. »Dafür wirst du bezahlen«, brüllte sie, gefolgt von einem markerschütternden Schrei.

Plötzlich war Brunnhilde verschwunden. Sie war gesprungen.

Sif zwang sich, schneller zu laufen, während die Schreie von gebrüllten Warnungen übertönt wurden, bis sich schließlich die typischen Geräusche eines Kampfes dazugesellten. Brunnhildes Kriegsschrei und der unverkennbare Klang von Metall auf Fleisch.

Helles Licht drang aus dem Raum und Sif sah die Schatten von Gestalten kämpfen, wenngleich nur die Walküre zu hören war, nicht ihre Gegner. Sif sprang mit gezogenem Schwert um eine Ecke. Sie spürte das überwältigende Verlangen, an Brunnhildes Seite zu laufen, doch stattdessen stellte sie sich mit dem Rücken zur Wand und versuchte zu verstehen, was sie da sah.

Elfen, Trolle, sogar einige Menschen aus Midgard, mindestens ein Dutzend, soweit Brunnhilde sehen konnte, liefen auf sie zu und fungierten als Schutzschild für diejenigen, die hinter ihnen weiterarbeiteten. Der Raum war lang und wie ein Krankenlager mit hohen Metalltischen eingerichtet. Auf den meisten lagen riesige, verdrehte Gestalten, mindestens doppelt so groß wie die Arbeiter, die sich über sie beugten. Letztere schienen noch nichts von dem Kampf mitbekommen zu haben, der nahe des Eingangs ausgebrochen war. Die Gestalten auf den Tischen waren Hybride, wie die Halbriesen und Halbwölfe, gegen die sie in Wiesenfall gekämpft hatte. Glücklicherweise war keiner von ihnen am Leben. Sie alle hingen an komplizierten Gerätschaften, die für Sif keinen Sinn ergaben. Ein Wirrwarr aus Drähten und Schläuchen, die die Kadaver mit großen, bösartig aussehenden Maschinen verbanden, auf denen Anzeigen und Knöpfe prangten. Einige der Kreaturen auf den Tischen regten sich und ein blaues Leuchten erhellte ihre tief liegenden Augen.

Ein weiterer greller Schrei durchdrang das Krankenlager und Sif entdeckte, woher er kam: In der Mitte des Raumes lag auf der rechten Seite eine viel kleinere Figur auf einem Tisch, während neben ihr eine gebückte Gestalt vor sich hin werkelte. Schläuche waren an ihrem Gesicht und ihrer Brust angebracht und ihre Arme und Beine gefesselt.

Inge.

»Nein«, flüsterte Sif und die Fassungslosigkeit ließ sie für einen schrecklichen, endlosen Moment erstarren. *Wie ist das möglich?*

Brunnhilde zögerte nicht. Die Walküre hackte sich den Weg zu ihrer Geliebten frei, offenbar ohne zu bemerken, dass sie auf keinerlei Gegenwehr stieß. Ein Elf trat vor. Er war unbewaffnet und sein Gesicht seltsam ausdruckslos. Die Walküre schnitt ihm mit Drachenfang die Kehle durch und trennte ihm dabei fast den Kopf ab. Blut spritzte umher, während er zu Boden sank, und ein Troll trat mit ausgestreckten Händen heran, um Brunnhildes Handgelenke zu packen.

»Aufhören!«, rief Sif, als ihr klar wurde, was vor sich ging. »Brunnhilde, hör auf. *Sie sind nicht bewaffnet.*«

Die Walküre ignorierte sie und schien auch nicht zu bemerken, wie sich die monströsen Krieger von den Tischen erhoben, an denen sie bereits vorbeigelaufen war, um sie von Sif und dem Ausgang abzuschneiden. Sie hatte nur Augen für Inge und achtete selbst kaum auf die Arbeiter, die sich ihr entgegenstellten. Einer von ihnen klammerte sich im Sterben an das rechte Bein der Walküre und hinterließ eine lange Blutspur, während er über den Boden geschleift wurde. Schließlich blickte Brunnhilde hinab und zertrat den Schädel des Mannes dann achtlos mit ihrem Stiefel, befreite sich aus seinem Griff und marschierte weiter.

Sif folgte fluchend Brunnhildes blutigem Pfad und nutzte ihre Faust oder die flache Seite ihres Schwerts, um ihre Gegner bewusstlos zu schlagen.

Ein Troll, der an Inges Tisch stand, sah auf und obwohl seine Gesichtszüge fremd waren, konnte Sif keine Angst darin erkennen. Ihr wurde klar, dass keiner von ihnen verängstigt wirkte. Sie warfen sich der tobenden asgardischen Göttin entgegen und brachten sich, ohne zu zögern, zwischen sie und Inge. Und sie starben, ohne auch nur mit der Wimper zu zucken.

Der Troll tat etwas Kompliziertes an der Tafel, an der die Röhren und Drähte endeten. Inge bäumte sich auf dem Bett auf, jeden Muskel im Leib angespannt. Ihrer Kehle entrang sich ein Schrei, laut genug, um Sifs Ohren klingeln zu lassen, und Brunnhilde wurde zur Berserkerin.

Inge. Ihre liebliche, musikalische Stimme schrie vor Schmerz und Angst. An ein Bett gefesselt, umgeben von Feinden, umgeben vom Todesleuchten der geraubten Einherjar, die nach und nach erloschen. Doch Brunnhilde war das egal, denn hier war ihre Inge. Verletzt und gefangen, auf eine Art hilflos, die eine tapfere Kriegerin – ihre wilde, fähige Geliebte – niemals erleben sollte.

Warum Inge auch immer hier sein mochte, Brunnhildes Herz hatte für einen Augenblick zu schlagen aufgehört, als sie ihre Stimme gehört hatte. Nun schlug es jedoch schnell, hart und wild und pumpte vor Zorn schwarzes Blut.

Die Walküre wusste nicht genau, was als Nächstes passierte. Alles verlor sich in einem Wirbel aus Wut und Angst, stärker als alles, was sie je zuvor empfunden hatte. Eine Angst, die betäuben, die töten konnte. Oder eine Angst, die sie für sich nutzen konnte, als Antrieb, um ein allumfassendes Ziel zu erreichen: Inge zu retten. Egal auf welche Weise und wie viele Leute dafür sterben mussten. Inge zu retten war ihre einzige Motivation. Jeder, der zwischen ihr und diesem Ziel stand, würde erbarmungslos niedergemetzelt werden. Gnade würde Inge nicht retten. Gnade war für die Schwachen. Brunnhilde konnte sich das nicht leisten und wollte es auch nicht.

Eine Gestalt erhob sich vor ihr und legte ihre Hände auf Brunnhildes Arm. Drachenfang schnitt sie ab. Jemand anders trat vor und sie zog das Schwert über seine Kehle. Dem nächsten rammte sie ihr Schwert in den Bauch.

Nun standen nur noch wenige Personen zwischen Inge und ihr. So nah. Nur Sekunden entfernt. Doch dann schrie Inge erneut, als würde sie all ihre verbliebene Kraft in diesen Schrei legen.

Brunnhilde zuckte zusammen und sah lange genug an sich herunter, um das Skalpell zu registrieren, das tief in ihrem Oberschenkel steckte. Sie drängte weiter, riss ihrem Angreifer damit die Klinge aus der Hand, und spaltete ihm mit Drachenfang den Schädel. Sie hatte nicht einmal sein Gesicht gesehen. Aber das brauchte sie auch nicht.

Inge bäumte sich auf dem Tisch so weit auf, wie ihre Fesseln es zuließen. Ihr Atem verließ sie in einem langen, unaufhörlichen Ausdruck von Qualen. Ein Troll in einer unförmigen grauen Robe beugte sich über ihre Geliebte und schob einen Schlauch durch einen kleinen Schnitt an ihrem Hals. Brunnhilde erreichte den Tisch und rammte ihm ihr Schwert in die Brust, drehte die Waffe dann, um sein Herz zu zerstören, und riss sie wieder heraus. Weitere Schläuche verbanden Inges Gesicht und Brust mit einer seltsamen Maschine am Ende des Betts, die das sammelte, was aus der Kriegerin gesaugt wurde. Dicke Lederriemen fixierten ihre Handgelenke und Fußknöchel am Tisch. Die Walküre griff nach dem Wirrwarr, zögerte dann jedoch kurz. Der Troll lag tot am Boden und war keine Hilfe mehr, doch sie wusste nicht, was sie tun sollte. Konnte sie die Schläuche einfach herausziehen? Würde das aufhalten, was mit Inge geschah, oder sie auf der Stelle töten?

Jemand war hinter ihr. Sie wirbelte herum, packte die Person an der Kehle und hielt ihr das blutverkrustete Schwert an den Bauch. »Stell es ab!«, stieß sie hervor. »Stell es auf der Stelle ab.«

»Brunnhilde? Brunnhilde, ich bin's. Lass mich los.«

Die Person tat nicht, was sie sollte, also begann die Walküre, sie zu würgen.

»Ich bin es, Sif! Ich weiß nicht, wie ...« Die Stimme war nicht mehr als ein Keuchen, das sich zwischen Inges Schreien fast verlor. »Aragorn! *Aragorn!*«

Inges Schrei erstarb. Brunnhilde rammte ihr Schwert in die Unsinn redende Person, doch es traf auf eine Rüstung. Sie hatte keine Zeit, sie zu erledigen, also schleuderte die Walküre sie gegen die Wand und drehte sich wieder zum Tisch um. Sie riss alle Schläuche aus Inges Gesicht und Brust. An den Stellen, an denen sie ihr Fleisch verließen, drang Blut hervor. Inge zuckte, zuckte erneut und blieb dann liegen. Ihre Haut war blass und wächsern, ihre Lippen blau und ihre Augen glasig und leer. Reglos.

Sechzehn
Lebendig und Todlos

Drachenfang fiel klirrend zu Boden. Brunnhilde löste die Lederriemen, nahm Inge in die Arme und umhüllte sie auch mit ihren Sinnen. Es war noch ein Funken Leben in ihr. Brunnhilde atmete Luft und Liebe in ihren Mund, durch eine Kehle, die durch Angst wie zugeschnürt war.

Das Grauen beherrschte den Raum und wo es zuvor noch die Gestalt der Walküre selbst angenommen hatte, erschien es nun als Tod, der mit seinen schwarzen Schwingen über der besten Sache in Brunnhildes Leben lauerte und nur darauf wartete, es ihr wegzunehmen. *Nicht heute. Ich werde sie nicht verlieren. Niemals.*

Das werde ich nicht.

Sie atmete mehr Luft in den schlaffen Körper in ihren Armen und legte ihr ganzes Wesen hinein. Hinter ihr verlosch ein weiteres Todesleuchten, ein Lichtfunken in ihren Gedanken verschwand, eine Seele, die Qualen litt und dann nicht mehr. Es spielte keine Rolle. Nichts spielte eine Rolle außer dem hier.

Und dann atmete Inge ein. Und aus. Und wieder ein, ohne Hilfe. Fast gaben Brunnhildes Knie nach, als die Wimpern ihrer Geliebten zuckten und sich ihre Augen unter den Lidern zu bewegen begannen, doch sie stützte ihre Hüfte gegen die Tischkante. Dabei stieß sie an das Skalpell, das immer noch in ihrem Oberschenkel steckte, und spürte zum ersten Mal den Schmerz. Doch sie ließ Inge nicht los, um es zu entfernen. Sie ließ sie nicht aus den Augen.

Hinter ihr ertönte Lärm, eine Explosion von Bewegung und einem lautes Stöhnen. »Brunnhilde? Ich könnte ein bisschen Hilfe gebrauchen.«

Metall, das über Knochen schabte und nach Blut gierte. Die Walküre kannte diese Geräusche, wusste, was sie bedeuteten, doch sie duckte sich und vertraute darauf, dass ihre Rüstung den bevorstehenden Angriff aushalten würde. Es hatte schon einmal funktioniert, es würde auch jetzt funktionieren. Sie zog das Skalpell aus ihrem Bein, hob Inge dann ganz vom Tisch und ließ dafür ihr Schwert zwischen den Leichen und dem Blut liegen.

Inge öffnete ihre Augen und sah sich verwirrt um. Diesmal gaben Brunnhildes Knie wirklich nach. Sie sank gegen den Tisch und umarmte ihre Geliebte fester.

Nach einem langen, verwunderten Schweigen fragte sie: »Wo bin ich?« Wieder folgte Schweigen, begleitet von einem zitternden Einatmen. »Was hast du getan?«, krächzte Inge. »Was hast du ...?«

Sie sah nicht sie an, wurde Brunnhilde klar. Sie starrte über ihre Schulter auf das Blutbad. Die Walküre presste Inges Gesicht an ihre Brustplatte. »Sieh nicht hin, mein Herz«, sagte sie. »Ich schaffe dich hier raus. Du bist in Sicherheit. Ich verspreche dir, dass du jetzt in Sicherheit bist.«

Sie blickte auf das, was Inge gesehen hatte. Überall lagen Leichen. Leichen ohne Rüstung und Waffen. Niedergemetzelt und aufgeschlitzt. Die Wände, der Boden und die Tische voller Blut. Dahinter war Sif, die sich schneller bewegte als ein Falke im Flug. Die Kriegerin rannte und sprang Wände hinauf und über Tische, um ihren Verfolgern auszuweichen. Darunter waren einige der Arbeiter, wie der Troll, der Inge verletzt hatte – Brunnhilde presste ihre Partnerin enger an sich –, doch die anderen waren große, verdrehte Gestalten ähnlich jenen, die auf den Tischen lagen. Wo waren sie alle hergekommen? Warum konnte sie sich nicht erinnern?

»Todlos«, krächzte Inge. »Die Einherjar …«

Instinktiv bereitete sich Brunnhilde darauf vor, mit ihrer Freundin nach Asgard zurückzuspringen. Sie musste Inge in Sicherheit bringen, bevor man versuchte, sie ihr wieder wegzunehmen.

Beschütze sie. Beschütze sie. Beschütze sie.

Die Litanei im Kopf der Walküre war so beharrlich wie ihr Puls und wurde nur gestoppt, weil Inge in ihren Armen plötzlich zu zappeln begann, so schwach sie auch war. »Hör auf! Brunnhilde, Liebes, hör auf. *Nicht springen!*«

In der Walküre baute sich die Energie auf, die ihr ihre Fähigkeit verlieh, dann verlosch sie wieder. Inge krümmte sich, als wollte sie von ihr weg, als würde sie nicht von ihr berührt werden wollen.

»Was?«, gelang es Brunnhilde hervorzubringen. »Ich muss dich retten, ich muss …«

»*Du musst Sif helfen!*« Inge riss einen Arm los, den Lederriemen noch ums Handgelenk gebunden, und schlug Brunnhilde ins Gesicht. Fest.

Die Walküre keuchte auf. Der Schock überwältigte die Angst und das erstickende Grauen, dann strömte alles in einer unaufhaltsamen Flut aus ihr heraus. Das Grauen erlosch und als könnte sie zum ersten Mal an diesem Tag richtig atmen, sog sie tief die nach Tod riechende Luft ein.

Inge wand sich erneut und diesmal legte Brunnhilde sie zurück auf den Tisch. Das unablässige Pochen des »*Beschütze sie, beschütze sie, beschütze sie*« verstummte und sie wurde sich anderer Geräusche bewusst: Gebrüll, Keuchen und das Klirren von Metall auf Metall.

Inge stieß ihr gegen die Brust. »Hilf ihr!«, fauchte sie schwach. Ihrem angespannten Mund und den Augenwinkeln war der Schmerz anzusehen, den sie verspürte, und doch war sie unerbittlich. Sie war wütend. Denn dort war Sif, an die Wand gedrängt von vier ... Wesen, vier Halbriesenkriegern mit den Gesichtern von Trollen und Tieren. Einer hatte den Kopf und die Federn eines riesigen Adlers, jedoch Hände anstelle von Flügeln. Hände, die harten Stahl hielten. Sif kämpfte verzweifelt, doch sie würde verlieren. Für jeden Schlag, den sie abwehrte, schaffte es ein anderer an ihrer Verteidigung vorbei. Gesicht und Rüstung waren blutbefleckt. Brunnhilde konnte sehen, dass nicht alles davon von ihren Gegnern stammte.

Einige Tische waren umgestürzt und dazwischen lagen ein Dutzend Leichen. Andere Hybridkreaturen lagen tot oder bewusstlos auf Tischen oder dort, wo sie zu Boden gegangen waren.

Brunnhilde hob ihr Schwert auf. Der Nebel lichtete sich um ihren Verstand, doch sie war immer noch benommen und verstand nicht. Drachenfangs Griff war klebrig vor Blut, doch sie umklammerte ihn fest und legte das Skalpell, das in ihrem Bein gesteckt hatte, in Inges Hand. »Verteidige dich, bis ich zurückkomme«, sagte sie.

»Geh«, erwiderte Inge. Brunnhilde tat es.

Sie sprang über umgekippte Tische und Leichen und schlug einem der Krieger mit einem einzigen Hieb den wolfsähnlichen Kopf ab. Das Adrenalin, das sie durchströmte, brachte Klarheit, und selbst wenn mit dem Kampf auch die Angst zurückkam, war sie diesmal kontrollierbar. Normal. Der kopflose Körper packte mit seinen Klauen nach ihr. Sie sprang weg, kehrte zurück und schlug ihm die Gliedmaße ab, als würde sie Holz hacken. Weitere Teile des Puzzles fügten sich zusammen. Fast wäre sie unter der Erkenntnis zusammengebrochen, doch dann ächzte Sif vor Schmerzen auf und sank gegen eine Wand.

Brunnhilde bahnte sich ihren Weg zu ihr, duckte sich und hechtete vorwärts, schwang ihr Schwert und stieß zu, bis sie an ihrer Seite war. Sie legte ihre freie Hand um Sifs Arm und konzentrierte ihre Kräfte, während sie gleichzeitig parierte, dann sprangen sie zusammen zu Inge.

Der Todlose brüllte überrascht auf und drehte sich um. Brunnhilde schob Drachenfang in Inges Hand. »Ich brauche Zeit«, rief sie, gequält von der Gefahr, in die sie ihre Freundin damit brachte.

Sif richtete sich auf und Inge hüpfte vom Tisch, um sich ein wenig wacklig neben sie zu stellen. »Verstanden«, sagte sie grimmig. »Rette sie.«

Die Todlosen griffen an. Die Arbeiter folgten ihnen.

Brunnhilde trat zwei Schritte zurück und konzentrierte sich auf das Todesleuchten. Sie konnte vielleicht ein Dutzend Lichter erkennen. Sie waren ... Sie trat ein paar weitere Schritte zurück, zu einer der Maschinen hinter einem Metalltisch. Darauf lag ein Troll von der Größe eines jungen Riesen. Er bewegte sich nicht. Tot?

»Oder nur leer.« Sie atmete so tief ein, dass sich ihre Rippen gegen die Rüstung pressten. »Bei Odins Auge, lass mich falschliegen.« Sie stieß dem Troll ihren Dolch in die Brust, um die Seele zu befreien. Nichts. Kein Todesleuchten. Gerade als sie Erleichterung zu verspüren begann, zögerte sie erneut und konzentrierte sich. Der Einherjar war hier, sie konnte ihn spüren.

Brunnhildes Blick schoss von dem unbelebten Körper zu der Maschine. Sie berührte die Drähte und Knöpfe und da war es ... *etwas in dem Gerät.* Die Walküre legte ihre Finger auf das kalte Metall, baute die Verbindung auf und rief die Seele zu sich. Sie kam in einem Ansturm überwältigender Emotionen und Brunnhilde verstaute sie sicher in sich.

»Schneller, Walküre«, rief Sif und Brunnhilde wurde sich wieder dem Klirren der Schwerter bewusst. Inge war immer noch benommen durch das, was man ihr angetan hatte, und Brunnhilde meinte nun zu wissen, was das gewesen war, doch wenn sie weiter darüber nachdachte, würde es sie in den Wahnsinn treiben. Sif war verletzt. Sie waren in der Unterzahl und diese Dinger waren Monster, ja, aber Monster, die von den Seelen asgardischer Krieger erfüllt waren. Was in Odins Namen sollte sie nur tun?

Brunnhilde konzentrierte sich auf das, was möglich war, also rannte sie zu jeder einzelnen Maschine und entriss ihnen so viele Seelen wie möglich, während sie gleichzeitig den Todlosen ausweichen musste, die nach ihr griffen. Doch viele der Maschinen waren bereits leer – diese Einherjar hatten neue, entsetzliche Körper und es darauf abgesehen, die drei Asen zu töten. Sie steckten in den Todlosen.

Etwas bekam ihre Haare zu packen und riss an einem ihrer Zöpfe. Die Walküre trat nach hinten aus und erwischte etwas, das grunzte. Sie wirbelte herum und diesmal erwischte sie das Knie der Kreatur. Es gab mit einem lauten Knacken nach und das Ding fiel heulend um. Brunnhilde trat zurück und hielt inne.

Die Einherjar steckten in den Maschinen und wurden dann irgendwie in die leeren Körper gezogen und zum Leben erweckt. Was bedeutete ... Die Walküre legte ihre Hände auf die Schläfen des Hybridkriegers. Obwohl er auf dem Boden kniete, hinterließ sein Schlag eine Delle in ihrer Brustplatte und trieb ihr die Luft aus der Lunge, doch sie fand, was sie suchte. Mit einem Schrei riss Brunnhilde die Seele aus dem Körper des Todlosen. Er fiel in sich zusammen wie eine Marionette, der man die Fäden durchgeschnitten hatte. Gerade versagte ihre übliche Fähigkeit, eine Seele mitsamt ihres Namens, ihres Lebens und dem Moment ihres Todes zu erkennen. Sie wusste nichts über diese Seele außer ihrer Angst und Verwirrung. Selbst die in den Maschinen waren verständlicher als diese hier.

Und doch stammte sie aus Asgard. Sie gehörte zu ihrem Volk und sie würde sie sicher nach Walhalla geleiten oder bei dem Versuch sterben.

Brunnhilde sprang von dem leeren Leichnam zur nächsten Maschine und befreite die darin gefangene Seele. Da taumelte sie plötzlich. Die zusätzlichen Leben und Bewusstseinsfragmente in ihr füllten sie völlig aus. Doch sie zwang sich weiter. Noch zwei Maschinen. Zwei potenzielle Seelen. Und dann natürlich die todlosen Krieger selbst.

»*Jetzt, Walküre*«, rief Sif und in ihrer Stimme lag eine angespannte Warnung. Sie hatten nicht mehr viel Zeit.

In einer Maschine war kein Einherjar. Also blieb eine letzte.

Sie erreichte sie, befreite die Seele und dematerialisierte sich, bevor ein weiterer Todloser mit seinen Klauen nach ihr greifen konnte. Vielleicht hätte sie bleiben sollen, um auch seine Seele zu retten, doch Sif und Inge waren in eine Ecke gedrängt, blutig, schwitzend und kurz davor, überwältigt zu werden.

Von ihren eigenen Leuten in Monsterform.

Sie konnte sie nicht alle retten. Diese Erkenntnis brannte wie Feuer unter ihrer Haut. Brunnhilde materialisierte sich mitten im Kampf, packte Sif und Inge im Nacken und sprang mit ihnen davon.

SIEBZEHN

DIE GRÖẞTE ANGST

Sie landeten im strahlenden Blau eines Wintermorgens. Auf einem nackten Berghang, mindestens eine Meile unter dem Höhleneingang.

Brunnhilde taumelte unter dem Gewicht von mehr als einem Dutzend Seelen und zwei Asen. Ihre Kraft war durch den Sprung und all das, was sie zuvor in Jotunheim und davor erlebt hatten, so gut wie erschöpft. Darüber hinaus war da noch ihr emotionaler Aufruhr über die Entdeckung, dass ihre Freundin gefoltert worden war. Sie würde Inge direkt in ein Krankenlager bringen und erst dann die Seelen nach Walhalla geleiten.

Doch in diesem Moment hatte sie für nichts davon noch Kraft. Sie waren in Jotunheim gefangen, zumindest für eine Weile.

Die drei sanken erschöpft auf den nackten Felsen. Zwischen den keuchenden Atemzügen von jemandem, der gerade um sein Leben gekämpft hatte, fluchte Sif laut. Brunnhilde kroch zu Inge und untersuchte sie fieberhaft. Die Schildmaid war völlig verausgabt. Sie musste würgen und das lag nicht nur an einem plötzlichen Anflug von Sprungkrankheit, sondern auch an dem, was ihr angetan worden war. Sie war immer noch benommen, als sei die Klarheit, die sie für den

Kampf gebraucht hatte, verschwunden, nun, wo sie nicht mehr in Gefahr waren.

Sif setzte sich auf ihre andere Seite und legte ihre Hand auf Inges Stirn. Goldenes Licht strömte von Sifs Brust aus über ihren Arm in Inge.

»Danke«, flüsterte Brunnhilde, der es schwerfiel, ihre Hände im Zaum zu halten. Sie wollte Inge halten und streicheln, fürchtete jedoch, dass der Kontakt einen Teil der Energie des Quellsteins stehlen könnte. Doch Inge brauchte alles.

Die Stelle, an der die Schläuche in das Fleisch ihrer Freundin gesteckt worden waren, begannen durch die Magie zu heilen. Und zum ersten Mal, seit Brunnhilde Inges Stimme im Berg gehört hatte, war sie in der Lage, befreit durchzuatmen.

»Inge, Inge, mein Herz, rede mit mir. Sag, dass es dir gut geht«, flehte sie über Sifs keuchenden Atem neben ihr.

»Wir müssen sie nach Asgardia bringen. Zu Frigga«, sagte Brunnhilde, als Inge nicht antwortete. Sie horchte in sich hinein, ob sie die notwendige Kraft aufbringen konnte, sie alle zu transportieren. Sie würde sie finden. Irgendwo, irgendwie würde sie sie finden.

»Nein.« Inges Stimme war schwach, aber entschlossen und Brunnhilde wäre vor Erleichterung fast zusammengebrochen. »Nein, da drin sind noch mehr Einherjar. Viel mehr. Du musst sie spüren können. Und da sie wissen, dass ihnen nicht mehr viel Zeit bleibt, beschleunigen sie den Prozess jetzt. Du musst sie aufhalten. Du musst sie vor den Maschinen und den Todlosen retten. Ich habe dich während des Kampfes beobachtet«, fügte sie schwach hinzu, während sie versuchte, Sifs Hand wegzuschieben. »Das reicht jetzt. Lady Sif, bitte, es reicht. Du brauchst diese Kraft mehr als ich.«

Sif zog ihre Hand weg und Brunnhilde grummelte protestierend.

»Erzähl mir von den Seelen«, sagte Inge, bevor Brunnhilde etwas Unbedachtes tun konnte, wie Drachenfang an Sifs Kehle zu halten, bis sie weitere Magie in ihre Geliebte strömen ließ. »Du hast eine befreit, nicht wahr?«

Brunnhilde nickte grimmig.

»Du hast was?«, fragte Sif blass und heiser. Sie packte die Walküre an der Schulter. »Sag mir, wie. Brunnhilde, konzentrier dich und sag mir, wie. Inge lebt, sie ist am Leben. Komm schon, konzentrier dich.«

»Jetzt müssen wir erst mal die retten, die wir haben«, erwiderte die Walküre barsch. »Ich habe dreizehn Seelen in mir und Inge sollte überhaupt nicht hier sein. Also bringen wir sie als Erstes nach Hause. Dann können wir entscheiden, was wir wegen des Rests unternehmen.«

Ein langes Schweigen folgte. »Das klingt nach einer guten Idee«, sagte Sif langsam. Sie starrte in die Ferne und musste schlucken. »Es könnte besser sein, mehr Hilfe zu haben. Jemand ... anders.«

»Was meinst du?«, fragte Inge. Sanft nahm sie Brunnhildes Handgelenke in ihre Hände und hielt sie still.

Sif drehte sich zurück, bis ihr Blick auf Brunnhilde ruhte. Doch es war Inge, zu der sie sprach. »Ich vertraue ihr nicht mehr. Tut mir leid, aber nach dem da vorhin ...« Sie unterbrach sich und deutete nach oben zum Höhleneingang.

Brunnhilde keuchte überrascht auf und die Furcht, die an ihr nagte, wurde durch Zorn ersetzt, als Inge langsam nickte. »Was willst du damit ...?«, begann sie, riss ihre Hände los und lehnte sich zurück.

»Weißt du, wie viele Leute du da drin getötet hast, Brunnhilde?«, fragte Sif und nun war ihre Stimme so kalt und unnachgiebig wie der Berg selbst. So unerbittlich und unbeweglich wie der Granit, der in den Himmel aufragte. Die Kriegerin ging auf die Knie und ihre Hand war nicht so weit von ihrem Schwertgriff entfernt, wie es die Höflichkeit verlangt hätte.

Heißer Zorn wurde zu Eis, der die Kehle der Walküre hinunterkroch. Sie runzelte die Stirn. »Ich habe so viele getötet, wie ich musste, um Inge zu retten. Um die Seelen zu retten.«

»Und wie viele von denen, die du getötet hast, waren bewaffnet?«

»Ich …«, begann sie und stockte. Sie ging die Ereignisse noch einmal durch. Inges Stimme, die sie im Tunnel gehört hatte. Wie sie, ohne zu zögern oder nachzudenken, in die Höhle gesprungen war. Leute, Kreaturen, die auf sie zuliefen, und über allem Inges Schreie und das unerträgliche Grauen, das sie wie dickflüssiges Gift durchströmte. »Sie waren der Feind«, blaffte sie. »Sie haben Inge gefoltert. Ich musste …«

Sifs Blick war unnachgiebig, doch die Hand – ihre Schwerthand –, die sie auf Brunnhildes Schulter legte, war sanft. »Du hast mehr als ein Dutzend unbewaffneter Zivilisten verschiedenster Spezies getötet. Sie kaltblütig abgeschlachtet. Ohne mit der Wimper zu zucken.«

Die Walküre riss sich los, stand auf und drehte ihnen den Rücken zu. »Das habe ich nicht«, flüsterte sie, ob zu sich selbst oder zu ihnen, spielte keine Rolle. »So etwas würde ich niemals tun. So war das nicht. Sie haben mich angegriffen.« Sie wiederholte es, lauter diesmal für die anderen. Ihre Stimme hallte von den Felsen wider, als sie sich zu ihnen zurückdrehte. »Sie haben mich angegriffen. *Und Inge.* Ich habe getan, was ich tun musste. Außerdem waren das keine Zivilisten. Sieh dir doch nur an, was sie getan haben, was sie Inge antun wollten. Die Einherjar stecken in diesen Monstern. Jeder Todlose hat eine asgardische Seele, Sif. Jeder einzelne von ihnen.«

Die Erkenntnis ließ Sif erbleichen. Ihre Hand hob sich leicht, dann fiel sie wieder in ihren Schoß. Sie schien nicht zu wissen, was sie sagen sollte.

»Also beschuldige mich nicht, Unschuldige ermordet zu haben. Du hast dein eigenes Volk umgebracht.« Der betroffene Ausdruck im Gesicht der Kriegerin ließ Brunnhilde eine boshafte Freude empfinden. »Du hast sie ebenfalls kaltblütig und ohne mit der Wimper zu zucken abgeschlachtet. Und du beschuldigst mich, ein Monster zu sein? Du bist nicht besser als ich.«

»Es reicht«, sagte Inge mit Nachdruck und musste husten. »Du wechselst das Thema, Liebes, und machst Schuldzuweisungen, wo keine Schuld vorhanden ist. Sif konnte das mit den Todlosen nicht wissen, doch du wusstest, dass diese Arbeiter unbewaffnet waren.« Ihr Tonfall war weder anklagend noch verständnisvoll, sondern eine schlichte Feststellung der Fakten.

»Ich habe ein Loch in meinem Bein, das etwas anderes sagt«, versuchte sie, sich zu verteidigen, doch der Blick der beiden anderen Frauen sagte ihr, dass das nicht reichte. »Ich habe nicht ... Ich konnte nicht ... klar denken. Das Einzige, was ich gesehen habe, warst du. Das Einzige, was ich gehört habe, waren deine Schreie.« Brunnhilde presste die Lippen zusammen, bevor sie weiterreden konnte, und atmete so tief ein, dass ihre Lunge zu brennen begann.

»Wen schert es überhaupt, dass ich sie getötet habe?«, rief sie, als die beiden anderen Frauen keine Spur von Verständnis zeigten. »Das waren Mörder und Diebe, die nicht nur Leben rauben, sondern auch Seelen. Sie stehlen Krieger, die wir brauchen werden, wenn Ragnarök kommt. Sie stehlen das Versprechen, dass man wieder leben wird, wenn der Letzte Kampf kommt, und dass man bis dahin feiern, essen und glücklich sein kann. Und euch ist ihr Leben wichtiger als das guter asgardischer Krieger? Vielleicht haben sie ja zu sterben verdient, habt ihr schon mal darüber nachgedacht?«

Ihr Trotz konnte nichts gegen die Scham ausrichten, die sich ölig und glatt wie eine Schlange in ihrem Bauch wand, bis sie sich bis auf die Knochen sauber schrubben wollte. Sie war wütend und fühlte sich angegriffen, und allein das war Beweis genug für ihre Schuld. Sif hinter ihr sagte nichts, was wohl auch besser war, denn sonst hätte sich Brunnhilde vielleicht nicht beherrschen können. Sie starrte auf ihre zitternden, blutbefleckten Hände. Trotz ihrer Proteste konnte sie sich nicht erinnern, jedenfalls nicht genau. Der Schleier der Panik hatte sich gelüftet, sobald sie gesehen hatte, dass Inge am Leben war, und der einzige Todlose, den sie danach getötet hatte, war bewaffnet gewesen und hatte versucht, Sif umzubringen. Sie hatte Sif das Leben gerettet, doch irgendwie war das immer noch nicht genug.

»Sie wurden von jemandem kontrolliert«, versuchte sie zu erklären, doch ihre Stimme war schwach.

»Ja«, sagte Sif mit eisiger Stimme. »Also waren sie für ihre Taten nicht verantwortlich. Sie wurden gezwungen. Sie waren unschuldig.«

Brunnhilde trat bedrohlich vor und die schwarzhaarige Kriegerin stellte sich ihr entgegen. »Und was ist dann deine Lösung, *Lady* Sif?«, fragte sie voll wütendem Hohn. Sie stieß die Schildmaid gegen die Schulter, fest genug, dass diese auf dem unebenen Boden rückwärtsstolperte. Trotz und Rechtfertigungen waren ein schlecht gewebter Deckmantel, zerlumpt und voller Löcher, den sie über ihre Schuld und Scham zu ziehen versuchte. Sif wusste es und das machte Brunnhilde nur noch wütender.

»Soll ich dir meine Fähigkeit geben, das Todesleuchten zu sehen? Soll ich dich zu einer Walküre machen und dich da hineinschicken, selbstgerecht und allein, um meine Pflicht zu übernehmen? Hältst du dich etwa für etwas Besseres als mich? Denkst du, dein Hass auf Loki ist so etwas wie eine undurchdringliche Rüstung gegen seine Pläne, ein Schutz davor, *Fehler zu machen?*«

Sif stieß sie zurück und bevor ihr Streit zu einer Prügelei ausarten konnte, zog sie ihren Kragen beiseite. Darunter kam ihr Hals voller blauer Flecken zu Vorschein. »Das hast du getan«, zischte die Schildmaid giftig. »Während ich dir unser Sicherheitswort ins Gesicht gerufen habe, um dich wieder zur Vernunft zu bringen, hast du mich gewürgt und versucht, mich zu erstechen. Da ist eine Kerbe auf meiner Rüstung, die das beweist, also steh nicht da und tu so, als wärst du in irgendeiner Weise dazu in der Lage, mit dem umzugehen, was da unten passiert. Du bist nicht besser als ich, ganz egal was du glaubst!«

»Was ich glaube? Ich sage dir, was ich glaube ...«

»Hammer und Blitz, haltet jetzt beide die Klappe!«

Inge stand zwischen ihnen, unglaublich blass und mit schweißnasser Stirn, doch sie vibrierte geradezu vor Wut. Sie legte die Hände auf ihre Brustschilde und schob sie auseinander. Dann starrte sie sie abwechselnd an.

»Denkt ihr, das ist es, was Thor erwartet hat, als er euch herschickte? Als er euch eine Mission anvertraute, die so wichtig ist, dass wir sie vor dem *gesamten Reich* geheim halten mussten? Beschützt du so andere Krieger, Sif? Und übst du, Seelenführerin, so deine Pflicht aus? Für wen haltet ihr euch eigentlich? Asgards mächtigste Kriegerinnen oder verzogene, zankende Kinder? Und ich habe auch noch zu euch aufgesehen.«

Die Wut, die Brunnhilde zu ersticken drohte, verrauchte unter dem zornigen Blick ihrer Geliebten. Sie sah zu Sif, dann wandte sie sich ab. Die andere Frau wirkte ebenso beschämt.

»Brunnhilde, erzähl mir noch mal, wie viele Einherjar du gerettet hast.« Inges Stimme war ein bisschen ruhiger, aber nicht weniger unerbittlich.

»Dreizehn.« Und mit einem Mal verließ sie ihr Kampfgeist. Nur dreizehn von so vielen. Mit denen aus Wiesenfall und dem, was am Großen Nördlichen Wall geschehen war, mussten es inzwischen Hunderte sein. Die Erkenntnis ließ sie schaudern. Sie ballte die Hände zu Fäusten und presste die Worte an den Dornen in ihrer Kehle vorbei heraus. »Das Verlöschen der Seelen, das ich erwähnt habe? Das passiert, wenn sie eine in die todlosen Kreaturen stecken. Bis zu diesem Moment kann ich sie spüren, dann verlieren sie die Fähigkeit, zu denken oder zu fühlen. Sie sind immer noch da und leben in den Todlosen, doch alles, was sie als Person ausgemacht hat, ist fort.«

Brunnhilde atmete tief durch und sah, wie eine Art der Anspannung Sif verließ, nur um durch eine andere ersetzt zu werden.

»Als mir das klar wurde, musste ich sehen, ob sie noch zu retten sind. Ich zog eine Seele aus einem Todlosen. Ich habe ihn nicht getötet, denn die Seele gehörte da ja gar nicht hinein. Man kann nichts töten, was nie wirklich gelebt hat. Doch ich habe ihn definitiv aufgehalten. Aber ich glaube, ich konnte die Seele nur durch eine Berührung befreien.«

»Das ist wahrscheinlich das Schrecklichste, was ich jemals gehört habe«, flüsterte Sif und zuckte zusammen, als der Wind über den Berghang heulte.

Für einen Moment gestattete sich Brunnhilde, das ganze Grauen zu spüren. Sie rieb sich fröstelnd die Arme. »Das ist es. Und auch wenn ich heute eine gerettet habe, was ist mit all jenen, die in Wiesenfall gestorben sind? Die Todlosen strahlen kein Todesleuchten aus, also wird keine meiner Schwestern diese befreiten Seelen nach Walhalla geleitet haben. Sie sind verloren, vielleicht für immer.«

»Ruhig, Liebste. Wahrscheinlich wandern sie immer noch über das Schlachtfeld und warten darauf, gefunden zu werden«, sagte Inge tröstend. »Wenn wir wieder zu Hause sind, überlegen wir uns eine Möglichkeit, um das zu überprüfen.«

»Aber zuerst brauchen wir einen Plan, um den Rest in diesem verdammten Berg zu retten.« Sifs Miene war voller Entschlossenheit und gerechtem Zorn. »Wir werden keine einzige Seele da unten lassen, das verspreche ich. Das bedeutet, dass du mir sagen musst, wie ich dir am besten helfen kann. Kann ich selbst auch Seelen rausholen?«

Brunnhilde schüttelte bereits den Kopf. »Ich glaube, so einfach ist es nicht. Wahrscheinlich muss ich sie mit eigenen Händen aus den Todlosen ziehen. Mit den Händen einer Walküre. Was bedeutet, dass ich sie berühren muss. Die Seele zu entfernen wird den Körper aufhalten, aber wenn du sie tötest und die Seele freigibst, haben wir keine Garantie, dass ich sie wiederfinden kann.«

Sif lachte bitter auf. »Du sagst mir, dass ich die Kreaturen nicht töten kann, die uns töten wollen? Hat es dann überhaupt einen Sinn, mit dir zu kommen?«

Brunnhilde rieb sich den Nacken. »Du kannst sie ... ablenken.«

»Tja, also das klingt wie etwas, bei dem ich auf jeden Fall draufgehen werde«, sagte Sif und trat resigniert gegen ein paar Kieselsteine, die den Hang hinunterrollten. Doch zumindest sah sie Brunnhilde nicht an wie ein Stück Dreck.

Plötzlich ließ sich Inge mit einem Stöhnen schwer zu Boden sinken. »Wisst ihr noch, wie Sif überlegt hat, ob sie nur die Seelen der besten Krieger stehlen? Sie hatte recht, aber die Übertragung in diese Kreaturen beraubt sie ihrer Erinnerungen und Fähigkeiten. Sie können Befehle ausführen und kämpfen, aber keine Strategien entwickeln, planen oder sich anpassen. Es sind hirnlose Automaten, wie Arbeiterbienen. Wie die Leute im Labor.«

Brunnhilde legte ihre Finger auf Inges Lippen. Es gab nur eine Frage. Eine Frage, die so groß war, dass sie unter ihrem Gewicht zitterte, seit sie Inge das erste Mal im Berg gesehen hatte. Eine Frage, auf die sie jetzt sofort eine Antwort brauchte. Alles vorher – ihre Taten, Sifs Abscheu, ihr Streit – verblasste zu Bedeutungslosigkeit. »Bitte, mein Herz, bevor ich den Verstand verliere: Wie bist du hierhergelangt?«

Inge küsste die Fingerspitzen an ihren Lippen, dann nahm sie die Hand der Walküre in ihre, sodass sie reden konnte. »Dazu komme ich noch, versprochen. Es hängt mit dem zusammen, was sie tun.« Sie musste erneut husten und Brunnhilde löste den Umhang von ihrem Bündel und legte ihn der Kriegerin um die Schultern.

»Die verantwortliche Person hat Experimente durchgeführt, um eine Möglichkeit zu finden, das Wissen der Seelen zu erhalten, sie aber dennoch ihrer Unabhängigkeit zu berauben«, fuhr sie mit monotoner Stimme fort. »Soweit ich weiß, hat das bis jetzt nicht funktioniert, also sind sie nach Wiesenfall zurückgekehrt und haben mich entführt. Ein Hinterhalt am Portal – sie waren wieder verschwunden, bevor jemand sie aufhalten konnte. Die meisten Plünderer wurden getötet, doch genug haben es zurückgeschafft. Sie versuchen, die Seelen der lebenden Asen direkt in die Todlosen zu stecken, um zu sehen, ob das die asgardischen Fähigkeiten bewahrt, während sie gleichzeitig gehorsam bleiben.«

Brunnhilde verspürte Übelkeit und sie konnte nicht anders, als ihre Geliebte an sich zu ziehen. »Ich hätte dieses Portal zerstören sollen«, stieß sie hervor.

»Wie viele von euch wurden entführt?«, fragte Sif und riss Brunnhilde damit aus ihren düsteren Gedanken.

»Zehn, glaube ich. Keine Ahnung, wo die anderen sind, wenn sie überhaupt noch leben Ich habe ... Dinge gehört.«

Brunnhilde gab Inge einen Kuss auf die Schläfe, auf die Haare und ihre Wange. Am liebsten hätte sie die Schildmaid unter ihre Rüstung und an ihre Haut gepresst, wo es sicher war. Doch sie hielt sich zurück und kontrollierte ihre Kraft, um ihr nicht noch mehr wehzutun. »Meine Liebste, mein Herz«, flüsterte sie. »Es tut mir so leid.«

»Du hast eine verantwortliche Person erwähnt. Hast du sie gesehen?«, fragte Sif.

Inge zitterte erneut. Brunnhilde drehte sich so, dass sie sie vor dem Wind abschirmte. »Ich glaube ja. Doch ich konnte nichts erkennen. Nur eine Gestalt mit Umhang und Kapuze, mit einer leisen, männlichen Stimme, die mir Angst gemacht hat. Er war amüsiert, als er mir gesagt hat, was sie mit mir anstellen würden. Amüsiert und ... erwartungsvoll. Als ob ich dankbar sein sollte. Als ob ich ihnen dafür, dass sie mich aus meinem Körper reißen und in ein Monster stecken, auch noch danken sollte.«

Sie ließen das einen Moment so stehen, dann schlug Sif die Hände auf die Knie. »Also gut, gehen wir zum Praktischen über«, sagte sie und die Walküre verspannte sich. Sie hasste und liebte den Pragmatismus der schwarzhaarigen Kriegerin gleichermaßen. Sie selbst war noch zu erschüttert von allem, was geschehen war und was sie erfahren hatten. »Brunnhilde, kannst du Inge nach Asgard und die Seelen nach Walhalla bringen und dann zu mir zurückkommen, damit wir noch einmal da hineingehen und unsere Leute finden können, tot oder lebendig?«

»Nein«, sagte die Walküre leise. »Oder zumindest jetzt noch nicht. Inge kann aber nicht hierbleiben.«

»Und wie Inge das kann«, entgegnete ihre Geliebte mit fester Stimme. »Ich werde mir ein Versteck suchen und darauf warten, dass ihr zurückkommt. Da rein werde ich allerdings nicht noch mal gehen. Tut mir leid«, fügte sie hinzu und wurde rot. Als ob die anderen sie dazu zwingen würden, als ob Brunnhilde sie noch einmal in die Nähe dieses Ortes lassen würde. »Aber ich kann das einfach nicht.«

»Natürlich nicht«, erwiderte Sif sofort. »Das würden wir auch gar nicht zulassen. »Sie sah zu Brunnhilde. »Du und ich, meine alte Freundin«, sagte sie sanft. »Wir werden das beenden.«

»Du vertraust mir? Nach … allem, was geschehen ist. Nach allem, was du gesagt hast?«, fragte die Walküre.

Sif grinste und boxte sie gegen die Schulter. »Immer.«

Sif vertraute ihr nicht, was ihr Magenschmerzen bereitete, denn Brunnhilde war ihre Freundin. Doch sie hatten keine andere Wahl. Sie konnte nur hoffen, dass sie die Walküre lange genug unter Kontrolle halten konnte, um die Einherjar zu befreien und zu Inge zurückzukehren. *Und dann nach Hause.*

Obwohl Sif zittrig und erschöpft durch die Freisetzung der Quellsteinmagie war – Thor hatte vergessen, die Nebenwirkungen zu erwähnen, als er ihn ihr gegeben hatte –, hüllten sie Inge in ihrer beider Umhänge und versteckten sie zusammen mit ihrem Marschgepäck unter einem kleinen Felsüberhang. Dann machten sie sich erneut auf den Weg zur Höhle. Und den Todlosen. Und den Toten.

Währenddessen schien die Sonne hell von einem klaren Himmel. Der Wind war bitterkalt, doch der Berg immer noch seltsam warm. Sif dachte über die Informationen nach, die Inge ihnen gegeben hatte.

Die vermummte Gestalt war natürlich Loki. So musste es sein. Nur er konnte sich etwas so Abscheuliches ausdenken, so völlig gleichgültig gegenüber dem Leben und den Wünschen anderer.

Sie hatte Inge nach seiner Erscheinung gefragt, doch viel hatte es nicht genützt. Die Gestalt war groß und hatte breite Schultern. Alles andere war verborgen gewesen. Doch selbst ohne einen großen Umhang, der seine Züge verbarg, war Loki ein Meister der Verkleidung. Er konnte selbst als Allvater persönlich auftreten – das hatte er sogar bereits getan. Ihr Herz raste bei der Vorstellung, ihm gegenüberzustehen, irgendwo dort unten in der Dunkelheit.

Zuerst die Seelen, dann die Gerechtigkeit, rief sie sich ins Gedächtnis. Es waren die gleichen Worte, die sie zu Brunnhilde gesagt hatte, als sie das erste Mal in die Höhle gegangen waren. *Und wohin hat uns das gebracht?*

Die Walküre hatte ohne Rücksicht und Hemmungen gemordet. Denn dem Sicherheitswort war es nicht gelungen, Lokis Manipulation ihrer Gedanken aufzuheben. Sif konnte die Leichen, die Brunnhilde erschaffen hatte, nicht wieder in Ordnung bringen, und das hätte sie auch nicht getan, selbst wenn sie diese Fähigkeit gehabt hätte. Mit solchen Gräueltaten wollte sie nichts zu tun haben. Doch das Sicherheitswort … konnte sie das in Ordnung bringen?

Sie blieb eine Vierteilmeile vom Höhleneingang entfernt stehen. Die Walküre wirkte schuldbewusst und ein bisschen besorgt, als erwarte sie, dass ihr die schwarzhaarige Kriegerin nun die Leviten lesen würde, nachdem Inge nicht mehr dabei war. Sif hatte jedoch keine Zeit, diese Sorge zu zerstreuen.

»Jedes Mal, wenn eine von uns durch Lokis Magie manipuliert wurde, hat sie eine unserer größten Ängste genommen und uns mit ihrer Hilfe zu falschen Entscheidungen verleitet«, sagte sie ohne Einleitung. Sif gab ihre Schwäche nicht gern zu, doch sie sah keine andere Möglichkeit. Einen Moment lang spielte sie mit einem Riemen an ihrer Rüstung, dann sprach sie widerwillig weiter.

»Ich denke, in Anbetracht der Tatsache, dass es nicht funktioniert hat, als ich dir ›Aragorn‹ ins Gesicht gebrüllt habe … sollten wir vielleicht unsere größten Ängste kennen, damit wir uns gegenseitig beruhigen können, wenn wir vermuten, dass die andere manipuliert wird.«

Brunnhilde verdrehte genervt die Augen. »Du willst, dass wir uns kurz vor dem Schlupfwinkel des Feindes hinsetzen und uns gegenseitig von unseren größten Ängsten erzählen, wie Kinder, die einander Zöpfe flechten und Geheimnisse austauschen?«

»Das will ich absolut nicht«, entgegnete Sif. »Die bloße Vorstellung ist mir zuwider, aber ich glaube, wir müssen es. Unsere eigenen Gefühle werden als Waffe gegen uns eingesetzt und wir haben keine Möglichkeit, zurückzuschlagen. Außer du hast einen Plan?«, unterbrach sie sich selbst plötzlich hoffnungsvoll, doch Brunnhilde runzelte nur mürrisch die Stirn.

Sif seufzte und betrachtete für einen Moment ihre Umgebung – überall nur schwarze Felsen, die Schneegrenze weit unter ihnen und am Himmel graue Wolken. Brunnhildes Haare waren das Leuchtendste in der ganzen Landschaft. Im Gegensatz zu ihren eigenen. Sif blinzelte und schob den Gedanken beiseite.

»Du hast Inges Stimme gehört und bist in Panik geraten, Diese Angst in dir wurde von Loki verstärkt. Als ich zuvor reinrennen und alle töten wollte, lag das an meiner Angst zu scheitern. Wenn wir also wissen, wovor die andere Angst hat, können wir dagegen ankämpfen.«

Trotz ihrer Worte wusste Sif, dass sie dieses Gespräch nicht führen wollte. Niemand kannte ihre größten Ängste. Die Kriegerin gestand sie sich ja selbst kaum ein und nun sollte sie sie auf einem windumtosten Berghang in Jotunheim offenbaren? Aber sie wusste auch, dass die Walküre bis jetzt öfter als sie manipuliert worden war. Es war nur gerecht, angesichts dessen, was sie bereits über Brunnhilde wusste, auch ihre eigenen Ängste zu gestehen.

Mehr als gerecht. Es könnte für ihr Überleben und den Erfolg ihrer Mission entscheidend sein.

»Also«, begann sie entschlossen. »Wenn du zum Beispiel plötzlich davon überzeugt bist, Inges Stimme zu hören, und ich nicht, könnte das ein Hinweis darauf sein, dass du in die Falle gelockt wirst. Wenn ich ...« Sie hielt inne und Scham stieg in ihr auf. Doch sie straffte ihre Schultern und erwiderte Brunnhildes skeptischen Blick. »Wenn ich plötzlich herumbrülle, dass ich meine Haare verliere – und bitte sag mir nicht, wie eitel das ist, es wird keinem von uns helfen –, dann weißt du, dass ich manipuliert werde und nicht auf meine Umgebung achte.«

Brunnhilde sah aus, als wolle sie Sif aufziehen, doch dann wurde ihr Gesichtsausdruck verständnisvoll. Sie streckte ihre Hand aus, ließ sie aber sinken, bevor sie die Schildmaid berührte. Vielleicht wusste sie, dass Sif keine leeren Plattitüden hören wollte. »Es ging nie um Eitelkeit«, sagte sie stattdessen. »Es war eine Verletzung deiner Persönlichkeit. Dass du immer noch Angst davor hast, zeigt, wie traumatisch diese Erfahrung für dich war.«

Sif atmete tief aus. Brunnhildes Worte waren tröstlicher, als sie zugeben wollte. Ihr gelang es sogar, ein wenig zu lächeln. »Es wirkt so albern«, gab sie zu und zupfte an einer losen Strähne, die ihrem Zopf entkommen war. »Aber es ist ... immer da. Es ist so lange her und doch hat er mir etwas so Intimes geraubt. Und es hiermit ersetzt.« Die Kriegerin betrachtete den schwarzen Zopf, der ihr über die Schulter hing. »Für immer anders, als ich früher war. Für immer von ihm gezeichnet.«

Brunnhildes Mundwinkel verzog sich nach oben. »Wunderschön«, sagte sie.

Sif schlug ihr spielerisch gegen den Arm. »Flirte nicht mit mir oder ich sage es Inge«, drohte sie, doch der Scherz ließ sie ein wenig entspannen. »Tja, das ist es also. Meine Haare. Und ich nehme an, verkrüppelt zu werden, ein Bein oder einen Arm zu verlieren. Aber das geht ja wahrscheinlich den meisten Kriegern so. Heimdall oder Thor zu verlieren, die Leute, die mir am wichtigsten sind.«

Dich, wollte sie hinzufügen, tat es jedoch nicht.

»Bei der Erfüllung meiner Pflicht zu versagen. Das ist meine Angst. Und dass meine Seele geraubt wird. Das ist momentan eine ziemlich große Angst.« Die Vorstellung, aus ihrem Körper gerissen und in eines dieser abscheulichen Monster gesteckt zu werden. Zu verlöschen, wie Brunnhilde es genannt hatte. Von jemand anders kontrolliert zu werden.

»Und … Loki.«

Die Augenbrauen der Walküre schossen in die Höhe. »Du hasst Loki.«

»Ich habe Angst vor ihm«, korrigierte Sif leise und musste schlucken, als ihr das Herz bis in die Kehle zu springen drohte. »Ja, ich hasse ihn auch, wegen dem, was er mir und zahllosen anderen angetan hat, aber tief in meinem Inneren fürchte ich ihn auch. Seine Macht und Gnadenlosigkeit. Wie sehr er seine Rache genießen wird, wenn er mich erwischt.«

Mit den Fingerspitzen trommelte sie einen beständigen Rhythmus auf ihrer Brustplatte. »Er kennt mich, Brunnhilde. Das Gute wie das Schlechte, meine Stärken und Schwächen. Wenn er die Gelegenheit dazu bekommt, wird er sie alle gegen mich einsetzen. Er kann mich besser auseinandernehmen als jeder andere, und er wird es aus reinem Vergnügen tun.«

Sie schwiegen ein paar Sekunden. Sif war gleichzeitig erfreut und enttäuscht, dass ihre Freundin nicht widersprach. Insgeheim fragte sie sich, ob Loki da unten war und auf sie wartete. Ob er wusste, dass Sif es auf ihn abgesehen hatte.

»Also gut«, sagte Brunnhilde schließlich. »Erst mal will ich sagen, dass das fürchterlich ist.«

Sif schnaubte zustimmend.

»Zweitens sind wir gar nicht so verschieden. Meine zwei größten Ängste sind es, Inge zu verlieren und den Allvater zu enttäuschen. Gezwungen zu sein, die restlichen Seelen hier aufzugeben oder sonst irgendwie bei ihrer Rettung zu versagen. Auch ich fürchte mich davor, Leute zu verlieren, die mir wichtig sind – Thor, meine Schildschwestern. Aber hauptsächlich Inge und Versagen. Hilflosigkeit. Und … ich habe Angst davor, so viel Angst zu haben, dass ich fortlaufe.«

Dies ließ Sif schwer ausatmen. »Ja«, sagte sie leise. »Ich auch.«

Brunnhilde kaute an ihrem Daumennagel herum. »Da ist noch etwas«, sagte sie leise. »Ich … ich habe Angst davor, dass ich anfangen könnte, es zu genießen, Leben zu nehmen. Mir hat es gefallen, diese Seele aus dem Todlosen zu reißen, und es war mehr daran, als nur einen Asen zu befreien. Ich weiß, dass ich in erster Linie Kriegerin bin, doch eigentlich sehe ich meine ultimative Pflicht darin, eine Walküre zu sein. Und das bedeutet mir mehr als alles andere. Es ist nicht so, dass ich keine Lust mehr hätte, zu kämpfen – das liegt mir schließlich im Blut. Aber mich hat es nie nach Schlachten gedürstet. Was, wenn mich das hier verändert?«

Sif schwieg einen langen Moment. Ihr Blick wanderte über die Landschaft, blieb kurz an der Walküre hängen und wanderte weiter. »Das ist eine Angst, die jeder Krieger kennt«, sagte sie schließlich. »Dass es einem plötzlich nur noch um den Kampf geht. Dass man sich nur noch inmitten des Todes lebendig fühlt. Aber dir wird das nicht passieren, Brunnhilde«, fügte sie mit fester Stimme hinzu. »Du bist die Anführerin der Walküren, die Ehrenhafteste deiner Schwestern. Der Blutdurst wird dich niemals überwältigen. Ich bin hier, um dich aufzuhalten, sollte das jemals ein Problem werden. Was nicht der Fall sein wird. Vertrauen, weißt du noch?«

Brunnhilde zwang sich zu einem Lächeln. »Also gut. Jetzt, wo wir unsere dunkelsten Geheimnisse kennen, ist der nächste wichtige Punkt, dass wir einander bedingungslos gehorchen müssen. Unsere Ängste und Schwächen in Stärken verwandeln. Solltest du plötzlich davon überzeugt sein, dass Heimdall in Gefahr ist und du deine Mission sofort abbrechen musst, um ihn zu retten, und ich dir sage, dass das nicht wahr ist, wirst du alles tun müssen, um mir zu glauben.«

Die Walküre starrte ihre Handrücken an, die vor Kälte ganz rissig waren. »Wir haben es hier mit etwas Neuem und Unbekanntem zu tun und wir werden es nicht allein schaffen. Wenn wir miteinander reden, bleiben wir am Leben und bleiben bei unserer Mission.«

Sif atmete tief aus, sodass sich in der kalten Luft eine lange weiße Wolke bildete. »Je schneller wir das hier hinter uns bringen, desto eher können wir Inge nach Hause bringen und die Seelen in Walhalla abliefern.«

»Und desto eher müssen wir nie wieder solche Gespräche führen«, fügte Brunnhilde hinzu.

»Die Götter seien uns gnädig«, betete Sif inbrünstig und die Walküre lachte auf. Nun war das Unvermeidbare nicht länger aufzuschieben. Sie versuchte immer noch, ihr Herzklopfen unter Kontrolle zu bekommen, doch es gelang ihr nicht. »Auf geht's.«

Achtzehn
Das Schicksal der Vermissten

Diesmal nahmen sie an der Abzweigung den Tunnel nach links, auf das verbliebene Todesleuchten und diese seltsame Vertrautheit zu, die Brunnhilde schon zuvor gespürt hatte. Loki war kein Narr, also war die Tatsache, dass die Einherjar immer noch am gleichen Ort gefangen zu sein schienen, ein sicheres Zeichen für eine Falle.

Inge hatte gesagt, dass es neben den vermissten Seelen vielleicht zehn entführte Krieger gab, auch wenn die Chancen für ihr Überleben nicht gut standen. Brunnhilde trug bereits dreizehn Einherjar in sich, die auf eine ungewohnte, aber nicht unangenehme Weise ihre eigene Seele berührten. Normalerweise transportierten Walküren die ruhmreichen Toten nicht auf eine so intime Weise. Doch wenn nötig, konnte sie noch Dutzende weitere tragen. Jeder Einzelne war eine winzige Bürde, die sie erfüllte und verlangsamte. Sie schwächer machte, genau zu dem Zeitpunkt, an dem sie stärker sein musste.

Ich bin eine Seelenführerin. Es ist meine Pflicht. Ich werde nicht versagen. Meine Stärke wird der Aufgabe angemessen sein.

»Denkst du, Inge geht es gut?«, flüsterte sie, während sie in die Finsternis der Höhle eintauchten.

»Mach dir keine Sorgen, Brunnhilde«, sagte Sif abwesend, während sie die Umgebung überprüfte, doch dann streckte sie ihre Hand nach hinten aus und ergriff die Finger der Walküre. »Es geht ihr gut, versprochen. Lass uns weitergehen. Links, oder?«

»Links«, bestätigte Brunnhilde, auch wenn ein Teil ihrer Aufmerksamkeit immer noch bei ihrer Geliebten war. Inge ruhte in diesem Dämmerzustand, den nur die völlig Erschöpften erreichten. Sie war kaum bei Bewusstsein.

Beruhigt folgte sie Sif und beide waren so lautlos wie Geister, während es um sie herum immer dunkler wurde. Beide hatten unter ihrer Rüstung dicke, dunkle Kleidung ausgewählt, bevor sie Wiesenfall verlassen hatten, da sie Jotunheims Klima und lange Nächte nur allzu gut kannten. Mit Sifs schwarzen Haaren war sie ein Schatten unter Schatten, während sie sich durch die Höhle schlichen. Wie zuvor versprach der linke Tunnel Licht an seinem Ende.

Sif ging ein paar Schritte voraus. Der Höhleneingang war inzwischen weit hinter ihnen. »Sif? Denkst du, Inge geht gut?«, flüsterte Brunnhilde.

Sif runzelte die Stirn und drehte sich um. Diesmal ergriff sie beide Hände der Walküre. »Hör mir zu«, sagte sie ruhig, aber nachdrücklich. »Inge ist eine hervorragende Kriegerin und gehört zu Asgardias Schildwall. Sie ist stark, einfallsreich und unabhängig. Sie hat unser Marschgepäck, unsere Vorräte und zusätzlichen Dolche. Inge geht es gut, Brunnhilde. Hörst du mich?« Die Walküre antwortete nicht, also umfasste Sif ihr Gesicht mit den Händen. »*Vertraust* du mir?«

»Ich …« Das Chaos im Kopf der Walküre ließ ein wenig nach und zum ersten Mal seit ein paar Minuten atmete sie tief ein. Sie legte ihre Finger auf Sifs Handgelenke, doch nicht, um sie fortzuschieben. Stattdessen presste sie ihr Gesicht in die rauen Handflächen. »Ja. Aber bei Hammer und Blitz, ich hasse es, dass ständig ich es bin, die er quält«, fügte sie, ohne nachzudenken, hinzu. Dann verzog sie ihr Gesicht. »Tut mir leid.«

Sifs Kiefermuskel zuckte, doch sie ließ Brunnhildes Gesicht nicht los. »Das liegt daran, dass du stärker bist als ich«, sagte sie, ohne zu zögern. Brunnhilde runzelte die Stirn. »Du bist eine größere Bedrohung. Du kannst die Einherjar spüren und sie direkt nach Walhalla bringen, wo sie nicht wieder geraubt werden können. Also konzentriert Loki seinen Einfluss natürlich stärker auf dich.« Sie bewegte sanft den Kopf der Walküre und fügte flüsternd hinzu: »Was bedeutet, dass du auf mich hören musst. Inge geht es gut. Und wir müssen weiter.«

Sie zögerte, als wolle sie noch mehr sagen, doch Brunnhilde trat aus ihrer Umarmung zurück und an ihr vorbei. Sie übernahm die Führung, sodass die Kriegerin dafür sorgen konnte, dass sie nicht kehrtmachte. Ihr kam die Galle hoch. Wenn sie der Person, die für all das verantwortlich war, endlich gegenüberstand, hatte sie ihr einiges zu sagen, wenn nötig mithilfe ihres Schwerts. Sie war es leid, zur Marionette gemacht zu werden. Sie bestimmte selbst über ihr Tun und so würde das auch bleiben.

Der Tunnel war breit und mit geometrischen Schnitzereien geschmückt, die typisch waren für die Stämme der Bergriesen. Hoch über ihren Köpfen brannten Fackeln. Vor ihnen ertönten Geräusche und sie pressten sich in die Schatten der linken Wand. Eine dröhnende Stimme rief etwas, das vom Felsen widerhallte und sich in seinem eigenen Echo verlor, bevor es sie erreichte … und eine weitere Seele verlosch.

Brunnhilde biss sich schnell in die Faust, um nicht aufzuschreien. Es war das Erwachen eines todlosen Kriegers, gegen den sie gleich kämpfen mussten. Doch schlimmer noch war die Folter einer weiteren asgardischen Seele. Auch wenn Loki wusste, dass es nicht so funktionierte, wie er wollte, versuchte er es immer weiter. Quälte Einherjar mit der Skrupellosigkeit eines Kindes, das seine Spielzeuge zerstörte, nur um zu sehen, was geschehen würde. Es war entsetzlich. Es war empörend.

Es war eine weitere lebende Kreatur, der sie die Seele entreißen musste.

Eine Hand legte sich auf ihren Oberschenkel. »Ganz ruhig«, flüsterte Sif. Sie konnte den Verlust der Seele nicht gespürt haben, doch etwas hatte sie auf den Gefühlszustand der Walküre aufmerksam gemacht. Brunnhilde schloss einen Moment lang die Augen, atmete langsam durch und nickte. Diesmal durften sie auf keinen Fall übereilt handeln.

Als die Andeutung von Bewegung vor ihnen verblasste, erhoben sie sich wieder und schlichen weiter. Das grelle weiße Licht aus der Tür vermischte sich mit dem unbeständigen Flackern von oben, bis sie auf dem Präsentierteller saßen.

»Schnell?«, flüsterte sie über die Schulter, obwohl sie sich gerade noch selbst gesagt hatte, nichts zu überstürzen. Sifs Hand griff nach ihrem Arm und zog sie zurück. *Langsam.* Brunnhilde vertraute den Instinkten der Kriegerin und gehorchte. Es fiel ihr schwer und bei jedem anderen, außer dem Gott des Donners oder dem Allvater persönlich, wäre es unmöglich gewesen.

Der Eingang zur Höhle war fünfzig Meter entfernt, dann vierzig, dann dreißig. Die Geräusche von drinnen wurden deutlicher: Schlurfen, ein leises, tonloses Murmeln und das Klirren von Metall. Keine klaren Stimmen, weder triumphierend noch verzweifelnd. Brunnhilde zog Drachenfang und die Klinge strich leise über das Leder. Hinter ihr tat Sif es ihr gleich. Ihre freie Hand sehnte sich nach einem Schild, doch sie hatte nur einen Dolch. Sie würde das Beste daraus machen.

Zwanzig Meter.

»Wer ist da? Stehen bleiben!«, dröhnte eine Stimme.

»Los, los, los!«, zischte Sif. Sie begannen zu rennen.

Brunnhilde schlitterte durch den Eingang, dann nach links und sah sich um. Sif folgte einen Herzschlag später und ging nach rechts. Zusammen flankierten sie den Eingang, den Rücken fest an die Felswand gepresst.

Was sie sahen, kam ihnen auf entsetzliche Weise vertraut vor: Metalltische, Maschinen, die leeren Körper missgestalteter Krieger, die darauf warteten, mit Einherjar gefüllt zu werden. Um jeden Tisch kümmerte sich ein Arbeiter und nun drehten sich alle wie aufs Stichwort um und kamen auf die Asen zu.

»Niemanden töten!«, rief Sif.

Brunnhilde hob eine Hand als Zeichen, dass sie verstanden hatte. Sie wollte nichts mehr, als an den Arbeitern vorbei und die Seelen einsammeln, und dabei so wenig Schaden wie möglich anrichten. Bei der Vorstellung, ihr Schwert gegen einen von ihnen zu erheben, wurde ihr übel. Zwei der Gestalten auf den Metalltischen setzten sich auf und stellten die Füße auf den Boden. Ihre Hüllen aus Fleisch waren frisch mit asgardischen Seelen gefüllt worden. Sie standen auf und nahmen die Waffen, die neben ihnen lagen. Diese Todlosen waren nicht hässlich. Und trotz ihrer Größe waren ihre Züge zart und vertraut. Zu vertraut. Genug, um zu zögern.

»Mir gefällt das nicht«, murmelte Sif, während sie sich von Brunnhilde entfernte. Ihre Bewegung zog die Aufmerksamkeit der Kreaturen auf sich. »Walküre, tu, was du tun willst, aber beeil dich. Warum sehen sie so …?« Sie unterbrach sich und schüttelte den Kopf. »Geh, geh. Ich halte sie von dir fern.«

»Sie gehören zu uns«, sagte Brunnhilde, als sich einer der blonden todlosen Krieger zwischen die Arbeiter schob und sich Sif näherte. »Bei den Nornen, *das sind Asen!*«

Wieder wurde ihr übel. Sie hatten gegen bizarre Hybriden aus Riesen und Trollen, Elfen und sogar Tieren gekämpft. Doch nun hatten sie es mit einer Mischung aus Riesen und Asen zu tun.

Sie konnte sich nicht einmal vorstellen, wie das gemacht worden war, genauso wenig wie die Qualen, die sie dafür hatten erleiden müssen. Aber wenn es sich wirklich um die Krieger handelte, die zusammen mit Inge entführt worden waren – und um wen sollte es sich sonst handeln? –, dann waren sie nicht wie die anderen Todlosen, die Sif und sie besiegt und getötet hatten. Oder wie jener, dem sie die Seele entrissen hatte. Denn in ihnen musste sich immer noch irgendwo ihre eigene Seele befinden. Loki hatte ihre Seelen nicht geraubt und in andere Körper gesteckt – er hatte die Körper von Asen und Riesen miteinander kombiniert. Und wenn diese Leute ihre eigenen Seelen hatten, statt nur leere Hüllen mit darin gefangenen Seelen zu sein, wie konnte Brunnhilde sie dann herausreißen? Wäre das nicht Mord?

Sif war laut und schnell, um die Aufmerksamkeit jedes lebenden Wesens im Raum auf sich zu ziehen, einschließlich der zwei frisch erwachten Todlosen. Sie tat, was sie versprochen hatte, und verschaffte Brunnhilde Zeit, um die in den Maschinen gefangenen Einherjar zu retten, die kurz davorstanden, in weitere, nicht asgardische Todlose gesteckt zu werden. Sie schüttelte den Kopf und folgte dem letzten Rat der schwarzhaarigen Kriegerin: Sei schnell. Sie schob sich zwischen zwei Arbeiter mit ausdruckslosem Blick und eilte zur nächstgelegenen Maschine. Sie war unbewacht und auf dem dazugehörigen Tisch lag eine leblose Kreatur. Schnell zog sie die Seele heraus und verstaute sie in sich.

Sif stieß einen undeutlichen Schrei aus, der Brunnhilde das Herz bis in die Kehle springen ließ. Sie drehte sich so schnell um, dass sie mit dem Ellbogen gegen die Maschine stieß, die daraufhin mit einem lauten Knall zu Boden fiel, der alle Blicke auf sich zog. Sif wich vor den zwei Todlosen zurück. Ihr Schwert zitterte in ihrer Faust.

»Brunnhilde, ich kenne sie. Das ist Sigrun. Sie war nicht in Wiesenfall stationiert. Sie stammt aus dem Süden Asgardias. Sie ... sie ist todlos. Wie kann sie todlos sein?« Die Stimme der Schildmaid war schrill und voller Entsetzen. Sie versuchte nicht einmal, sich zu verteidigen, sondern wich nur schneller zurück. Ihre Rückenplatte stieß gegen einen Metalltisch und der Todlose, der darauf lag, begann zu zucken.

»Hinter dir!«, rief Brunnhilde.

»Was soll ich tun?«, rief Sif zurück. »*Sie ist meine Freundin!*«

Die Kreatur auf dem Tisch packte Sif um die Taille und die Kriegerin stieß einen entsetzten Schrei aus. Die Schildmaid versuchte, sich zu befreien, doch beide Arme des Wesens waren fest um sie geschlungen. Es presste den Kopf gegen ihre Hüfte, während es vom Tisch aufstand. Sobald seine Füße den Boden erreicht hatten, hob es sie hoch und schleuderte sie gegen die Wand. Ihr Schmerzensschrei ging im Scheppern von Rüstung gegen Stein fast unter.

Brunnhilde spürte zwei weitere Seelen verlöschen und Sekunden später setzten sich ein vierter und fünfter todloser Krieger auf ihren Tischen auf und griffen nach ihren Waffen. Diese beiden waren halb Riese, halb Elf und durch das Chaos der durcheinanderrennenden Körper sah sie Arbeiter an weiteren Maschinen herumwerkeln, um neue Kriegersklaven zu schaffen.

»Sif?«, rief sie. »Sif, du verdammte Idiotin, steh auf und kämpfe!«

»*Töte sie!*« Die neue Stimme war so tief und laut, dass Brunnhilde sie in ihren Knochen spürte, die Luft zitterte und das Echo im Raum zu einer Kakofonie anschwoll. Ihr Instinkt drängte sie beim Klang der Stimme zur Flucht, doch stattdessen zwang sie sich, auf sie zuzugehen ... auf die Tür ... Sie sah den Bergriesen, der von dort aus gerufen hatte, ins Labor kommen. Bewaffnet war er mit einem Speer, dessen Schaft dicker war als Brunnhildes Oberschenkel.

Ein Arbeiter griff nach der Walküre. Sie reagierte instinktiv und schleuderte ihn direkt auf den Riesen, der blitzschnell seinen Speer hob und den unglückseligen Mann damit aufspießte. Das war nicht das, was Brunnhilde beabsichtigt hatte, doch es gab nichts, was sie deswegen tun konnte. Innerlich entschuldigte sie sich kurz bei ihm, dann rannte sie zum nächsten Tisch. Sie erhaschte einen flüchtigen Blick auf Sif, die wieder aufstand, während sich drei Todlose durch die Arbeiter mähten, um sie zu erreichen.

»Riese an der Tür«, rief sie, riss die Seele aus der Maschine und transportierte sich davon. Der Tisch, an dem sie als Nächstes erschien, stand tiefer im Raum. Zwei Arbeiter verbanden hektisch Drähte mit der leeren Hülle eines weiteren Todlosen.

Brunnhilde war unglaublich froh, dass sie beim ersten Mal nicht in diesen Tunnel gegangen waren, denn nun wusste sie, was dieses seltsame Gefühl von Vertrautheit ausgelöst hatte: Ihresgleichen. Heimat. Ihr Volk.

Kommandant Olafson in Grünseit hatte gesagt, dass seine Krieger davon überzeugt seien, einige ihrer Feinde zu kennen. Sie hatten gedacht, es würde daran liegen, dass die Todlosen blaue Augen hatten, wie die meisten Asen. Doch vielleicht hatten sie ja wirklich gegen ihre eigenen Freunde gekämpft. Womit sie es hier zu tun hatten, war so abgrundtief böse, dass sie es nicht begreifen konnte.

Auf der anderen Seite des Raumes landete der gewaltige Speer des Riesen genau an der Stelle, wo Sif gerade noch gestanden hatte. Sie hatte sich rechtzeitig wegducken können, verteidigte sich nun aber verzweifelt gegen fünf Todlose und einen Riesen, die sich gegenseitig anrempelten, um sie zu erwischen. Genau das war der Plan gewesen: Sif sollte sie ablenken, damit Brunnhilde die Einherjar retten konnte. Doch gegen so viele Gegner würde die Kriegerin nicht lange durchhalten können. Die Walküre konnte – und sollte – ihr wahrscheinlich helfen.

»Mach weiter«, rief Sif, als hätte sie ihre Gedanken gelesen, und Brunnhilde tat, wie ihr geheißen. Eine Hälfte der Arbeiter versuchte nun, sie zu erreichen, während der Rest an den Maschinen stehen blieb, um die leeren Todlosen vorzubereiten. Es waren gerade genug, um Sifs Angreifer zu behindern. Ihre Bemühungen, sie zu verlangsamen, hielten sie in Wirklichkeit am Leben, indem sie als Schutzschild zwischen ihr und den Todlosen fungierten. Doch Brunnhilde konnte Sifs keuchenden Atem hören. Sie musste sich beeilen.

Die Walküre befreite die Seele in der nächsten Maschine und schlug die zwei Arbeiter, die sie aufhalten wollten, zu Boden. Dann sprang sie an eine andere Stelle des Raumes. Sie konzentrierte sich auf die Tische, an denen Arbeiter standen, und gab sich alle Mühe, sich die Seelen zu schnappen, bevor sie in die leeren Todlosen gesperrt werden konnten. Jede Seele in ihr war ein Todloser weniger, der Sif töten wollte.

Brunnhildes sprunghafte Bewegungen zogen die Aufmerksamkeit des Riesen auf sich. Er gab seine Verfolgung von Sif auf und versuchte nun, die Walküre zu schnappen. Auch wenn er eindeutig Befehle ausführte, wirkte er nicht so ferngesteuert wie die Arbeiter. Er schien eigenständig denken zu können und begann vorauszusehen, wo die Walküre als Nächstes auftauchen würde. Es wurde zu einem Wettrennen und trotz ihrer Fähigkeiten konnte er den Raum mit überraschender Schnelligkeit durchqueren.

Brunnhilde gelang es, zwei weitere Einherjar zu retten, doch sie erlitt vier lange Kratzer auf der Wange durch die Krallen eines Trollarbeiters, bevor der Riese einen Tisch aus dem Weg schleuderte und direkt vor ihr stand. Der Tisch prallte gegen den Rücken des größten todlosen Kriegers, der Sif gegen eine Wand zu drängen versuchte. Der Todlose stolperte, fiel auf ein Knie und brachte dabei einen weiteren

Gegner aus dem Gleichgewicht. Sif reagierte instinktiv, duckte sich unter dem vorbeifliegenden Tisch hinweg und schlitzte dem Todlosen die Kehle auf.

Entsetzt ließ sie ihre Klinge sinken und starrte mit offenem Mund auf den knienden Todlosen und die rote Flut, die aus seinem Hals strömte. Schließlich war er einst ein Ase gewesen und war es auf gewisse Weise immer noch.

»So leicht sterben sie nicht«, rief Brunnhilde ihr zu und duckte sich hinter eine Maschine. Der Bergriese war nur zwei Schritte entfernt. »Schwert hoch, Sif.« Keine Reaktion. »Hey, Schildmaid! Kämpfe!«

Sif riss sich aus ihrer Schockstarre und begann wieder, sich zu verteidigen. Brunnhilde sprang von Maschine zu Maschine und sammelte Seelen ein. Sie konnte spüren, wie ihr das die Energie raubte, als würde jemand eine Faust um ihr Herz schließen, doch es waren nur noch acht Maschinen übrig, bevor sie ihre Aufmerksamkeit den erwachten Todlosen zuwenden konnte. Sie konnte es schaffen.

Da schrie Sif auf.

Die Sprungenergie der Walküre ließ nach und sie drehte sich um. Vor Sif lagen tote Arbeiter und rechts und links neben ihr umgeworfene Tische. Hinter ihr war nur die Felswand. Sie saß in der Falle. Die fünf todlosen Krieger näherten sich, schoben Tische beiseite und stießen Arbeiter aus ihrem Weg, um sie zu erreichen. Blut hatte ihr Gesicht in eine scharlachrote Maske verwandelt. Sie war auf den Knien und hatte ihr Schwert über dem Kopf erhoben, um einen langen, gekrümmten Dolch abzublocken. Die todlose Asin, die sie Sigrun genannt hatte, lehnte sich an dem Krieger mit dem Dolch vorbei, um Sif mit einem Speer zu erstechen. Aus dieser Nähe würde ihre Rüstung der Speerspitze auf keinen Fall standhalten können. Sie würde Sif durchbohren und es gab nichts, was sie dagegen tun konnte.

Die Walküre sprang direkt in die Bahn des Speers. Der Aufprall stieß sie rückwärts gegen Sif. Sie schnappte sich das Gesicht der Kriegerin, denn der Hautkontakt war wichtig für ihre Magie, dann transportierte Brunnhilde sie beide ans andere Ende des Raumes.

Gerade noch hatte Sif ihrem Tod ins Auge geblickt, nun hockte sie auf der anderen Seite des Labors und spürte immer noch die Hand der Walküre an ihrer Wange. Brunnhilde war neben ihr zu Boden gesunken. Aus ihrer Rückenplatte ragte der Speer.

»Halt still«, sagte Sif und zog die riesige Waffe heraus. Brunnhilde stieß einen wortlosen Schrei aus und erschauerte. Blut sprudelte aus dem Loch in ihrer Rüstung. Sif riss den Stoff unter ihrer Armschiene ab und stopfte ihn unter die Rückenplatte. Das würde die Blutung zwar nicht stillen, doch zumindest bildete es eine Barriere zwischen der Wunde und dem aufgerissenen Metall, das der Speer durchstoßen hatte.

»Du verdammte Idiotin, rette die Einherjar, nicht mich. Wie auch immer, kannst du laufen?« Es war nicht nur die Anstrengung des Kampfes, die sie keuchen ließ, sondern auch ihr ungläubiger Zorn. Sie wischte sich übers Gesicht, doch aus einem Schnitt an ihrem Haaransatz lief frisches Blut hinunter.

Der Riese hatte sie entdeckt und stampfte auf sie zu. Sif stellte sich vor die am Boden liegende Walküre, den Speer in beiden Händen. Sie musste lediglich den Riesen töten und sich dann um die fünf verbliebenen Todlosen kümmern, damit die Walküre die in ihnen gefangenen asgardischen Seelen befreien konnte. Ein Zuckerschlecken. Sie blinzelte sich weiteres Blut aus den Augen und atmete tief ein.

»Wie viel Zeit kannst du mir verschaffen?«, fragte Brunnhilde mit schmerzverzerrter Stimme.

»Nicht viel«, antwortete sie wahrheitsgemäß.

Der Bergriese hatte sich von einem der Tische ein Schwert genommen. Auch wenn die Waffe zu klein für ihn war, glich die Länge seiner Arme diesen Nachteil mehr als aus. Ihre Klingen kreuzten sich. Sifs bessere Wendigkeit erlaubte es ihr, den knochenzerschmetternden Hieben des Riesen auszuweichen. Sie spürte, wie sich Brunnhilde bewegte, und brachte sich zwischen die Walküre und ihren Feind, der einen der Metalltische anhob und ihn auf sie schleuderte. Sif riss beide Unterarme vor ihr Gesicht und stellte sich breitbeinig hin. Der Aufprall ließ sie einen Schritt zurückweichen und schlitzte ihr ein Bein direkt über dem Knie auf. Der Riese bewegte sich nach dem Wurf wie vermutet und so musste Sif nicht mehr tun, als das stumpfe Ende des Speers gegen den Boden zu stemmen und die Spitze zu neigen, sodass er sich selbst aufspießte.

Brüllend stieß sie die Waffe tiefer hinein, um Leber und Lunge zu durchbohren. Der Riese hustete Blut und griff mit überraschter Miene nach dem Schaft. Blut glitzerte in seinem Bart. Sif ließ los, tänzelte rückwärts und sprang dann auf einen nahe gelegenen Tisch. Von dort aus ging es auf den Rücken des Riesen, wo sie ihm ihren Dolch in den Hals rammte.

Er ging zu Boden, der Speer zerbrach unter ihm und Sif rollte sich wendig wie eine Katze ab. Dann riss sie ihr Schwert los und stellte sich den Todlosen. In den wenigen Sekunden Verschnaufpause, die ihr blieben, sah sie nach der Walküre. Brunnhilde war an einer der Maschinen auf der linken Seite des Raumes, ihr Gesichtsausdruck eine Mischung aus Entschlossenheit und Schmerz. Ihre schlurfenden Schritte zogen eine Blutspur hinter sich her. Sie war zu langsam und ihre Gegner zu zahlreich.

Die erste der todlosen Asen erreichte Sif, es war Sigrun. Der düstere, hungrige Ausdruck im Gesicht ihrer ehemaligen Freundin versetzte ihrem Herzen einen Stich. Sif duckte sich unter dem ersten Schlag, schwang ihr Schwert gegen Sigruns

Knie und zerschmetterte den Knochen. Die Todlose heulte auf und stürzte sich unbeholfen auf sie, doch Sif war längst an ihr vorbei und hackte auf das zweite Knie ein. Sie kämpfte wie ein Wirbelwind und steckte jeden letzten Rest Stärke und Geschwindigkeit in ihre Bewegungen. Es dauerte ein paar verwirrende Sekunden, bis ihr klar wurde, dass sie nur noch gegen drei Todlose kämpfte. Die Arbeiter waren endlich geflohen, doch die beiden anderen Monster näherten sich der Walküre.

»Hinter dir!«

Der schwarzhaarigen Kriegerin blieb keine Zeit, um zu sehen, ob sich Brunnhilde verteidigen konnte. Sie hob eine der Maschinen, von der sie inständig hoffte, dass sich keine Seele darin befand, und schleuderte sie gegen Sigrun, die auf sie zuhumpelte. Sie traf sie im Gesicht und ließ sie gegen die zwei anderen zurückstolpern. Sif rannte zu Brunnhilde und trieb ihr Schwert tief in die Todlosen, die sie bedrohten.

Die Walküre konnte kaum noch ihr Schwert heben, also tat Sif das Einzige, was sie tun konnte: Sie steckte ihre Klingen ein und nahm die andere Frau auf ihren Rücken. »Spar dir deine Sprungenergie. Leite mich«, sagte sie.

»Drei rechts«, keuchte ihr Brunnhilde ins Ohr und deutete mit Drachenfang in die entsprechende Richtung. Sif rannte zu den wartenden Maschinen, wich dabei den blutenden und wütenden Todlosen aus und sprang über zerbrochene Tische und Leichen.

An der ersten Maschine kam sie schlitternd zum Stehen. Die Walküre legte die Hände darauf und holte die Seele heraus. »Weiter«, rief Brunnhilde.

Sif rannte los. Es gelang ihnen, zwei weitere Seelen zu befreien, bevor sie von den verbliebenen Todlosen umzingelt wurden. Die Walküre hing inzwischen schlaff von ihrem Rücken. Sif konnte vor Schweiß und Blut kaum noch richtig sehen und ihr Atem ging stoßweise. So konnte sie nicht kämpfen. Schneller bewegen konnte sie sich auch nicht, damit ihr Brunnhilde nicht vom Rücken rutschte.

»Wir schaffen es nicht«, keuchte Sif. »Tut mir leid, aber wir müssen weg.« Die Worte schmeckten nach Blut und Niederlage, doch Brunnhilde protestierte nicht. Stattdessen spürte sie, wie die Walküre ihre Magie bündelte. Dann wurde das blutgetränkte Labor durch das Nichts des Zwischenreichs ersetzt. Einen Augenblick später blinzelten sie in die helle Nachmittagssonne und die stille Sicherheit des Berges.

Neunzehn

Blut und Heilung

Sif taumelte zu dem Felsüberhang, wo sie Inge gelassen hatten. Sie konnte hören, wie die Walküre mit den Zähnen knirschte, und etwas Nasses tropfte beim Gehen auf ihre Oberschenkel: Blut.

»Inge?«, rief Sif mit heiserer Stimme. »Wir brauchen dich.«

Sie legte ein Dutzend weitere Schritte zurück, bevor die Schildmaid erschien, einen Dolch in jeder Hand und ein Bündel auf dem Rücken, um jederzeit fliehen zu können. Sie wurde kreidebleich, als sie die blutverschmierte und verschwitzte Sif mit Brunnhilde auf dem Rücken erblickte.

»Nein!«, rief sie, ließ die Waffen fallen und eilte zu ihnen.

»Sei leise«, zischte Sif. »Sie ist am Leben, aber das werden wir nicht mehr sehr lange sein, wenn du weiter herumbrüllst. Hilf mir, sie auf die Seite zu legen. Wir müssen ihr die Rüstung ausziehen und die Wunde verbinden.«

»Stirbt sie? Was ist passiert?«

»Sie stirbt nicht, wenn wir ihr helfen. Schnell jetzt. Konzentrier dich«, fügte sie hinzu, während sich Inge entsetzt neben sie kniete. Sif begann, die Schnallen an Brunnhildes Rüstung zu öffnen. »Hol Nadel, Faden, Salbe und Bandagen aus dem Bündel. Und mach schnell.«

Der Befehlston in ihrer Stimme setzte Inge endlich in Bewegung und weckte Brunnhilde auf. Sie wimmerte, als Sif ihr den Harnisch abnahm und ihre Tunika hochschob, um an die Wunde in ihrem Rücken zu kommen. Blut sickerte unablässig heraus.

»Reinige die Wunde und verbinde sie«, befahl Sif und zog den Quellstein unter ihrem Hemd hervor. Er war in seiner Silberfassung viel blasser geworden und sah aus wie eine zerbrochene Eierschale. Es war nicht mehr viel Energie in ihm, doch sie legte ihre Hände auf Stirn und Kehle der Walküre und sandte goldene Heilungsmagie in sie. »Stirb mir nicht weg, du hübsche Idiotin«, keuchte sie, während ihr der Schweiß von der Stirn tropfte. »Wage es ja nicht.«

Trotz ihrer zitternden Hände arbeitete Inge schnell und vorsichtig, ohne Sifs Energietransfer zu stören. »Halte durch, mein Herz«, flüsterte sie, während sie Nadel und Faden durch Brunnhildes Fleisch bohrte, um die Wunde zu verschließen. Dann schmierte sie Heilsalbe darauf und verband sie fest. Es dauerte nicht lange, bis sich die Bandagen rot färbten.

Inge murmelte beschwichtigende Worte und tropfte Wasser auf Brunnhildes trockene Lippen. Sif stöhnte, machte jedoch weiter. Das goldene Licht wurde schwächer und die Erschöpfung ließ sie schwarze Punkte sehen, bevor sich der Zustand der Walküre stabilisierte. Zitternd nahm Sif die Hände von Brunnhilde und sank zurück. Sie wischte sich den Schweiß aus dem Gesicht und starrte ihre Freundin an. Brunnhildes Augen waren geschlossen, doch ihre Brust hob und senkte sich rhythmisch. Selbst in ihre Wangen kehrte etwas Farbe zurück.

»Sie wird durchkommen. Ihre eigene Energie wird sich wieder auffüllen und ihre Heilung beschleunigen. Ich sollte den Quellstein jetzt nicht mehr nutzen, außer es bleibt uns keine andere Wahl. Tut mir leid.«

Inge sah sie mit tränenfeuchten Augen an. »Ich verstehe. Danke, dass du so viel für sie getan hast.«

Sif nickte erschöpft, dann beulte sie mit dem Griff ihres Dolchs eine Delle in Brunnhildes Rückenplatte aus.

Schweigend beobachteten sie ein paar Minuten lang die schlafende Walküre.

»Habt ihr alle Einherjar retten können? Waren da noch andere Krieger aus Wiesenfall?«, fragte Inge schließlich, während sie Brunnhilde die Haare aus der verschwitzten Stirn strich.

Wenn Sif noch einen weiteren Grund brauchte, warum Brunnhilde diese Frau so sehr am Herzen lag, war es die Tatsache, dass sie noch an die Mission denken konnte, während ihre Geliebte so schwer verletzt vor ihr lag. Dennoch wusste sie zuerst nicht, was sie antworten sollte. »Wir haben so viele Seelen gerettet, wie wir konnten. Nicht alle. Die anderen, die lebenden Krieger ...« Sie stockte und presste den Handrücken auf den Mund. Er schmeckte und roch nach Blut. Sie ließ die Hand wieder sinken. »Einige der Todlosen waren zur Hälfte Asen. Ich weiß nicht, ob ...«

»*Was?*« Inge hörte auf, mit Brunnhildes Haaren zu spielen, und starrte Sif an, als hätte sie sich plötzlich als Loki höchstpersönlich entpuppt. Sif bedeutete ihr erneut, leise zu sein, und sie warteten angespannt, ob sich etwas rührte. Doch niemand kam.

Sif seufzte. »Eine von ihnen war meine Freundin Sigrun. Sie war nicht in Wiesenfall, was bedeutet, dass Loki sie von überall her entführt. Ich habe keinen der anderen Todlosen aus Wiesenfall wiedererkannt, aber es ist wohl wahrscheinlich, dass sie es sind.« Erst Gyda und nun Sigrun. Als hätte Loki es auf ihr nahestehende Personen abgesehen, um es persönlich zu machen. Sie wusste nicht, ob es Schuldgefühle waren, die da aus ihr sprachen, die Angst oder gar Hybris.

Inges grüne Augen sahen sie erschüttert und ungläubig an.

»Die meisten Einherjar haben wir aber erwischt«, sagte Sif verlegen, um sie zu beruhigen.

»Die meisten«, wiederholte Inge ausdruckslos. Eine Träne rollte ihr über die Wange. »Die meisten wären nicht gut genug für sie, das weißt du. Das wird sie auffressen, Sif. Sie wird es als Versagen betrachten, und das obendrein zu ihren Verletzungen ...«

»Dann ist es ja gut, dass sie uns hat, nicht wahr?«, fragte Sif mit einem Hauch von Schärfe in der Stimme. »Es ist noch nicht vorbei, Inge. Aber jetzt werde ich erst einmal schlafen, um wieder zu Kräften zu kommen, also musst du über uns wachen. Kannst du das?«

Inge befeuchtete ihre Lippen, dann nickte sie. »Das kann ich. Ich werde euch nicht enttäuschen.«

Sif zwang sich zu einem Lächeln. »Das weiß ich doch«, sagte sie sanft. Nun war sie bereit, loszulassen. Erschöpfung hüllte sie in ihre ölige Umarmung. Sif warf einen letzten Blick bergauf, bevor sie sich neben Brunnhilde legte und ihren Umhang über sie beide zog. Ihre Augenlider flatterten, als sie sah, wie Inge Drachenfang zog und sich wachsam neben sie setzte.

Sif rieb ihre Fingerspitzen, die vom Gebrauch des Quellsteins kribbelten, und hatte einen letzten, verschwommenen Gedanken, bevor der Schlaf sie übermannte: *Ist es uns gelungen, Gyda zu retten? War sie eine der Seelen, die Brunnhilde befreien konnte?*

Doch das war nicht der Punkt. Nicht mehr, seit ihnen das Ausmaß von Lokis Plan klar geworden war. Jede gerettete Seele musste gewürdigt und jede verlorene betrauert werden.

Ganz egal wie sehr sich Sif das jedoch einredete, tief in ihrem Herzen wollte sie Brunnhilde aufwecken und sie fragen, wen sie gerettet hatte. Sigrun war verloren, vielleicht für immer: ein verdrehter, böser Schatten ihres ehemaligen Ruhms.

Darum war ihr Wunsch, Gyda in Sicherheit zu wissen, umso mächtiger. Schließlich schloss Sif die Augen und schlief ein.

Die Sonne ging unter, als eine Hand auf ihrer Schulter Sif aus dem Schlaf riss. Ruckartig setzte sie sich auf und tastete nach einer Waffe, fand jedoch keine. Dann erkannte sie die Gestalt über sich. Inge legte ihren Finger an die Lippen und als sie sah, dass sie Sifs Aufmerksamkeit hatte, deutete sie bergauf. Sie machte eine Laufgeste, berührte ihr Ohr, um Stimmen anzuzeigen, dann hob sie vier Finger.

Oh, das ist nicht gut.

Leise kam Sif auf die Knie und warf dann einen unauffälligen Blick um den Felsen. Inge mochte vier Stimmen gehört haben, doch es waren mehr, die nach ihnen suchten. Drei Bergriesen, deren Größe ihnen einen Vorteil verschaffte, die drei Frauen zwischen den Steinen zu entdecken, und ein paar der Arbeiter, die vorhin geflohen waren. Wieder wirkten sie seltsam ausdruckslos, als hätten sie keinen eigenen Willen. Was auch immer Loki mit ihnen angestellt hatte, war wohl permanent.

Da sich Brunnhilde noch tief in ihrem Heilschlaf befand und Sif selbst trotz ihrer Ruhepause kaum noch Energie hatte, war sie sich nicht sicher, ob sie bei einem erneuten Kampf als Sieger hervorgehen würden.

Sie brachte ihre Lippen an Inges Ohr. »Wir müssen Brunnhilde wecken und aus dieser Welt springen.« Sie wartete nicht auf die unvermeidlichen Proteste der Kriegerin, sondern schüttelte die Walküre einfach sanft an der Schulter, dann etwas fester, als keine Reaktion erfolgte. Sie zischte ihren Namen und kniff sie schließlich in die empfindliche Stelle über ihrem Schlüsselbein.

Brunnhilde zuckte zusammen, riss die Hände in einer reflexhaften Verteidigungsgeste hoch und packte Sif an der

Kehle. Die Schildmaid wehrte sich nicht, sondern ergriff einfach nur Inges Hand und krächzte: »Riesen. Bring uns hier raus.«

Der Nebel verschwand aus den Augen der Walküre und sie ließ Sifs Hals los. »Wie lange?«

»Zwei Minuten«, sagte Inge.

»Das sollte reichen.«

»Für was?«, fragte Sif, während sie ihre Kehle massierte. Brunnhildes Finger hatten sich genau auf die bereits vorhandenen blauen Flecken vom letzten Mal gelegt. »Wir dürfen auf keinen Fall ...«, begann sie, doch die Walküre hörte nicht zu.

Stattdessen blickte sie Inge in die Augen und lächelte schwach. »Wir sind hier noch nicht fertig, aber du kannst nicht bleiben«, murmelte sie mit rauer Stimme. »Inge, mein Herz, du musst die Seelen nehmen.«

»Was ...?«, begann Inge, dann schüttelte sie den Kopf. »Nein. Natürlich, was immer du brauchst. Ich werde sie beschützen.«

Brunnhilde verzog das Gesicht. »Das wird wehtun, Liebes. Es tut mir so leid.«

Inge nickte grimmig und Brunnhilde legte ihr die Hand auf den Bauch. Sif spürte das Kribbeln von Magie in der Luft, dann zuckte Inge zusammen und schlug beide Hände vor den Mund. »Halt sie fest«, zischte die Walküre.

Inge wurde kreidebleich, doch sie schüttelte den Kopf und deutete stattdessen in die Richtung der näher kommenden Riesen. Sif riskierte einen weiteren Blick um den Felsen. Sie waren jetzt sehr nah. Zu nah. Als sie sich wieder zurückdrehte, war es erledigt. Inge keuchte mit aufgebissener Lippe und Brunnhilde gab ihr einen zärtlichen Kuss.

»Ich habe dir die Seelen gegeben, die wir gerettet haben, und die einmalige Fähigkeit, Walhalla zu erreichen. Der Weg ist in deine Gedanken gepflanzt. Du wirst vor Odins Halle landen und dort wird dir eine meiner Schwestern weiterhelfen. Danach bringt sie dich nach Asgard zurück. Benachrichtige Thor darüber, dass wir das hier zu Ende bringen.«

Sif erbleichte, doch Inge unterbrach, bevor sie protestieren konnte. »Auf keinen Fall. Ich werde die Seelen so lange in mir tragen wie nötig, damit du stärker bist, aber ich werde dich nicht hier …«

Brunnhilde brachte sie mit einem Kuss zum Schweigen, dann nutzte sie den Kontakt, um sie durch das Zwischenreich nach Walhalla zu schicken.

»Du …«, begann Inge und verschwand.

Brunnhildes Hand blieb noch einen Moment an der Stelle, wo gerade noch die Wange ihrer Geliebten gewesen war, dann blinzelte sie und streifte ihre Rüstung wieder über. Automatisch half ihr Sif dabei, dann schnürte sie ihre eigenen Riemen fest und blickte in die zunehmende Dunkelheit eines weiteren Sonnenuntergangs. Der eisige Wind brannte in ihren Verletzungen.

Sif war so leer wie die Landschaft, doch sie würden wieder in die Höhle zurückkehren. Sie wollte das nicht. Sie würde Sigrun und die anderen Halbasen so stark verwunden, dass sie nicht mehr kämpfen konnten, und dann zusehen, wie ihnen Brunnhilde die Seele herausriss. Wenn das der Plan war. Vielleicht konnte die Walküre sie auch wieder in Ordnung bringen oder nach Asgardia mitnehmen, um ein Heilmittel zu finden. Das war doch mit Sicherheit die bessere Lösung …

Eine Gruppe gedankenkontrollierter Halbriesen ins Herz des Reiches mitnehmen? Sie vor ihrem Volk zur Schau stellen? Den Feind in ihr Heim bringen?

Der kurze Hoffnungsfunke erlosch. Sif konzentrierte sich wieder auf die Schnallen unter ihren Fingern und auf das langsame Ein- und Ausatmen ihrer Lunge. Das konnten sie nicht. Die Krieger würden das wahrscheinlich selbst nicht wollen.

Was, wenn es in ihnen einen kleinen Rest gab, der wusste, was geschah, es aber nicht aufhalten konnte, und sie begannen, in Asgard alle zu töten, auf die sie trafen? Dann hätten Sif und Brunnhilde auch noch diese Qualen zu all jenen hinzugefügt, die sie bereits erlitten. Dennoch ...

»Die Halbasen«, sagte sie stockend. »Wie sieht der Plan aus?«

»Die gefangenen Seelen befreien«, erwiderte die Walküre nach einem kurzen Zögern. Da verstand sie und stimmte zu. Sie würden die Verantwortung für diese Taten für den Rest ihres Lebens tragen. Sie beide allein. *Nein, wir beide zusammen.*

»Inge wird wütend sein, dass du sie weggeschickt hast«, murmelte Sif, als sie ihre Stimme wieder unter Kontrolle hatte.

Brunnhilde zog eine blonde Augenbraue hoch. »Denkst du, ich werde lange genug leben, um es wiedergutzumachen?«

Die schwarzhaarige Kriegerin wagte einen erneuten Blick um den Felsen. »Nicht, wenn wir uns nicht langsam mal aufmachen. Sie sind fast hier. Wie sollen wir es anstellen?«

Die Walküre verzog verächtlich den Mund. »Wir lassen dieses Pack hier draußen weiter herumstolpern und springen direkt rein.«

Die Kriegerin musterte Brunnhilde. Sie fragte nicht, ob die Walküre stark genug dafür war – sie trug mindestens die Hälfte der wirbelnden Magie des Quellsteins in sich. »Es ist ein fürchterlicher Plan und ich hasse ihn. Aber ich kann keine Alternative anbieten.«

Sie grinsten sich grimmig an. Erneut ergriff Sif Brunnhildes Hand und sie sprangen direkt ins Herz des Berges.

Die Wunde in Brunnhildes Rücken pochte unablässig, zwar dumpfer als zuvor, doch immer noch stark genug, um sie zu verlangsamen. Nur ein bisschen, doch ein bisschen war oft der

Unterschied zwischen Leben und Tod. Und das hier war ein Krieg. Ein stiller, ausgetragen in Schatten und Eis, dennoch einer, den sie gewinnen mussten. Die Alternative war undenkbar, denn dann würde ihnen bald eine ganze Arme todloser Krieger und geraubter asgardischer Seelen gegenüberstehen. Ihre eigene Armee, die sich gegen sie wendete. Ragnarök als Bürgerkrieg. Vielleicht das Ende der Neun Welten selbst.

Brunnhilde brachte sie direkt an die Gabelung der zwei Tunnel in der Nähe des Haupteingangs. Dort waren drei Arbeiter und während Sif sich durch die Nebenwirkungen des Sprungs übergeben musste, schlug die Walküre die drei bewusstlos und versteckte sie in den Schatten. Wie es schien, nahm Loki seine Sicherheitsvorkehrungen endlich ernst. Der Gedanke war nicht besonders beruhigend.

Ohne die Seelen fühlte sie sich leichter und auch wenn sie sich sorgte, wie Inge mit dem Weltensprung und allem, was danach kam, fertigwerden würde, wusste sie doch, dass sie die richtige Entscheidung getroffen hatte. Diese Einherjar waren nun sicher, ganz egal was aus Sif, Brunnhilde und den anderen werden würde, die immer noch hier gefangen waren. Inge war in Sicherheit.

Die Sonne ging hinter ihnen unter und sich von ihr abzuwenden fühlte sich irgendwie symbolisch an. Wenn sie das nächste Mal aufging, würden sie entweder siegreich gewesen sein oder Seelen in fremden Körpern, die niemals Walhalla sehen würden. Die Walküre weigerte sich, Angst zu haben, musste jedoch feststellen, dass es so nicht funktionierte.

Brunnhilde konnte das Todesleuchten immer noch spüren, doch inzwischen ging es nur noch von wenigen aus und war sehr schwach. Schlimmer noch, es kam aus keiner der beiden Richtungen, die sie bis jetzt erforscht hatten, sondern von weiter unten. Es musste irgendwo einen dritten Tunnel geben. Sie drehte sich hin und her und suchte nach dem flüchtigen

Erstarken des Todesleuchtens, das ihr sagen würde, in welche Richtung sie gehen mussten.

»Beeil dich«, flüsterte Sif hinter ihr. »Ich höre Schritte.«

Brunnhilde entschied sich für rechts und hoffte das Beste. Sie hatte das düstere Bild im Kopf, wie sie beide stundenlang im Dunkeln herumirrten, bis sie entdeckt, gefangen oder getötet wurden. Die Vorstellung jagte ihr noch mehr Angst ein und sie kämpfte dagegen an.

Sif ließ sie die Führung übernehmen und vertraute genauso darauf, dass die Walküre die Seelen finden würde, wie diese darauf vertraute, dass ihr die Kriegerin den Rücken freihielt. Auf dem langen Weg zu dem Raum, wo sie Inge entdeckt hatten, begegnete ihnen nichts. Die Erinnerung an den markerschütternden Schrei ihrer Geliebten jagte ihr einen Schauer über den Rücken. Diesmal war der Raum dunkel, leer und still. Brunnhilde spähte hinein, doch es war nichts zu sehen. Keine Arbeiter. Die Maschinen, in denen die Seelen gesteckt hatten, waren still und unbewacht. Die Höhle war ein Chaos aus umgestürzten Tischen und Blutlachen, doch es waren keine leeren Todlosen oder Leichen zu sehen. Ein unheimlicher Anblick.

»Gab es nicht noch einen weiteren Ausgang?«, fragte Sif, während sie an der größeren Frau vorbeiblickte.

Brunnhilde wurde rot. »Ich erinnere mich nicht an die Einzelheiten«, murmelte sie. »Der Bifrost selbst hätte sich am anderen Ende des Raumes öffnen können und ich hätte es nicht gemerkt.«

»Er könnte uns in die Richtung führen, in die wir müssen«, sagte Sif. »Wir sollten es ausprobieren.«

Brunnhilde brummte und warf einen Blick zurück in den Tunnel, durch den sie gekommen waren. Er erstreckte sich in die Dunkelheit, doch sie konnte in dieser Richtung nichts sehen oder spüren. Sie bahnten sich ihren Weg zwischen den umgekippten Tischen hindurch, während sich ihre Augen immer besser an die Dunkelheit gewöhnten. Da war tatsächlich eine zweite Tür. Diese war viel kleiner als die andere. Doch warum gab es in einer Festung der Bergriesen eine Tür, durch die sie nicht passten? Und wenn sie nicht für die Riesen gedacht war, für wen dann? Wer hatte mit ihnen lange genug gelebt, um diese Anpassungen vornehmen zu lassen?

»Tja, das ist besorgniserregend«, murmelte Sif, die offenbar zum gleichen Schluss gekommen war. Sie bewegte sich zur Seite, als sich Brunnhilde der Tür näherte.

Die Walküre atmete tief durch, wartete auf Sifs Nicken und warf sich dagegen. Die Tür öffnete sich mit einem leisen Scharren. Der Gang dahinter lag in absoluter Finsternis. Doch sofort erhöhte sich ihre Wahrnehmung des Todesleuchtens, nur ein bisschen, doch genug, um sie zu ermutigen. »Hier sind wir richtig«, flüsterte Brunnhilde. »Sie müssen irgendwo hier sein.«

»Dann ist auch Loki irgendwo hier«, murmelte Sif mit kontrollierter Genugtuung.

Brunnhilde fragte sich, wie viel mehr Blut noch vergossen werden würde, bevor das hier vorbei war.

ZWANZIG

DER WAHRE FEIND

Brunnhilde ging wieder voran, schneller diesmal, und tastete sich mit der linken Hand an der Felswand entlang durch die Dunkelheit. Sif war eine beruhigende Präsenz hinter ihr. Außer ihren Schritten war nichts zu hören.

Der Tunnel bog sich nach rechts und führte bergab. Die Walküre streckte ihre Sinne aus und versuchte, den Weg vor ihnen zu erspüren. Lag eine weitere Höhle vor ihnen? War der Tunnel voller Feinde, die sich ihnen entgegenstellten? In ihrer Vorstellung wimmelte die Finsternis vor Hunderten verschiedenster Monster, jedes einzelne gefährlicher als das davor. Brunnhildes Atem ging schneller und ihre Handflächen wurden klamm. Sie gab ihr Bestes, um sich zu beruhigen, dennoch stieg Panik in ihr auf. Hinter ihr hörte sie Sif fluchen. Eine Sekunde später griff die Schildmaid nach ihr. Brunnhilde unterdrückte einen Aufschrei.

»Da ist etwas«, zischte Sif. »Ich kann es spüren. Wir brauchen Licht.«

Ihre Stimme war schrill vor Panik, was Brunnhildes eigene Angst nur verstärkte. Sie drehte sich um und legte Sif die Hände auf die Schultern. »Atme tief durch, Sif«, sagte sie sanft und leise in der Hoffnung, dass ihr die eigene Anspannung nicht anzuhören war. »Wir sind hier drin allein. Was auch immer du hörst, ist nur in deinem Kopf.«

»Nein«, keuchte die Kriegerin. »Ich kann es spüren. Da ist etwas hinter mir.« Sie spannte sich an, als würde sie jeden Moment herumwirbeln und angreifen. »Ich habe eine Fackel dabei. Lass sie mich herausholen …«

Brunnhilde verstärkte ihren Griff. »Hör mir zu«, zischte sie. »Du musst mir jetzt vertrauen, Sif. Wenn ich dir sage, dass da nichts hinter dir ist, musst du mir glauben.«

Sie wartete, doch Sif blieb stumm.

»Glaubst du mir?«, wiederholte Brunnhilde. Sie wusste nicht, was sie sonst noch tun sollte, um Sif zu überzeugen.

Die Schildmaid schwieg weiter. Dann erklang ein kaum hörbares Seufzen. »Wenn du sagst, dass nichts hinter mir ist«, sagte sie leise, »vertraue ich dir. Ich meine, ich kann es hören, aber ich vertraue dir.«

»Willst du, dass ich hinten gehe?«, fragte Brunnhilde. »Mir macht es nichts aus, wenn du dich dadurch besser fühlst.«

Es folgte eine lange Pause. Sie war so lang, dass sich die Walküre schon wiederholen wollte. Doch dann kam ein geflüstertes: »Nein, aber danke.«

»Kein Problem«, erwiderte Brunnhilde und versuchte, möglichst zuversichtlich zu klingen. Dann drückte sie Sifs Arme und lauschte erneut, nur für den Fall. Der Tunnel war still. Sie gingen weiter und Brunnhilde sagte nichts, als Sif einen Finger in ihren Gürtel einhakte, um in ihrer Nähe zu bleiben.

Je weiter sie ins Herz des Berges gingen, desto abschüssiger wurde der Tunnel. Die Luft, verglichen mit dem Schnee, Eis und dem bitteren Wind draußen bereits warm, wurde immer wärmer, bis ihr nicht nur von der immer stärker werdenden Nervosität der Schweiß auf der Stirn stand.

Sifs Überzeugung, dass etwas hinter ihnen war, bedeutete, dass Brunnhilde mehr auf den Bereich hinter ihnen achtete, als sie sollte. Eigentlich sollte sie die Sicherung nach hinten der Schildmaid überlassen, doch das konnte sie nicht. Es war nicht so, dass sie Sif nicht traute … oder vielleicht doch. Es war ein unangenehmer Gedanke, doch sobald die Saat gesät war, wuchs sie in der reichhaltigen Erde ihrer Sorgen schnell heran.

Es gab in der Dunkelheit nichts zu sehen, worauf man seinen Blick konzentrieren konnte, und das verschlimmerte ihre Nervosität nur. Was würde sie am Ende dieses Tunnels erwarten? Sie wusste, dass es mehr als nur geraubte Seelen sein würden, ob nun in Maschinen oder in todlosen Halbriesen gefangen. In ihrem tiefsten Inneren wusste Brunnhilde, dass sie den Architekten dieser Gräuel finden würden. Würden sie stark genug sein, gegen jemanden zu kämpfen, der so grausam und gleichgültig mit dem Leben anderer umging?

Sie war schließlich nur eine Walküre, die eher an den Umgang mit den Toten als mit den Lebenden gewöhnt war. Sie kannte den Tod in all seinen Formen, die unvergleichliche Qual des hereinbrechenden Vergessens, wenn das sterbliche Leben einer Person endete. Doch wusste sie auch, wie man lebte? Wer war sie, zu sagen, dass diese Hybridkreaturen nicht glücklich waren? Welches Recht hatte sie, ihnen bewusst das Leben zu nehmen, wenn doch ihre eigentliche Pflicht darin bestand, ihre Seelen nach Walhalla zu führen, wenn es von anderen genommen worden war?

Brunnhilde klammerte ihre Finger so fest um den Schwertgriff, dass ihre Knöchel knackten. *Zügle deine Gedanken*, mahnte sie sich selbst. *Lass dich nicht von diesen Lügen überwältigen.* Sie begann mit ein paar Meditationsübungen, die als junge Frau Teil ihrer Ausbildung gewesen waren. Sie schienen in den gegenwärtigen Umständen übermäßig schlicht und bildeten nur eine schwache Barriere gegen die heimtückische Stimme, die von ihrer Unwürdigkeit erzählte. Doch sie beruhigten ihre sich im Kreis drehenden Gedanken genug, um ihre Aufmerksamkeit wieder auf den Tunnel zu richten.

Vor ihnen lag eine Höhle, aus der warme Luft zu ihnen wehte. Es roch gleichzeitig vertraut und unangenehm. Es kam ihr bekannt vor, aber sie wusste nicht, warum.

»Hammer und Blitz«, fluchte Sif plötzlich und sie riss sich so abrupt von Brunnhildes Gürtel los, dass sie ins Stolpern kam. »Ich kenne diesen Geruch. Wir waren *so dumm.*«

Sie machte keine Anstalten, ihre Stimme zu senken, also stieß die Walküre sie gegen die Wand. »Leise«, zischte sie.

»Tut mir leid, tut mir leid«, murmelte Sif. »Aber jetzt weiß ich, wer das tut.« Ihre Stimme brach. »Wir waren so dumm«, wiederholte sie und schüttelte Brunnhildes Brustplatte, bis sie schepperte. »Es war die ganze Zeit direkt vor unseren Augen. Angst, Brunnhilde. Angst. Warum sollte ausgerechnet *Loki* von allen Feinden Asgards Angst einsetzen? Klingt das wirklich nach ihm? Mit all seinen Tricks und Illusionen, warum sollte er sich dazu herablassen, uns Angst einzujagen?«

Endlich verstand Brunnhilde. »Du meinst ...?«

»Ja«, sagte Sif und umarmte sie so fest, dass ihre Rüstungen in der Dunkelheit leise aneinanderstießen. »Es ist die Schlange«, flüsterte sie ihr so leise ins Ohr wie eine Liebhaberin, nur dass die Worte alles andere als Bettgeflüster waren. »Ich kenne den Gestank seiner Magie.«

Cul. Der Gott der Angst selbst. Brunnhilde erschauerte in den Armen ihrer Freundin. Fast unhörbar nahm sie den Hauch eines Lachens wahr. Als ob die Schlange erfreut wäre, dass sie ihr endlich auf die Schliche gekommen waren.

Sif musste es ebenfalls gehört haben, denn sie verspannte sich, ließ Brunnhilde los und trat zurück. Das leise Summen ihres Schwerts erklang, das ruhelos durch die Luft schnitt. Als bräuchte sie eine Erinnerung daran, dass sie bewaffnet und nicht hilflos war.

»Er wusste, dass wir zurückkommen würden«, sagte Brunnhilde. »Darum hat er die Seelen in ein anderes Versteck gebracht, wo es warm ist. Die Schlange hat schon immer die Wärme geliebt.«

»Ein warmes Versteck?«, wiederholte Sif leicht hysterisch. »Er lockt uns in eine Falle.«

»Ja«, sagte Brunnhilde nur. Sie konnte die Worte spüren, die der Schildmaid auf der Zunge lagen. Dass sie vielleicht besser zurückgehen und Verstärkung anfordern sollten. Sie sprach, bevor Sif die Gelegenheit dazu hatte, denn sie war nicht bereit, ihre Entschlossenheit auf den Prüfstand zu stellen, sollte Sif es aussprechen. Sie wollte diese Worte nicht hören, denn sie würden sie beide entehren. »Wir gehen weiter.«

Die schwarzhaarige Kriegerin schwieg einen langen Moment. Außer ihrem Atem war nichts zu hören. Schließlich brummte sie leise. »Wir gehen weiter«, stimmte sie zu. »Wir werden ihn büßen lassen für das, was er hier, auf Asgard und wer weiß wo sonst noch in den anderen Welten getan hat«, versprach sie mit einer Stimme, die ihre Verletzlichkeit verloren hatte und nun so kalt und grausam war wie ein Winter in Jotunheim. Sie mussten sich jetzt beide auf ihren Mut und ihre Kampferfahrung verlassen, die sie zu den Frauen geformt hatten, die sie waren. Brunnhilde wusste, dass dies das Einzige war, was sie dazu bringen würde, in die Höhle der Schlange vorzudringen, anstatt schreiend zurück zum Ausgang zu laufen.

»Er wird wissen, dass wir kommen«, fügte Sif hinzu. »Er weiß alles, was in seiner Höhle vor sich geht. Heimlichkeiten haben keinen Sinn mehr. Geschwindigkeit ist nun unser Verbündeter.« Sie lachte grimmig. »Ich hätte mir niemals träumen lassen, dass ich Loki einmal vorziehen würde. Und doch stimmt es. Der Gott des Schabernacks wäre mir viel lieber als der Gott der Angst. Beim Jotunn weiß ich zumindest, wo ich stehe. Doch nun hat sich alles geändert.«

Brunnhilde atmete tief durch, sammelte all ihre Stärke und versuchte, Zuversicht heraufzubeschwören, die sie nicht empfand, bevor sie weiterging, schneller diesmal. Sif folgte ihr.

Die Wärme und der Gestank der Schlange wurden immer stärker, während sie dem Tunnel folgten, der inzwischen zu einer Spirale geworden war. Brunnhilde bekam Gänsehaut, während sie immer tiefer in die Falle marschierten.

»Denkst du, er ködert uns?«, fragte Brunnhilde nach einer Weile.

»Ja«, sagte Sif sofort. »Was meinst du?«

Bevor sie antwortete, wischte sich Brunnhilde den Schweiß aus dem Gesicht. Der Schmerz im Rücken war ihr ständiger Begleiter und sie spürte, wie sie zunehmend ungehaltener wurde. Sifs gedankenlose Antwort vor ihrer Nachfrage ärgerte Brunnhilde. Sie konnten sich solchen Leichtsinn nicht mehr leisten, sobald sie Cul gefunden hatten. Sie zwang sich zur Geduld. »Nun, er scheint die Einherjar nicht mehr in die todlosen Krieger zu stecken. Ich kann sie immer noch spüren. Wenn er weiß, dass wir kommen, warum vergrößert er dann nicht seine Armee, um uns zu bekämpfen?«

Sif schwieg einen Augenblick, dann stöhnte sie. »Ich wünschte, du hättest das nicht gesagt, Brunnhilde«, sagte sie leise. »So gern ich auch glauben möchte, dass er sie für uns als Köder benutzt, halte ich es doch für wahrscheinlicher, dass er nur deshalb die Zahl seiner Krieger nicht erhöht, weil er bereits mehr als genug hat.«

»Oh«, entfuhr es Brunnhilde. »Du hast recht. Jetzt wünschte ich auch, ich hätte es nicht gesagt.«

Hinter ihr war ein amüsiertes Schnauben zu hören. Brunnhilde musste lächeln. Dann blieb sie stehen und streckte ihr Schwert aus, um die Kriegerin davon abzuhalten, sie zu überholen. »Psst«, flüsterte sie. »Vor uns sind ein offener Raum und Bewegung. Mach dich bereit.«

Ein leises, kehliges Knurren hallte ihnen durch den Tunnel entgegen, tief genug, um von einem Bergriesen zu stammen. *Was bedeutet*, dachte Brunnhilde grimmig, *dass es noch einen anderen Weg hinein gibt, und zwar groß genug für die wahren Bewohner dieses Ortes.* Ihre Chancen standen immer schlechter. Sie unterdrückte den plötzlichen Drang zu lachen und konzentrierte sich darauf, schnell und leise voranzukommen. Zuerst dachte sie, ihre Augen würden ihr einen Streich spielen, aber dann wurde ihr klar, dass sie die Tunnelwände erkennen konnte. Ein Blick nach unten und sie sah ihre Hand und ihr Schwert. In einiger Entfernung mündete der Tunnel in eine Höhle, die von flackernden Fackeln erhellt wurde. Dies war ihr Ziel. Der Unterschlupf der Schlange.

Wortlos warf die Walküre einen Blick zurück und war unglaublich erleichtert, als sie Sif zum ersten Mal seit einer Stunde sehen konnte. Und sie war unverletzt, gesund und bewaffnet. Die Kriegerin befeuchtete ihre Lippen und nickte einmal: *Geh, ich bin bei dir.*

Brunnhilde atmete tief ein, lockerte ihren Griff um Drachenfang und ging im heller werdenden Tunnel voran.

Die Luft war inzwischen heiß und der spezielle Geruch der Schlange selbst fast überwältigend. Moschus, Magie und alter, konservierter Hass. Sie wurde langsamer, als sie ans Ende des Tunnels kam und sah, was dahinter lag: eine riesige Höhle. Die beiden Frauen kauerten sich so nah am Eingang, wie sie konnten, ohne gesehen zu werden, in den Schatten. Brunnhilde spürte, wie sich Sif gegen ihren Rücken drängte und ihre Rüstungen leise zusammenstießen.

Die Walküre zählte mindestens zwanzig todlose Hybridkrieger, doch an ihre monströse Form hatte sie sich inzwischen gewöhnt. Die Höhle war mindestens dreihundert Fuß breit. Im hinteren Bereich war eine lange, niedrige Plattform. Ihre Ränder waren mit wunderschönen Darstellungen von Riesen, Göttern und Monstern verziert. Triumphe der Bergriesen über ihre vielen Feinde, einschließlich ihrer eigenen Art in Jotunheim.

Brunnhilde wusste, dass sie auch Darstellungen von Kriegen gegen Asgard finden würde, wenn sie genau hinsah, und von den wenigen Siegen, die die Riesen über die Jahrhunderte errungen hatten. Aber selbst das war nicht, was ihren Blick anzog. Auf der Plattform, die mindestens achtzig Fuß lang war, lag Cul eingerollt in seiner wahren, abscheulichen Schlangenform. Große, lidlose Augen starrten auf seine Schöpfungen. Unter den Todlosen und Riesen befanden sich dreißig oder mehr Arbeiter aus unterschiedlichen Welten. Auch diese schienen über keinen eigenen Willen zu verfügen. Sie standen stumm in Gruppen herum und warteten ausdruckslos auf ihren nächsten Befehl.

Der Gott der Angst. Er strahlte in gleichen Teilen Magie und Bösartigkeit aus und die Todlosen vor ihm schienen so fremdgesteuert wie die Arbeiter selbst. Sif zog sie sanft am Ellbogen zurück und sie ließ es zu. Sie kehrten fünfzig Schritte in den Tunnel zurück und hockten sich wieder hin.

»Sag mir, was ich tun soll«, sagte Sif. Sie war so nah, dass Brunnhilde den Schweiß auf ihrer Stirn erkennen konnte. Ihre Pupillen waren durch Furcht und Dunkelheit schwarz und geweitet.

»Ich muss mich den Todlosen stellen, um die Seelen zu befreien, und ich muss die anderen gefangenen Einherjar finden«, flüsterte sie, dann befeuchtete sie ihre Lippen. »Aber das bedeutet, dass du die Riesen und die Schlange ablenken musst. Vielleicht bricht das ja seine Macht über die Hybriden. Und die Arbeiter werden uns wahrscheinlich wie zuvor behindern, nehme ich an.«

Sif seufzte und runzelte die Stirn, bevor ihre Züge Entschlossenheit annahmen. »Das ist eine große Bitte, Walküre«, sagte sie und starrte in den Tunnel.

»Ich weiß, meine Freundin«, sagte Brunnhilde sanft. »Aber ich vertraue dir. Schaffst du das?«

Sif verzog ihr Gesicht. »Wenn mich das jemand anders unter anderen Umständen fragen würde, wäre ich beleidigt. Aber«, fügte sie mit erstickter Stimme hinzu, »die Antwort lautet Ja. Oder zumindest werde ich mein Bestes tun.«

»Genau wie ich. Odin wird über uns wachen.« Sie musterten einander einen Augenblick, um die Zuversicht zu finden, nach der sie suchten. »Ich werde so schnell sein, wie ich kann«, versprach die Walküre. Sie legte ihre Hand auf Sifs Herz. Das Metall ihrer Brustplatte war unter ihren Fingerspitzen kühl. »Vertrau mir, wie ich dir vertraue. Wenn du etwas siehst, das nicht hierhergehört, ruf mich. Lass es mich wissen. Ich verspreche, dass ich das Gleiche tun werde.«

Sif legte ihre eigene Hand auf Brunnhildes. Sie atmete tief durch, dann sah sie der Walküre unverwandt in die Augen. »Ich habe dir nicht vertraut«, sagte sie und errötete leicht. »Nach dem ersten Mal. Nachdem wir Inge gerettet hatten und für die restlichen Seelen und die Entführten zurückkamen, habe ich dir gesagt, ich würde darauf vertrauen, dass du mir den Rücken deckst. Doch das stimmte nicht. Ich hatte Angst, dass du wieder ausrasten würdest. Aber du sollst wissen, dass ich es jetzt tue. Ich vertraue dir, Brunnhilde. In dieser Sache und bei jeder anderen. Für immer.«

Die Walküre spürte, wie ihr Tränen in die Augen stiegen. Tränen der Scham über ihren Kontrollverlust und Tränen unerwarteter Dankbarkeit, nicht nur für Sifs Vertrauen, sondern auch für ihre Ehrlichkeit. Sie war seltsam erfreut, dass sich Sif ihr anvertraut hatte. Die Rivalität ihres Übungskampfs wirkte rückblickend lächerlich – Brunnhilde musste nicht gegen Sif kämpfen, um ihren Wert zu beweisen. Sie musste einfach nur gut genug sein, um an ihrer Seite zu kämpfen. Sie musste schlucken und versetzte der Kriegerin einen leichten Schubs gegen die Brustplatte. »Danke«, flüsterte sie. »Und es tut mir leid. Ich werde dich nicht wieder im Stich lassen.«

Sif grinste. »Das weiß ich, darum bin ich ja schließlich mit dir hier und niemandem sonst. Also, bist du bereit? Wir sind lange genug in diesen Tunneln herumgeschlichen. Ich werde geradewegs auf die Schlange zusteuern. Die Bergriesen sind wahrscheinlich seine Wachen, also sollte sie das zu mir ziehen. Wenn du alle anderen ablenken könntest, wäre das großartig.«

Brunnhilde keuchte in gespielter Entrüstung auf. »*Alle anderen?*«, wiederholte sie, doch dann musste auch sie lächeln. »Wie ich sehe, habe ich die schwierigere Aufgabe von uns beiden.«

Sif grinste erneut, als wäre sie nirgendwo lieber als hier. Brunnhilde spürte Zuneigung und Mut in sich aufsteigen. »Tja, wenn du schon so viel größer und stärker bist als ich, ist es nur fair, wenn du auch mehr Gegner zu bekämpfen hast.«

Brunnhilde stand kopfschüttelnd auf und überprüfte ein letztes Mal, ob sie genug Bewegungsfreiheit in ihrer Rüstung hatte. »Das werden wir ausdiskutieren, sobald die Mission erledigt ist«, sagte sie streng. »Vielleicht testen wir dann sogar mal diese Stärke, die du erwähnt hast.«

Sif folgte ihrem Beispiel und duckte sich, um ihren Gesichtsausdruck zu verbergen. »Walküre«, sie blickte augenzwinkernd auf. »Es wäre mir ein Vergnügen. Du nimmst links, ich nehme rechts.«

Es gab nichts mehr zu sagen oder zu überprüfen. Brunnhilde streckte ihre Hand aus und ergriff Sifs auf Kriegerart. Sie starrten einander einen letzten Moment lang an, dann ließen sie gleichzeitig los, drehten sich um und rannten direkt auf die Höhle zu.

Einundzwanzig

Die Schlange

In der riesigen Höhle hallte das leise Murmeln der Riesen wider und je näher sie ihr kamen, desto heller wurde es, bis Sif den Boden, die Wände und Brunnhilde vor sich klar erkennen konnte.

Die Walküre atmete tief ein. Ihre Schultern hoben und senkten sich, bevor sie durch den Eingang zur Höhle lief und einen Kampfschrei ausstieß. Wie als Antwort ertönte das Brüllen ihrer Feinde, die sich ihr unter dem Befehl des Gottes der Angst entgegenstellten.

Sie rutschte auf ihren Knien in die Höhle und sah sich schnell um. Brunnhilde war wie abgesprochen nach links gelaufen und hatte alle Aufmerksamkeit auf sich gezogen. Alle außer der Schlange selbst verfolgten die Walküre.

Brunnhilde war bereits zwanzig Schritte vom Eingang entfernt, als Sif ihr hineinfolgte. Sie duckte sich nach rechts und tat ihr Bestes, um nicht bemerkt zu werden. Sie hatte etwa fünfzig Schritte zurückgelegt, als die Schlange den Kopf hob. Ihre funkelnden Augen richteten sich auf sie. Im nächsten Moment änderten vier Bergriesen die Richtung. Zwei kehrten an die Seite der Schlange zurück, während die anderen beiden direkt auf Sif zurannten.

Die Schildmaid verließ den Schutz der Wand und legte einen weiten Bogen zurück, fort vom Kampfgeschehen, in dessen Zentrum die Walküre herumwirbelte, um Seelen zu retten. Der Gott der Angst sah sie kommen. Er strahlte kühle Belustigung und bösartige Neugier aus. Seine Wachen standen zwischen seiner Plattform und ihr, während die beiden anderen sie abzufangen versuchten. Die Schuppen der Schlange raschelten, während sie sich wand, ein unheimliches Geräusch, das an getrocknetes Laub erinnerte. Es jagte ihr einen Schauer über den Rücken, denn es klang wie der Tod selbst.

Sif wusste nicht genau, was sie tun sollte, wenn sie Cul erreichte, denn die wahre Größe des Schlangenkörpers wurde ihr erst klar, als er auf den Rand der Plattform zukroch, tödlich und unaufhaltsam. *Ich habe gegen Hakurei gekämpft*, rief sie sich ins Gedächtnis. *Ich haben gegen einen Drachen gekämpft und ihn besiegt.*

Sie war noch hundert Schritte von der Plattform entfernt, als die beiden Bergriesen sie erreichten. Sif nutzte den Schwung ihres Laufs, um auf den Speer des einen Riesen zu springen und ihm ihr Schwert ins Auge zu stoßen. Als er zusammensackte, hüpfte sie auf seinen Gefährten und bekam einen Hieb gegen die Seite ab, der ihr ohne Rüstung die Rippen gebrochen hätte. Nur knapp konnte sie verhindern, von der Wucht des Schlags abgeworfen zu werden.

Stattdessen klammerte sie sich mit ihrer freien Hand fest und stach dem Riesen in die Achsel, während er sie abzuschütteln versuchte. Der Riese keuchte und zuckte zusammen, als sich ihre Klinge tief in sein Fleisch bohrte und dabei Nerven und Muskeln durchtrennte. Er hob die andere Hand und sie schlitzte ihm Innenfläche und Finger auf, jedoch nicht tief genug, um zu verhindern, dass er sie am Nacken packte. Diesmal gelang es ihm, sie von sich zu lösen, und er schleuderte sie weg.

Als Sif auf den Boden prallte und sich überschlug, hätte sie fast ihr Schwert verloren. Benommen richtete sie sich auf, musste aber feststellen, dass sie direkt vor den beiden Riesen gelandet war, die den Gott der Angst beschützten. Sie grinste grimmig, schmeckte Blut und spuckte es ihnen vor die Füße.

Brunnhilde will, dass ich euch beschäftige.

Das Atmen fiel ihr schwer. Die rechte Seite ihrer Brustplatte war durch die Faust des Riesen eingedellt worden, genug, um auf ihre Rippen zu drücken. Dennoch rollte sie sich auf die Füße.

Hinter ihr tobte der Kampf weiter. Sie hörte Stahl auf Stahl, Kampfschreie und schmerzerfülltes Keuchen. Von überall aus der Höhle näherten sich die Arbeiter mit ihren ausdruckslosen Augen, die Sif einen Schauer über den Rücken jagten.

Sie fragte sich, ob der Gott der Angst sich einfach auf der Plattform zurücklehnen würde, um zuzusehen, wie sie in Stücke gehackt wurden. Dann grinste sie. Natürlich würde er das. Ihr Leben bedeutete ihm nichts.

Die verbliebenen Bergriesen rannten von allen Seiten auf sie zu und Sif wurde erneut klar, dass dies ein fürchterlicher Plan war. Sie überlegte, ob sie ihnen davonlaufen konnte, verwarf diese Idee jedoch wieder. Sif war zwar schnell, aber sie konnte vor niemandem fliehen, dessen Beine allein länger waren als sie insgesamt.

»Na dann kommt«, knurrte die Schildmaid und winkte sie mit ihrer freien Hand heran. Die Riesen taten ihr den Gefallen und näherten sich gleichzeitig mit ausgestreckten Waffen. Obwohl sie so viel größer waren, wirkten sie vorsichtig, fast zurückhaltend. Vielleicht hatten sie mit angesehen, wie schnell sie ihren Kameraden getötet hatte. Trotz ihrer Größe waren sie schnell und wichen zurück, als sie sich ihnen nähern wollte. Sif schoss umher und ihr Schwert blitzte im flackernden Schein der Fackeln auf wie ein Fisch unter Wasser, während sie die Hiebe ihrer Gegner parierte. Ihre Waffen waren groß genug, um sie mühelos entzweizuhacken, und sie war sich bewusst, dass sie in Richtung der Plattform getrieben wurde.

Zweifellos wartete Cul nur darauf, von oben zuzuschlagen und sie in Stücke zu reißen. Oder vielleicht würde er sie auch im Ganzen verschlingen oder zerquetschen. Vielleicht wollte er sie einfach nur so lange in seinen Windungen festhalten, bis ihr die Arbeiter die Seele entrissen hatten, so wie sie es mit Inge vorgehabt hatten.

Das Licht der Fackeln hinter der Plattform verdunkelte sich plötzlich, als sich die Schlange erhob. Bei ihrer Größe und Stärke blieb Sif fast das Herz stehen. Ebenso beeindruckend war die uralte Magie, die von den trockenen Schuppen ausging. Sie wich zurück, wurde aber sofort von hinten gepackt. Der Bergriese schlang seinen gewaltigen Arm um ihre Schultern und Brust, um sie völlig mühelos hochzuheben. Die Schildmaid trat brüllend um sich und versuchte, mit ihrem Schwert zuzustechen, doch keiner ihrer Hiebe hatte genug Kraft, um ernsthaften Schaden anzurichten. Der Riese drückte fest zu und trat vor, um Sif der Schlange anzubieten.

Ihre Rüstung knackte unter dem Druck und war das Einzige, was ihre Rippen davor bewahrte, wie Zweige zu zerbrechen. Der vierte Riese, ein weiblicher, kam näher und grinste sie an.

»Bringt sie her.« Die Stimme des Gottes der Furcht war ein heiseres Rauschen, erfüllt von kühler Belustigung und bodenloser Bosheit.

Sif war vor Angst wie gelähmt. »Lass mich los!«, keuchte sie und trat hilflos um sich. »Setz mich sofort wieder ab.« Sie spürte das dröhnende Lachen des Riesen durch ihre Rückenplatte.

Der Bergriese trat auf die Plattform, auf der die Schlange lag. Die Riesin folgte ihm. Der Gott der Angst ragte über ihnen auf und Sif spürte Panik in sich aufsteigen.

Der Kopf der Schlange senkte sich auf sie zu. »Du bist Lady Sif«, sagte er. »Warum bist du hier und schlachtest meine Leute ab?«

Sif murmelte etwas. Der Bergriese, der sie festhielt, schüttelte sie. »Was war das?«, fragte Cul mit einem wütenden Zischen.

Sif sah zu einem der glänzenden Augen hinauf. »Ich sagte, komm näher«, wiederholte sie und ließ den Quellstein bersten.

Die goldene Explosion schleuderte die beiden Riesen nach hinten. Sif konnte sich aus dem Griff des einen befreien. Selbst die Schlange wurde von der Energie der Druckwelle erschüttert und wich zurück. Sif kam taumelnd auf die Beine. Sie war von der Macht der Magie fast geblendet und fühlte sich, als hätte man ihr Inneres nach außen gekehrt.

Benommen, aber entschlossen stolperte sie auf den Riesen zu und trieb ihr Schwert durch seine Kehle, als er aufzustehen versuchte. Die Riesin war bereits wieder auf den Beinen, wenn auch unsicher. Sie sah Sif kommen und suchte nach einer Waffe. Doch darauf wartete die Kriegerin nicht, sondern rannte zwischen ihren Beinen hindurch und stach ihr in die Wade.

Die Riesin schrie auf und hüpfte zur Seite. Sif hackte so lange auf ihren Knöchel ein, bis ihre Gegnerin auf die Knie ging, dann durchtrennte sie ihren Schwertgürtel. Sie packte das dicke Leder mit ihrer freien Hand, sprang ihr auf den Rücken und ließ ihr eigenes Schwert auf der Plattform zurück. Dann schlang sie der Riesin den breiten Gürtel von hinten über den Kopf, stemmte sich gegen ihre Schultern und begann, sie damit zu würgen.

Cul wand sich immer noch und zischte wütend, während er seinen Kopf gegen den Felsen schlug, als hätte ihn die Explosion taub gemacht. Vergeblich versuchte die Riesin, nach hinten zu greifen und Sif abzuschütteln, doch die Schildmaid wich ihren Händen mit Leichtigkeit aus. Das Knurren der Riesin wurde schon bald zu einem erstickten Keuchen. Sif wickelte das Leder um eine Faust, um den Dolch an ihrem Rücken zu ziehen. Dann zog sie den Gürtel fest nach hinten, bis die Finger der Riesin ihre Kraft verloren. Schließlich platzierte sie die Spitze der Klinge in ihrem Nacken und stieß zu. Die enorme Gestalt unter ihr zuckte zusammen und sank zu Boden.

Sif blieb auf dem Rücken, bis die Riesin am Boden lag, und stieg dann ab. Mit tauben Fingern suchte sie nach ihrem Schwert und nachdem sie sich vergewissert hatte, dass die Schlange weit genug weg war, sank sie auf die Knie und atmete tief durch. *Vier Riesen erledigt, bleibt nur noch der Gott.*

Ein hysterisches Lachen stieg in ihr auf, doch es gelang ihr, es zu unterdrücken. Sie war nicht tot, die Riesen hingegen schon. Sie nannte das einen Sieg, auch wenn sich der Quellstein plötzlich rau anfühlte, wo er doch zuvor glatt gewesen war. Ja, sie hatte sich der Schlange völlig entkräftet stellen müssen, doch ihre Aufgabe bestand nur darin, sie lange genug abzulenken, bis Brunnhilde die Seelen gerettet hatte. Es spielte keine Rolle, was mit ihr passierte, solange sie Cul ablenkte.

Sif konzentrierte sich darauf, die schwarzen Punkte vor ihren Augen zu vertreiben und Sauerstoff in ihre Lunge zu pumpen. Das Atmen tat weh, als würde sie statt Luft Wasser einatmen. Die Schatten um sie herum bewegten sich erneut, warnten sie, und die Kriegerin zwang sich auf die Beine. Als sie aufblickte, sah sie den breiten, flachen Kopf der Schlange direkt über sich wie eine böse Sonne. Sie war riesig und zeitlos und allmächtig. Verzweiflung breitete sich in Sif aus.

Das Schwert in ihrer Hand kam ihr gegen einen so mächtigen Feind wie ein Spielzeug vor. Plötzlich wurde ihr klar, dass ihre Klinge nicht einmal die Schuppen durchbohren würde.

Ein leises Zischen hallte von der hohen Höhlendecke wider. Sif kniff die Augen zusammen. Der Gott der Angst lachte sie aus. Wut stieg in ihr auf und verbrannte Zweifel und Angst. Die Schildmaid hielt sich an dieser Wut fest, die ihr Blut in Wallung brachte und ihre Muskeln auftaute. Sie starrte in die grauenerregende Fratze und die Zunge der Schlange schoss hervor. Sif duckte sich.

Die Kampfgeräusche wurden immer lauter, doch sie drehte sich nicht danach um. Die Schlange war ihr Ziel und nichts würde sie davon abhalten, sie zu töten und berühmt zu werden, berühmter als ihr Bruder, ja sogar berühmter als der Gott des Donners persönlich.

»Deine Bosheit endet heute«, rief Sif. »Deine Treulosigkeit gegenüber dem Allvater wird nicht länger ungestraft bleiben!«

Der Schwanz der Schlange zuckte erbost hin und her, erwischte einen der toten Bergriesen und schleuderte seine Leiche auf Sif. »Ich *bin* der Allvater, der einzig wahre Allvater«, zischte Cul. Seine Schuppen und die funkelnden Augen strahlten rasende Wut aus. Schneller als einer von Thors Blitzen schoss sein Kopf herab. Sif sprang aus dem Weg und entging nur knapp dem klaffenden Maul voller Zähne.

Sie hörte und spürte den Aufprall seines Kopfs auf der Plattform. Sie lachte auf. »Ist das schon alles, was du zu bieten hast?«, höhnte sie, während sie euphorisch vor Adrenalin wieder auf die Beine kam. Der Gott der Angst hatte sich bereits zurückgezogen und machte sich für einen erneuten Angriff bereit. Sein ausdrucksloses Gesicht strahlte kühle Überlegenheit aus.

»Du hättest mich nicht provozieren sollen, kleine Schwester«, sagte er. Seine Stimme war das Rascheln von Schuppen auf Schuppen, ein Klang, der seit dem Anbeginn der Neun Welten für Schrecken gesorgt hatte. Doch in Sif rief er nichts als Zorn hervor.

»Das musst ausgerechnet du sagen! Du versteckst dich hier unten in einer Welt, die nicht mal die deine ist und erschaffst Monster aus guten Einherjar.« Sie schwang ihr Schwert und forderte ihn heraus, erneut anzugreifen. Die Schlange schwankte hin und her, schluckte den Köder aber nicht. »Und nicht nur Asen«, fuhr sie mit schriller Stimme fort. »Bergriesen, Trolle, Dunkel- und Lichtelfen. Sogar verzauberte Bewohner Midgards, die deine widerlichen Experimente ausführen müssen. Für wen hältst du dich, über so viele zu herrschen oder sie auf solche Weise zu zerstören?«

Die Schlange senkte den großen Kopf, bis er auf Sifs Höhe war. »Wer bist du in Asgards Ruhmeshalle, darüber zu entscheiden, was ich, Cul, tun oder nicht tun kann?« Er legte den Kopf auf die Plattform, nur einen Sprung von Sif entfernt. Ihre Finger verkrampften sich um den Schwertgriff, bevor es ihr gelang, sie wieder zu lockern. Sie wusste, dass er sie provozieren wollte, und doch war der Drang, ihm die Klinge durch eines seiner funkelnden Augen zu bohren, fast überwältigend. Wenn sie das versuchte, war es wahrscheinlich, dass sie stattdessen in seinem Maul endete.

»Du willst mich herausfordern, kleine Schwester«, zischte die Schlange herablassend. »Denkst du wirklich, dass du dazu in der Lage wärst, ohne die Hilfe von Heimdall, Thor oder den Tapferen Drei?«

Sif kniff die Augen zusammen. »Du zählst so viele Leute auf«, sagte sie mit kühler Stimme. »So viele *Männer*. Warum sollte ich ihre Hilfe benötigen, wenn ich Brunnhilde, die Anführerin der Walküren, bei mir habe? Wir beide sind völlig ausreichend, um mit dir fertigzuwerden. Um dich zu besiegen.«

»Und darum bist du also heute hier, kleine Schwester? Um mich zu besiegen?« Wieder hallte dieses trockene, tote Lachen um sie herum, obwohl sich der Mund der Schlange nicht bewegte.

Sif verschwendete keinen weiteren Atem mit Reden. Der Gott der Angst spielte auf Zeit und ein kurzer Blick über ihre Schulter verriet ihr auch den Grund dafür. Drei der todlosen Krieger, die sich zuvor mit der Walküre beschäftigt hatten, schlichen sich für einen Überraschungsangriff an Sif heran.

Sie entschied, sie ebenfalls zu überraschen. Vorsichtig trat sie zur Seite, sodass sie die Schlange wie auch die näher kommenden Todlosen im Blick behalten konnte. Wie erwartet drehte der Gott der Angst amüsiert den Kopf, um ihren Bewegungen zu folgen. Während sie sich zurückzog, kam er näher auf sie zu. Blitzschnell sprang Sif auf seinen Körper und bevor er sich wieder aufrichten oder zurückweichen konnte, blitzte ihr Schwert im Fackellicht auf und schlitzte ihm die Seite auf.

Cul verschwand in einem Lichtblitz, grell und heftig genug, um Sif von der Plattform zu schleudern. Sie landete hart auf dem Hinterkopf und blieb einen Moment lang benommen und atemlos liegen, sprang jedoch wieder auf, bevor die Todlosen sie erreichten.

Das Gelächter des Gottes der Angst kam nun von irgendwo anders auf der Plattform, doch Sif hatte keine Zeit, auf den Hohn zu reagieren. Der erste der Hybridenkrieger hatte sie erreicht und brüllend griff er mit einer zweihändigen Axt an. Sif duckte sich unter der Waffe hinweg und riss ihr Schwert nach oben, während die Kreatur erneut zuschlug. Diesmal prallte Stahl auf Stahl. Funken sprühten. Sifs Schwert erzitterte in ihrer Hand, als die Mischung aus Riese und Elf sie zurückzudrängen versuchte. Sie war ebenso stark wie die Schildmaid, vielleicht sogar noch ein klein wenig stärker, doch nichts, womit sie nicht umgehen konnte. Normalerweise. Sif parierte die Axt und trat dem todlosen Krieger mit aller Kraft gegen das Knie. Schreiend ging er zu Boden und die Schildmaid trieb ihr Schwert in seinen Hals.

»Ich werde dich töten!«, brüllte Sif, während sie erneut zustach. Eine Mischung aus Wut und Erschöpfung sorgte dafür, dass sie rotsah. »Ich werde dich töten. Ich werde euch alle töten!«

Von oben hörte sie ein leises Lachen. »Ja, kleine Schwester, ja. *Töte sie alle.*«

Über dem Kampfeslärm ertönte plötzlich eine andere Stimme. Eine, die Sif zu kennen glaubte. »Du wirst manipuliert, Sif«, rief die Stimme verzweifelt. »Wir sind hier, um sie zu retten, nicht um sie zu töten. Vertraust du mir, Schildmaid? Vertraust du Brunnhilde?«

Zuerst ergaben die Worte keinen Sinn, sie waren im Gegensatz zu Culs Stimme nur Lärm. Es wäre ein Leichtes gewesen, sie zu ignorieren, doch der Name bedeutete etwas. *Brunnhilde,* überlegte Sif. *Brunnhilde. Das ist wichtig. Hör auf Brunnhilde. Du musst auf sie hören.*

»Brunnhilde?«, rief sie schließlich. Es folgten ein paar Sekunden Schreie und Waffenklirren, dann kam eine atemlose Antwort: »Ja, Sif. Ich bin es, Brunnhilde. Töte die Todlosen nicht.«

»Bei Hels Zähnen«, fluchte Sif, als sie endlich verstand. Die Erkenntnis war so tiefgreifend, dass sie fast den Angriff des zweiten Monsters übersehen hätte. Sie hatte sich gegen Angst gewappnet, doch natürlich standen Cul noch andere Waffen zur Verfügung.

Wieder konzentriert hieb die Kriegerin auf das Bein des zweiten Todlosen ein und brach ihm den Oberschenkelknochen. Er stürzte brüllend zu Boden. Sie ließ ihn dort liegen und sprang an seinen nach ihr greifenden Händen vorbei, um sich der dritten und letzten Kreatur zu widmen.

Es war Sigrun. Sifs ehemalige Freundin und Kampfgefährtin, die sie, ohne zu zögern, angriff. Kein Wiedererkennen war in ihren Augen zu sehen. Stattdessen fletschte sie hasserfüllt die Zähne. Noch nie hatte sie so ausgesehen, nicht einmal im Eifer des Gefechts. Der Hass, der sie erfüllte, war nicht ihrer.

Übelkeit stieg in Sif auf. Es war auch diesmal nicht leichter, sich ihr entgegenzustellen. Sie parierte das Schwert, das es auf ihren Kopf abgesehen hatte, mit instinktiver Schnelligkeit, und konnte sich gerade noch zurückhalten, Sigruns Namen zu rufen. Sie wusste, was sie tun musste, doch die Vorstellung, ihre Freundin zu verletzen, war einfach nur entsetzlich. Stattdessen sprang sie auf die Plattform.

Sigrun folgte ihr und wieder hatte Sif es mit zwei Feinden zu tun, denn zu ihrer Rechten befand sich Cul. Er hatte inzwischen die Gestalt eines asgardischen Gottes angenommen, ein paar Köpfe größer als sie, ein Mann, der sogar noch älter als Odin war und dabei doch breit in Schultern und Brust. Sie zweifelte nicht an seinem Können mit dem Speer in seiner Hand. Nun lehnte er ihn gegen seine Brust, um ihr zu applaudieren. Wie auf ein ungehörtes Signal hin, hielt Sigrun inne.

»Sieh mal einer an«, sagte Cul. »Was für einen kleinen, leicht zu täuschenden Verstand du hast, Lady Sif. Ich hatte wirklich erwartet, dass du dich stärker wehren würdest.« Er schnipste mit den Fingern und Sigrun griff erneut gnadenlos an. Sif keuchte auf, als ihre Klingen in einem wütenden und tödlichen Tanz aufeinanderprallten.

Sif kämpfte noch eine Weile defensiv und wich immer weiter vor der Todlosen und Cul zurück. Es musste einen Ausweg geben, der nicht von ihr erforderte, dieses Ding zu töten, das einst ihre Freundin gewesen war. Die Schildmaid war so auf dieses Ziel konzentriert, dass sich ihr Schwert fast wie von allein bewegte und sie nur das Mindestmaß an Konzentration dafür aufbrachte. Erst als Sigruns Klinge ein Stück aus ihrem Oberarm schnitt, wurde ihr klar, dass ihr nicht mehr viele Möglichkeiten blieben.

»Es tut mir so leid, meine Freundin«, sagte sie und blockte den nächsten Hieb, bevor sie ihr eigenes Schwert herumriss und damit Sigruns Brust durchbohrte. Mit einem Aufschrei sank die Hybridkriegerin auf die Knie und ließ ihre eigene Waffe fallen, um nach der Klinge in ihrer Brust zu greifen. Sif riss sie heraus und schnitt dabei in Sigruns Finger. Es würde sie nicht töten, aber Sif vielleicht genug Zeit verschaffen. Sie stolperte zurück, Tränen stiegen ihr in die Augen und sie musste schlucken. Dann drehte sie sich zu der Schlange um.

Doch die war nicht mehr da.

Sif ließ ihr Schwert sinken und starrte verständnislos die Person an, die plötzlich vor ihr stand. »T... Thor? Was tust du denn hier?«

»Als mir klar wurde, dass nicht mein Bruder, sondern der Gott der Angst dahintersteckt, wusste ich, dass ihr es nicht allein schaffen könnt. Ich bin hier, um zu helfen.«

Thor lächelte und streckte ihr seine Hand entgegen. »Lass mich helfen.«

ZWEIUNDZWANZIG
VERTRAUEN UND WAHRHEIT

Sif lachte auf, verbeugte sich und atmete tief durch. »Ich kann nicht fassen, dass du gekommen bist«, sagte sie zum Felsenboden.

Sie hörte Thor dröhnend lachen. »Natürlich bin ich gekommen«, sagte er gut gelaunt. »Ich kann dir und der Walküre doch nicht den ganzen Spaß überlassen, oder?«

Sif richtete sich wieder auf und wischte sich mit dem Handrücken den Schweiß aus den Augen. »Und was ist mit den anderen Überfällen auf Asgard?«

Der Gott des Donners winkte ab. »Alles unter Kontrolle. Willst du mir sagen, was hier vor sich geht?«

Sif runzelte die Stirn. »Was hier vor sich geht? Das ist doch ziemlich eindeutig, oder?«

Thors Gesicht verfinsterte sich und beiläufig schwang er Mjölnir an seiner Seite. »Und doch frage ich«, sagte er. Sif zuckte zusammen und wartete darauf, dass ihr der Geruch von Blitzen in die Nase stieg, doch er kam nicht.

Sie blickte an ihm vorbei auf den Rest der Plattform. Sigrun lag neben ihren Gefährten am Boden. Natürlich war keiner der Todlosen tot. Vor ihren Augen hörte das Blut auf, aus den Wunden zu fließen, und Knochen richteten sich wie von Zauberhand. Schon bald würden sie wieder kämpfen können. Zu bald.

»Ich habe dir eine Frage gestellt, Kriegerin«, brummte Thor gereizt.

Sif musterte den Gott des Donners. »Vergib mir. Die Situation ist so, dass wir die Todlosen außer Gefecht setzen müssen, aber nicht töten dürfen, damit Brunnhilde die in ihnen gefangenen Einherjar retten kann. Und der Gott der Angst ist auch hier. Wie du sagtest, ist es nicht Loki, der dahintersteckt.«

»Also lagst du falsch? Da hast du mir ja ein schönes Märchen aufgetischt. Dabei lagst du völlig daneben.«

Sif wischte sich Blut, Schweiß und Haarsträhnen aus dem Gesicht, bevor sie antwortete. Schließlich zuckte sie mit den Schultern. »Wir können nicht immer richtig liegen, oder?«

»Loki, Loki, Loki«, sagte der Gott des Donners und lachte leise. »Ist es wirklich Hass, den mein Bruder in dir entfacht? Oder ist es nicht vielleicht doch Neid oder sogar unerwiderte Liebe?«

Was für ein Ausdruck auch immer in ihrem Gesicht aufblitzte, er amüsierte Thor königlich. Er warf den blonden Schopf zurück und lachte herzhaft.

Sif nutzte ihre Chance. Sie stieß keinen Kampfschrei aus, sondern machte überhaupt kein Geräusch. Stattdessen sprang sie vor und stieß ihm ihr Schwert direkt in die Brust. Im letzten Moment riss Thor überrascht die Augen auf, machte jedoch keine Anstalten, sich zu verteidigen. Er hob nicht einmal Mjölnir. Blut strömte aus der Wunde und dann aus seinem Mund. Mit einem gequälten Keuchen zog Sif ihre Waffe heraus und spürte eine Panik in sich aufsteigen, die greller war als die Sonne. *Was habe ich getan? Oh Götter, was habe ich getan?*

Thor sank auf die Knie und ließ den Hammer fallen, um nach dem Loch in seiner Brust zu greifen.

»Bitte, bitte, bitte, bitte«, flüsterte Sif voller Verzweiflung. Sie umkreiste ihn, das Schwert wachsam erhoben. *Was habe ich getan?*

»Thor? Thor, vergib …«

Der Gott des Donners warf erneut den Kopf zurück, doch diesmal klang sein Gelächter fremdartig. Sein Körper begann zu zittern und plötzlich rollte sich vor ihr eine menschengroße Schlange zusammen und verschwand, als Sif danach schlug. Ihr Schwert pfiff ungefährlich durch die Luft. Stattdessen erschien plötzlich Heimdall. Es war kein Blut an ihm, keine Wunde in seiner Brust, doch er bedachte sie mit einem Blick tiefsten Verrats.

Sif schnaubte erleichtert. Als ob es jetzt irgendeinen Unterschied machen würde, sich als ihr Bruder auszugeben. Sie kannte diesen Trick nun und würde nicht noch einmal darauf hereinfallen. Cul verschwendete seine Zeit und Energie, was für Brunnhilde und sie nur gut sein konnte. Heimdall – *nein, das ist Cul, denk dran* – stieß einen wütenden Schrei aus und griff sie mit einem Schwert an, das plötzlich in seiner Hand erschien. Weder der Angriff noch die Wut, die diese geliebten Züge verzerrte, waren eine Illusion.

Sif parierte Heimdalls Klinge in einem blitzschnellen Austausch, der sie an die Übungskämpfe ihrer Jugend außerhalb von Asgardia denken ließ. Sie grinste triumphierend, als sie spürte, wie der Griff ihres Bruders auf sein Schwert unter ihrem nachließ, da er es in einem falschen Winkel hielt, was seine Abwehr schwächte. Sie wusste genau, was sein nächster Schritt sein würde, wenn er die Kontrolle über den Kampf zurückzugewinnen versuchte. Und sie kannte das Gegenmanöver, um ihn zu schlagen. Sie waren einander heute ebenbürtig und darüber ärgerte sich Heimdall.

Beide Krieger tanzten umeinander, tauschten Schlag um Schlag aus, Parade um Riposte um Abwehr, unter ihren Füßen das grüne Gras Asgards und die Sonne warm am Himmel über ihnen.

»Mehr hast du nicht zu bieten?«, neckte Heimdall sie. Trotz der Anstrengung war er überhaupt nicht außer Atem.

»Oh nein, ich kann noch viel mehr«, sagte sie und reagierte mit dem Konter, den er sie gelehrt hatte. Sie drehte im perfekten Augenblick ihr Handgelenk, um an seiner Verteidigung vorbeizukommen. Sie pikste ihn leicht mit der Schwertspitze in die Brust. »Du hast verloren«, sagte sie lachend.

Heimdall brummte wütend und trat vor, hakte seinen Fuß hinter ihren und schubste Sif. Sie stolperte und fiel ins Gras. Ihr dicker blonder Zopf schlug ihr ins Gesicht. Sif lag im Gras und lachte.

»Was für ein schlechter Verlierer«, seufzte sie in gespielter Enttäuschung. »Wie fühlt es sich an, zu wissen, dass ich dich im Kampf besiegen kann? Was werden die anderen Jungs sagen?«

Heimdalls Gesicht verfinsterte sich. Er drehte sein Schwert so, dass er damit das Licht der Sonne einfing, um sie zu blenden. Sif schirmte ihre Augen ab.

»Du schummelst«, protestierte sie, rollte sich beiseite und stand auf. Eine sanfte Brise spielte mit den losen Haaren, die sich aus ihrem Zopf befreit hatten. Genervt strich Sif sie hinter ihre Ohren.

»Deine Gegner werden nicht alle so ehrenhaft sein wie du, kleine Schwester«, sagte ihr Heimdall. »Du kannst dich nicht mitten im Kampf beschweren, wenn sie etwas tun, das dir nicht gefällt.«

»Das weiß ich«, konterte Sif trotzig. »Ich bin nicht dumm, weißt du?«

In der Ferne, wie aus dem Zentrum der Stadt selbst, hörte sie jemanden ihren Namen rufen: »Lady Sif, wach auf. Bei Hels Zähnen, Frau, *mach die Augen auf!*«

Sif runzelte die Stirn. »Lady Sif«, murmelte sie. Die Stimme kam ihr bekannt vor, und zwar nicht, weil sie einer ihrer Freundinnen gehörte. Sie klang so, wie Sif immer gehofft hatte, als Erwachsene zu klingen. Gebieterisch und selbstbewusst. Die Bitte wurde wiederholt und diesmal klang die Stimme – ihre eigene? – verzweifelt, geradezu panisch. Aber warum würde sie sich selbst sagen, sie solle aufwachen, wenn sie doch hier auf den Feldern vor Asgardia war und mit ihrem Bruder Schwertkampf übte?

»Meine kleine Schwester will mal eine große Kriegerin werden, was?«, fragte Heimdall mit einem verschlagenen Grinsen. Er hatte sein Schwert weggesteckt, um mit verschränkten Armen und hochgezogener Augenbraue vor ihr zu stehen und sie skeptisch zu mustern. »Meine kleine Schwester hat sich zu hohe Ziele gesetzt. Meine kleine Schwester wird niemals so ruhmreich sein. Aber wenn du meine Hand nimmst, kann ich dich zu etwas ganz Besonderem machen.«

Aus irgendeinem unerklärlichen Grund spürte Sif Tränen in ihren Augen brennen. Heimdall war nur selten gemein zu ihr. Normalerweise waren seine Neckereien gutmütiger Art. Fast ohne eigenes Zutun trat sie vor, um die Hand ihres Bruders zu ergreifen. Und erneut schrie ihre Stimme – ihre eigene, zukünftige Stimme – sie wütend an.

Sif blickte zu Boden, auf ihre Stiefel, die fest auf Asgards grünem Gras standen. Kleine Brüste, die kaum Unterstützung brauchten, und kleine Hände um den Griff des Übungsschwerts, das als Kind ihr ganzer Stolz gewesen war. Über ihr der weite blaue Himmel und die goldene Sonne ihrer Heimat.

Mit tauben Fingern zog sie einen ihrer Zöpfe über die Schulter nach vorn und betrachtete ihn. Blond.

»Das ist nicht echt«, flüsterte sie und starrte erneut auf die Felder und dann hinüber zu dem entfernten Schimmer der goldenen Stadt. Es war perfekt, zu perfekt. Es war eine Erinnerung, direkt aus ihrem Gedächtnis gestohlen, eine der Lieblingserinnerungen an ihre Kindheit, die nun gegen sie eingesetzt wurde. Ihre Reinheit wurde mit jeder Sekunde weiter getrübt. Heimdall hatte sie an jenem Tag nicht verhöhnt. Er hatte sich gefreut, dass es ihr gelungen war, ihn zu entwaffnen. Ihre Technik war zwar etwas unbeholfen gewesen, doch stark genug, um ihm das Schwert aus der Hand zu schlagen. Sie erinnerte sich genau an seinen Jubel und daran, wie sein Schwert durch die Luft getaumelt war, bevor es ein paar Schritte entfernt zu Boden gefallen war. Wie fest er sie nach diesem Sieg umarmt hatte. Doch das war nicht, was gerade geschah.

Nun hatte Heimdalls Humor eine Schärfe, die von Wut sprach, und sein Lächeln wirkte nicht anerkennend, sondern bösartig.

Sif war sich immer noch nicht ganz sicher, wo sie eigentlich sein sollte, doch sie wusste mit zunehmender Überzeugung, dass es nicht hier war. Dass sie sich tatsächlich gar nicht wirklich hier aufhielt, dessen ungeachtet, was ihre Sinne behaupteten. Und sie war auch kein unbeholfenes Kind mehr.

»Ich bin nicht in Asgard. Das hier ist nicht echt. Raus aus meinem Kopf.« Die Worte wurden von einer sehr jungen, hellen Stimme gesprochen, und doch lag eine gewisse Härte in ihnen.

Der Spott ihres Bruders versiegte und er beobachtete sie wachsam und überrascht. »Sei nicht albern, kleine Schwester. Nimm jetzt meine Hand und alles wird Sinn ergeben.«

Kleine Schwester. Das hatte sie schon mal gehört, und zwar nicht aus seinem Mund, denn Heimdall nannte sie fast nie so.

Kleine Schwester, kleine Schwester.

»Raus aus meinem Kopf«, befahl sie erneut und nun klang ihre Stimme wie ein Peitschenhieb. Wieder spiegelte sich das Sonnenlicht in seinem Schwert und blendete sie, dann war Sif plötzlich in einer dunklen, widerhallenden Höhle.

Die Realität ihrer Umgebung kehrte vollends zurück, als der Gott der Angst seinen Speer in ihre linke Schulter bohrte, so tief, dass die Spitze auf der anderen Seite wieder herauskam. Stahl schabte über Knochen und kratzte am Rand ihrer Brustplatte vorbei.

Sif schrie auf, dann trat sie völlig instinktiv zu. Cul verschwand, bevor sie ihn treffen konnte, und riss ihr bei seiner Flucht den Speer aus dem Körper. Die Kriegerin stolperte drei Schritte vorwärts, als die Waffe ihr Fleisch verließ, und als sie sich wieder aufrichtete, war die Plattform, auf der sie sich befand, leer.

»Sif, ich brauche dich. Bitte, Sif.«

Langsam drehte sie den Kopf in Richtung der Stimme. Sie näherte sich dem Rand der Plattform, ihre Schwerthand auf ihrer verwundeten Schulter. Blut quoll zwischen ihren Fingern hindurch. Ihre Klinge ruhte unsicher in ihrer linken Hand. Zwei todlose Krieger lagen vor ihr, daneben Brunnhilde. Das Gesicht der Walküre war blutüberströmt und sie streckte der schwarzhaarigen Schildmaid eine Hand entgegen.

»Bitte«, rief sie. »Du musst mir helfen.« Sif wandte den Blick von der Walküre ab und stellte fest, dass der Kampf in der Mitte der Höhle vorbei war. Überall lagen Leichen und weitere Todlose kamen mit mörderischen Mienen und Triumphgeheul auf sie zu. Sie hatten es auf Brunnhilde abgesehen und wenn sie mit ihr fertig waren, würden sie sich ihr zuwenden. Sie suchte die Plattform hinter sich ab. Sie war immer noch leer. Cul war fort.

»Sif.« Diesmal klang Brunnhildes Stimme schwach und keuchend.

Das könnte er sein. Das ist wahrscheinlich er.

Ein Speer flog knapp an der Walküre vorbei und verletzte sie am Kopf. Blut tränkte ihre Haare.

Brunnhilde verdrehte die Augen, bis nur noch das Weiße in ihnen zu sehen war. Von dort, wo Sif stand, konnte sie die Löcher in ihrer Brustplatte sehen und das Blut, das aus ihnen herausströmte. Panik stieg in ihr auf. Die Walküre war die Einzige, die die Einherjar retten konnte. Nur Brunnhilde konnte sie hinterher wieder nach Hause bringen. Wenn sie starb, war es vorbei.

Sif sprang von der Plattform. Sie landete neben der bewusstlosen Walküre und kniete sich neben sie. Doch bevor sie auch nur eine Hand auf Brunnhildes Stirn legen konnte, um die Heilkraft des Quellsteins heraufzubeschwören, öffnete die Frau die Augen und setzte sich mit einem Dolch in der Hand ruckartig auf. »Du solltest wirklich vorsichtiger sein ... kleine Schwester.«

Sif schrie frustriert auf. Erneut war sie getäuscht worden. Sie kroch rückwärts, doch die Todlose, die Brunnhildes Gestalt angenommen hatte, folgte ihr, bis sie einander gegenüberknieten. Sif bekam Brunnhildes Handgelenk zu packen und sie rangen um den Dolch.

Die Schildmaid stemmte sich ächzend gegen die Stärke ihrer Gegnerin. Die Klinge tanzte zwischen ihnen hin und her, doch die Wunde in Sifs linker Schulter hatte ihren Arm geschwächt. Langsam – und doch gleichzeitig viel zu schnell – näherte sich der Dolch ihrem Gesicht. Das hier fühlte sich anders an als ihre Konfrontation mit den falschen Thor und Heimdall. Diese waren ihr wie Halluzinationen vorgekommen, erschreckend real und doch mit einem gewissen Mangel an Substanz, an Gewicht. Aber diese Gestalt hier nicht. Der Schmerz und das Blut waren viel zu echt für eine Halluzination. Ihre Knie schabten über den unebenen Boden und ihre Beinschienen knirschten und verrutschten, während sie sich gegen ihre Gegnerin stemmte und irgendeine Form von Halt suchte, um Brunnhilde – nein, die Todlose – wegzustoßen.

Sif musste auf Fallen achten, doch der Schmerz blendete Sif und sie war nur noch in der Lage, den Dolch von der Stelle an ihrem Schlüsselbein wegzuhalten, wo ihr Puls wie ein verängstigter Hase hüpfte. Sie befanden sich in einer Pattsituation, doch die Todlose in Brunnhildes Haut konnte einfach auf die Verstärkung warten oder darauf, dass die Kraft in Sifs Armen versagte. Was auch immer zuerst eintrat.

Sif blickte hektisch nach links und rechts, in der Hoffnung, etwas zu finden, das ihr helfen könnte. Der Todlose mit dem von ihr zerschmetterten Bein hatte seine Axt fallen lassen und der Griff lag ganz in ihrer Nähe. Nur dass Sif Brunnhildes Handgelenk loslassen müsste, um ihn zu erreichen.

Ihre zitternden Hände waren schwitzig und voller Blut. Brunnhilde – *nein, die Todlose*, mahnte sie sich erneut – spürte es. Sie stieß einen kehligen Triumphschrei aus und drückte fester gegen den Griff des Dolchs. Sif blieb keine andere Wahl, als die Handgelenke ihrer Gegnerin nach rechts zu stoßen und sich selbst nach links abzurollen. Direkt hinter sich spürte sie den Aufprall der Klinge. Sif griff nach der Axt. Ihr eigenes Schwert lag hinter der falschen Brunnhilde und war, zumindest für den Moment, so gut wie verloren.

Sie wich einem weiteren Angriff mit dem Dolch aus, kam hoch und schwang die Axt. »Zeig mir dein wahres Gesicht, Feigling«, knurrte sie, während die Todlose vor der Axt zurückschreckte und wieder mit ihrer Klinge zustieß. Sif wich aus. »Ich will wissen, was für ein Monster ich jetzt töten werde.«

Doch die falsche Brunnhilde ließ ihren Tarnzauber nicht fallen. Sie trug noch immer das Gesicht der Walküre, als sie erneut angriff.

»Sif, ich brauche dich!«

Es war Brunnhildes Stimme, doch nicht aus dem Mund der Kreatur. Der Ruf war schwach und weit entfernt. Vielleicht war es wirklich ihre Freundin, doch wenn, konnte Sif ihr nicht zu Hilfe eilen. Der Dolch kratzte über ihre Brustplatte. Sie zuckte beiseite und schwang als Antwort die Axt.

Unter dem Tarnzauber trug die Kreatur nur wenig Rüstung. Ihr Bauch wurde von dickem Leder geschützt, doch das reichte nicht gegen die Wucht des Axthiebs, der ihr eine große, blutige Wunde zufügte.

Brunnhilde – *sie ist es nicht, kann es nicht sein* – sackte auf die Knie, presste die Hände auf ihren Bauch und stieß ein blubberndes Heulen aus. Sif trat zurück und warf einen Blick in die Höhle. Am anderen Ende, nahe des Eingangs, durch den sie gekommen waren, drängte sich eine Gruppe todloser Halbriesen um eine einsame, verzweifelte Gestalt mit blonden Haaren. *Das* war Brunnhilde. Das war ihre Freundin, die sie gerufen hatte.

Und der sie zu Hilfe eilen musste. Sif holte sich ihr Schwert zurück, warf die Axt so weit wie möglich weg und rannte los.

DREIUNDZWANZIG

ILLUSIONEN UND LÜGEN

Es waren viel zu viele.

Brunnhilde war fast völlig von dem blendenden Lichtblitz der Quellsteinexplosion abgelenkt gewesen. Es hatte sie überrascht, dass die Schildmaid direkt zu Beginn eines weiteren Kampfes zu einem solch drastischen Mittel gegriffen hatte. Nur die blitzschnelle Reaktion der Walküre bewahrte sie davor, von einem Todlosen mit einer Streitaxt halbiert zu werden.

Die fremdgesteuerten Arbeiter waren hier ebenso störend wie im Labor, bis ein zweiter Lichtblitz sie offenbar alle gleichzeitig wieder zu Sinnen kommen ließ. Die Elfen, Trolle und Midgardier starrten schockiert auf den Kampf um sie herum, begannen zu schreien und rannten davon. Einige wurden auf der Flucht von den Todlosen getötet.

Brunnhilde verstand es nicht, doch was auch immer Sif gelungen war, hatte diese Leute von der Kontrolle des Gottes der Angst befreit. Sie wagte zu hoffen, dass dies auch für die Todlosen galt, doch wodurch sie auch angetrieben wurden, es schien stärker zu sein als bloße Gedankenkontrolle. Den Arbeitern war egal gewesen, was um sie herum passierte, während die Todlosen vom Hass auf die Asen motiviert zu sein schienen. Es war eine besonders grausame Note von Cul,

Einherjar so sehr zu korrumpieren, dass sie ihre eigene Art genug hassten, um sie abschlachten zu wollen.

Die Walküre wusste nicht, wie lange sie schon kämpfte, doch sie blutete aus mindestens einem Dutzend Schnitte. Ihre Arme und Schultern brannten vor Schmerz. Der Kampf hatte sie weit von der Höhlenwand weggebracht und es ihren Feinden ermöglicht, wieder hinter sie zu gelangen.

Brunnhilde blinzelte sich den Schweiß aus den Augen und trat einem Angreifer gegen die Brust, der daraufhin gegen den Todlosen hinter sich taumelte. Ein Angriff gegen die Rückseite ihres Beins zwang sie auf die Knie und sofort war sie umzingelt. Sie schlug wild um sich, um die Todlosen zurückzuhalten. Ein Halbelf griff sie mit einer langen, gezackten Klinge an. Mit einer Schnelligkeit, die aus Verzweiflung geboren war, blockte Brunnhilde den Dolch ab und packte den Hybridkrieger am Handgelenk. Nur ihr kleiner Finger berührte die Haut der Kreatur, doch das reichte: Die Walküre riss ihm ohne Vorwarnung oder Raffinesse die Seele heraus.

Die Kreatur brach zusammen und verdrehte die Augen. Sie machte keine Anstalten, sich zu retten, sondern fiel als leblose Hülle zu Boden. Brunnhilde kam auf die Beine und stürzte sich wieder in den Kampf. Sie sprang über den leeren Todlosen, heraus aus einem kleiner werdenden Kreis von Feinden und erwischte noch einen zweiten am Hals, bevor sie zur Felswand lief. Sie hätte springen können, doch Rennen erforderte weniger Energie.

Ein kühler, analytischer Teil ihres Verstands sagte ihr, dass es noch fünfzehn weitere gab. Verzweiflung breitete sich in ihr aus, doch sie schob sie mit grimmiger Entschlossenheit beiseite. Das Todesleuchten der verbliebenen Einherjar, die noch nicht in todlose Hüllen gesteckt worden waren, erhob sich von überall um die Plattform herum. Eine kurze Atempause zu Beginn des Kampfes hatte es ihr ermöglicht, sich umzusehen, bis sie in den Schatten eine große Glasamphore entdeckt hatte, in der die asgardischen Seelen wie Glühwürmchen zusammengedrängt waren. Sobald sie die Todlosen besiegt hatte, würde sie auch sie retten.

Brunnhilde erreichte die Wand und drehte sich zu ihren Verfolgern um, die nur wenige Schritte hinter ihr waren. Ganz vorn war ein Halbtroll, noch dazu ein eifriger, dessen Bedürfnis nach Gewalt ihn jede Kampflektion, die er je erhalten hatte, vergessen ließ. Er stieß einen Laut aus, der sie an eine Mischung aus dem Brüllen eines Riesen und dem Jaulen eines verletzten Tiers erinnerte. Mühelos wehrte sie den Speer ab, der unbeholfen nach ihr geschleudert wurde, und schnappte sich das Gesicht der Kreatur. Die Seele floh in die Sicherheit in ihrem Inneren.

Brunnhilde betrachtete die Schatten in den Ecken und über sich. Sie waren immer noch leer und endlich verstand sie, was ihr seit ihrer Ankunft hier so falsch vorgekommen war. Es gab keine Bogenschützen. Es wäre so leicht gewesen, drei, vier Arbeiter oder Riesen, ganz zu schweigen von Todlosen, dazu abzustellen, Brunnhilde und Sif aus der Entfernung auszuschalten, sie entweder direkt zu töten oder sie zu verwunden, damit die Schlange ihre Seelen ernten konnte. Dass es keine Distanzwaffen gab, musste eine bewusste Entscheidung sein. Cul testete seine Erfindungen gegen talentierte Krieger. Um festzustellen, ob seine Monster stark genug waren, die Mächtigsten der Neun Welten zu bezwingen.

Die Todlosen in Wiesenfall und Grünseit waren schwer zu töten gewesen, aber nicht schwer zu besiegen. Ihre Unbeholfenheit und Berechenbarkeit hatten bedeutet, dass eine ausreichend große Anzahl von asgardischen Kriegern sie erledigen konnte. Diese hier mit den geraubten Seelen lebender Asen mussten der nächsten Generation entstammen. Die Schlange wollte wohl nun persönlich überprüfen, wie gut sie sich schlugen.

Brunnhildes Mundwinkel verzogen sich zu einem grimmigen Lächeln. Wenn er sehen wollte, wie erbärmlich diese Kreaturen waren, würde sie es ihm gern demonstrieren. Wenn ihm klar würde, dass nichts, was er aus Fleisch und gestohlenen Körpern bauen konnte, jemals mutige Asen schlagen würde, könnte ihn das von seinem Plan abbringen. Die Walküre würde alles in ihrer Macht Stehende tun, um dieses Grauen zu beenden. Und wenn das bedeutete, einen asgardischen Gott auszulöschen, würde sie auch das tun.

Brunnhilde wappnete sich für den Angriff des Kriegers, der von der Seite auf sie zukam, dann zögerte sie. Die Gestalt war kleiner als sie und bewegte sich gezielt – weder ein Todloser noch ein Arbeiter. Sie spähte in die Dunkelheit und keuchte überrascht auf. Die Gestalt rannte nicht auf sie zu, sondern floh vor den Todlosen, die sie jagten. Und ihre Züge waren herzzerreißend vertraut.

»Inge?«, rief Brunnhilde, während ihr das Herz bis in die Kehle sprang. »Was in Hels Namen tust du denn hier? Wie …?«

»Rette mich!«, rief ihre Geliebte. »Brunnhilde! Rette mich!«

Sie hatte ein Schwert auf den Rücken geschnallt, machte jedoch keine Anstalten, es zu ziehen, sondern konzentrierte sich stattdessen darauf, vor den Monstern zu fliehen, die ihr auf den Fersen waren. Sie streckte ihre leere Hand aus, bis sie Inge hinter einem todlosen Halbelf aus den Augen verlor. Sie duckte sich und trat zu, während ihr Schwert noch mit einem zweiten Gegner beschäftigt war. Ihr Tritt traf den Elf am Oberschenkel und ließ ihn zurücktaumeln.

»Beeil dich!«, rief sie, während sie einen erneuten Angriff parierte. »Inge, beeil dich!«

»Walküre, das ist nicht Inge! *Verteidige dich!*«

Brunnhilde konnte Inge nicht mehr sehen, weil sich zu viele Todlose um sie drängten. Einen kurzen Moment spielte sie mit dem verrückten Gedanken, zu Inge zu springen und mit ihr aus Jotunheim zu verschwinden.

»Brunnhilde!«, rief Sif erneut. »Vertraue Sif! Das ist nicht Inge!«

»Aber ...«, flüsterte Brunnhilde, parierte instinktiv und schlug zurück. »Aber das ist sie. Ich würde sie überall erkennen.« Die Schwertspitze der Walküre sank, als sie einen ersten Blick in Inges verängstigtes Gesicht werfen konnte, bevor sie sich gegen einen Halbasen mit einem Speer verteidigen musste. Schütteres gelbes Haar hing ihm um sein Gesicht, von Silber durchzogen und geflochten, genau wie sein langer Schnurrbart, dessen eine Seite er zwischen den Zähnen hatte. Ihr kam eine Erinnerung. Mit einem Kampfschrei schlug Brunnhilde den Schaft des Speers in zwei Hälften und durchbohrte dann die Brust des Gegners. Erst als er auf die Knie ging und sich seine Wunde hielt, erkannte Brunnhilde ihn.

»Kommandant Olafson?«, keuchte sie, dann legte sie blitzschnell ihre Hand auf seine Stirn, um seine Seele zu befreien.

»Brunnhilde!«, schrie Inge erneut.

Da meldete sich auch Sif wieder zu Wort, weit entfernt und angestrengt. »Streck deine Sinne aus, Walküre, und sag mir, ob die Seele deiner Freundin dort drin ist ...« Ihre Stimme ging für ein paar Sekunden im allgemeinen Kampflärm unter. »So wie du es in Wiesenfall getan hast.«

Inge war nur noch wenige Schritte entfernt, doch Brunnhilde tat, wie ihr geheißen worden war. Kurz darauf stieß sie einen Schrei purer Wut aus und sprang, jedoch nicht zu Inge, sondern in die Mitte der Höhle. Sie brauchte Raum und ein paar Augenblicke, um den Zorn, die Angst und die Trauer zu verarbeiten.

Die Schlange hatte einem ihrer Todlosen Inges Gesicht verliehen. Das Ding, das nicht ihre Freundin war, knurrte und änderte die Richtung. Der Zauber, der Brunnhildes Blick verzerrt oder vielleicht die Kreatur selbst verändert hatte, fiel von ihr ab. Dieser Todlose war eine entsetzliche Mischung aus Bergriese und Lichtelf. Die hellblaue Haut war über zu große Knochen gezogen, bis es so aussah, als würde sie gleich bersten. Das silberne Haar fiel in schütteren, fettigen Locken über seine Schultern und sein Gesicht war von ausdrucksloser Bösartigkeit verzerrt.

Wie hatte sie dieses Monster je für Inge halten können? Sein Schwert prallte auf Drachenfang und das Klirren des Stahls hallte bis zur Decke hinauf. Die anderen Todlosen, immer noch viel zu viele, waren nur noch wenige Sekunden entfernt und auch wenn sie nicht hinzusehen versuchte, bemerkte Brunnhilde, dass jeder von ihnen ein vertrautes Gesicht trug. Thor. Frigga. Baldur. Odin. Die Walküre Eira und weitere.

Sie konzentrierte sich wieder auf den Halbelf und nahm einen Schnitt am Hals in Kauf, um nah genug für eine Berührung heranzukommen. Sie empfand eine besondere Genugtuung, die Existenz des Todlosen zu beenden, der Inges Gesicht wie eine Trophäe getragen hatte. Als er zusammenbrach, lachte sie nur, hob ihn auf und schleuderte ihn den herannahenden Kreaturen in den Weg, die sich als ihre Freunde und Götter tarnten.

Zwei stolperten, was ihr einen Augenblick Zeit verschaffte, um ihre Schwerthaltung zu korrigieren.

Sie nutzte den Moment der Ablenkung auch noch, um das Wesen wegzutreten, das wie der Allvater aussah, von dem sie jedoch wusste – hoffte, betete –, dass es sich um ihren Feind handelte. Oder nein, nicht ihren Feind, sondern nur eine Fleischhülle, gefüllt mit Culs Bösartigkeit und einer gequälten asgardischen Seele. Brunnhildes Tritt brachte ihn ins Stolpern, doch drei weitere nahmen seinen Platz ein und sie sprang zurück an den Höhlenrand.

Dort rettete sie eine weitere Seele, doch selbst ihre große Stärke und Geschwindigkeit wurden durch die schiere Menge ihrer Gegner und die furchtbare Magie, die sie zum Leben erweckte, erschöpft. Es waren einfach zu viele und sie wusste es. Sie brauchte Hilfe.

»Sif, ich brauche dich!«

Doch Sif, die Kriegerin, ihre Freundin, kam nicht.

Brunnhildes Stimme war heiser vom Rufen und dennoch war Sif nirgendwo zu sehen. In den kurzen Momenten zwischen Angriffen und Sprüngen hatte die Walküre festgestellt, dass sie sich nicht mehr auf der Plattform befand, doch sie wusste nicht, wohin sie verschwunden war. Wenn sie es gewusst hätte, hätte sie sich direkt zu ihr transportiert.

Die Walküre war so erschöpft, dass sie Drachenfang kaum noch heben konnte, und das Schwert selbst wurde immer schwerer. Sie versuchte, für eine kurze Atempause unsichtbar zu werden, doch ihr fehlte die Energie. Ihr Plan, Cul abzulenken, damit er die Kontrolle über die Todlosen verlor, war gescheitert, also hatte es keinen Sinn mehr, noch länger von der Schildmaid getrennt zu kämpfen. Wenn Sif bei ihr war und ihr den Rücken deckte, konnte Brunnhilde größere Risiken eingehen, um die Einherjar zu retten. Dies war ihr einziges Ziel. Doch Sif war nicht hier. Die Kriegerin war nirgendwo zu sehen. Und sie war nicht die Einzige.

Die Schlange war ebenfalls fort. In dieser Höhle war niemand mehr außer der Walküre und einer scheinbar endlosen Schar fast unsterblicher Gegner. Sie hatte keine Ahnung, wie viel Zeit vergangen war – Minuten, Stunden, vielleicht sogar Tage. So tief unter der Erde war die Sonne nur eine ferne Erinnerung und nur die Anzahl der Wunden und die zermürbende Erschöpfung in ihr deuteten darauf hin, wie lange sie schon kämpfte.

Es waren immer noch zwölf Todlose, die sich ihr entgegenstellten. Die Seelen der anderen waren tief in ihr verstaut. Ihre Angst und Verwirrung durchsetzte und verlangsamte ihre Reaktionen und Gefühle. Der Boden unter ihr war voll mit Blut. Und zu viel davon war ihr eigenes.

Zwölf waren zu viel. Sie sprang fünfzig Schritte weiter. Als sie aus dem Zwischenreich zurückkehrte, presste sie sich ein paar Sekunden lang an die Felswand. Ihre Beine zitterten vor Dankbarkeit über die Stütze, ihre Arme und Beine brannten. Sie suchte nach Sifs gut zu erkennenden Haaren und ihrer Rüstung. Nichts.

Ein Halbtroll war der Erste, der sie diesmal erreichte. Bisher waren es immer die Elfen gewesen, deren Leichtigkeit sie unter den Todlosen zu den Schnellsten machte. Doch dieser hier hatte am Rand seiner Gruppe gestanden und sie als Erster bemerkt. Wieder wurde offensichtlich, dass diese todlosen Gegner nicht besonders intelligent waren. Statt auf die Unterstützung der anderen zu warten, ging er direkt zum Angriff über. Er trug einen Speer, der von Drachenfang bereits ordentlich bearbeitet worden war. Sie kämpften schon so lange, dass selbst ihr magisches Schwert Kerben bekommen hatte. Seine einstige Makellosigkeit war nur noch eine ferne Erinnerung. Nun war es so schmutzverkrustet, dass jede Schicht zu seinem Gewicht beitrug. Die Walküre entwaffnete den Troll, schnappte sich den Speer, als er ihn fallen ließ, und schleuderte ihn auf die herannahende Gruppe. Sie zielte gut und die Waffe riss einen Halbelf von den Füßen. Sie schlug eine Hand an das Gesicht des Trollriesen und riss die Seele heraus. Der Todlose zuckte nicht einmal, sondern hörte einfach zu existieren auf. Sein Körper sackte schlaff zu Boden.

Etwas sprang Brunnhilde auf den Rücken und das Gewicht ließ sie stürzen. Ihre Wange knallte auf den Boden. Weißglühender Schmerz jagte durch diese Seite ihres Gesichts und sie spürte, wie sie aus einer Platzwunde blutete. Sie lag hilflos auf dem Bauch, während ihr Gegner immer noch auf ihrem Rücken hockte, und Drachenfang war nicht länger in ihrer Hand.

Panik stieg in ihr auf. Das Gewicht des Todlosen wurde durch die Stärke ihrer Rückenplatte getragen, doch das änderte nichts an dem Gefühl, zerquetscht zu werden. Die Walküre stemmte beide Hände auf den Boden und versuchte, sich hochzudrücken, doch die Kreatur zerkratzte ihr mit ihren Klauen die Arme.

Brunnhilde wand sich und bockte, bis sie spürte, wie sich das Gewicht ihres Angreifers zur Seite bewegte. Sie warf sich in die gleiche Richtung und bekam ihre Beine frei. Sie wollte sich gerade wegrollen, als ein weiterer Todloser auf ihren Schwertarm stampfte. Brunnhilde schrie auf und riss instinktiv den Arm zurück – Hand und Finger funktionierten noch. Sie waren nicht gebrochen.

So leicht bin ich nicht zu töten oder aufzuhalten, dachte sie in einem fehlgeleiteten Ausbruch von Selbstvertrauen.

Aber nun, im denkbar ungünstigsten Augenblick, schienen die Todlosen dazuzulernen. Zumindest einige von ihnen. Derjenige, der auf ihr gehockt hatte, wich zurück, sobald sie sich befreit hatte, als wüsste er, dass ihre Berührung das Ende seiner Existenz bedeutete. War es das, worauf die Schlange gehofft hatte? Dass sie lernen würden, direkten Hautkontakt mit der Walküre zu vermeiden? Oder hatte Cul es ihnen befohlen?

Brunnhilde erhob sich und stellte fest, dass die Halbasin, die Sif Sigrun genannt hatte, in einer großen Hand Drachenfang hielt. Die Todlose war bleich, ihre Rüstung hing in Fetzen und auf ihrem Bauch und ihrer Brust prangten frische Narben. Der Anblick ihres Schwerts in den Händen des Feindes brachte sie zur Weißglut.

Die Walküre tat das unter diesen Bedingungen einzig Vernünftige: Sie stürzte sich auf Sigrun, entging nur knapp dem

Schicksal, durch ihr eigenes Schwert aufgespießt zu werden, und stieß gegen ihre Brust.

Der Aufprall der Klinge auf ihrer Rückenplatte erschütterte sie bis ins Mark, doch in der nächsten Sekunde gelang es ihr, eine Hand an Sigruns Gesicht zu legen. Sifs Freundin ging zu Boden und Brunnhilde nahm ihr Drachenfang ab. Als Nächstes kamen zwei todlose Krieger, die aus Dunkelelfen geschaffen worden waren. Sie ohrfeigte beide und stahl ihnen so ihre Seelen.

»Sif?«, rief Brunnhilde. »Bei Hels Zähnen, wo steckst du?«

Sie duckte sich unter einem Schwerthieb und schwang Drachenfang. Doch es verfehlte sein Ziel und sie sprang zurück zu ihrer Position nahe des Ausgangs. »Sif, komm zurück!«, flehte sie ein letztes Mal, so sanft, dass die Worte kaum von den Felswänden widerhallten. Erneut lehnte sie sich für ein paar kostbare Sekunden gegen die Wand. Sie ließ auch die frischen Seelen zur Ruhe kommen und fügte ihr unbedeutendes und doch gewaltiges Gewicht dem ihrer Glieder hinzu. Sie nahm eine Bewegung aus dem Augenwinkel wahr, dennoch ließ sie sich trotz unzähliger Stunden des Trainings, die sie das Gegenteil gelehrt hatten, auf dem Schlachtfeld ablenken. Denn hinter ihren Feinden und in funkelnde Rüstung gehüllt stand Lady Sif. Ihre langen schwarzen Zöpfe fielen ihr den Rücken hinab und sie grinste.

Brunnhildes Herz machte einen erleichterten Sprung, doch das hielt nicht lange an. Zwischen ihnen standen ein Dutzend Todloser, die es darauf abgesehen hatten, Brunnhildes Leben ein Ende zu setzen. Sie verlor Sif während der nächsten hektischen Kampfwelle erneut aus den Augen und als sie die Schildmaid das nächste Mal sah, hatte sie es irgendwie an den Todlosen vorbei geschafft und war nur eine Armeslänge entfernt.

»Sif!«, rief Brunnhilde, die Stimme brüchig vor Emotionen. Da schwang die Kriegerin ihr Schwert in einem Hieb, der ihr den Kopf abtrennen sollte. Brunnhilde parierte unbeholfen. Schock und Ungläubigkeit verlangsamten ihre Reaktionen. Die Klingen der beiden schlugen funkensprühend aufeinander.

Die Walküre schrie auf und schleuderte Sif mit einem Tritt in den Bauch rückwärts, doch kurz darauf griff sie Brunnhilde erneut an, diesmal unerklärlicherweise von rechts. Sie bewegte sich schnell wie Feuer auf sie zu und von links näherte sich ein todloser Dunkelelf. Ohne zu zögern, riss sie ihm die Beine unter dem Körper weg. Der Todlose kreischte auf und fiel rückwärts, während Brunnhilde ihre Hand ausstreckte, um das Gesicht der Kreatur zu berühren und ihre Seele herauszureißen.

Etwas Schweres prallte gegen ihren Rücken und ließ sie über die am Boden liegende Kreatur hinweg gegen die Wand stolpern. Diesmal ließ sie ihr Schwert nicht los, doch als sie sich wieder umgedreht hatte, sah sie, dass die ganze Gruppe der Todlosen die Gestalt und das Gesicht von Lady Sif trug.

Sie alle grinsten sie bösartig an und waren mit Schwertern, Äxten und Dolchen bewaffnet. Einer von ihnen hatte einen Speer in der Hand. Es war ein unheimlicher und fremdartiger Anblick, trotz der Perfektion des Tarnzaubers und des raubtierartigen Gangs, Sifs Markenzeichen in der Schlacht. Sie waren ihre Freundin und doch gleichzeitig auch eindeutig nicht. Kämpfte die echte Sif noch oder lag sie als blutige Leiche irgendwo in den Schatten der Höhle?

Erneut griff sie nach ihrer Sprungfähigkeit und stellte fest, dass sie schwach war, kaum vorhanden, wie hinter einer Glaswand. Sie konnte sie sehen und fast berühren, doch es war nicht genug, um das zu tun, was sie tun musste. Diesmal saß sie wirklich in der Falle, ohne Fluchtweg oder die Möglichkeit, Verstärkung zu rufen. Neun todlose Krieger, belebt durch die Seelen von Einherjar, darauf aus, ihr Leben zu beenden.

Sie konnte nicht springen und sie waren zu nah, als dass sie hätte weglaufen können. Brunnhilde würde sterben.

VIERUNDZWANZIG

DER GOTT DES SCHABERNACKS

Fast hatte Lady Sif den Kampf zwischen der Walküre und den Todlosen erreicht, als sie eine Bewegung aus dem Augenwinkel wahrnahm und anhielt. Zwei Gestalten kämpften in den Schatten einer Ecke, wo die Felswand noch sehr grob und unfertig war. Es war schwer zu erkennen, um wen es sich handelte, dazu bewegten sie sich zu hektisch, doch es waren weder Riesen noch Halbriesen. Die kleinere der Gestalten stach auf die andere ein und während diese fiel, drehte sich die erste mit einem triumphieren Schrei zu ihr um.

Es war Loki.

Adrenalin schoss durch ihre Adern wie ein Blitz, rasch gefolgt von einem bitteren Triumph. Hier war ihr Feind, ihr wahrer und ewiger Feind. Natürlich war er hier und nutzte wie immer jedes Chaos, das er finden konnte, zu seinem Vorteil. Eine Gelegenheit, um sich in die Angelegenheiten Asgards einzumischen? Wie könnte er da widerstehen?

Sif stieß ihren Kampfschrei aus und eilte dem Gott des Schabernacks entgegen. Er trug seine übliche lange grüne Robe und das Schwert, das er führte, war lang und leicht gebogen. Wie gut Sif diese Klinge kannte. Wie viele Tausend Stunden hatte sie in ihrer Jugend damit verbracht, die Macht ihrer Attacken zu stehlen und sie gegen ihren Besitzer zu richten, damals, als sie noch Verbündete gewesen waren, sogar Freunde. Und wie oft sie von ihm besiegt worden war und dabei jeden Trick und jede Taktik gelernt hatte, bis sie ihr wie das Gesicht ihres Bruders oder ihre geheimen Hoffnungen und Sehnsüchte ins Hirn eingebrannt gewesen waren.

Lokis Mund verzog sich zu einem Grinsen, als er sie kommen sah. Er nahm eine Hand lange genug vom Schwertgriff, um sie zu sich zu winken. »Endlich ist es so weit«, sagte er amüsiert und dennoch scharf genug, um Sif einen Schauer über den Rücken zu jagen. »Es ist an der Zeit, festzustellen, ob dein erbärmlicher Rachedurst stärker ist als mein Lebenswille.«

»Das wird er sein. Das ist er bereits.« Sie brüllte die Worte, ohne nachzudenken, doch sie nahm sich auch die Zeit, um an Loki vorbeizuspähen und zu sehen, gegen wen er gekämpft hatte. Sie blinzelte überrascht: Es war Cul. Loki hatte sich mit Cul duelliert. Der Gott der Angst lag mit schmerzverzerrtem Gesicht am Boden. Plötzlich war er fort. Der typische Gestank seiner Magie lag in der Luft. Nun musste sie sich nur noch Loki stellen, Schwert gegen Schwert und Hass gegen Hass.

Ihre Waffen trafen sich funkensprühend und mit einem so lauten Geräusch, dass es von den Wänden widerhallte. Sie umkreisten einander, kreuzten erneut die Schwerter und traten wieder auseinander. Es war wie ein Tanz.

Als wären sie ein Liebespaar.

Sie griffen gleichzeitig an und Loki packte Sifs Handgelenk. Sie tat es ihm gleich, ergriff ebenfalls sein Handgelenk und schließlich standen sie dicht aneinandergedrängt, die Schwerter über ihre eigenen Schultern gezwungen. Loki war ein wenig größer als sie und sie verspürte ein unangenehmes Kribbeln im Bauch, als sie in diese katzengrünen Augen aufblickte und zu dem sinnlichen Mund, der zu einem ironischen Lächeln verzogen war.

»Hast du Spaß?«, flüsterte er und sie spürte seinen Atem auf ihren Lippen. Sie erschauerte und versuchte, ihr Handgelenk loszureißen, doch Loki hielt es weiter fest. Sif riss ein Knie hoch, er fiel auf die Finte herein und zuckte zurück, um seinen Schritt zu schützen, doch sie nutzte diesen Moment der Unaufmerksamkeit, um ihm mit voller Wucht auf den Fuß zu treten.

Loki schrie auf und sein Griff auf ihr Handgelenk ließ nach. Sie riss sich los und stieß ihn gleichzeitig von sich weg. Sie traten auseinander, der Gott des Schabernacks mit einem deutlichen Humpeln.

Sif nutzte die kleine Verschnaufpause, um erneut an ihm vorbeizusehen. In den Schatten, wo er mit der Schlange gekämpft hatte, war etwas ... oder möglicherweise jemand anderes gewesen. Jetzt, wo sich ihre Augen an die tiefere Dunkelheit hier am Rand der Höhle gewöhnt hatten, erkannte sie es. Oder genauer, *ihn.* Wieder spürte sie Adrenalin durch ihre Adern strömen. Es war der Allvater selbst, der halb versteckt hinter einem Felsen lag und sich eine blutende Wunde am Hals hielt.

»Was hast du getan?«, fragte sie. Jegliche Kraft hatte ihre Stimme verlassen, sodass sie als entsetztes Flüstern herauskam.

»Natürlich gehst du davon aus, dass ich es war, der ihn verletzt hat«, sagte er mit einem seltsam verletzten Unterton. »Ich habe schon viele Dinge in meinem Leben gewollt, Lady Sif, aber noch nie Asgards Zerstörung, und genau darauf hat Cul es abgesehen.«

»Lügner!«, zischte sie. »Alles, was aus deinem Mund kommt, ist eine Lüge. Du selbst hast mehr als einmal versucht, Asgard zu zerstören, also gib nicht vor, du stündest plötzlich auf unserer Seite.« Sie hob ihr Schwert mit beiden Händen über den Kopf und griff an. Entsetzen breitete sich in Lokis Zügen aus und er parierte ihre Hiebe mit verzweifelter

Geschwindigkeit, dennoch zwang sie ihn erst einen, dann zwei und schließlich drei Schritte zurück. Sie keuchte vor Erschöpfung und Zorn. Sie musste das jetzt beenden, damit sie zu Odin eilen und nach seiner Wunde sehen konnte. Um jeden letzten Tropfen Heilmagie aus dem Quellstein in seine Rettung fließen zu lassen. *Um ihn zu retten.*

»Ich werde dich töten und deine Leber den Adlern zum Fraß vorwerfen«, stieß sie zwischen zusammengebissenen Zähnen hervor.

»So sei es.« Loki hatte ihrem ersten wilden Angriff widerstanden und nun wirkte er fast gelangweilt, während er mit minimaler Anstrengung parierte, bis sie völlig außer Atem war und er immer noch so ruhig war wie ein See in der Sommersonne.

Eine raffinierte Finte brachte Loki plötzlich hinter sie und er verletzte sie am Bein. Dann sprang er wieder vor sie und grinste.

»Ich werde dich töten«, knurrte Sif. Der Drang nach Rache und ihre Sorge um den Allvater schnürten ihr die Kehle zu. »Das werde ich. Du kannst mich nicht aufhalten.«

»Ach nein?«, fragte Loki mit einem wissenden Funkeln in den Augen. »Wo ich dich doch gerade mit einer vergifteten Klinge verletzt habe?«

Sif lachte grimmig auf, sprang zurück und versuchte, im schwachen Licht die Wunde zu inspizieren. Da war nichts, was darauf hindeutete, dass er die Wahrheit sagte. Natürlich würden ihre Heilkräfte jedes Gift, das er sich ausdenken konnte, unschädlich machen, doch noch während sie sich das sagte, begann ihr verletztes Bein, zu brennen und schließlich nachzugeben. Mit einem überraschten Aufschrei fiel Sif auf ein Knie und sah an Loki vorbei zum Allvater. Er erwiderte ihren Blick mit glasigen Augen, während das Blut weiter aus seiner Halswunde strömte.

Er streckte seine Hand nach ihr aus, die Finger nach oben gerichtet. Es sollte eine heranwinkende Geste sein, doch es erinnerte sie an die sich krümmenden Beine einer sterbenden Spinne. Sif starrte Odin an, unfähig, sich zu bewegen, bis seine Hand in seinen Schoß und sein Kopf auf die Brust sank.

»Hilf ihm«, flüsterte sie. »Bitte, Loki, hilf ihm doch.«

Loki riss überrascht die Augen auf. »Aber du denkst doch, dass ich es war, der ihn verletzt hat. Oder nicht?«

Schluchzend stand Sif wieder auf. Ihr verwundetes Bein zitterte. Sie deutete mit dem Schwert auf Lokis Gesicht. »Ich sagte, hilf ihm.«

Der Gott des Schabernacks warf einen beiläufigen Blick nach hinten. Seine Schultern spannten sich an, dann sanken sie wieder, doch als er sich zu ihr umdrehte, war sein Gesicht eine lächelnde Maske. »Nein.«

Die Schildmaid verfluchte ihn, doch es prallte von ihm ab wie Regentropfen von einer Rüstung. Sie versuchte, an ihm vorbeizukommen, doch ihr Bein war zu schwach und zu langsam, um zu reagieren, und er drängte sie mit Leichtigkeit zurück. »Allvater!«, rief sie. »Geht nach Hause. Kehrt sofort nach Asgard zurück!«

Odin rührte sich nicht.

Angst und Wut verschmolzen in ihrer Brust zu einer unheilvollen Allianz. Selbst wenn sie sterben würde, schwor sie, Loki mit in den Tod zu reißen. Es war ein heiliger Schwur. Wenn Sif ihren Platz in Walhalla aufgeben musste, um ihn ausbluten zu sehen, war das ein Opfer, zu dem sie bereit war. Sie brauchte keine ewigen Bankette. Der Moment, in dem sie zusehen konnte, wie er starb, wäre die größte Belohnung, die sie sich vorstellen konnte. Für Odin und für Asgard würde sie diese Geißel vernichten, die die Neun Welten heimsuchte.

Ich schwöre es in deinem Namen, Allvater.

Die Kriegerin wischte sich mit einer zitternden Hand über den Mund und schmeckte Schweiß, Blut, Niederlage und den metallischen Geschmack von Rache. Loki beobachtete sie aus drei Schritten Entfernung, den Kopf schief gelegt wie ein neugieriger Vogel.

»Wie konntest du?«, krächzte sie heiser. Sie war so durstig. »Er ist dein Vater!«

Lokis Gesicht verzerrte sich vor Wut und er spuckte auf den Boden. »Er ist nicht mein Vater. Das war er nie und wird es auch niemals sein, so wie dieser hammerschwingende Idiot nicht mein Bruder ist. Ich spucke auf ihre Versprechen von Ruhm und Ewigkeit, die mir versagt werden. Jeder Atemzug, den ich mache, jede Leistung, die ich vollbringe, wird übersehen. Aber ich werde das nicht länger hinnehmen.«

Langsam und bewusst legte der Gott des Schabernacks sein Schwert nieder und trat mit offenen Händen auf Sif zu. Sie wappnete sich.

»Ich bin wegen dir und der Walküre hier«, sagte er. Die Worte waren so unerwartet, dass ihr der Atem stockte. »Ich kam her, weil selbst ich mich nicht zu so etwas herablassen würde. Selbst ich bin angewidert von dem, was hier geschieht. Es war nicht ich, der den Allvater angegriffen hat.« Er lachte spöttisch. »Nicht dass du mir glauben wirst. Mir glaubt ja nie jemand.«

Er winkte ab, als wollte er all das, was er gerade gesagt hatte, abtun. »Spielt keine Rolle. Ich kam her, um zu helfen. Ich kam deinetwegen, Sif. Du bist auch eine asgardische Göttin. Doch auch du wirst von denen da oben übersehen.« Es klang, als würde er einfach nur die Fakten darlegen. Sif spürte, wie etwas in ihr darauf reagierte.

»Du bist nicht mehr als eine Waffe, die man an die Kehle der Feinde hält. Dabei wird dir das Recht versagt, selbst zu entscheiden, auf wen du gerichtet wirst. Bist du das nicht leid? Bist du es nicht leid, eine Waffe zu sein?«

Sif wollte es abstreiten, doch er brachte sie mit solchem Mitgefühl zum Schweigen, dass ihr die Worte in der Kehle stecken blieben. Es stimmte. Sie war eine Waffe, die nur dann gezogen wurde, wenn Thor oder Odin sie brauchten. Die nie die Sonne sehen durfte, außer um unter ihrem wachsamen Blick Blut zu vergießen.

Loki trat vor, bis sie sich fast berührten. Sifs Schwert hing lose an ihrer Seite. Sie versuchte mit jeder Faser ihres Seins, ihn anzugreifen, doch das Gewicht des gesamten Berges schien sich auf die Spitze ihres Schwerts zu konzentrieren, sodass sie diese nicht heben konnte. Als wäre es zu Mjölnir geworden. Stattdessen sank sie mit einem zustimmenden Seufzen auf die Knie.

Und Loki – der unbewaffnet war – kniete sich ebenfalls hin. In seinem Gesicht lag solche Anteilnahme, dass es sie in ihre Kindheit zurückversetzte, als noch keiner von ihnen um das Schicksal wusste, das sie erwartete. Als sie noch Freunde gewesen waren und sich fast nähergestanden hatten als Geschwister. Beide standen im Schatten ihrer berühmteren Brüder. Missverstanden.

Sachte legte Loki beide Hände auf Sifs Schultern. Sein hübsches Gesicht wirkte so offen. »Schließ dich mir an, Sif«, sagte er mit seiner sanften, melodiösen Stimme. »Loki und Lady Sif, die vergessenen Götter Asgards. Übersehen und unterschätzt. Lebenslange Freunde, vielleicht sogar mehr. Ich kenne sonst niemanden, der mir ebenbürtig wäre. Stell dir nur vor, was wir alles erreichen könnten. Angefangen damit, der Schreckensherrschaft der Schlange ein Ende zu setzen. Vereint hat sie keine Chance gegen uns.«

Die Worte hallten durch Sifs Kopf. *Was wir alles erreichen könnten. Übersehen und unterschätzt.*

Was wir alles erreichen könnten.

Sif sah vor sich, wie die anderen asgardischen Götter ihr endlich den Respekt zollten, den sie verdiente. Es war das Einzige, was sie jemals gewollt hatte. Und die Anerkennung ihres Werts für Odin, Asgard und die Neun Welten insgesamt. Ein Wert, der seit einer Ewigkeit unter den Tisch gekehrt worden war.

»Schenk mir ein Lächeln, Sif. Lächle und sag ja.«

»Odin«, brachte sie nur hervor.

Loki verzog das Gesicht. »Ah, du bist ja so gut und loyal gegenüber jenen, die diese Loyalität gar nicht verdienen.« Sif zuckte zusammen und seine Finger pressten sich sanft in ihre Schultern. »Vergib mir, das war gemein. Er ist dir ebenso ein Vater gewesen wie mir – so liebenswürdig an der Oberfläche. So großzügig, wenn andere es sehen konnten. Doch hinter verschlossenen Türen, da heißt es dann immer ›Nein, Sif, nicht heute‹ und ›Nein, Sif, das geht nicht‹, oder? Er scheint dir alles zu geben, doch die Wahrheit sieht anders aus. Findest du nicht auch?«

Loki hielt inne und wartete auf eine Antwort. Als diese nicht sofort kam, fuhr er fort: »Aber als Zeichen meines guten Willens werde ich ihn natürlich zurück nach Asgard bringen, um ihn behandeln zu lassen. Wie klingt das?«

Sif nickte. Sie war durstig und müde – so unglaublich müde – und alles tat ihr weh. Und niemand war gekommen, um ihr zu helfen. Niemand außer ihm. Sie nahm Lokis Hand von ihrer verwundeten Schulter und presste sie an ihre Wange. Sie war warm und klebrig vor Blut, doch sie lehnte sich dagegen und lächelte.

Lächelte und stieß ihm ihren Dolch in die Brust. Loki riss keuchend die Augen auf.

»Schenk mir ein Lächeln, Loki«, sagte Sif voll süßlicher Ironie. »Du bist so viel hübscher, wenn du lächelst.«

Sie zog die Klinge heraus und durchtrennte ihm damit die Kehle. Wieder keuchte Loki, dann brach er zusammen und verschwand. Als Sif einen Blick in die Schatten am Rand der Höhle warf, war natürlich auch Odin fort.

Sie legte die Hände vors Gesicht und begann zu schluchzen.

Brunnhilde kämpfte mehrere Schlachten gleichzeitig. Zunächst einmal natürlich die gegen die todlosen Krieger, die das Gesicht ihrer Freundin trugen. Sie näherten sich fauchend und knurrend immer weiter. Einige stolperten über ihre toten Kameraden. Die zweite war die gegen die immer stärker werdende Welle von Angst und Trauer, die ihr den Atem raubte. Die dritte war die gegen die Glaswand zwischen ihr und ihrer Fähigkeit, von einer Welt in die andere zu springen. Und diese war glücklicherweise auch jene, die sie als Erstes gewann.

Ohne zu zögern, warf sie sich in das Zwischenreich und zurück auf die Plattform, wo sie Sif – die echte Sif – das letzte Mal gesehen hatte. Sie war nun ohne Pause seit anderthalb Tagen auf den Beinen, also war der Sprung schwieriger als normal. Auch wenn sie die Pfade des Zwischenreichs kannte, war sie einen Moment lang desorientiert und als sie wieder auftauchte, war es in der Mitte der Plattform, nicht dort, wo sie eigentlich hatte landen wollen.

Zumindest konnte sie feststellen, dass der Gott der Angst nicht mehr auf dieser Seite der Höhle war. Genau genommen war hier nämlich niemand mehr. Auch Sif nicht. Verzweifelt suchte Brunnhilde nach ihr und fand sie – oder jemanden, der ihre Haut trug – schließlich an dem Ende der Höhle, wo sie gerade noch gekämpft hatte. Ihre Freundin kniete allein in den Schatten. Die Todlosen waren jetzt näher an Sif als an Brunnhilde. Stöhnend sprang sie zu ihr und fand die Schildmaid schluchzend vor.

»Sif, was ist los?«

Es sah nicht aus, als hätte die Kriegerin Brunnhildes Worte gehört, also packte sie Sifs Arm und schüttelte ihn. Immer noch nichts. »Komm zurück zu mir. Ich brauche dich.«

Sie hätte genauso gut mit einer Statue reden können, also murmelte sie eine Entschuldigung, die die Schildmaid wahrscheinlich auch nicht hörte, und verpasste ihr eine schallende Ohrfeige. Sifs Kopf fiel zur Seite und als sie ihn wieder aufrichtete, war ihr Blick klar und mörderisch.

»Endlich«, stöhnte Brunnhilde erleichtert und half der anderen Frau auf die Beine. Dann deutete sie in eine Richtung. Sif folgte der Geste und die Walküre hörte sie erschrocken keuchen. »Sie sind ... ich«, sagte sie.

»Ja. Schrecklich, oder?« Die Todlosen kamen immer näher auf sie zu. »Du haust sie um, ich befreie die Seelen. Wo ist Cul?«

»Cul?«, wiederholte Sif verwirrt. »Es war nicht Cul, der gesagt hat ... oder doch?« Sie sah sich hektisch um und ballte die Hände zu Fäusten. Unter dem Blut und Dreck war sie sehr blass und ihre Augen funkelten mit einer seltsamen Intensität.

Brunnhilde beugte sich vor, hob Sifs Schwert auf und drückte es ihr in die Hand. »Bereit?«, fragte sie, statt über Sifs unzusammenhängende Worte zu grübeln.

»Spielt keine Rolle«, murmelte Sif. Ihre Finger schlossen sich instinktiv um den Griff. »Wahrheit oder Lüge, nichts davon spielt eine Rolle. Wenn ich nichts als eine Waffe bin, kann ich zumindest eine scharfe sein.«

Sif warf ihr einen Blick zu, der besagte, die Walküre solle ihr bloß keine Fragen stellen, dann drängte sie sich an ihr vorbei, um sich den monströsen Versionen ihrer selbst zu stellen. Doch dann hielt sie kurz inne und fragte Brunnhilde: »Was ist mit deinem Tarnzauber? Wenn du eine Pause brauchst, kannst du dich nicht einfach ...?«

Brunnhilde schüttelte den Kopf. »Hier drin ist etwas, das mich davon abhält.« Sie machte eine wütende Geste. »Sie können sich verwandeln – oder von der Schlange verwandelt werden –, doch ich nicht. Glaub mir, ich habe es versucht.«

Die Walküre schüttelte ihre Arme und Beine aus, dann ließ sie ihren Nacken knacken und ging neben Sif in Stellung, zwei Schritte von der Wand entfernt. Die Präsenz der Kriegerin neben sich tröstete sie mehr, als sie für möglich gehalten hätte. Es war, als sei Sif eine Quelle der Energie. Brunnhilde konnte spüren, wie sie in ihren Körper strömte und sie mit Selbstvertrauen erfüllte. Neun todlose Krieger. Das konnten sie schaffen.

Die Todlosen griffen von allen Seiten an, um ihnen jede Fluchtmöglichkeit zu verwehren. Brunnhilde und Sif blieben zuerst dicht beieinander, doch schließlich zwang der Kampf sie auseinander. Zuerst nur einen Schritt, dann noch einen.

»Rücken zur Wand«, hörte sie Sif rufen. Brunnhilde warf sich gegen den Felsen. Wieder fand sie Sif nur wenige Zentimeter entfernt an ihrer Seite. Die schwarzhaarige Kriegerin grinste sie an, als wäre sie gerade nirgendwo lieber. Die Walküre spürte, wie sich auch ihre Lippen zu einem Lächeln verzogen und wilde Kampfeslust in ihr aufstieg.

Wieder einmal begannen sich die Gesichter vor Brunnhilde zu verändern und Drachenfang grub sich nun tief in Inges Schulter. Die Walküre schrie auf.

»Eine Illusion!«, rief Sif. »Nicht echt!«

Brunnhilde fluchte, doch ihr Zögern hatte einem der Todlosen in der Gestalt von Thor ausgereicht, um mit einer großen Streitaxt zwischen sie zu schlagen. Den Frauen blieb nichts anderes übrig, als in entgegengesetzte Richtungen zu fliehen. Die Axt traf auf den Boden, wo sie gerade noch gestanden hatten.

Die Walküre hatte gerade erst ihr Gleichgewicht wiedergefunden, da wurde sie von einem Todlosen angegriffen, der wie Odin aussah und ein riesiges schwarzes Schwert führte. Sie parierte keuchend und konterte, wurde jedoch abgeschmettert. Der Todlose kam näher und schubste sie. Brunnhilde stolperte vorwärts und traf ihn erst am Unterarm, dann am Bein. Er schrie auf und die Walküre schlitzte ihn bis zum Knie auf. Er schlug ihr mit dem Griff seines Schwerts auf den Kopf.

Ihr wurde kurz schwarz vor Augen, dann zog er sich zurück. Benommen spürte Brunnhilde, wie Blut aus der Platzwunde in ihre Haare sickerte. Der Todlose, der wie Odin aussah, blutete ebenfalls und humpelte. Sie durfte ihm keine Zeit lassen, zu heilen. Trotz ihrer schweren Arme sprang sie auf ihn zu, als jemand ihr Handgelenk packte und sie gegen die Felswand schleuderte. Die andere Hand legte sich um ihre Kehle und Brunnhilde sah in das Gesicht ihrer Schwester Eira auf. Sie griff nach der Hand, die sie ersticken wollte, und nutzte den Hautkontakt, um die Seele zu befreien.

Dann schob sie den leblosen Körper von sich herunter. Sif erschien an ihrer Seite und stützte sie.

Oder zumindest sah es aus wie Sif.

Instinktiv legte die Walküre die Hand auf Sifs Arm und streckte ihre Sinne aus – es war wirklich die Schildmaid. Sif grinste, drehte sich um und kümmerte sich um den Todlosen, der wie Heimdall aussah und versucht hatte, sich an sie heranzuschleichen.

Brunnhilde war froh, dass sie eine Möglichkeit hatte, um Sif von den Todlosen zu unterscheiden. Etwas in ihr entspannte sich, als ihr klar wurde, dass sie nicht mehr allein war, dann schleuderte Sif einen Todlosen auf sie zu. Instinktiv fing sie ihn auf. Ihre Hände berührten den nackten Arm der Kreatur und verstauten den befreiten Einherjar tief in sich. Doch als sie die leere Hülle auf ihre Angreifer schleudern wollte, ließ ihre Kraft nach. Der Körper fiel wie ein nasser Sack vor ihr auf den Boden.

Übelkeit stieg in ihr auf, dann wurde ihr schwindlig. Ihr erster Gedanke war, dass die neue Seele irgendwie vergiftet worden war, doch in Wahrheit hatte sie einfach das Ende ihrer Kraft erreicht. Sie trug zu viele Einherjar in sich, war zu viel gesprungen, hatte zu lange gekämpft und zu viel Blut verloren. Wenn das hier nicht bald ein Ende nahm, würden sie nicht lebendig hier herauskommen.

Die Schildmaid rannte brüllend auf sie zu. »Sif?«, rief Brunnhilde.

»Links von dir!«, rief Sif zurück.

Brunnhilde ließ die Todlose mit dem Gesicht von Sif näher kommen und wich im letzten Moment aus. Die Hybride rannte direkt in Drachenfang und spießte sich selbst auf. »Ha!«, rief die Walküre triumphierend, nur um fast ihre Zunge zu verschlucken, als die Todlose das Schwert in ihrem Bauch ignorierte und versuchte, sie mit einem Krummdolch zu erstechen.

Die Walküre wich zurück und die Klinge strich lediglich über ihre Haut. Sie schnappte sich das Handgelenk ihrer Gegnerin und zog daran, sodass ihre Schläfe in die Reichweite ihres Ellbogens kam. Der Schlag schleuderte den Kopf der Todlosen zur Seite und sie fiel schlaff zu Boden. Auch diese Seele holte sich Brunnhilde.

Wieder stieg Übelkeit in ihr auf. Die Einherjar in ihr waren unruhig. Es fühlte sich an, als hätten sie scharfe Spitzen und würden sie von innen heraus zerreißen. Brunnhilde stolperte und lehnte ihr Schwert gegen die Wand hinter sich. Sieben weitere Todlose waren sechs zu viel.

»Ich kann gleich nicht mehr, Sif!«, rief Brunnhilde, zu erschöpft und verzweifelt, um sich ihrer Schwäche zu schämen.

Sif stellte sich zwischen sie und die verbliebenen Todlosen. Ihre Arme zitterten sichtbar, als sie ihr Schwert hob. »Ich haue sie um, du holst dir die Seelen«, antwortete sie und in ihrer Stimme lag nichts als Entschlossenheit.

Brunnhilde wollte gerade erleichtert zustimmen, als sich das Zwischenreich öffnete, eine Hand herauskam und Sif hineinzog. Sie schrie überrascht auf und stemmte sich dagegen, doch die Hand war unerbittlich. Das Zwischenreich schloss sich wieder.

Sif war fort.

FÜNFUNDZWANZIG

DAS LETZTE GEFECHT

»Wir wurden vorhin so abrupt unterbrochen. Ich wollte nur sichergehen, dass es dir gut geht«, sagte Loki, sobald er sie in das verwirrende Zwischenreich gezerrt hatte. Er schnalzte missbilligend mit der Zunge, als sie ihre Hand losreißen wollte. »Willst du das wirklich tun? Du kennst den Weg nicht. Ein falscher Schritt und du wirst dich für immer verirren. Selbst diese große Walküre könnte dich nicht wiederfinden.«

»Du bist nicht wirklich hier. Du bist nicht Loki. Es spielt keine Rolle, welches Gesicht du trägst oder welche Versprechungen du mir machst. Es spielt keine Rolle, wie sehr du mich zu kennen glaubst. Ich werde deine Bösartigkeit besiegen, selbst wenn ich dabei mein Leben verlieren sollte.«

Sif hob trotzig ihr Kinn. In Wahrheit war sie nicht sicher, ob es sich um Loki handelte oder nicht. Doch das war egal. Ob Gott der Tricks oder Gott der Angst machte keinen Unterschied. Das Böse war das Böse und Sif war eine Waffe, die dazu geschaffen worden war, das Böse zu besiegen.

Loki befeuchtete seine Lippen und musterte sie. »Also gut. Wenn du den Tod suchst, werde ich dich nicht aufhalten.« Er ließ ihre Hand los und stieß sie weg. Sofort umhüllte sie das Zwischenreich in einem verwirrenden, verzerrten Chaos.

Sif hob ihr Schwert und verfolgte ihn durch die wirbelnden Dimensionen. Sie wusste, dass sie sich weiter und weiter von ihrem Eintrittspunkt entfernte, und auch, dass sie Brunnhilde in dem Moment im Stich gelassen hatte, in dem die Walküre sie am meisten gebraucht hätte.

Denn Sif war nicht nur eine Waffe. Sie war auch ein Schild und sie hätte Brunnhildes Leben schützen sollen, damit diese ihre Mission erfüllen und die Einherjar nach Hause bringen konnte.

»Komm schon, Cul«, rief sie wütend. Die sich stetig wandelnden Ebenen des Zwischenreichs bereiteten ihr Kopfschmerzen, doch sie richtete all ihre Konzentration auf die grinsende Gestalt vor sich. »Warum beendest du diese Farce nicht endlich und zeigst mir deine wahre Gestalt? Ich bin diese billigen Tricks leid.«

Lokis Gesicht und Gestalt verschmolzen zu etwas Monströsem, dann verwandelte es sich zurück in einen großen Asen mit weißblonden Haaren, die ihm glatt über den Rücken fielen. Diesmal war er jung und wunderschön. »Meine wahre Gestalt?«, wiederholte der Gott der Furcht. Nachdenklich trommelte er sich mit den Fingern ans Kinn. »Bist du sicher, dass du es ertragen würdest, sie erneut zu sehen?«

Sif schnaubte und trat ein paar Schritte vor. »Ich würde dich gern erneut mit meinem Schwert durchbohren, ja. Dich aufschlitzen, damit du fliehst wie beim letzten Mal.«

Cul blickte an sich herab und zuckte mit den Schultern. »Ich bin nicht geflohen, kleine Schwester. Sondern habe mich nur sozusagen gehäutet. Außerdem kannst du ja sehen, dass ich unverletzt bin.« Er seufzte theatralisch. »Wie schade, dass du nicht auf den Rat meines lieben Bruders Loki gehört hast.«

Sif erstarrte und spürte, wie ihr ein eiskalter Schauer über den Rücken lief. »Er … Nein, Loki war nicht hier. Das warst du.«

Cul verzog seine Lippen zu einem höhnischen Grinsen. »War ich das?«

»Ja«, beharrte sie mit ein bisschen mehr Selbstvertrauen. »Das warst du. Nicht dass es eine Rolle spielen würde«, fügte sie ein wenig verspätet hinzu.

Die Schlange lachte. Es klang wie das Rasseln einer Klapperschlange. »Natürlich spielt es eine Rolle. Wie kannst du damit leben, wenn er hier war und du nichts getan hast, als dich von ihm einwickeln und verletzen zu lassen? Wie geht es übrigens deinen Wunden?«

Als wären diese Worte eine Klinge, öffneten sich der Schnitt an der Rückseite ihres Oberschenkels und der an ihrer Schulter. Sif stöhnte vor Schmerz. Es blutete stark.

»Mir geht es gut«, stieß sie wenig überzeugend hervor.

Cul griff an. Im einen Moment stand noch der Ase vor ihr, im nächsten war er wieder die Schlange. Sein Kopf war länger, als sie groß war, und er schoss so schnell hervor wie ein Blitz. In seinem weit aufgerissenen Maul prangten lange, gekrümmte Fangzähne.

Die Schildmaid sprang hoch und ließ die Schlange unter sich hindurchgleiten. Sie landete auf ihrem Rücken, mit dem Gesicht Richtung Schwanz, und stieß ihr Schwert tief zwischen ihre schillernden Schuppen.

Cul zischte wütend auf und riss den Kopf zurück, doch Sif hatte sich bereits in Sicherheit gebracht. Zumindest dachte sie das. Eine große, kräftige Windung erschien aus dem Nichts und wickelte sich um sie. Ein Arm wurde fest an ihre Brust gepresst. Es gelang ihr, den Schwertarm hoch genug zu halten, damit nicht auch er fixiert wurde, doch ihre Klinge war zu lang, als dass sie einen guten Winkel gefunden hätte, um sie in Cul zu stoßen.

Sie machte das Beste aus ihrer Situation, als er zuzudrücken begann, und zog das Schwert immer wieder über die harten

Schuppen. Für so einen Einsatz war es eigentlich nicht gedacht, doch sie konnte spüren, wie ihre Rüstung unter dem immensen Druck zu knacken begann. Der Arm, der gegen ihre Brustplatte gedrückt wurde, schmerzte fürchterlich und ihre Füße verließen den Boden, als die Schlange ihre Position änderte.

Eine Klinge ohne Wellenschliff würde Stunden brauchen, um die Schuppenschicht des Gottes der Angst durchzusägen, aber Sif machte weiter. Gleichzeitig schloss sie ihre Augen und konzentrierte sich auf den Quellstein. Er war fast vollständig erschöpft, doch sie dachte, dass vielleicht gerade noch genug Energie darin war, um das zu tun, was sie jetzt brauchte, wahrscheinlich zum letzten Mal.

Sif sammelte die Magie unter ihrer Haut und richtete dann einen einzigen Strahl auf die Schneide ihres Schwerts. Schreiend hieb sie damit auf den Rücken der Schlange ein. Eine Explosion aus goldenem Licht und das vertraute Gefühl ihrer Klinge, die sich in Fleisch bohrte, belohnten sie. Das Zwischenreich schwang im Einklang mit ihrer Macht, dehnte sich, riss und zog sich zusammen. Cul schrie auf, eine Mischung unheiliger Stimmen, und begann sich heftig zu winden.

Sif wurde ausgespuckt und flog durch die Luft, bevor sie gegen kalten Felsen prallte. Geschwächt durch die Energieexplosion, musste sie erst ein paarmal blinzeln, bevor ihr klar wurde, dass sie wieder in der Dunkelheit und den normalen Dimensionen der Höhle unter dem Berg war. Sie war wieder in Jotunheim.

Keine hundert Schritte von ihr entfernt war die völlig blutüberströmte Walküre. So langsam wie sie zuschlug, war auch sie am Ende ihrer Kräfte angelangt.

Sifs Einsatz des Quellsteins im Zwischenreich hatte sie irgendwie wieder dorthin gebracht, wo sie gewesen war, auch wenn sie keine Ahnung hatte, wie das vonstattengegangen war. Würgend rollte sie sich auf Hände und Knie, unterdrückte ein erschöpftes Schluchzen und zwang sich zum Aufstehen.

»Brunnhilde«, versuchte sie zu rufen, doch ihre Stimme war kaum mehr als ein Krächzen. Sie räusperte sich und wünschte sich ein Glas Wasser, um ihren ausgetrockneten Mund zu befeuchten. »Brunnhilde.« Nur ein bisschen lauter. Sie lief auf die Walküre zu.

Sie war fast da, als sich erneut das Zwischenreich öffnete und eine Hand versuchte, sie hineinzuziehen. Diesmal stemmte sie sich dagegen, stach mit ihrem Schwert zu und zog Cul stattdessen in die Höhle.

Sif verpasste ihm einen tiefen Schnitt an Gesicht und Hals. Er brüllte wütend und schlug zu. Sie ging zu Boden. Als sie wieder auf die Beine kam, stand Heimdall vor ihr und noch während sie ihr Schwert hob, zog er einen Dolch über ihre Unterarmschiene und verletzte ihre Armbeuge. Sif sprang zurück und hoffte inständig, dass er keine Arterie getroffen hatte.

Cul-Heimdall befühlte den Schnitt in seinem Gesicht. »Du bist wirklich schnell«, sagte er in dem herablassenden Tonfall eines Erwachsenen, der mit einem trotzigen Kind sprach. »Dieser armselige hammerschwingende Welpe, für den du so schwärmst, muss hocherfreut sein.«

Sif fletschte die Zähne, verschwendete aber keinen Atem für eine Antwort, sondern stürzte sich wieder auf ihren Gegner. Cul hob weder seinen Dolch noch wich er aus. Stattdessen schmolz seine Gestalt dahin, sodass ihr Schwert dort, wo er gerade noch gestanden hatte, nur auf Luft traf. Sie kehrte den Hieb um, riss das Schwert hoch, herum und dann wieder herunter auf die sich stetig veränderte Masse des Gottes, doch eine Hand formte sich und hielt die Klinge fest.

Als Cul wieder eine solide Gestalt annahm, war es die des Allvaters. Auch seine Waffe veränderte sich und nahm die vertraute Form des Ehrfurcht gebietenden Speers Gungnir an.

Das ist er nicht. Das ist er nicht. Das ist er nicht.

Odin-Cul stieß ihr Gungnir gegen das Bein direkt über dem rechten Knie. Sie schrie auf.

Sie gab das Schwert auf, das er immer noch festhielt, und machte einen Rückwärtssalto, doch als die Welt wieder richtig herum war, stellte sie fest, dass die Schlange schon vor ihr stand.

Diesmal blockte die Schildmaid Gungnir mit ihrer Armschiene ab. Die Speerspitze drang tief in das Leder ein. Sif legte ihre Hände um den Speer, stemmte sich dagegen und zog mit aller Kraft. Odin-Cul keuchte überrascht auf, doch bevor sie die Oberhand gewinnen konnte, ließ er die Waffe los und sie stolperte rückwärts.

Als sie ihr Gleichgewicht wiedergefunden hatte, verwandelte sich ihr Gegner erneut, diesmal wieder in die Riesenschlange.

Ihr gigantischer Leib formte einen kompletten Ring um Sif. Sie saß in der Falle. Die Kombination aus Erschöpfung und Blutdurst sorgte dafür, dass sie kaum noch etwas sehen konnte. Nur aus purer Sturheit blieb sie auf den Beinen und kämpfte weiter. Sie machte drei humpelnde Schritte, brachte den Speer in Position und sprang über den Rücken der Schlange. Cul zischte wütend, doch sie ließ sich davon nicht ablenken, sondern konzentrierte sich allein auf die golden flackernde Energie des Quellsteins. Sie stellte sich die Walküre vor und *entfesselte* die Energie.

Brunnhilde hustete Blut, doch egal wie viel sie ausspuckte, es gelang ihr nicht, richtig durchzuatmen. Sie konnte nur hilflos japsen. Lunge, Rippen, Brustkorb und Rücken waren eine einzige Symphonie des Schmerzes. Die Axt ihres letzten Gegners hatte sie so fest mit dem Hinterkopf gegen die Felswand geschleudert, dass sie Sternchen sah. Bevor sie die

Benommenheit abschütteln konnte, wurde die Axt erneut geschwungen, wieder und wieder. Die Delle in ihrer Brustplatte wurde immer tiefer.

Der dritte Hieb ließ die Rüstung zerbrechen und der Todlose stieß ein Triumphgeheul aus. Als sie den nächsten Schlag mit Drachenfang abwehren wollte, erwischte sie ein Speer von der Seite. Er bohrte sich tief in das Armloch der Brustplatte. In ihre Brust.

Brunnhilde stöhnte. Sie schlug nach dem Todlosen mit der Axt, der daraufhin einen Schritt zurückwich, und versuchte, den Speer, der in ihr steckte, herauszuziehen. Das Monster, dem er gehörte – und das einst ein Lichtelf gewesen war –, knurrte etwas und stieß ihn stattdessen tiefer hinein. Brunnhilde wurde zur Seite gestoßen und ihre Rückenplatte schabte mit einem schrillen Kreischen an der Wand entlang. Es war ein Ausdruck der Schmerzen, zu dem die Walküre nicht mehr fähig war.

Der Halbelf drehte den Spieß in Brunnhildes Wunde. Sie versuchte, Luft zu schnappen, doch das wurde durch noch mehr Blut in ihrer Kehle verhindert. Der Todlose riss den Speer heraus und die Walküre fiel vorwärts auf Hände und Knie. Drachenfang schlitterte davon. Ihr war schwindlig und ihre Lunge war voller Blut. Entsetzliche Qualen verzehrten sie.

Etwas Kaltes drückte sich in ihren Nacken: die Axt. Die Seelen in ihr gerieten in Aufruhr. Es war ein Chaos aus Empfindungen, Emotionen, widersprüchlichen Ratschlägen, Befehlen und Bitten. Doch nichts ergab mehr einen Sinn für sie, außer dem eiskalten Stahl auf ihrer Haut und dem Feuer in ihrer Brust. Und dem Wissen, dass sie Odin, die Einherjar, Sif und Inge im Stich gelassen hatte.

Inge.

Brunnhilde sah, wie Blut aus ihrem Mund auf den Boden tropfte. Inges Antlitz kam ihr in den Sinn, Inges Stimme, die ihr befahl, auf der Stelle aufzustehen. Noch hatte der Todlose sie nicht getötet. Die Axt ruhte unter ihrem Schädelansatz. Vielleicht wartete er auf die Schlange, der es zweifellos Freude bereiten würde, sie sterben zu sehen.

Brunnhilde setzte sich auf und streckte zitternd beide Arme aus, als würde sie den Tod willkommen heißen. Ihre Sicht zog sich immer mehr zu einem Tunnelblick zusammen. Der Todlose trat zurück und die Axt verschwand aus ihrem Nacken. Sie war die Anführerin der Walküren, der Seelenführerinnen der ruhmreichen Toten, vom Allvater persönlich mit dieser heiligen Pflicht beauftragt, und nichts würde sie davon abhalten, sie auszuführen.

Brunnhilde streckte ihre Sinne aus, ihre Macht und ihren Willen. Sie war verzweifelt und starb wahrscheinlich gerade, doch die Einherjar brauchten sie. »*Kommt zu mir!*«, schrie sie durch das Blut in ihrer Kehle. Mit ihrem letzten Rest Stärke und Bewusstsein öffnete sie ihren Geist. Schmerz explodierte in ihrem Kopf, der sogar stärker war als der in ihrem Brustkorb, doch sie riss alle Seelen gleichzeitig aus den verbliebenen Todlosen, ohne sie berühren zu müssen. Die Einherjar, die in der Amphore gefangen waren, kamen ebenfalls. Sie konnte nicht einmal schätzen, wie viele es waren. Sie bohrten sich mit der Wucht von Pfeilen in sie hinein und gruben sich in ihr blutendes Fleisch.

Sie wusste nicht, was sie getan hatte oder wie. Sie war Feuer und Schmerz, ungeschützte Nervenenden, ein zersplitterter Verstand. Sie war gebrochen.

Inge, dachte sie und das liebreizende sommersprossige Gesicht ihrer Geliebten war das letzte, was sie sah, bevor Dunkelheit sie überwältigte.

Jemand schüttelte sie. Fest.

Brunnhilde stöhnte auf und wollte sich wegdrehen. Ihr Körper war eine einzige dumpfe Wunde und nur der brennende

Schmerz in ihrer Brust stach heraus. Die Hände waren hartnäckig und brachten sie dazu, genervt ein Auge zu öffnen.

Das Bewusstsein kehrte zu ihr zurück. Ein Todloser mit Sifs Gesicht beugte sich über sie. Die Walküre packte ihn mit der linken Hand an der Schulter, rammte ihre rechte in seine Taille und warf ihn über ihren Kopf, sodass er mit einem überraschten Aufschrei auf dem Boden aufschlug.

Unbeholfen versuchte Brunnhilde aufzustehen, fiel aber zurück auf die Knie. Die ganze Welt drehte sich wie verrückt und ihre Eingeweide schwappten herum. Nein ... nicht ihre Eingeweide. Sie war voller Seelen. So viele, dass sie gegen ihre eigene stießen, gegen ihr Bewusstsein, ihre Knochen und die Innenseite ihrer Haut. Die geraubten Einherjar. Aber das bedeutete ...

»Sif?«

»Wenn ich Ja sage, schleuderst du mich dann wieder herum?«, kam die erstickte Antwort. Brunnhilde drehte sich um. Die Schildmaid lag mit dem Gesicht nach unten auf dem Höhlenboden. Sie schienen sich in den Schatten hinter der Plattform zu befinden. Brunnhilde fragte nicht, wie sie dort gelandet waren. »Wo ist ...? Sif?«, fragte sie erneut, da sie es einfach nicht glauben konnte. »Was ist denn nur passiert?«

Sif stöhnte auf und kam auf die Knie.

Die Walküre keuchte entsetzt, als sie sah, wie aschfahl sie aussah. »Hast du mich geheilt?«, fragte sie.

Sif hob eine Schulter in einem halben Achselzucken. »Du lagst im Sterben, glaube ich. Und du hast die Einherjar.«

»Wie viel Energie hast du verbraucht?«

Sif schwankte und lächelte verlegen. »Genug. Jetzt hilf mir auf, denn ich glaube nicht, dass er uns noch viel mehr Zeit geben wird.«

Noch während sie sprach, erschien plötzlich wie aus dem Nichts die riesige Schlange wieder. Ihre Schuppen schimmerten und ihre Augen funkelten vor amüsierter Bosheit.

»Oh«, sagte Sif schwach. »Verdammt.«

Brunnhilde eilte an Sifs Seite, zog sie auf die Beine und machte sich für einen Weltensprung bereit.

»Er wird uns folgen«, sagte die Kriegerin und riss sich los. »Da drin können wir nicht gewinnen. Vertrau mir.«

Für mehr blieb keine Zeit. Die Schlange griff an. Die Asinnen sprangen auf die Plattform und das Monster folgte ihnen. Ein Schlag mit ihrem gewaltigen Körper und die Walküre wurde zu Boden geschleudert. Bei den Göttern, wie schnell die Schlange war! Wie hatte Sif so lange allein gegen sie bestehen können?

»Zangenangriff«, rief Sif irgendwo von der anderen Seite des riesigen Reptils. Brunnhilde rannte los. Culs Aufmerksamkeit war auf Sif gerichtet, zumindest für den Moment. Die Walküre rannte zwischen sie, stieß ihr Schwert bis zum Griff zwischen die Schuppen und begann, es hin und her zu bewegen, um die Wunde zu vergrößern.

Die riesige Schlange bäumte sich wild auf. Als Brunnhilde erneut durch die Luft geschleudert wurde, gelang es ihr nur gerade so, sich an Drachenfang festzuklammern. Ihre vielen Wunden hatten sich geschlossen, doch ihr Körper erinnerte sich an den Schmerz und die Schwäche und scheute sich davor, noch mehr davon zu erleiden.

Cul schien entschlossen zu sein, sie auf Distanz zu halten, also passte Brunnhilde den richtigen Moment ab, als sein Körper sich aufbäumte, riss ihr Schwert heraus, stolperte rückwärts und stürzte am Rand der Plattform. Die Walküre kam wieder auf die Beine und lief zurück. Diesmal sprang sie hoch, hielt das Schwert über ihren Kopf und rammte es dem Gott der Furcht tief in den Rücken. Blut strömte aus der Wunde und spritzte hoch, während sich die Schlange wand.

Sif wurde dadurch aus seinem Griff geschleudert, landete vierzig Schritte entfernt und blieb regungslos liegen.

»Sif!«, brüllte Brunnhilde. Erneut riss sie ihr Schwert heraus, doch diesmal rammte sie ihre linke Hand tief in die Wunde, die sie geschaffen hatte, und hielt sich so auf dem breiten, schlüpfrigen Rücken der Schlange fest. Wieder stach sie mit Drachenfang auf sie ein und spürte zufrieden, wie es zwischen zwei Wirbeln eindrang. Culs Körper unter ihrem Schwert erstarrte und Brunnhilde grinste breit.

Ein Schatten fiel auf sie.

Als sie aufblickte, sah sie genau in die Augen der Schlange. Panik schnürte ihr die Kehle zu und ihr Griff auf das Schwert ließ nach.

»Du bist tapfer, Walküre«, zischte Cul halb verärgert, halb belustigt. »Aber auch dumm.«

Der Gott der Angst verschwand unter ihr und sie fiel zu Boden. Keuchend zwang sich Brunnhilde dazu, aufzustehen. Mit der Waffe in der Hand drehte sie sich langsam um und wartete auf Culs unvermeidliches Wiedererscheinen. Lebte Sif noch?

Natürlich tat sie das. *Natürlich.* Das musste sie, denn die Walküre war trotz der geliehenen Heilenergie des Quellsteins erschöpft. Die vielen Seelen in ihrer Verwirrung und ihrem Entsetzen beschwerten und verlangsamten sie. *Wo sind wir? Was ist geschehen? Warum sind wir nicht würdig genug, um uns den ruhmreichen Toten in Walhalla anzuschließen?*

Ihr leises, einsames Murmeln war wie ein Wetzstein an ihren Nervenenden, der diese immer weiter bearbeitete, bis nur noch Schmerz übrig war. Cul erschien erneut, doch nicht wie von ihr erwartet aus dem Zwischenreich, er tauchte einfach aus dem Nichts vor ihr auf. Diesmal war er groß, alt und stützte sich auf einen stumpfen Speer. Cul trug Antlitz und Gestalt des Allvaters.

Wie von selbst schoss Drachenfang nach oben und zog sich tief über Culs Oberschenkel, bevor sein Speer ihn wegschlug. »Verräter«, zischte sie. »Dieb von Leben und Seelen. Erschaffer von Monstern. Warum helfen dir die Bergriesen, wenn sie sehen, was du mit ihren Kameraden anstellst?«

Trotz seiner augenscheinlichen Gebrechlichkeit bewegte sich der Gott des Krieges mit reptilienhafter Anmut. Er schien den Schnitt, den sie ihm beigebracht hatte, nicht zu spüren. Stattdessen wirbelte er herum, rammte ihr seinen Speer in die Rippen und kurz darauf gegen den Hinterkopf, als würde er nur mit ihr spielen.

Die Beine der Walküre zitterten leicht, wie bei einem jungen Fohlen, und sie bekam einen Tunnelblick. Sie biss die Zähne zusammen und parierte den nächsten Angriff des Speers. Dabei weigerte sie sich, in Culs amüsiertes Gesicht zu blicken. Brunnhilde holte zum Gegenschlag aus, doch er war schwach und hätte selbst dann keinen großen Schaden angerichtet, wenn Cul zugelassen hätte, dass er ihn auch nur berührte.

Ich könnte gehen. Wahrscheinlich habe ich gerade noch genug Energie, um in die Nähe eines Portals zu springen. Ich könnte gehen.

Sie musste ihre Aufgabe erledigen. Sie musste tun, was ihr der Gott des Donners aufgetragen hatte. Und Sif war eine Kriegerin, sie verstand die Risiken einer Mission wie dieser. Sie konnte einfach gehen.

»Ja«, flüsterte Cul.

Brunnhilde trat beiseite und zwang ihren Gegner dadurch, sich mit ihr zu drehen, sodass sie einen Blick auf den Rand der Plattform werfen konnte. Erleichtert entdeckte sie die schwarzhaarige Kriegerin. Sie sah aus, als hätte sie in Blut gebadet, aber sie war am Leben.

Die Walküre blickte Cul in die Augen und grinste. »Wohl kaum.«

Trotz ihrer Tollkühnheit war sie ständig einen Schritt hinterher, während der Kampf zu einer Art tödlichem Tanz geworden war. Sie duckte sich unter einem seitlichen Schlag weg, der ihr den Kiefer gebrochen hätte. Aus der Hocke hieb sie mit Drachenfang auf sein Bein ein und spürte das Schienbein unter ihrem Schlag zersplittern. Cul schrie vor Schmerz auf und ließ den Speer fallen, den er inzwischen für Angriff wie Verteidigung benutzte. Als er einen Schritt zurückhumpelte und die Hand auf sein Knie legte, nutzte Brunnhilde die Gelegenheit.

Sie täuschte eine Bewegung nach links an, zog ihn in eine Parade und griff von rechts an. Ihre Schwertspitze erwischte seinen Bauch und es begann sofort zu bluten, dann war Sif plötzlich hinter ihm. Cul bemerkte nicht einmal, dass sie da war, bis sich ihre Klinge durch seinen Torso bohrte und an seiner Brust wieder austrat.

Der Gott der Furcht versuchte aufzuschreien, doch aus seinem Mund quoll nur Blut. Seine Form veränderte sich, während er sich zu heilen versuchte, doch die Göttinnen stachen immer wieder auf ihm ein, bis er in einer Gestalt halb Schlange, halb Ase zusammenbrach. Er zischte und wollte in das Zwischenreich entkommen. Sif und Brunnhilde packten ihn jedoch und mit einem Schrei erschöpfter Wut trieb Sif ihr Schwert durch ihn hindurch in den Felsboden darunter.

Brunnhildes Knie begannen nachzugeben. Sie wollte nichts lieber, als sich neben dem gefangenen Gott auf den Boden sinken zu lassen. »Springen«, keuchte sie. »Müssen … springen.«

Sifs Gesicht war eine scharlachrote Maske. »Nein«, krächzte sie. »Wir müssen den Berg zum Einsturz bringen.«

Die Walküre starrte sie an. »Den Berg zum Einsturz bringen?«

Die Kriegerin deutete zur Höhlendecke. »Ihn hier gefangen halten«, fügte sie hinzu, als ergäbe das einen Sinn. Brunnhilde wurde immer schwindliger und sie starrte ihre Freundin nur verständnislos an.

Sif legte ihr eine Hand auf die Schulter, die andere auf die Wange und zwang sie dann, ihr in die Augen zu blicken. »Ich werde es tun. Du machst dich einfach nur bereit, uns beide wegzutransportieren, ja? So weit, wie du uns bringen kannst.« Sie schüttelte sie leicht. »Weit weg, Walküre, verstanden? *Weit weg.*«

Brunnhilde atmete tief ein. Sie nickte, obwohl sie noch nicht genau wusste, wie sie das anstellen sollte. Sif grinste manisch und ließ sie los.

»Das wird ziemlich wehtun«, murmelte Sif, schüttelte jedoch den Kopf, als Brunnhilde die Hand nach ihr ausstreckte.

Die Walküre wachte über Cul, der sich unter dem Schwert, das ihn am Boden fixierte, wand und krümmte und immer weitere Formen ausprobierte.

Sif blickte zur Höhlendecke. »Also gut. Bereit?«, fragte sie und zog den Quellstein heraus. Inzwischen sah er wie ein ganz normaler Stein aus, der mit Rissen überzogen war, als stünde er kurz vor dem Zerbrechen.

Brunnhilde nickte und legte Sif die Hand in den Nacken. Sie spürte ein magisches Kribbeln, dann explodierte goldenes Licht an Hand und Arm der Kriegerin und ließ die Höhlendecke einstürzen. Ohrenbetäubendes Donnern ertönte und verlor sich in seinem eigenen Echo. Die Energie des Steins schoss aus Sif wie goldene Lanzen in Risse über ihnen, bis die ersten großen Felsblöcke zu fallen begannen. Erst einer, dann ein weiterer, dann drei und plötzlich alle auf einmal – die komplette Decke, der ganze *Berg* – stürzte ein.

Sif schrie auf, als der Quellstein explodierte. Sie verdrehte die Augen und aus ihrer geschwärzten Hand rieselte Staub. Bevor sie bewusstlos zu Boden sinken konnte, nahm Brunnhilde sie in ihre Arme und sprang mit ihr davon.

Sechsundzwanzig

Asgard

Strahlendes Licht fiel auf Sifs geschlossene Lider, einen Herzschlag später gefolgt von einer Welle durch Adrenalin angeheizten Schreckens, so stark, dass sie auf den Beinen und in eine Ecke gekauert war, noch bevor sie überhaupt wusste, wo sie sich befand.

Zwei Personen sprangen gleichzeitig mit ihr auf. Eine kam näher, während die andere zurückwich.

»Bleib weg von mir«, rief Sif mit heiserer Stimme. Die näher kommende Gestalt blieb stehen und hob beschwichtigend ihre Hände, dann trat sie vorsichtig zurück.

Die Wand war das Einzige, was Sif aufrecht hielt, doch sie versuchte, keine Schwäche zu zeigen. Sie blinzelte, um klar zu sehen.

»Du bist in Asgardia, in Sicherheit. Brunnhilde ist sicher. Die Seelen sind sicher.« Eine lange Pause folgte, dann ein tiefempfundenes Seufzen. »Es ist vorbei, Sif.«

Nach wenigen Worten erkannte Sif, wer da sprach, und obwohl sie ihn kannte, entspannte sie sich nicht. Heimdall – oder ein Todloser, Cul oder vielleicht sogar Loki mit dem Gesicht ihres Bruders – lächelte beruhigend.

Sie erwiderte das Lächeln nicht. »Wo ist mein Schwert?« Ihr Herz schlug in einem wilden, unregelmäßigen Rhythmus,

Adrenalin kribbelte durch ihre Arme und Beine und durch jede Verletzung ihres Körpers. Und das waren viele.

Die andere Person begann zu sprechen, doch Heimdall hob eine Hand. »Du hast es nicht mit aus Jotunheim zurückgebracht, aber du kannst meines benutzen, bis wir dir ein neues geschmiedet haben.« Sehr vorsichtig und sehr langsam öffnete ihr Bruder seinen Waffengürtel und legte sein Schwert auf die zerwühlte Bettdecke.

Selbst als er wieder ans andere Ende des lichtdurchfluteten Raumes zurückkehrte, entspannte sie sich nicht, sondern musterte die beiden. Schließlich erkannte Sif in dem anderen großen Mann einen von Asgardias Heilern. »Garth?«

Der Heiler nickte einmal, behielt aber die Hände oben. »Ja, Lady Sif. Was Lord Heimdall sagt, ist wahr: Ihr seid sicher zu Hause in Asgardia. Die Walküre ebenfalls. Was die Seelen betrifft ...« Er stockte und warf Heimdall einen fragenden Blick zu. »Dazu kann ich nichts sagen. Ich bin hier, um Euch zu behandeln, und das habe ich getan. Ihr habt all eure Energiereserven aufgebraucht und zahlreiche schwere Wunden erlitten. Ihr seid seit vier Tagen hier.«

»Seit vier Tagen?«, wiederholte Sif erschrocken und bekam einen Hustenanfall. Sie presste sich die Hand auf die Brust. Garth wollte zu ihr gehen, aber Heimdall hielt ihn zurück. Sie beobachteten Sif in besorgtem Schweigen, während sie um Luft rang. »Bleibt zurück«, sagte sie, sobald sie wieder Worte formen konnte. »Wo ist Brunnhilde? Und was ist mit Inge? Wurde sie informiert? Ist sie hier?«

Der Ausbruch ließ sie wieder atemlos zurück. Vorsichtig ging sie zum Bett und nahm das Schwert an sich. Der Griff, die Parierstange und die Scheide waren ihr schmerzhaft vertraut. Sif starrte in die Augen ihres Bruders und suchte nach dem verräterischen Funkeln einer Seele, die nicht die seine war. Doch sie konnte nichts entdecken.

»Also?«, fragte sie, zog das Schwert aus der Scheide und prüfte sein Gewicht in ihrer Handfläche. »Was ist mit Brunnhilde und Inge?«

Heimdall nickte. »Brunnhilde ist hier, und Inge auch. Sogar Aragorn ist in den königlichen Ställen«, fügte er mit einem lang gezogenen Seufzer hinzu. »Er ist nur eine Stunde nach eurer Ankunft aufgetaucht.«

»Aber …«, brachte sie hervor. »… wie sind wir zurückgekommen?«

»Laut Brunnhilde seid ihr zu zwei verschiedenen Orten in Jotunheim und dann nach Wiesenfall gesprungen. Die Walküre Eira war dort stationiert. Brunnhilde gab ihr die Seelen, die ihr gerettet habt, und wurde dann ohnmächtig. Als Eira aus Walhalla zurückkehrte, brachte sie euch beide her.«

Sie ließen Sif das in Ruhe verdauen. Es klang nachvollziehbar. Fast gegen ihren Willen entspannte sie sich. »Lasst mich zu ihr. Ich muss Brunnhilde sehen.«

Garth und Heimdall wechselten einen skeptischen Blick. Sif ging um das Bett herum, das Schwert schützend erhoben. »Lasst es mich anders ausdrücken. Das war keine Bitte.«

»Kleine Schwester«, begann Heimdall. Sif zuckte heftig zurück und riss die Klinge hoch, bis die Spitze die Haut seiner Kehle streifte. Schweiß trat ihr auf die Stirn und ihr lief ein eiskalter Schauer über den Rücken.

»Wage es ja nicht, mich so zu nennen«, rief sie. »Du hast kein Recht dazu. Zeig mir dein wahres Gesicht!«

»Hey, hey, ganz ruhig, Sif«, sagte Heimdall, dessen Schultern die plötzliche Anspannung anzusehen war. »Ich bin es, Heimdall. Dein Bruder. Ich … ich nenne dich nur ›kleine Schwester‹, wenn ich um dich besorgt bin. Oder wirklich stolz auf dich. Jetzt gerade bin ich beides.«

Er redete weiter und erinnerte sie an das erste Mal, als er den Kosenamen benutzt hatte, und was Sif getan hatte, um ihn zu verdienen. Natürlich hätte Cul das aus seinen Manipulationen herauslesen können, doch der Heimdall ihrer Halluzinationen war nicht so liebevoll und tröstend gewesen. Nicht so aufrichtig.

Als er fertig war, zitterten ihre Arme bereits. Sie musste das Schwert sinken lassen, gab es jedoch nicht aus der Hand.

»Und Brunnhilde?«, brachte sie hervor.

Heimdall nickte schmunzelnd. »Wir beide können uns natürlich auch später unterhalten. Thor würde euch beide auch gern sehen, aber die Walküre befindet sich den Korridor entlang hinter der zweiten Tür auf der rechten Seite.«

Sif ließ sie vorgehen und Heimdall zog den Heiler im Flur in die entgegengesetzte Richtung. Sie wartete, bis sie um die Ecke gebogen waren, dann glitt sie an der Wand entlang und sah sich dabei in beide Richtungen um. Sie erreichte die angegebene Tür und hörte dahinter leise Stimmen: Brunnhilde und Inge. Mit klopfendem Herzen und feuchten Handflächen hielt Sif inne. Irgendetwas an dieser ganzen Situation fühlte sich anders an, so als könnte sie echt sein. Und das machte ihr seltsamerweise mehr Angst, als wenn es eine Halluzination wäre. Sie war sich nicht sicher, ob sie es überleben würde, wenn sich herausstellte, dass es sich doch nur um eine weitere Illusion handelte.

Die Kriegerin holte tief Luft. Sie war weder vor Göttern noch vor Monstern zurückgeschreckt, also konnte sie sich nun wohl auch ihren Freunden stellen. Trotzdem schlug ihr das Herz bis zum Hals, als sie an die Tür klopfte. Im Zimmer wurde es still. Dann hörte sie, wie Inge leise sprach: »Schon gut, mein Herz. Ich bin hier und werde nachsehen.« Das beruhigte Sif wieder ein kleines Stückchen mehr.

Die Tür schwang auf. Inge stand darin und auch sie trug ein Schwert. Sie hob die Waffe in Verteidigungshaltung, als sie Sifs gezogene Klinge sah. Sif zuckte zurück und musste sich zwingen, keinen Kampf zu beginnen. Es war ein Vertrauensvorschuss und wenn sie sich irrte, würde es sie das Leben kosten.

Inges Gesicht verzog sich zu einem breiten Lächeln, das ihre Augen zum Funkeln brachte und ein Grübchen in ihrer Wange aufblitzen ließ. »Sif!«, rief sie mit aufrichtiger Freude. Sie drehte sich in der Tür um und sah zu Brunnhilde. Sif bemerkte jedoch, dass die Schildmaid keine Anstalten machte, sie hereinzubitten. Stattdessen blockierte sie mit ihrem Körper den Türspalt. Wenn Sif nicht diejenige war, die sie zu sein vorgab, konnte sie sie durchbohren und es gab nichts, was die Frau dagegen tun konnte. Der verkniffene Blick auf dem Gesicht der Walküre sagte ihr, dass sie sich dieser Tatsache ebenfalls bewusst war. Doch der Vertrauensbeweis von Inge musste ein gutes Zeichen sein. Sif nahm ihre Schwerthand absichtlich hinter ihren Rücken.

»Brunnhilde, meine Liebste. Sieh doch nur, es ist Sif und sie ist wach. Na ja, offensichtlich.« Inge lachte fröhlich auf. »Fühlst du dich bereit für Besucher?«

Sif spähte über Inges Kopf hinweg und fand die Walküre neben ihrem Bett stehend. Sie war blass und nervös. Sif konnte das gut nachvollziehen. Sie starrten sich einen langen Moment in die Augen, ohne dass eine von ihnen sprach.

»Mein Bruder – wenn es denn wirklich mein Bruder ist – sagt, du hättest alle Einherjar gerettet und wir wären wirklich zu Hause. Er sagt auch, dass dein dummes geflügeltes Pferd in den Ställen ist.«

»Aragorn ist ein Prinz unter den Tieren und er verdient die beste Pflege«, sagte Brunnhilde mit scharfer Stimme. »Meine Geliebte – wenn sie denn meine Geliebte ist – hat die erste Ladung Seelen nach Walhalla gebracht und geschworen, mich das nie wieder mit ihr machen zu lassen. Eira nahm den Rest entgegen und brachte uns dann hierher. Inge hat sie allerdings nicht mitgebracht, und auch dazu hat meine Freundin eine entschiedene Meinung.«

Inge drehte sich mit empörter Miene zu Sif um. »Wenn ich gekonnt hätte, wäre ich nach Jotunheim zurückgekehrt, um ihr eine reinzuhauen«, sagte sie in säuerlichem Ton. »Du hast keine Ahnung, wie sehr es wehgetan hat, diese Seelen herauszuholen. Sie waren tatsächlich in mir.« Sie erschauderte. »Und die Sprungübelkeit. Bei den Göttern, Sif, diese Übelkeit! Aber du wusstest, dass sie mich wegschicken würde, nicht wahr?«

Seltsamerweise war es ihre Wut, die Sif schließlich davon überzeugte, dass sie tatsächlich zu Hause und dass alles echt war. Ein Lächeln umspielte ihre Mundwinkel und Inge runzelte wütend die Stirn. Die schwarzhaarige Kriegerin presste die Lippen zusammen. »Es war das Beste. Brunnhilde hatte nur deine Sicherheit im Sinn. Ich unterstütze ihre Entscheidung.«

Inge stampfte wie ein trotziges Kind mit dem Fuß auf. »War ja klar«, blaffte sie, bevor sie zu Brunnhilde sah, die so tat, als müsse sie husten, um ihre Belustigung zu verbergen. »Lachst du etwa? Über mich? Nach all dem hier?« Sie deutete auf sich selbst, den Raum und schließlich auf Brunnhilde und Sif.

»Sie ist immer noch, äh, empfindlich wegen der Übelkeit. Und wie ich schon sagte, mein Herz, war genau das der Grund, warum Eira dich nicht direkt hergebracht hat.« Brunnhilde sah über ihren Kopf hinweg zu Sif. In ihren Augen lag Belustigung, aber auch Erschöpfung.

Inge wollte weiterdiskutieren, doch die Walküre sank theatralisch aufs Bett, eine Hand an die Schläfe gepresst. »Wenn du sie anschreien willst, lass sie wenigstens rein, Liebste. Wenn es ihr auch nur annähernd so geht wie mir, wird sie sich dafür hinsetzen müssen.«

Erleichterung und Zuneigung stiegen in Sif auf. Sie lehnte Heimdalls Schwert gegen die Wand vor dem Zimmer. Inge warf beiden einen finsteren Blick zu, trat aber von der offenen Tür zurück und setzte sich zu Brunnhilde aufs Bett. Die Walküre war einige Zentimeter größer als sie, aber sie duckte sich ein bisschen, um den Kopf auf Inges Schulter zu legen. Sie hatte dunkle Schatten unter den Augen und ihre Haut und Lippen waren blass, aber sie ließ sich bereitwillig in die Umarmung sinken.

Unbehagen überkam Sif. Sie verharrte in der Tür und fummelte an ihren Ärmeln herum. »Vielleicht sollte ich euch beide besser allein lassen«, sagte sie abrupt. »Ich wollte nur sehen, ob ihr in Sicherheit seid und ob ich wirklich hier bin.«

»Ich bin schon seit gestern Morgen wach. Wir hatten mehr als genug Zeit, um uns auszutauschen«, sagte Brunnhilde und deutete auf den Stuhl im Zimmer. »Bitte setz dich doch. Es ist wirklich schön, dich zu sehen.«

Sif verspürte eine seltsame Wärme in der Brust und konnte ein zittriges Seufzen nicht ganz unterdrücken. Auf unsicheren Beinen durchquerte sie den Raum und ließ sich dankbar auf den Stuhl sinken. »Du hast so viel mehr getan als ich«, bemerkte sie nachdenklich. »Wieso bist du früher aufgewacht?«

»Erstens stimmt das nicht«, entgegnete Brunnhilde mit so viel Schärfe in der Stimme, dass es schien, als würde sie es wirklich ernst meinen. »Nachdem ich gesehen habe, wie du den Quellstein benutzt hast, werde ich mich für immer von diesen Dingern und ihren Nebenwirkungen fernhalten. Zweitens war es speziell meine Weltensprungenergie, die mir entzogen wurde und die meine Schwestern nach meiner Rückkehr nach Asgard wieder auf mich übertragen konnten. Sie ist ein Teil dessen, was uns verbindet, wie unsere telepathische Kommunikation. Dank dieser Verbindung habe ich mich schneller erholt. Der Rest ist einfach nur Heilung«, fügte sie hinzu und deutete auf ihren Körper. Sif nickte. Auch sie war von Kopf bis Fuß in Verbände gewickelt.

Inge blickte finster drein, aber selbst das konnte nicht verhindern, dass Liebe und Erleichterung in ihrem Gesicht aufleuchteten. »Nachdem ich von Wiesenfall herkam – *nachdem ich mir ein Pferd leihen musste und hergeritten bin* –, wartete bereits ein halbes Dutzend Seelenführerinnen darauf, ihre Weltensprungenergie auf sie zu übertragen. Offenbar konnte sich ihr Körper, sobald er genug davon hatte, darauf konzentrieren, sich auszuruhen und zu heilen. Es hat nicht lange gedauert, bis sie aufgewacht ist.«

Brunnhilde lachte und zog sie liebevoll an sich. »Woher willst du wissen, ob ich nicht schon einen ganzen Tag lang wach war und nur nicht angeschrien werden wollte?«, fragte sie und duckte sich, als Inge so tat, als wolle sie ihre Freundin schlagen.

Einen Moment lang fühlte sich Sif unwohl. Dutzende Walküren waren Brunnhilde zu Hilfe gekommen, während sie selbst ohnmächtig dagelegen hatte. Sie versuchte, sich den Gedanken nicht anmerken zu lassen, aber offenbar zeichnete er sich in ihrem Gesicht ab, denn Inge schüttelte tadelnd den Kopf.

»Lord Heimdall hat die ganze Zeit bei dir gesessen und ich bin mir ziemlich sicher, dass Garth nie wieder derselbe sein wird. Dein Bruder war nicht gerade zimperlich mit seinen Drohungen, was passieren würde, wenn du dich nicht erholst«, sagte sie und konnte dann ein verschmitztes Grinsen nicht unterdrücken. »Und ich glaube, dass der Gott des Donners selbst ein ziemliches Interesse an deiner Genesung hatte«, fügte sie augenzwinkernd hinzu. »Offenbar hat er Schuldgefühle wegen der Wirkung des Quellsteins auf dich. Ich habe gehört, dass er ziemlich besorgt war.«

Die schwarzhaarige Kriegerin spürte, wie ihre Wangen heiß wurden, hob aber stolz das Kinn und erwiderte ihre Blicke. »Das ist auch gut so«, sagte sie in einem hochmütigen

Ton, der ihre Freude jedoch nicht verbergen konnte. »Ich habe ihm so oft das Leben gerettet und er schickt mich buchstäblich in die Höhle der Schlange, ohne mir alle Fakten zu nennen.« Sie ignorierte die offensichtliche Belustigung der beiden Frauen und verbannte die Röte aus ihren Wangen.

»Aber was noch wichtiger ist, wie viele Einherjar waren es?«, fragte sie. »Die Gesamtzahl des Archivars. Und die, die wir in Wiesenfall und im Norden getötet haben, was ist mit denen? Sind sie ... verloren?«

Die Walküre wurde ernst. »Insgesamt wurden fast zweihundert Seelen geraubt. Es begann offenbar schon vor mehr als einem Jahr«, sagte sie leise.

Sif war froh, dass sie sich gesetzt hatte. Die Zahl war so viel höher, als sie erwartet hatte, hoch genug, um ihr den Atem zu rauben.

»Aber wir wissen, wie wir die Einherjar finden können, die durch die Vernichtung der Todlosen freigesetzt wurden«, fügte die Walküre hinzu. »Meine Schwestern erfüllen diese Aufgabe mit äußerster Sorgfalt. Wir werden keine von ihnen verlieren, das schwöre ich.«

»Ich glaube dir«, sagte Sif, während Inge ebenfalls zustimmend murmelte. Erleichterung stieg in ihr auf. Trotz allem hatten sie gesiegt. Sie konnte es kaum glauben. Sie umklammerte die Armlehnen des Stuhls und spürte, wie sich das Holz in ihre Handflächen grub. *Ich bin hier. Ich bin hier und es ist echt. Ich bin zu Hause.*

»Du kannst jetzt also auch zwischen den Welten springen?« fragte Brunnhilde unvermittelt. »Oder hat mir mein sterbendes Gehirn einen Streich gespielt?«

Inge keuchte überrascht auf und drehte sich zu Sif um, wobei sie die Walküre in ihrer Eile fast vom Bett schubste. »Wirklich? Und wie? Was ist passiert? Allerdings«, fügte sie mit einem nachdrücklichen Blick ihrer smaragdgrünen Augen auf Brunnhilde hinzu, »will ich nichts mehr vom Sterben hören. Nie wieder.«

Sif rieb sich verlegen den Nacken, war aber froh über die Ablenkung. »Ich weiß nicht, ob ich das kann. Wahrscheinlich war es nur aus reiner Verzweiflung. Cul hat mich in die Zwischenwelt gezogen und irgendwie bin ich wieder herausgekommen. Ich ... habe es wieder getan, aber ich habe keine Ahnung, wie. Vielleicht lag es am Quellstein.«

Die Walküre trommelte nachdenklich mit ihren Fingern auf Inges Oberschenkel. »Wahrscheinlicher ist, dass der Stein eine bisher verborgene Fähigkeit freigesetzt hat. Sobald wir beide wieder vollständig genesen sind, kann ich dich unterrichten. Bitte versuche es nicht allein. Man kann sich dort viel zu leicht verirren, wenn man nicht weiß, wo man wieder herauskommen will.«

Sif lief ein Schauer über den Rücken. »Werde ich nicht«, versprach sie. »Und danke. Für alles. Ich war nicht die zuverlässigste Person, die du da drin an deiner Seite hättest haben können.«

Inge öffnete den Mund, um etwas zu sagen, doch Brunnhilde drückte fest ihr Bein und sie schloss ihn wieder. Die Walküre stand auf, durchquerte den Raum, ergriff Sifs Hände und zog sie auf die Beine. Ihr Griff war schwächer, als Sif es von ihr gewohnt war, aber dann zitterten ihre eigenen Beine für einen Moment und drohten, sie zurück auf den Stuhl sinken zu lassen. Die beiden Frauen klammerten sich aneinander und taten so, als würden sie das Schwanken der anderen nicht bemerken.

»Lady Sif, die Wagemutige«, sagte Brunnhilde mit einem Schmunzeln. »Es gibt niemanden, mit dem ich lieber gegen Götter und Riesen antreten würde als mit dir. Heute, morgen, wann auch immer.«

Plötzlich hatte Sif einen Kloß im Hals und konnte nur nicken.

Da ertönte eine missbilligende Stimme vom Bett. »Allerdings seht ihr beide aus, als würdet ihr gleich ohnmächtig werden, also vielleicht nicht gerade heute, vielen Dank auch.«

Die Kriegerin lachte, doch dann beugte sie sich näher heran. »Nicht heute ... Es sei denn, Asgard braucht uns«, flüsterte sie, so leise, dass Inge es nicht hören konnte.

Die Walküre nickte und drückte ihre Hände. »Es sei denn, Asgard braucht uns«, versprach sie.

Danksagungen

Ein großes Dankeschön an meinen Agenten, Harry Illingworth von der DHH Literary Agency, für seine ständige Unterstützung, seine unschätzbaren Ratschläge und seine regelmäßigen Ermahnungen, eine Pause einzulegen. Danke auch an das Team von Aconyte Books, insbesondere an die herausragenden Lektorinnen Lottie und Gwen für ihr hervorragendes Feedback, das mir geholfen hat, diese Geschichte zu schreiben. Und an Caitlin O'Connell bei Marvel und an Max Haematinon Nigro für das wunderbare Titelbild.

Danke auch an alle Autoren des Bunkers, die mich beim Schreiben dieses Buches angefeuert haben, und an all die Leser, die sich darauf gefreut haben, von heldenhaften Frauen zu lesen, die trotz aller Widrigkeiten außergewöhnliche Dinge vollbringen.

Und schließlich an meine Familie, meine Freunde und Mark: Danke. Ich liebe euch.